Anja Marschall

Hotel Vier Jahreszeiten – Ein Traum in Gold

W0360306

PIPER

Anja Marschall

HOTEL VIER JAHRESZEITEN

Ein Traum in Gold

Roman

PIPER

Mehr über unsere Autorinnen, Autoren und Bücher:
www.piper.de

Wenn Ihnen dieser Roman gefallen hat, schreiben Sie uns unter Nennung des Titels »Hotel Vier Jahreszeiten – Ein Traum in Gold« an *empfehlungen@piper.de*, und wir empfehlen Ihnen gerne vergleichbare Bücher.

Von Anja Marschall liegen im Piper Verlag vor:
Die Kaffee-Saga:
Band 1: Töchter der Speicherstadt – Der Duft von Kaffeeblüten
Band 2: Töchter der Speicherstadt – Der Geschmack von Freiheit
Band 3: Töchter der Speicherstadt – Das Versprechen von Glück

Als der Sturm kam

Das Vier Jahreszeiten:
Band 1: Hotel Vier Jahreszeiten – Ein Traum in Gold
Band 2: Hotel Vier Jahreszeiten – Der Glanz des neuen Morgens

Inhalte fremder Webseiten, auf die in diesem Buch hingewiesen wird, macht sich der Verlag nicht zu eigen und übernimmt dafür keine Haftung. Wir behalten uns eine Nutzung des Werks für Text und Data Mining im Sinne von § 44b UrhG vor.

Originalausgabe
ISBN 978-3-492-31973-7
1. Auflage März 2025
3. Auflage Juni 2025
© 2025 Piper Verlag GmbH, Georgenstraße 4,
80799 München, *www.piper.de*
Für direkten Kontakt und Fragen zum Produkt
wenden Sie sich bitte an: *info@piper.de*
Redaktion: Nadine Buranaseda
Satz: Satz für Satz, Wangen im Allgäu
Gesetzt aus der Aldus Nova
Druck und Bindung: CPI books GmbH, Leck
Printed in the EU

Erlauben Sie mir vorab einige persönliche Worte …

Diesen Roman zu schreiben, war für mich als Hamburger Deern eine ganz besondere Freude. Das berühmte Hotel am Neuen Jungfernstieg gehört in die Seele meiner Stadt wie die Elbe, der Hafen, die Speicherstadt und der Michel. Als kleines Mädchen träumte ich oft davon, einmal die acht Stufen in das vornehme Hotel hinaufgehen zu dürfen, nur um zu schauen, ob es dort wirklich so schön ist, wie alle sagen. Ich habe mir diesen Traum erfüllt und kann bestätigen, ja, das ist es.

Wie um alle Grandhotels dieser Welt ranken sich auch um das *Vier Jahreszeiten* Geschichten, Klatsch und manchmal sogar Mythen. Oft geht es um die teils skurrilen Eigenheiten berühmter Gäste oder den exquisiten Luxus, der für die meisten von uns unerreichbar bleiben wird. Ein Blick in die Welt der Schönen und Reichen ist das, was viele dazu bewegt, in den Hochglanzmagazinen zu blättern.

Mir lag mit diesem Buch etwas anderes am Herzen.

Ich wollte all jene zeigen, ohne die der Ruhm dieser Häuser nicht möglich wäre. Jene dienstbaren Geister, die dank ihrer Leidenschaft ein Grandhotel erst zu dem machen, was es ist. Grand! Unermüdlich streben sie danach, dem Gast das einmalige Gefühl zu geben, er wäre etwas ganz Besonderes. Sie haben nur ein Ziel: Perfektion in allem, was sie tun.

Dafür dienen sie, ohne zu dienern, wie mir Rudolf Nährig, der ehemalige Oberkellner des Hotels *Vier Jahreszeiten*, einmal sagte.

Wer im *Vier Jahreszeiten* gearbeitet hat, darf sich zur Weltklasse zählen. Ihnen allen, ob ehemals oder noch aktiv, widme ich diesen Roman.

Ich wünsche Ihnen viele schöne Lesestunden

Anja Marschall

1

Der Traum, eben noch rauschend und voller Musik, wurde leiser und leiser, bis er nur noch als Rinnsal durch ihr Gemüt sickerte, um langsam zu versiegen. Statt seiner polterte jetzt das Schnarchen ihrer Tante aus der Schlafstube nebenan durch ihren Kopf. Langsam öffnete Luise die Augen.

Draußen vor dem Fenster erhob sich ein neuer Maimorgen über die Stadt. Seine Strahlen würden ihren Weg nicht vor dem späten Nachmittag bis in den engen Hof nahe der Springeltwiete finden, hinein in Tantes kleine Wohnung, die am Ende einer schmalen Außenstiege lag.

Am fließenden Rotgold des Himmels erkannte Luise, dass es ein sonniger Tag werden würde. Sie meinte ihn bereits riechen zu können. Verschlafen wanderte ihr Blick durch den Raum. Schemenhaft traten der Herd bei der Tür, der schiefe Küchentisch und die beiden Stühle aus der Dunkelheit hervor, die Wäsche auf dem Gestell, das man an einer Schnur unter die Decke ziehen konnte, die Töpfe und Teller auf dem Regal.

Luise spürte, dass der Maigeruch in ihrer Nase langsam verflog, um jenem nasskalten Moder Platz zu machen, den alle Häuser im Gängeviertel seit jeher ausatmeten. Das sei der Odem der Armut, hatte der Lehrer in der Schule einmal gesagt. Luise hatte sich seine Worte gemerkt, denn er hatte dabei mit einem angewiderten Gesicht zu ihr geschaut.

Tatsächlich klebte die Fäulnis an allem, was von hier kam, an den zerschlissenen Kleidern seiner Bewohner, an ihren Zähnen, in ihren stumpfen Augen und ihren hoffnungslosen Gedanken. Wer hier lebte, würde auch hier sterben. Das sei sicher, so sagten die Alten. Diese klamme Feuchtigkeit war außerdem der Grund, warum Luise allabendlich ihre Strohmatratze ein Stück aus der schimmelfleckigen Ecke zog, hinein in die Mitte der Küche, denn die nasskalten Mauern ekelten sie.

Es war früh. Die Glocken von St. Jacobi hatten noch nicht geläutet. Ihr blieb ein letzter Moment der Ruhe, bis ein weiterer Tag voller Arbeit vor ihr lag. Luise drehte den Kopf zum Fenster. Auf dem Brett davor standen eine halb abgebrannte Kerze und eine mickrige blaue Primel, die sie jeden Tag goss. Sie liebte Blumen, derer es in den Höfen so wenige gab.

Im Raum befand sich ein zweiter Tisch. Er war Tantes ganzer Stolz, denn daran verdiente sie ihr Auskommen. Im Licht der Petroleumlampe, die von der Decke hing, arbeiteten sie und Luise oft schweigend bis spät in den Abend hinein, um die Weißwäsche der besseren Gesellschaft Hamburgs zu flicken. Tante hatte ihr dieses Handwerk früh beigebracht. Trotz ihrer jungen Jahre konnte Luise bereits die kompliziertesten Monogramme sticken und ausbessern, ohne dass jemand die Schadstelle je bemerkt hätte. Luise war sich sicher, dass ihre Tante früher einmal eine sehr geschätzte Stickerin gewesen sein musste, denn beste Adressen wie das Grandhotel *Vier Jahreszeiten* am Neuen Jungfernstieg gehörten noch heute zu ihren Kunden.

Gestern hatte Luise bis tief in die Nacht allein am Tisch gesessen, um für das Hotel zu nähen, weil Tante schon wieder in eine der vielen Hinterhofkneipen zwischen Hopfensack und

Speersort gegangen war. Das tat sie in den letzten Monaten immer häufiger.

Fräulein Richter, die erste Hausdame des Hotels, hatte jedoch darauf bestanden, dass die Stücke heute früh geliefert werden sollten. Also hatte Luise bis Mitternacht im Schein der Lampe gesessen und gearbeitet. Sie hatte gar nicht gehört, wann Tante zurückgekehrt war, so tief hatte sie danach geschlafen.

Nun lag unter einem weißen Leinentuch auf dem Tisch ein Stapel seidener Kopfkissen mit dem eingestickten *4J*-Emblem des vornehmen Hotels. Ein Anblick, der Luise mit Stolz erfüllte. In den Fingerspitzen spürte sie noch immer das Streicheln des Seidenfadens.

Sie hatte das elegante Haus an der Alster bisher nur einmal in ihrem Leben gesehen. Es war vor drei Jahren gewesen, als Tante sie ausnahmsweise mitgenommen hatte, weil sie die Pakete nicht allein hatte tragen können. Dieser Ausflug war für Luise aufregender gewesen als ein Spaziergang am Ufer der Elbe oder ein Zuckerapfel auf dem Rummel.

Wenn Tante Auslieferungen zu erledigen hatte, setzte sie ihren besten Hut auf, machte sich auf den Weg, ließ die Wäsche begutachten und bat um ihr Geld. Auch damals trug sie ihren Hut. Luises Hände hatte sie zuvor mit einer Wurzelbürste geschrubbt, aus Angst, der Dreck des Gängeviertels könnte von der Hausdame des Hotels bemerkt werden. Dabei waren Luises Fingernägel immer reinlich, denn Tante duldete keine schmutzigen Hände. Überhaupt waren Luises Finger die saubersten im Viertel, ja, vielleicht sogar der ganzen Stadt. Sie waren so tadellos, dass sie an den meisten Tagen schmerzhaft rot waren und Luise sie hinter dem Rücken versteckte, wenn jemand ihr begegnete.

Mit streng geflochtenen Zöpfen unter ihrer Wollmütze

hatte Tante sie an jenem Tag mitgenommen, vorbei am Rathaus, hinüber zum Jungfernstieg mit seinen vornehmen Läden, die so früh noch nicht geöffnet waren. Luise erinnerte sich, dass die Alster zugefroren war und all die weißen Dampfer am Anleger ihr schienen, als wären sie in einen Dornröschenschlaf gefallen. Vor einem der Schaufenster blieb sie stehen, um die herrlichen Auslagen zu betrachten, doch Tante zerrte sie unwirsch mit sich.

»Unsereins lungert nicht herum. Und promenieren tut er auch nicht. Wir arbeiten und sind durchsichtig. Jeder an seinem Platz. Zu Gottes Wohlgefallen.«

Luise verstand nicht, was Tante damit gemeint haben könnte.

Endlich erreichten sie das Schloss! Es musste eines sein, da war sich die kleine Luise sicher gewesen, denn bei den Stufen, die ins Haus führten, hielt ein Soldat Wache. Seine goldenen Tressen auf den Schultern glänzten mit seinen Knöpfen um die Wette. Als Luise ihn entdeckt hatte, verbeugte er sich gerade vor einem feinen Herrn, der mit Zylinder und Gehstock durch die Tür heraustrat und gemessenen Schrittes die Stufen mit dem roten Teppich herunterkam. Ihm folgte ein Mädchen, das kaum älter war als Luise. In ihrem langen weißen Mantel, der bis zu den schwarzen Schnürstiefeln reichte, und der Pelzmütze auf ihrem Haar wirkte sie wie eine Prinzessin.

Luise erinnerte sich, dass sie sich gefragt hatte, ob das Mädchen wohl schmutzige Fingernägel haben könnte, weil sie ihre Hände in dem Pelzmuff verstecken musste. Luise war überzeugt gewesen, dass es sich bei dem Herrn um einen König handelte, so tief dienerte der Soldat vor dem Mann. Fasziniert stand sie da, bemerkte Tante erst, als diese sie in den Arm kniff, weil sie die Prinzessin mit offenem Mund anstarrte.

»Gaff nicht so dumm!«, hatte Tante gezischt und Luise mit sich gezogen.

Das war lange her. Dennoch schob sich das Bild des Hotels mit seinen hohen Fenstern und dem Soldaten vor der Tür noch immer durch Luises Träume. Die Erinnerung versüßte ihr die kalten Nächte und schweren Tage in der Springeltwiete. In ihrer Vorstellung schritt sie durch die Tür, über die acht mit Teppich belegten Stufen hinauf und trat durch die Drehtür ins Gebäude. An dieser Stelle endete der Traum immer, denn sich auszumalen, wie das Innere des Schlosses aussehen könnte, war ihr unmöglich.

Sie schlug die kratzige Decke zur Seite und setzte sich auf. Ihr Nacken war steif und schmerzte. Ein Blick zu dem Leinentuch und der Wölbung darunter gab ihr Linderung. Sie hatte jedes einzelne Wäschestück in allerbester Manier mit dem Monogramm des Hotels versehen. Alle Stiche waren ihr perfekt gelungen. Keiner der Gäste würde ahnen, dass es nur ein einfaches Mädchen aus dem Gängeviertel war, das seine Hände an den Stoff gelegt hatte.

Luise wusste, wem sie ihre Fertigkeit zu verdanken hatte. So hart Tante auch mit ihr ins Gericht ging, sie hatte in all den Jahren viel bei ihr gelernt. Eines Tages würde sie ebenfalls eine Wäscheflickerin sein oder gar eine Stickerin, deren Arbeit von den Reichen der Stadt wertgeschätzt würde. Wenn es so weit war, gedachte Luise nicht mehr im Gängeviertel zu wohnen, von dem es hieß, es würde eh bald abgerissen werden, um Platz für neue Kontorhäuser zu machen. Nein, Luise würde sich eine Bleibe suchen, die ganz in der Nähe jener Häuser lag, die sie beliefern wollte. An der Tür würde sie ein Schild aus Messing mit ihrem Namen darauf anbringen lassen.

Träume, alles nur Träume, schalt sie sich im selben Moment. Niemals würde sie aus dem Elend hier fliehen können.

Das war für unwürdige Kreaturen wie sie nicht in Gottes Plan vorgesehen, sollten die Tante und der Herr Pastor recht haben.

Mit einem leisen Stöhnen erhob sich Luise von ihrem Lager, ließ den Kopf kreisen, dass es knackte, rieb sich die Augen und warf den Wollschal über die Schultern, um sich Wasser zum Waschen vom Hof zu holen. Plötzlich setzte das Schnarchen hinter dem Vorhang aus. Bang drehte sich Luise zum Schlafraum ihrer Tante um, aus dem der Gestank von billigem Schnaps kroch. Angespannt horchte sie, ob der Atem wieder einsetzte. Diese Aussetzer machten ihr Angst, denn sie wusste nicht, was sie tun sollte, würde Tante eines Tages vergessen weiterzuatmen. Sie wollte nicht ins Armenhaus gesteckt werden, wie ihre Tante nicht müde wurde zu drohen. Selbst wenn dort vielleicht irgendeine mitfühlende oder auch nur hintertriebene Seele Erbarmen mit ihr haben mochte.

Da hörte Luise ein lautes Röcheln, dem ein heftiger Husten folgte. Das Schnarchen hob erneut an. Erleichtert sandte Luise einen Dank gen Himmel. Sie wusste, dass Tante schon sehr alt war, mindestens fünfzig, und der Fusel aus den Kneipen tat ihr auch nicht gut. In ihrem jungen Leben hatte Luise bereits gelernt, dass nichts von Dauer war und selbst das wenige, was der Mensch besaß, ihm vom Herrgott jederzeit genommen werden konnte.

»Noch ein Jahr«, mahnte sie sich leise zu mehr Geduld. Mit fünfzehn Jahren würde sie alt genug sein, um sich eine Anstellung in einem guten Hamburger Haushalt zu suchen. Sie würde die Springeltwiete verlassen, um ihr Glück in die eigenen Hände zu nehmen. Sie musste nur fleißig arbeiten. Bis dahin hieß es, still sein. Tante würde sie niemals gehen lassen, denn Luise war es, der Bastard einer liederlichen Person, die als Einzige in diesem Haushalt Geld verdiente. Seit Monaten hatte die alte Frau keine Nadel mehr zur Hand genommen, weil ihre Finger ständig zitterten.

Luise griff nach der Emailleschüssel und verließ die Küche, den einzigen Raum in Tantes Wohnung, wenn man von deren Schlafecke hinterm Vorhang absah. Unten im Hof war es still, obwohl bei den Benningmeiers bereits die Tür offen stand. Mudder Benningmeier hatte viele Kinder und schien nie zu schlafen.

»Na, Mädchen, wieder mal früh auf?«, wollte die Nachbarin wissen, als Luise die Schüssel unter die Wasserpumpe stellte und nach dem Schwengel langte. Mit dem Kleinsten auf dem Arm stand sie in der Tür. Eine Haarsträhne hing ihr ins Gesicht.

»Guten Morgen, Mudder Benningmeier.« Luise blickte zum Himmel, der sich in ein helles Blau verwandelte. »Das wird ein herrlicher Tag.«

»Wem sagst du das, Mädchen? Ein Tag zum Götterzeugen, wie mein Willi immer sagt.« Sie lachte rau.

Luise schwang den Schwengel eifriger. Themen dieser Art waren ihr unangenehm. Mudder Benningmeier hatte sechs Kinder. Das jüngste war ein Jahr alt und das älteste, ein Mädchen, neun. Alle wurden sie zur Schule geschickt, wenn sie alt genug waren. Luise beneidete die Kleinen der Nachbarin.

»Hat die versoffene Schabracke dich wieder bis spät in die Nacht arbeiten lassen?«

Luise mochte es nicht, wenn die Leute so über Tante redeten, denn etwas von dem schlechten Ruf ihrer Verwandten blieb bestimmt auch an ihr kleben.

»Sie vertraut mir die Arbeit für ihre besten Kunden an«, erklärte sie darum, während sie die Schüssel mit dem Wasser vorsichtig zur Treppe balancierte. »Das ist für mich eine große Ehre. Sie hat mir viel beigebracht.«

Die Benningmeier lachte. »Himmel! Wat hett de Ole dir nur fürn Deutsch beigepuhlt. So redet kein einer von uns. Nich mal der Herr Pastor.«

Mudder Benningmeier hatte recht. Niemand im Viertel sprach wie sie oder Tante. Die anderen hielten Luise für hochnäsig, so vornehm, wie sie daherkam. Außerdem hatte sie immer saubere Hände und Fingernägel.

Die Zunge zwischen die Zähne geklemmt, ohne einen Tropfen zu verschütten, schaffte es Luise bis in die Wohnung zurück. Dort saß Tante schwankend auf der Kante ihres Betts und kratzte sich unterm Arm.

»Wo warst du?«, krächzte sie. »Bring mir was zu trinken. Ich habe Durst.«

Eilig stellte Luise die Schüssel auf den Küchentisch. Wasser schwappte über den Rand. Sie lief zum Krug, um der Tante etwas in ein angestoßenes Glas zu gießen.

»Schneller! Oder soll ich vor Durst vergehen?«

»Nein, natürlich nicht.«

Die Tante riss ihr das Wasserglas aus der Hand und stürzte es herunter. Ihre Augen suchten das Fenster. »Wie spät ist es?«

»St. Jacobi hat eben sechs geschlagen.« Luise trat einen Schritt zurück, als Tante versuchte, sich vom Bett aufzurichten.

Stöhnend hielt sich die Frau am Pfosten fest. Ihre freie Hand griff nach dem Schädel, von dem die Haare abstanden, als wollten sie flüchten. »Gib mir meine Medizin.«

Luise zog die Schublade des Nachtschranks auf, in der sich ein Töpfchen mit einem weißen Pulver befand. Sie wusste, dass Tante immer zwei Löffel davon mit Wasser zu sich nahm, wenn es ihr ging wie heute. Luise füllte das Glas erneut, tat die Medizin hinein und reichte es Tante, die jetzt mitten in der Küche stand.

»Warum ist hier diese Unordnung?« Wütend schob Tante

die Matratze mit dem Fuß beiseite. »Ich dulde solche Nachlässigkeiten nicht.«

Rasch nahm Luise die schäbige Matte samt Kissen und Wolldecke, um alles im Dunkel der Ecke zu verstauen. Tante stand unterdessen am Tisch und hob das Tuch an, um die Lieferung für das Hotel zu prüfen. Angespannt wartete Luise auf ein Urteil.

»Wird wohl gehen«, nuschelte Tante und ließ das Tuch fallen. Sie blickte sich um. »Wo sind meine Kleider?«, rief sie unnötig laut. »Wo hast du sie hingeworfen, du undankbare Göre?«

Im Schlafzimmer fand Luise das Gesuchte verstreut auf dem Boden. Als sie sich danach bückte, bemerkte sie eine lose Diele, die jemand hochgenommen und nachlässig zurückgelegt hatte. In dem Hohlraum steckte eine Geldkassette. Schnell griff sie nach den Kleidern und eilte zurück.

Stöhnend riss Tante ihr die Sachen aus der Hand. Umständlich zog sie sich an. Immer wieder entglitt ihr der Knopf für das Leibchen, das sie zudem schief zuknöpfte. Luise lehnte an der Wand und wartete.

»Was gaffst du so?«, fauchte die Alte sie an. »Kümmere dich um den Kaffee!«

Luise goss aus dem Krug Wasser in einen Kessel, den sie auf den Holzherd stellte. Gott sei Dank war noch ein Stück glühende Kohle von gestern übrig. Mit Holzspänen und ein wenig Pusten sowie einem mickrigen Holzscheit bekam sie das Feuer wieder zum Brennen. Gerade als sie die angestoßene Porzellankanne vom Regal nahm, die mit den Rosen darauf, hörte sie hinter sich ein Poltern. Tante war bei dem Versuch, ihre Strümpfe anzuziehen, zu Boden gestürzt. Hastig stellte Luise die Kanne beiseite und wollte ihr aufhelfen, da schlug die Frau ihre Hand fort.

»Hör auf, dich lieb Kind zu machen, du Balg«, zischte sie, während sie sich am Tisch hochzog. »Wo ist mein Kaffee?«

Luise tat wie ihr geheißen. Still löffelte sie das Pulver in die Kanne und wartete darauf, dass das Wasser im Kessel kochte.

»Ich muss zu Fräulein Richter, um die Wäsche auszuliefern. Wehe dir, du hast schlampig gearbeitet!«

»Habe ich nicht«, flüsterte sie.

»Was hast du gesagt?«, brüllte die Frau am Tisch und sprang auf. Dabei schwankte sie gefährlich. »Tuschelst du etwa hinter meinem Rücken über mich?«

Luise fuhr herum. Fast hätte sie die Kanne umgeworfen. Schnell fing sie das gute Stück auf. Im selben Moment schlug Tante ihr dermaßen hart auf den Arm, dass die Kaffeekanne ihr dennoch aus der Hand rutschte und auf den Holzdielen zerbrach.

»Du nichtsnutziges Gör einer Hure! Das wirst du mir bezahlen!« Tante holte noch einmal aus.

Schnell drängte Luise sich in die äußerste Ecke der Küche, um den Schlägen auszuweichen, die unweigerlich folgen würden. Die blieben dieses Mal allerdings aus, denn Tante war nach wie vor zu betrunken. Mehr schlecht als recht schaffte es die Frau zurück auf den Stuhl. Jammernd stützte sie den Kopf in die Hände, als befürchtete sie, er könnte ihr von den Schultern rollen.

Sie stöhnte. »Ich kann heute nicht zum Hotel gehen. Bin krank.«

Luise biss sich auf die Unterlippe. Wenn die Alte nicht zum Neuen Jungfernstieg laufen konnte, die Ware aber ausgeliefert werden musste, gab es nur eine Lösung … Gespannt wartete sie.

Die Frau war in Wahrheit gar nicht ihre richtige Tante, sondern nur eine entfernte Verwandte ihrer Mutter. Die hatte eines Nachts mit einem Neugeborenen vor der Tür gestanden, in Tränen aufgelöst ob ihrer Schande. In einem Anfall von Barmherzigkeit hatte Tante das Kind aufgenommen. Die schändliche Mutter indes verschwand auf Nimmerwiedersehen in dem Sumpf, aus dem sie gekommen war. Luise wusste nicht einmal ihren Namen. Somit war Tante ihre einzige Verwandte. Ohne sie war sie nichts und würde auf immer ein Nichts bleiben, davon war Luise überzeugt, denn Tante sagte es ihr mehrmals täglich, damit sie es auch ja nicht vergaß.

Die Frau am Tisch holte tief Luft, als hätte sie eine bedeutende Entscheidung getroffen.

»Du packst die Wäsche in das Seidenpapier dort drüben«, sie nickte zu einem dünnen Stapel hinüber, »dann bringst du alles zum Hotel.« Tante versuchte, sie mit ihrem Blick zu fixieren. »Du ziehst dich anständig an. Dein Kirchkleid. Mach das Haar. Du gehst zum Liefereingang und fragst den Portier im Controllbüro nach der Hausdame Fräulein Richter. Du wirst sie von mir grüßen und mitteilen, dass ich heute unpässlich bin. Nach siebzehn Jahren das erste Mal! Das wirst du ihr sagen, hast du gehört?«

Eifrig nickte Luise.

Tante schloss die Augen und seufzte vor lauter Anstrengung.

»Du wirst ihr die Rechnung geben.« Sie wies zu einem handgeschriebenen Zettel auf dem Arbeitstisch. »Eine Mark. Komm mir nicht mit weniger nach Hause, hörst du?« Ihre Stimme überschlug sich. Sie wedelte mit dem Zeigefinger. »Wehe dir, du gibst auch nur einen einzigen Pfennig davon aus. Ich prügele dich tot, hast du das gehört!«

Luise nickte erneut, wobei sie sich größte Mühe gab, ihre Freude nicht zu zeigen. Sie würde in die Stadt gehen! Zum weißen Hotel! Zur Alster und dem Jungfernstieg. Wenn sie viel Glück hatte, käme vielleicht wieder eine Prinzessin durch die Tür. Oder ein Schwan zog vorbei.

»Los! Zieh dich endlich an!« Tante erhob sich wankend. »Ich werde mich hinlegen. Meine Migräne ist heute eine einzige Tortur.«

2

Als sich Luise mit der in Seidenpapier gewickelten Lieferung im Arm auf den Weg machte, erwachte die Stadt gerade zum Leben. Fuhrwerke rumpelten durch die Straßen, und Bauersfrauen bauten ihre Marktstände auf. In der Nacht hatte es geregnet. Vom Hafen her zog eine Brise salziger Meeresluft durch die Straßen und begleitete Luise zur Alster, einem kleinen aufgestauten Fluss mitten in der Stadt.

Tante hatte ihr befohlen, nicht den Weg am Hotel vorbei zu nehmen, um den vornehmen Gästen ihren Anblick auf der Straße zu ersparen, sollte dort jemand zu so früher Stunde zufällig ans Fenster treten. Überhaupt solle sich Luise vom Portal fernhalten und besser am Hauptbahnhof entlanggehen, um über die Lombardsbrücke in den Neuen Jungfernstieg zu gelangen. Zwar hätte Luise lieber den Weg über den Jungfernstieg genommen, mit all seinen schönen Schaufenstern, aber sie wusste, dass es besser war, sich an die Anweisungen der Tante zu halten. Zum Glück hatte Tante vergessen, ihr zu sagen, sie müsse denselben Weg auch wieder zurückgehen. Daher beschloss Luise, wenigstens auf dem Heimweg bei dem Soldaten am Eingang vorbeizuhuschen. Wenn keiner in der Nähe war, würde sie vielleicht sogar einen Moment stehen bleiben und warten, ob eine Prinzessin aus dem Hotel trat.

Mit einem verschmitzten Lächeln im Gesicht passierte sie das Naturhistorische Museum beim Hauptbahnhof und die Kunsthalle dahinter, die gerade einen neuen Anbau mitsamt Kuppel erhielt. Um diese Uhrzeit war schon eine beachtliche Zahl an Kutschen auf der Lombardsbrücke unterwegs, welche die Außen- von der Binnenalster trennte. Die Steinbrücke mit ihren fünfarmigen Kandelabern wirkte auf Luise sehr vornehm. Da ließen sich diese schrecklichen Automobile, die ab und zu vorbeiknatterten, besser ertragen.

Auf den Parkwegen, die sich zu beiden Uferseiten der Brücke um die Alster schmiegten, flanierten um diese Zeit noch keine Damen mit blumenumkrönten Sonnenhüten. Auch schoben noch keine Gouvernanten mit weißen Hauben Kinderwagen vor sich her. Die Sandwege waren verwaist.

Drüben, am linken Ufer, hatte die stolze Hapag-Reederei ihren Sitz. Mit einem Schiff dieser Gesellschaft war Luises Nachbar Justus Encke im letzten Jahr nach Amerika ausgewandert. Er hatte in einer großen Stadt namens New York ein eigenes Unternehmen gegründet, wie er kürzlich seinen Eltern schrieb. Alle im Hinterhof wussten jetzt, dass er Schuhputzer an der 42sten Straße, Ecke Madison Avenue war und das Leben in der Stadt ein einziger Traum sei. So mancher in der Springeltwiete überlegte seither, ebenfalls einen Dampfer der Hapag zu besteigen, um sein Glück auf der anderen Seite des Ozeans zu finden. Luise dagegen wollte Hamburg nicht verlassen. Ihre Heimatstadt gefiel ihr gut genug.

Sie hatte inzwischen die Mitte der Brücke erreicht. Ein weißer Alsterdampfer schob sich gemächlich von der Außenalster herbei, um bald unter einem der Brückenbögen zu verschwinden. Schnell überquerte Luise die Straße, um auf der anderen Seite zu warten, dass das Schiff unter ihr wiederauftauchte.

Da war es! Der Qualm aus dem Schornstein hüllte sie in eine weiße Wolke. Luise hielt die Luft an, während das Schiffchen in die Binnenalster tuckerte, um drüben an der Anlegestelle beim Jungfernstieg neue Fahrgäste aufzunehmen.

In diesem Moment überschritt die Sonne das grüne Kupferdach der Hapag-Reederei und warf tausend Diamanten in das Wasser der Alster. Die Häuser auf der anderen Seite erstrahlten im goldenen Morgenlicht. Und mitten unter ihnen das Hotel *Vier Jahreszeiten* mit seinem Türmchen. Luise seufzte. Wie schön ihre Stadt war!

Luise lief weiter, die steinerne Balustrade entlang. Vielleicht würde heute Nacht ein König oder eine echte Prinzessin ihren Kopf auf jenen Monogrammen betten, die sie gestickt hatte. Sie überquerte gerade die Kreuzung, um hinter der Brücke in den Neuen Jungfernstieg einzubiegen, als sie eine Hupe dicht neben sich quäken hörte. Erschrocken sprang sie zurück. Da aber war der Kantstein. Luise verlor das Gleichgewicht und stürzte rücklings auf den Gehsteig. Dabei glitt ihr die Wäsche aus den Händen.

Der Automobilist raste vorbei, ohne dass sich der Fahrer auch nur umdrehte. Ihr Herz blieb stehen. Das Paket! Es lag in einer Pfütze.

»Nein!«, schrie sie und griff danach.

Das Seidenpapier war aufgerissen. Eine Ecke vom Pfützenwasser ruiniert. Schnell zerrte sie das Papier auf, um zu sehen, ob die Wäsche Schaden genommen hatte. Sie hatte Glück gehabt. Alles schien noch sauber zu sein. Mit Tränen in den Augen trennte sie die schadhafte Papierstelle ab und stopfte sie in die Tasche ihres Kleids. So gut es ging, umwickelte sie die Wäschestücke mit dem restlichen Seidenpapier. Dabei versuchte sie sich zu trösten, dass es ja nur das Papier war, das schmutzig geworden war.

»Steh auf. Es gehört sich nicht, hier herumzulungern, oder willst du etwa betteln? Ich rufe die Polizei!«, schimpfte ein Herr mit Monokel und Gehstock.

Eine Entschuldigung murmelnd, rappelte sich Luise auf, während der Herr sich weiter echauffierte. Da trat ein Junge herbei. Er machte einen tiefen Diener vor dem Herrn.

»Lassen Sie mich das erledigen, Herr Geheimrat. Ich kümmere mich sofort um die Angelegenheit.«

»Das will ich hoffen«, grummelte der Mann nach kurzem Zögern. Mit großen Schritten, den Stock wie einen Knüppel vor sich herwerfend, ging er davon.

Der Junge nahm Luise das Paket ab und reichte ihr galant die Hand.

»Danke«, hauchte sie ihrem Helfer verlegen zu. »Da war dieses ... Automobil. Es hätte mich fast umgefahren.« Ihre Finger fuhren über den Rock des blauen Sonntagskleids. »Warum hielt er nicht an? Hätte er nicht anhalten müssen?« Sie musterte ihren Retter, der ein wenig älter war als sie.

Der Junge sah dem Wagen nach.

»Das war ein Stoddard Dayton Roadster. Zweisitzer. Kein neues Modell, nur Baujahr '11. Dürfte um die zweitausend Dollar gekostet haben.« Er schien sie nicht gehört zu haben.

Sie folgte seinem Blick. Vor dem Hotel stieg soeben der Fahrer aus. Der Soldat eilte herbei, sprang an seiner statt in den Wagen und fuhr davon.

»Er stiehlt dem Herrn das Automobil?«, fragte sie und wunderte sich, dass der Besitzer ungerührt die Stufen ins Haus hinaufging.

»Wer?«

»Der Mann in Uniform.«

Der Junge lachte. »Nein, bestimmt nicht. Das ist Herr Niefers, unser Wagenmeister. Er fährt den Stoddard nur um die Ecke. Dort unterhalten wir eine Garage.«

»Oh.«

»Übrigens darfst du dich geehrt fühlen.«

»Warum das?«

»Du wurdest soeben von Brian Eddison-Ligthon, dem Tee-erben und beliebtesten Junggesellen des Kontinents, fast überfahren. Er wird zur Hochzeit seiner Cousine Edith gekommen sein, die einen Hamburger Kaffeehändler heiraten soll. Man feiert heute Abend bei uns im Hotel.«

Luise erkannte auf der Uniform des Jungen das gleiche Wappen, das sie letzte Nacht in die Kissenbezüge gestickt hatte. »Du bist vom Hotel *Vier Jahreszeiten*?«

Er stellte sich ein wenig aufrechter hin. Das runde Käppi auf dem Kopf hatte er eine Spur schräg aufgesetzt. Auf der bis zum Hals geschlossenen dunklen Uniform schimmerten sieben silberne Knöpfe und das Zeichen *4J*. Seine Schuhe waren blank gewienert.

»Ist das nicht offensichtlich?«, fragte er spöttisch. Als sie eine Antwort suchte, lachte er und reichte ihr das Paket. »Ich muss Sie leider verlassen, Fräulein. Die Pflicht ruft.«

Er verbeugte sich, als wäre sie eine vornehme Dame. Dann lief er Richtung Hotel.

Luise schaute ihm nach. Wie nett er zu ihr gewesen war! Viel freundlicher als dieser ungehobelte Teekerl mit seinem Knatterding. Hoffentlich war es nicht der Kopf dieses Automobilisten, der heute Nacht auf ihrem Monogramm liegen würde.

Sie klemmte das Paket unter den Arm und setzte ihren Weg fort, bis sie zu einer Treppe gelangte, die fünf Stufen hinunter zum Lieferanteneingang des Hotels führte. Ein Pferdefuhrwerk stand davor, von dem zwei Männer gerade kleine

Fässer abluden und auf ihren Schultern hineinschafften. Ein Dienstmann in derber Lederschürze trat aus dem Haus in den Sonnenschein heraus. Auch er hatte offensichtlich etwas geliefert, denn er stopfte einen Geldschein in seine Hosentasche.

Luise wartete, ob das Haus noch mehr Leute ausspucken würde. Als dem nicht so war, ging sie vorsichtig die Steinstufen hinunter, um ihren Auftrag zu erledigen. Dabei pochte ihr Herz vor Aufregung.

Hinter der offenen Tür lag ein dunkler Gang. Stimmen waren zu hören. Unsicher machte sie einen Schritt in das Dunkel. Es handelte sich um einen Vorraum, von dem drei Türen abgingen. Eine davon führte in ein Kabuff, in dem ein Mann in grauem Arbeitskittel an einem Schreibtisch saß.

»Der Nächste!« Er hob den Kopf von einer Liste vor sich.

»Guten Tag. Ich soll hier etwas abgeben.« Sie hielt ihm das Paket hin.

»Warenlieferung für?«

»Fräulein Richter.«

»Hausdame Fräulein Richter, wenn ich bitten darf.« Streng musterte er sie über den Rand seiner Brille.

»Verzeihung«, flüsterte sie.

»Habe dich noch nie hier gesehen.« Er kräuselte die Stirn, als vermutete er, sie würde etwas stehlen wollen.

»Meine Tante, sie ist unpässlich. Darum soll ich die reparierte Bettwäsche bringen. Eine Mark.«

Schnaufend drängte ein Mann mit einer Holzkiste vor dem Bauch sie beiseite.

»Kellerei von Have«, keuchte er. »Zwölf Flaschen Rosé.« Er kramte aus seiner Jackentasche einen Zettel, den er dem Kontrolleur reichte.

Der erhob sich, warf einen Blick auf das Papier, danach in

die Kiste, glich die Lieferung mit einer Liste ab, machte ein Häkchen und nickte. »Sie wissen ja, wohin.«

Der Mann dankte, hob die Ware wieder hoch und verschwand im Inneren des Hotels. Es kamen weitere Lieferanten die Stufen herunter. Einer hatte stapelweise Kaviardosen dabei. Ein anderer rollte eine Papptonne vor sich her, die offenbar Waschpulver enthielt.

Erst jetzt schien sich der Kontrolleur daran zu erinnern, dass Luise noch immer wartete. Er griff zu einem schwarzen Kasten, auf dem ein Ding lag, das er sich an sein Ohr hielt. Mit der anderen Hand drehte er an einer Kurbel an der Seite des Dings. Er horchte.

»Lieferung für den Hausservice«, sprach er in den Knochen. »Fräulein Richter wird gebeten, ins Controllbüro zu kommen.« Er legte das Gerät zurück auf das Gestell, von dem er es zuvor entnommen hatte. »Hast du noch nie einen Sprechapparat gesehen?«, kommentierte er amüsiert Luises bass erstauntes Gesicht.

Sie schüttelte den Kopf.

Er runzelte die Stirn, als könne er das nicht verstehen. »Alle unsere Fremdenzimmer haben einen solchen Telefonapparat. Damit können die Gäste sogar ins Reichsnetz telefonieren, egal wohin. Auch bis Stettin oder Berlin, Paris und Stuttgart.«

Luise hatte von Berlin gehört, die anderen Städte kannte sie nicht.

Es dauerte lange, bis endlich eine Frau durch die Tür in den Vorraum trat. Ihr schwarzes Kleid mit dem feinen Spitzenkragen lag eng an ihrem klapperdürren Körper an. Am Gürtel hing ein Schlüsselbund. Um ihren Hals baumelte eine Kette mit einem Kneifer daran, den sie nun aufsetzte. Streng musterte sie Luise von oben bis unten. »Wer bist du?«

Luise knickste. »Ich komme von meiner Tante, Frau Krüger.« Sie hielt der Dame die Bettwäsche hin. »Ein … ein Automobilist hat mich umgefahren«, stotterte sie, um den Zustand der Verpackung zu erklären.

Fräulein Richter hob eine Braue. »Öffne das Paket.«

Luise entdeckte ein Stück weiter ins Haus hinein einen kleinen Tisch. Mit zwei Schritten war sie da, legte die Ware ab und zog vorsichtig das Papier ab. »Ich habe nachgesehen. Es ist nichts passiert. Bestimmt nicht.«

Kritisch ließ die Hausdame die Fingerspitzen über das gestickte Wappen gleiten. »Das restliche Garn?«

»Unter den Kissenbezügen«, antwortete Luise und wollte gerade das Seidengarn hervorziehen, als die Frau ihr eins auf die Finger gab.

»Weg da! Du machst ja alles schmutzig.«

Schnell versteckte Luise ihre Hände hinter dem Rücken und biss sich auf die Unterlippe.

Fräulein Richter prüfte den Zettel, der dem Paket beilag. Sie lachte. »Eine Mark? Ich gebe dir fünfzig Pfennig. Immerhin müssen wir die Sachen noch einmal waschen.«

Ein Schreck fuhr durch Luises Körper. »Nein! Wenn ich keine Mark nach Hause bringe, schlägt Tante mich tot.«

»Entweder das oder gar nichts«, erwiderte die Hausdame ungerührt. »Wir planen schon länger, uns von Frau Krüger zu trennen. Ihre Arbeit hat in den letzten Jahren arg gelitten. Außerdem erledigt seit einiger Zeit die *Weißwäscherei Kuhnke* für uns auch Flick- und Stickarbeiten. Körbeweise. Und alles binnen zwei Tagen.«

In Luises Ohren begann es zu rauschen. »Warum denn so wenig? Die Wäsche ist doch gar nicht schmutzig. Und ich habe mir solche Mühe gegeben.«

»Du wagst es, mir zu widersprechen?« Die Frau hob die Hand.

Luise duckte sich fort, weil sie eine Ohrfeige befürchtete.

»Und das da?«, rief die Frau und wies auf einen kleinen Fleck an der Knopfleiste eines Kissenbezugs. »In der Wäscherei werden sie die Sachen einweichen, waschen, mangeln und plätten müssen.«

Luises Schultern sanken tief und tiefer. Sie hätte beim Queren der Straße vorsichtiger sein müssen. Das alles war ihre Schuld, allein ihre. Und nun verlor Tante auch noch ihren wichtigsten Kunden. Die Hausdame griff in eine Tasche ihres Kleids und zog ein Geldstück heraus.

Mit Tränen kämpfend, nahm Luise das Geld, während die Frau mit einem Bleistift die Summe auf der beigelegten Rechnung mit einem energischen Strich korrigierte. Luise schniefte. So wunderbar der Tag begonnen hatte, jetzt schien er ihr der düsterste ihres Lebens.

Die Frau schob sie zur Tür. »Frau Krüger kann ja für die Firma *Kuhnke* arbeiten. Vielleicht nehmen die sie.«

»Auf Wiedersehen«, murmelte Luise, obwohl die Tür hinter ihr bereits ins Schloss gefallen war.

Langsam ging sie die Stufen hinauf. Auf dem Gehweg wischte sie sich mit dem Ärmel ihres Kleids die Tränen aus den Augen. Da hörte sie eine verärgerte Frauenstimme in ihrer Nähe. Im nächsten Moment stürzte eine junge Frau aus dem Kelleraufgang des Nebenhauses auf den Bürgersteig. Wütend setzte sie ihren Hut auf und rannte mit offenem Mantel an Luise vorbei.

»Für die paar Kröten buckle ich nicht! Das habe ich nicht nötig!«, rief sie über ihre Schulter zurück. »Alles Schinder und Ausbeuter in diesem scheißvornehmen Laden!«

Luise erschrak über die Wut in der Stimme der Frau. Auch die derbe Ausdrucksweise passte nicht recht an diesen Ort. Im Gängeviertel redeten die Leute so, aber hier?

Auf der Kellertreppe erschien der Kopf einer weiteren Frau. Sie war älter und trug eine weiße Schürze sowie eine Haube, die ihr lockiges graues Haar nur schwer bändigen konnte. Sie schaute der noch immer Keifenden hinterher. Mit einem lauten Seufzer verschwand sie wieder im Haus.

Luise aber stand nur da. Was sollte sie nur tun? Sie blickte zu den Wolken hinauf und überlegte zu beten, dass die Tracht Prügel zu Hause nicht so schlimm werden würde. Sie umklammerte das Geldstück in ihrer Hand. Ob sie fortlaufen sollte? Wie lange reichten wohl fünfzig Pfennige?

»Hallo, du da!«

Die Stimme kam von oben. An einem Fenster über ihrem Kopf entdeckte Luise den netten Pagen von vorhin. Weit beugte er sich hinaus.

»Du musst klopfen.«

»Klopfen?«

»Ja! Das Nachbarhaus gehört dem Patron. Er hat die Nummer 14 vor Kurzem gekauft. Im Keller ist die Wäscherei. Los, klopfe. Frage nach Arbeit.«

»Warum?«

Er rollte mit den Augen. »Weil du Geld brauchst.«

»Woher weißt du das?«

»Das macht die Richter oft. Es senkt die Kosten. Darum bietest du unserer Wäscherin auch an, die Bettbezüge persönlich zu waschen, ohne extra Geld zu verlangen. Wenn alles picobello ist, muss die Hausdame dir deine Mark geben.«

Bei dem Gedanken, im Hotel *Vier Jahreszeiten* zu arbeiten, und sei es nur für ein paar Stunden in der Wäscherei, wurde Luise ganz übel. Es war eine Sache, von dem vornehmen Haus zu träumen, aber eine gänzlich andere, dort Dienst zu tun.

»Mach schon. Du brauchst Geld, und unsere Frau Köhler

sucht mal wieder eine neue Waschhilfe. Die letzte ist ihr nämlich gerade abhandengekommen.«

Luise überlegte. Alles war besser, als von Tante Prügel zu beziehen. Andererseits war das *Vier Jahreszeiten* das nobelste Hotel der Stadt. Ein Kind aus der Gosse würde man hier sicher nicht haben wollen.

»Himmel, sei nicht so ein Angsthase. Du hast nichts zu verlieren, also ran an den Speck.«

»Hasen essen keinen Speck«, murmelte sie. Zögerlich ging sie zum Kellereingang des Nebenhauses, aus dem eben die junge Frau gekommen war. Unschlüssig blickte sie zu der geschlossenen Tür hinunter. »Und wenn sie mich fortjagt?«, wollte sie von dem lachenden Gesicht über ihrem Kopf wissen.

»Fräulein Richter hat in der letzten Woche vier Wäscherinnen hinausgeekelt. Glaube mir, Frau Köhler braucht dringend Hände, die helfen. Vielleicht ist dieser Tag der einzige in deinem Leben, an dem ein Traum in Erfüllung geht.«

Konnte er Gedanken lesen? Luise gab sich einen Ruck. Mit klopfendem Herzen stieg sie hinunter. Kaum hatte sie zaghaft mit dem Knöchel die Tür berührt, wurde diese aufgerissen. Vor Luise stand die Frau mit der Haube.

»Ich arbeite umsonst für Sie, wenn Fräulein Richter mir die restlichen fünfzig Pfennige gibt«, presste Luise hastig hervor.

Die Wäscherin runzelte die Stirn.

Luise stockte. Sie hatte wirr geredet, daher setzte sie von Neuem an. »Sie will mir mein Geld nicht geben, weil die Knopfleiste … Ich konnte gar nichts dafür, da war der Teemann, der hat mich einfach umgeworfen.«

»Du möchtest für Gottes Lohn in meiner Wäscherei arbeiten?«

Eifrig nickte Luise. »Wenn Fräulein Richter mir die fünfzig Pfennig gibt, ja.«

»Ich bin mir nicht sicher, worum es geht, jedoch bräuchte ich tatsächlich jemanden bei den Einweichbottichen.« Sie betrachtete Luise. »Also gut, komm herein, Kleine.«

Bevor Luise eintrat, warf sie einen Blick zum Fenster hinauf, wo der Junge sie breit anlächelte, als wollte er sagen: Ich wusste, dass es klappt.

3

Es war bereits Abend, als Luise die Wäscherei verließ. Ihr Rücken schmerzte, die Hände waren rot von der Lauge. Sie brannten wie Feuer. Dennoch war sie glücklich wie selten in ihrem Leben. In der Tasche ihres Kleids lag das versprochene Geld. Die erste Wäscherin hatte es ihr gegeben, nicht die schreckliche Hausdame.

Luise schnupperte an ihren Fingern, die nicht nach Kernseife rochen, sondern sehr viel vornehmer. Die Seifenflocken hatten ordentlich geschäumt. In jedem Kellerraum von Nummer 14 duftete es wie im Himmel. Auch in dem kleinen Hof, wo sie beim Aufhängen der Bettbezüge hatte helfen dürfen. Dass sie dabei sang, schien die erste Wäscherin nicht zu stören.

»Wo man singt, da lass dich nieder. Böse Menschen kennen keine Lieder«, sagte die nette Frau und reichte Luise einen Stoffsack mit hölzernen Wäscheklammern. »Du hast eine schöne Stimme, allerdings solltest du das Singen besser drinnen fortsetzen. *Dat Paddelboot* der Gebrüder Wolf könnte von unseren Gästen vielleicht irgendwie ein klein wenig als anstößig verstanden werden.«

»Verzeihen Sie bitte, Frau Köhler.« Luise knickste brav und hängte weiter Wäsche auf, nachdem die freundliche Dame gegangen war. Im Stillen fragte Luise sich, was an einem Paddelboot nur so schlimm sein mochte.

Jetzt machte sich Luise auf den Weg zurück in die Springeltwiete. Dabei sang sie leise das Paddelbootlied. »*Hannes, zuckersüßer Hannes, du, du kannst das wirklich ganz famos. Du schiebst dein Paddel mit 'nem Schwung so rein, darin bist du wirklich groß …*«

Sie war glücklich. Auch wenn sich der Tag langsam dem Ende entgegenneigte und sie geschuftet hatte wie all die anderen Frauen in der Wäscherei, pulsierte heute das Leben durch ihre Adern.

Wie herrlich dort unten alles gewesen war. Die Waschzuber für die Kochwäsche waren so groß, dass Luise in jedem hätte ein Bad nehmen können. Sie wurden mit Wasser aus einem Schlauch gefüllt, das in einem Nebenraum von einem Boiler bereits erhitzt worden war. Luise war begeistert, denn so musste sie sich nicht mit dem Anfachen des Feuers abmühen, und dreckig wurde sie auch nicht. Die Wäscherin hatte Soda ins Wasser geschüttet und Luise gebeten, die Wäsche darin mit einem langen Holzstiel so lange umzurühren, bis es wie im Hexenkessel brodle. Schon nach einer halben Stunde lief Luise der Schweiß über Gesicht und Rücken. Handtücher und Bezüge mussten anschließend mehrmals gespült und mithilfe einer Mangel ausgewrungen werden, bevor man alles im Hof aufhängte.

Weniger anstrengend war es gewesen, die kleine Wäsche mit dem Wäschestampfer zu bearbeiten. Das Gerät war in einer Glocke angebracht, die durch ein Sieb Luft und Lauge beim Stampfen ansaugte, um sie schmatzend durch die Wäsche zurückzudrücken. Wie modern es im *Vier Jahreszeiten* zuging, begriff Luise erst, als sie die frisch gekochten Handtücher und Servietten in einen Nebenraum brachte. Dort standen vier eigenartige Bottiche, die Frau Köhler Waschmaschinen nannte.

Die waschheiße Wäsche wurde eingefüllt, frisches Wasser aufgegossen und noch ein wenig wohlriechende Seife hinzugefügt. Als Nächstes verschloss Frau Köhler die Deckel und befahl Luise, das Rührflügelkreuz drinnen über einen Hebel von Hand zu drehen. Eine ganze Stunde musste sie die Maschine betätigen. Danach wurde die saubere Wäsche noch einmal gespült und über einen am Waschkessel angebrachten Walzenwringer ausgedrückt. Frau Köhler legte größten Wert darauf, dass die wertvolle Lauge zurück in die Maschine gelangte, um die nächste Füllung zu waschen. Solch moderne Geräte hatte Luise bisher noch nie gesehen.

Und jetzt stand sie im Neuen Jungfernstieg und roch selber wie der Himmel. Luise schnupperte an sich. Ja, wie der Himmel. Sie hüpfte am Geländer entlang, das die Straße von der Alster trennte, bis sie das Portal des Hotels auf der anderen Straßenseite erreicht hatte.

In den Fenstern entdeckte sie vornehme Gäste im Gespräch. Hier und da huschte ein Page vorbei. Luise meinte, Musik zu hören. Elektrische Lampen an den Wänden warfen ihren Schein bis auf den Fußweg, wo der Soldat wartete. Kerzengerade stand er da, die Hände auf den Rücken gelegt. Gerne hätte sie ihm zugerufen, dass auch sie seit heute im Hotel arbeitete, denn Frau Köhler hatte gesagt, sie dürfe morgen wiederkommen.

Den frischen Geruch der Seife in der Nase und ein wenig Übermut im Blut, winkte sie dem Mann zu und glaubte, ihn lächeln zu sehen. Sie hüpfte weiter, vorbei am Kaufhaus *Tietz*, das um diese Zeit längst geschlossen hatte, hinüber zu den Alsterarkaden. Eine Gruppe weißer Schwäne dümpelte im Wasser nahe der Schleuse. Eines der eleganten Tiere hob den langen Hals und schaute zu ihr herauf.

»Guten Abend, Herr Prinz!«, rief sie ihm zu und knickste.

Er hob den Kopf noch ein wenig höher, neigte ihn huldvoll und zog von dannen.

»Es war mir eine außerordentliche Freude, Sie kennengelernt zu haben, Eure Prinzlichkeit.« Nun hatte sie nicht nur im Hotel gearbeitet, nein, sie hatte obendrein mit einem verzauberten Königssohn gesprochen. In allerbester Stimmung hüpfte sie Richtung Rathausmarkt.

Ihre Hopser jedoch erstarben jäh, als ihr klar wurde, dass sie den ganzen Tag nicht zu Hause gewesen war. Sicherlich machte sich Tante Sorgen. Wenn schon nicht um sie, so doch um das Geld. Mit einem Mal war die Leichtigkeit in ihrer Seele verschwunden, und Angst schoss durch ihren Leib. Etwas in ihr schrie, sie sollte lieber fortlaufen. Vielleicht nach Amerika, wo Wilhelm ein richtiges Unternehmen an der Madison Straße besaß.

Luise blieb stehen. Sie überlegte, ob sie Tante milder stimmen könnte, wenn sie ihr sagte, dass sie ab jetzt in der Wäscherei des *Vier Jahreszeiten* arbeiten durfte. Zwar nur von Tag zu Tag, aber immerhin hatte Frau Köhler ihr zwanzig Pfennige versprochen. Täglich! Ja, das könnte helfen.

Nachdenklich nahm Luise ihren Weg wieder auf. Dass das Hotel Tante nicht mehr als Weißflickerin haben wollte, würde sie ihr nicht sagen. Nein, bestimmt nicht. Das sollte dieses schreckliche Fräulein selber erledigen.

Als Luise das Rathaus hinter sich ließ, dachte sie an den Pagen am Fenster, der gemeint hatte, heute könnte ein Traum für sie in Erfüllung gehen. Wie recht er gehabt hatte! Am Nachmittag war er heimlich zu ihr in die Waschküche gekommen, um ihr etwas zu essen zu bringen. Eine Schmalzbrotstulle und einen Apfel. Sein Name war Hans.

»Hannes, zuckersüßer Hannes, du …«

Mit federnden Schritten machte sie sich auf, ihre unweigerliche Strafe entgegenzunehmen, die ihr plötzlich gar nicht mehr so schlimm erschien. Etwas in ihr hatte sich verändert. Sie wusste nur noch nicht, was es war.

4

In der Nacht entdeckte Mudder Benningmeier Luise weinend im Hof und holte sie zu sich, wo sie ihr eine Schüssel Suppe vorsetzte. »Iss, Kleines.«

Tante hatte Luise mit einem Kochlöffel grün und blau geschlagen, ohne dass sie ihr hätte erklären können, warum sie so spät heimgekommen war. Die Mark steckte Tante kommentarlos in die Schürzentasche und prügelte los. Dabei schimpfte sie so schrecklich, dass Luise nicht wusste, ob sie sich mit ihren Händen vor den Schlägen schützen oder die Ohren zuhalten sollte.

Irgendwann ließ die Frau von ihr ab und warf sie hinaus. Sie sei eine Diebin, brüllte sie, dass man es bestimmt überall hören konnte. Verdorben wie ihre Mutter sei sie. Dann hatte sie nach einer halb leeren Schnapsflasche gegriffen.

Jetzt lag Luise neben Mudder Benningmeiers Sohn Rolf, einem Dreijährigen, der sie aus halb geöffneten Augen anschaute. Ihre Arme schmerzten, die linke Wange ebenso wie der Rücken. Was sollte nur aus ihr werden, wenn Tante sie nicht zurücknahm? Tränen liefen über ihr Gesicht.

Eine Holztür quietschte in den Angeln. Mudder Benningmeier trat mit einem Talglicht an das Bett.

»Kleine«, flüsterte sie und schüttelte sanft Luises Schulter.

Ein stechender Schmerz ging durch Luises Körper. Leise jaulte sie auf.

»Wach auf, Mädchen.«

Luise öffnete die Augen.

»Komm in den Hof.«

Vor der Tür erwartete sie sie. »Ich habe mit der Alten geredet. Du kannst zu ihr zurück.«

Luise schüttelte den Kopf.

»Ach, Kindchen, wo willst du denn sonst hin? Du bist erst vierzehn. Mehr als die Frau da oben hast du nicht.«

Wieder schüttelte Luise den Kopf. »Nächstes Mal schlägt sie mich tot, bestimmt.« Tränen rannen über ihr Gesicht. »Ich habe nicht gestohlen! Sie lügt. Ich habe ihr jeden Pfennig gegeben.«

»Das weiß ich. Habe es ihr gesagt. Und noch mehr.«

Sie nahm Luise in den Arm. Ihr warmer, weicher Körper fühlte sich gut an. Gerne wäre Luise länger so stehen geblieben.

»Wie hart das Leben mit dir ist, Kleine. Es ist nicht gerecht, was das Schicksal dir abverlangt.« Die Nachbarin seufzte. »Bei deiner Mutter hättest du es besser gehabt, glaube mir.«

Luise löste sich aus der Umarmung. »Sie kannten meine Mutter?«

Die Frau schüttelte den Kopf. »Ich zog erst in die Springeltwiete, als du schon da warst. Glaube mir, das, was die Alte da oben mit dir macht, würde eine Mutter niemals tun. Nicht einmal eine schlechte.«

»Kann ich nicht bei Ihnen bleiben? Ich habe Arbeit im Hotel *Vier Jahreszeiten*. Jeden Tag erhalte ich zwanzig Pfennige.« Ängstlich blickte Luise die Nachbarin an.

»Zwanzig? Das ist nicht viel.«

»Nein?«

»Fünfundzwanzig erhält eine Kaffeeleserin in der Speicherstadt pro Stunde. Und das ist schon ein Hungerlohn.«

Luise wusste, dass Mudder Benningmeier ab und an für die Kaffeehändler im Freihafen arbeitete.

Sie sah Luise zärtlich an. »Ach, Mädchen, so gut wir das Geld brauchen könnten, ich habe schon jetzt keinen Platz für all die Mäuler, die zu stopfen sind. Wenn mein Mann zur Arbeit ist, geht es gerade so.« Bedauernd schüttelte sie den Kopf. »Trotzdem, es tut mir so leid.« Sie schob Luise zur Treppe. »Sie schläft ihren Rausch aus. Du kannst wieder gehen. Morgen sieht bestimmt alles ganz anders aus.«

Langsam, sehr langsam nahm Luise die ausgetretenen Stufen nach oben. Mehrmals blieb sie stehen, um zur Nachbarin hinunterzuschauen, die mit der Funzel in der Hand am Fuß der Treppe wartete.

»Geh ruhig. Ich passe auf, dass dir nichts geschieht.«

So leise wie möglich öffnete Luise die Tür. In der Wohnung roch es nach Fusel, schlimmer noch als vorhin. Ein eindringliches Schnarchen war hinter dem Vorhang zu hören. Luise schlich zu ihrer Matratze. Dieses Mal schob sie sie nicht wie sonst in die Mitte des Raums, sondern dicht an die Wand. Ohne sich auszuziehen, kauerte sie sich darauf zusammen. Dieser wunderbare Tag war der schrecklichste ihres Lebens geworden.

»Den kaputten Kochlöffel wirst du mir ersetzen!«

Tantes Stimme riss Luise aus einem unruhigen Schlaf. Draußen wurde es bereits hell. Schnell setzte sie sich auf, wobei sie sich noch dichter in die Ecke drängte, in der Hoffnung, mit dem moderfleckigen Ziegelwerk zu verschmelzen. Ihr Herz raste. Tante hockte am Küchentisch.

»Du kannst bleiben. Die Nachbarin sagt, es sei unchristlich, dich vor die Tür zu setzen.« Tantes Worte klangen wie ein Donnern, ein endgültiges Urteil, kein Entrinnen, ewige Düsternis. »Du wirst mir jeden Pfennig geben, den du im Hotel verdienst. Immerhin füttere ich dich seit Jahren durch.« Als Luise nicht gleich reagierte, pöbelte Tante: »Hast du das begriffen, du dummes Gör einer liederlichen Person? Sie hätte dich wegmachen lassen müssen, stattdessen bürdete sie mir dich auf. Und ich arme Frau habe … Ach was! Undank ist der Welten Lohn!« Tante wischte ihre unausgesprochenen Worte mit einer Handbewegung fort. »Es lohnt sich nicht, dass ich mich darüber aufrege.« Sie erhob sich, um den Kessel auf den Herd zu stellen. »Gutmütigkeit wird immer ausgenutzt.« Tante machte sich einen Kaffee. »Wasch dich. Richte dein Kleid. Du gehst heute ins Hotel und wirst dich von deiner besten Seite zeigen. Danach bringst du mir sofort das Geld.«

Vorsichtig erhob sich Luise. »Ja, Tante.«

In sicherem Abstand huschte Luise zur Tür. Kurz warf sie der kleinen Primel auf der Fensterbank einen Blick zu, die heute ohne Wasser auskommen musste. Sie eilte in den Hof, um wenigstens Gesicht und Hände zu waschen, und spürte, dass ihre Augen verquollen waren. Wie von tausend Teufeln gejagt, flüchtete sie aus der Springeltwiete Richtung Alster.

5

Die Zeit verging wie im Flug. Jeden Tag wusch und mangelte Luise, wrang Betttücher aus, plättete oder hängte Hunderte von Wäschestücken auf. Leine für Leine für Leine. Als Frau Köhler sagte, Luise müsse eine eigene Schürze haben, erschrak sie, denn sie sollte das Kleidungsstück von ihrem Verdienst kaufen. Das würde Tante niemals zulassen. Und so musste Luise die oberste Wäscherin jeden Tags aufs Neue vertrösten, bis das Glück ihr zu Hilfe eilte.

Es war Hans, der sie rettete, als er mal wieder heimlich in die Waschküche schlich, um Luise eine Kleinigkeit zum Essen zu bringen. Sie schüttete ihm das Herz aus.

»Deine Lösung heißt Trinkgeld«, behauptete er. »Wir Pagen bekommen immer ein Tipp, so sagen sie in England. Man muss es nur richtig anstellen.«

Luise nahm etwas Wäsche aus dem Korb und ließ die Stücke in den Einweichbottich fallen. Mit dem großen Holzlöffel tunkte sie alles unter. »Trinkgeld? Ich trinke nicht.«

Hans verschränkte die Arme vor der Brust. »Dummerle, du. Trinkgeld hat nichts mit Trinken zu tun. Das ist ein besonderer Dank in Form eines Geldstücks.«

»Und das kriegt ihr statt eures Lohns?«

»Nein, obendrauf. Und wenn man seine Arbeit gut erledigt, freut sich das Portemonnaie.« Lässig lehnte er an der Wand.

Mit einer Hand schob Luise eine Haarsträhne aus dem Gesicht, während sie weiter die Wäsche eintunkte. »Aber ich kenne keine Gäste. Außerdem wüsste ich nicht, wofür sich die Herrschaften bei mir bedanken sollten.«

»Du machst ihre dreckigen Kleider sauber.«

»Ja und?«

Er trat zu ihr. »Erinnere sie daran.«

Fast hätte sie laut losgelacht.

»Ich soll den vornehmen Vons und Zus sagen, dass ich in ihrer schmutzigen Wäsche wühle?« Sie gab ihm einen Knuff. »Du bist verrückt.«

»Nein, bin ich nicht.« Verschwörerisch beugte er sich zu ihr. »Du wirst ein paar Stücke dem Gast mit einem Knicks überreichen. Sage so etwas wie: Ihre frisch gebügelten Kragen, Sir. Oder wenn es eine Dame ist: Ihre gestärkten Rüschen, Madame. Egal, jedenfalls das, was dein Gegenüber gerade benötigt. Danach hältst du die Hand auf, ungefähr so.« Er schob die Finger dicht am Körper vor. »Nicht zu weit nach vorne, das sieht gierig aus. Nur so weit, dass sie es sehen können. Unsere Gäste wissen, was das zu bedeuten hat.«

»Um Gottes willen, nein! So etwas gehört sich nicht. Ich würde vor Angst tot umfallen. Außerdem war ich noch nie drüben im Hotel, nur hier in der Waschküche.« Energisch rührte sie die Wäsche im Bottich herum. Ein wenig Wasser spritzte über den Rand. »Das dürfen wir auch gar nicht. Wenn Fräulein Richter mich drüben sieht, wird sie mich entlassen. Und das darf nicht passieren. Niemals!«

Hans' Grübchen kamen zum Vorschein, wie sie es immer taten, wenn er lächelte. »Sie muss es ja nicht wissen.«

Luise drehte sich zu ihm um. »Ich soll lügen? Nein, das tue ich nicht.«

Seine Stirn krauste sich. »Hm, du bist wirklich ein schwieriger Fall.« Er kratzte sich am Kinn, als überlegte er. Plötzlich schoss sein Zeigefinger in die Luft.

Luise schreckte zusammen.

»Ich hab's! Du gibst mir die Wäschestücke, und ich übergebe sie in deinem Namen. Ein kleiner Gruß aus der Waschküche sozusagen.«

Sie schüttelte den Kopf. »Du bist vollkommen überkandidelt, Hans. Ich wusste es schon immer.«

»*Juste un peu.*« Er lachte, als er ihren fragenden Blick bemerkte. »Das heißt: nur ein wenig. Also? Machen wir es so?«

»Nein.«

»Aber natürlich. Die Idee ist prima.«

Sie seufzte. »Ich muss Frau Köhler fragen, ob das erlaubt ist.«

»Absurdité und Tüddelütt!«, rief Hans. Dann verließ er hocherhobenen Hauptes den Raum.

»Nein, warte«, raunte sie, legte eilig den Holzlöffel auf den Bottichrand und lief ihm hinterher.

Der Gang war verwaist. Frau Köhler saß wahrscheinlich in ihrem Kontor, um ihre Wäschelisten zu führen. Die anderen Tagelöhnerinnen hatten ihre Arbeit bereits beendet.

»Hans, wo bist du? Komm zurück!«, rief Luise mit gedämpfter Stimme den Flur entlang.

Da trat der Page mit einem in Seidenpapier gewickelten Päckchen in der Hand aus jenem Raum, wo die Wäschestücke der Gäste, gewaschen, gestärkt, geplättet und in feinstes Papier verpackt, in Regalen lagen. Dort warteten die Leibchen und Hemdkragen, Brüsseler Spitzen und Socken, Seidenhemden und Wollunterhosen, Uniformen und Abendkleider darauf, ihren Besitzern zurückgebracht zu werden.

Hans zeigte ihr das Päckchen, das mit einem roten Band samt Schleife zusammengehalten wurde. Eine kleine Karte mit dem Wappen des *Vier Jahreszeiten* auf der einen und der Zimmernummer auf der anderen Seite hing daran.

»Suite 3. Dort logiert zurzeit Generalfeldmarschall Graf von Moltke. Er schaut immer sehr bekümmert und freut sich über jede Seele, die mit ihm nicht über Krieg reden will.«

Luise erschrak. »Krieg?«

»Natürlich. Liest du keine Zeitung?« Hans setzte eine weltmännische Miene auf. »Ich lese täglich. Schließlich muss ich wissen, was die Herren bewegt, damit ich stets die richtige Antwort gebe, wenn mich einer nach meiner Meinung fragt.«

»Die Herrschaften fragen dich nach deiner Meinung?« Sie kicherte. »Das glaube ich nicht.«

Das wiederum schien Hans nicht zu gefallen, denn seine Miene wurde ernst. »Du zweifelst an mir und meiner Ehrlichkeit?«

»Nein, bestimmt nicht!«, rief sie. »Verzeih.«

Er hob das Kinn. »Nun gut, zurück zum Thema. Der Herr Generalfeldmarschall ist für einen Militär ganz außerordentlich nett. Letztes Mal gab er mir fünf Pfennig Trinkgeld, nur weil ich ihm die Tür aufhielt.«

Luise riss die Augen auf. »Nur für das Aufhalten einer Tür?«

Lässig zuckte er mit den Schultern. »Man muss natürlich wissen, wie man so etwas anstellt.«

Sie überlegte. Vielleicht war Hans' Idee ja doch nicht so schlecht.

»Was ist in dem Päckchen?«, wollte er wissen.

Sie machte einen langen Hals. »Es müssten drei Paar weiße Handschuhe sein. Frisch gestärkt. Eine Naht hatte sich gelöst. Ich habe sie geflickt.«

Hans strahlte. »Wunderbar! Ich bringe ihm sofort, sogleich und in Windeseile seine *gants*, das ist Französisch. Ohne die würde er morgen in Berlin aussehen wie ein Nacktmull.«

»Ein was?«

Mit hochgezogenen Brauen erklärte Professor Doktor Doktor Hans von Klughausen der dummen Luise, dass der Nacktmull, auch Heterocephalus glaber genannt, zur Familie der Heterocephalidae innerhalb der Ordnung der Nagetiere gehöre, kein Fell habe und in großen unterirdischen Bauten in den Halbwüsten Ostafrikas lebe.

»Der Afrikaforscher Wilhelm Rüppell beschrieb sie als Erster im Jahre 1842«, schloss Hans seinen naturwissenschaftlichen Vortrag.

»Woher weißt du all das? Oder nimmst du mich gerade auf den Arm?«

»Nein, das tue ich nicht. Es war mein Ernst, als ich sagte, dass auch wir Diener Bildung brauchen. Wie könnten wir sonst gut in dem sein, was wir tun? Nehmen wir den Gast aus Zimmer 315. Er ist Mitglied der Zoologischen Gesellschaft. Unser Concierge Herr Marthaler schickte mich vorgestern los, um diesem Herrn eine Bestellung von Büchern aus der Buchhandlung *Felix Jud* zu holen. Diese liegt übrigens in den Colonnaden. Merke dir das!«

Artig nickte sie.

»Wohlan, in besagtem Geschäft entdeckte ich eine Reisebeschreibung von ebendiesem Forscher Rüppell über den …« Er machte eine bedeutsame Pause.

»Das Tier ohne Fell?« Sie würde den Namen nicht aussprechen. Das gehörte sich nicht. Wie überhaupt konnte ein gelehrter und sicherlich vornehmer Mann ein Vieh nur *so* nennen?

»Genau! Den *Nackt*mull …«

»Musst du das Wort immer sagen?«

Er grinste. »Besagtes Buch brachte ich unserem Gast ebenfalls mit. Zur Ansicht. Er war begeistert. Wollte es gleich behalten. Et voilà, ich erhielt zehn Pfennig Trinkgeld.«

»So viel? Dafür muss ich einen halben Tag arbeiten.« Luise kam aus dem Staunen kaum heraus.

Mit stolzgeschwellter Brust stand Hans da und genoss sichtlich ihre Anerkennung. »Darum also kannst du mir in jeder Hinsicht und höchstgänzlich vertrauen.«

Zackig wie ein Oberst beim Appell drehte er sich um und marschierte mit dem Päckchen unterm Arm den Gang entlang, an dessen Ende eine einfache Tür lag. Sie verband die Wäscherei mit dem Hotel.

Eine Tür in ein fernes Land, die für Luise auf ewig verschlossen bleiben würde. Hans dagegen war ein Weltenwanderer und unsichtbarer Zeuge all der Dinge, die drüben stattfanden, die Bankette und Hochzeiten, die Soireen und Tanztees. Hans war ihr Fernrohr in diese feine Welt, die so weit entfernt von ihr lag wie der Mond. Erst gestern hatte er ihr in den blumigsten Worten das Interieur der Gesellschaftshalle beschrieben, eines prunkvollen Salons, wo die Herrschaften vor dem Kamin Zeitung lasen und ihre Gäste standesgemäß empfingen. Oder den herrlichen Wintergarten, wo sich die Damen zum Fünfuhrtee trafen. Er berichtete von dem Lift, in den sich so mancher Gast nicht hineintraute, aus Angst, die Kabine könnte in die Tiefe stürzen. Sogar das Gepäck hatte einen eigenen Fahrstuhl! In jedem Zimmer gab es einen begehbaren Schrank, damit die Hotelgäste nicht über ihre Koffer stolperten. Außerdem hatte der Patron in die Suiten Bäder einbauen lassen, mitsamt Wasserklosett und Waschbecken. Die günstigeren Zimmer teilten sich Bad und Toilette im Flur. Niemand musste auf ein Plumpsklo im Hof gehen, so wie Luise und die anderen in der Springeltwiete. Alles im Hotel war so wunderbar, dass Luise manchmal meinte, sie könnte sogar die Tulpen und Narzissen, die Rosen und Lilien riechen, die in chinesischen Porzellanvasen im Foyer standen.

So hart die Arbeit in der Wäscherei auch sein mochte, für Luise war es der edelste Ort auf Erden. Sie musste nicht rüber, um den Luxus im Hotel zu sehen. Hier, wo sie war, war sie sehr zufrieden.

Langsam ging sie zum Bottich zurück, um die eingeweichte Wäsche weiter umzurühren. Dabei schüttelte sie den Kopf. Hans war ein unvermittelt auftretender Sonnenstrahl, der ebenso schnell wieder verschwand, wie er gekommen war. Und er gehörte jetzt zu ihrem neuen, wunderbaren und sauberen Leben. Wie sie so in Gedanken dastand und rührte, hörte sie Schritte auf dem Flur. Kehrte er schon zurück? Schlüssel klimperten an einem Bund. Im nächsten Moment trat Frau Köhler neben sie.

»Du hast dir deine zwanzig Pfennig heute redlich verdient, Luise. Geh heim.«

»Bitte, noch nicht.« Seit einigen Tagen erschien ihr die Springeltwiete düsterer als zuvor, auch wenn die Tante sie nach dem Vorfall nicht mehr geschlagen hatte und sich nur aufs Beschimpfen verlegte. »Darf ich noch etwas bleiben?«

In der Wäscherei behandelte man sie gut. Frau Köhler war eine feine Seele. Sie schrie nicht, sondern wies auf eine sehr kultivierte Weise darauf hin, dass dieses oder jenes zu verbessern sei. Die erste Hausdame dagegen war von anderer Art. Ihre schrille Stimme kratzte immer am Putz der Wände, wenn sie sich mit Frau Köhler hier unten in die Haare kriegte. Fräulein Richter war der Wäscherei nicht vorgesetzt, tat aber so, was wiederum die erste Wäscherin verärgerte, sodass diese regelmäßig mit Kündigung drohte.

»Geh heim, Luise. Morgen musst du ausgeruht sein, denn wir erwarten am Abend eine große Gesellschaft im Haus. Prinz Heinrich gibt sich die Ehre. Da müssen Tischwäsche und Schürzen besonders steif sein, und die Bettwäsche in der Fürstensuite muss strahlen.« Sie nahm Luise den Holzstiel aus der Hand und legte ihn beiseite. »Das kann jemand anderes erledigen.«

»Prinz Heinrich?«

»Der Bruder unseres Kaisers, ja.« Frau Köhler griff in die Schürzentasche und gab Luise zwei Groschen.

Luise spürte ihr Herz hüpfen. Dann aber wurde ihr ganz schwummrig. Ob Frau Köhler merken würde, dass eines der Pakete fehlte? Sicherlich führte die erste Wäscherin akkurate Listen über die gesäuberte Kleidung der Gäste und darüber, welche bereits ausgeliefert worden war. Artig dankte sie für ihren Lohn und verabschiedete sich von der Wäscherin mit einem Knicks. Langsam ging sie den engen Gang entlang, an dessen Ende ihre Jacke an einem Haken hinter der Tür zur Straße hing. Betont umständlich zog sie sich an und prüfte mehrmals im Spiegel ihre Zöpfe, während sie ängstlich nach Hans Ausschau hielt. Seine Idee war dumm gewesen. Sie hätte ihn aufhalten müssen. Wenn jemand davon erfuhr, würde sie ihre Stelle verlieren. Oder, schlimmer noch, er seine.

Gerade als sie schon die Türklinke in der Hand hielt, war Hans zurück. Mit einem Diener überreichte er ihr ein Geldstück. »Der Generalfeldmarschall lässt untertänigst danken.«

»Zehn Pfennig?« Sie betrachtete den Groschen. »So viel? – Nein, das kann ich nicht annehmen. Er gab sie *dir*.«

Hans hob die Hände. »Absurdité und Tüddelütt, Graf von Moltke hat es derjenigen gegeben, die seine Handschuhe so formidabel repariert hat. Seine Worte, nicht meine.«

Er schloss ihre Finger über dem Geldstück und wünschte ihr einen schönen Abend. Winkend ließ er sie stehen.

Mit einem sommerleichten Gefühl im Bauch, als hätte sie warme Luft geschluckt, machte sich Luise auf den Heimweg. Die Brise schmeckte nach Elbe. Ein Hauch Meersalz lag darin.

Wie an jedem Abend blieb sie auch heute auf der Lombardsbrücke stehen. Im neu eröffneten *Alsterpavillon* brannte noch Licht. In den Fenstern tanzten Gestalten. Eine Straßenbahn rollte über den Jungfernstieg Richtung Rathausmarkt, Paare schlenderten am Ufer der Alster entlang, in deren Wasser sich das Licht der Gaslaternen brach.

»Hannes, zuckersüßer Hannes, du …«

Luise wäre am liebsten noch geblieben. Nur leider meldete sich ihr Magen und erinnerte sie daran, dass Tante bestimmt schon auf das Geld wartete. Mit einem Seufzer stieß sie sich von der Steinbalustrade ab. Mit etwas Glück stand Hafersuppe auf dem Herd, und Tante war bereits in der Taverne.

Tief in schöne Gedanken versunken, ging sie heim.

Bald hatte sie die Springeltwiete erreicht, ohne es gemerkt zu haben. Sie hatte so sehr an ihr erstes Trinkgeld und an Hans gedacht, dass sie die beiden schwarz gekleideten Männer fast nicht bemerkt hätte, die mit einem Sarg den Hof verließen. Ein »Obacht« dicht vor ihr ließ sie zusammenzucken. Schnell trat sie beiseite. Eilig faltete sie ihre Hände und senkte den Kopf, als die Männer den Sarg vorbeitrugen. Sie überlegte, ob der Tote in der Kiste der alte Schelling von gegenüber sein könnte. Seit Jahren hustete er schwer.

Nachdem die Totengräber sie passiert hatten, bekreuzigte sich Luise, obwohl sie nicht katholisch war. »Sicher ist sicher«, hatte Mudder Benningmeier einmal gesagt, weil man ja nie wirklich wisse, wer im Himmel tatsächlich das Sagen habe.

Luise blickte den Bestattern nach, die mit dem schlichten Sarg um die Ecke bogen. Leben und Tod lagen im Gängeviertel viel näher beieinander als anderswo. Hier, wo es kein fließendes Wasser in den Wohnungen gab, wo in den Höfen nur Gemeinschaftsaborte zu finden waren, wo Menschen wie Tiere eingepfercht mehr tot als lebendig hausten, starben die Leute schneller als im Rest der Stadt. Vor allem die Kinder.

Luise lief durch den Hof, hinüber zur Treppe, die zu Tantes Wohnung führte, als sie eine Tür hinter sich zuschlagen hörte. Sie drehte sich um und bemerkte, dass sie allein im Hof war. Das war ungewöhnlich. Normalerweise kamen alle an den Sommerabenden aus ihren stickigen Behausungen, um noch einen Plausch zu halten, ein Pfeifchen zu rauchen oder ein Bier zu trinken. Heute lag der Hof verlassen da.

Jemand hustete hinter verschlossener Tür. Der alte Schelling war es also nicht gewesen, den sie eben weggebracht hatten. Eigenartigerweise war auch Mudder Benningmeier nirgends zu sehen, nicht einmal eines der Kinder. Waren alle ausgeflogen?

Sie stieg die Stufen hinauf. Die Tür zu Tantes Wohnung stand halb offen. Luise legte eine Hand auf das Holz und schob sie vorsichtig auf. »Hallo?«

Niemand antwortete. Zögerlich trat sie ein. Sofort bemerkte sie, dass etwas nicht stimmte. Tantes Arbeitstisch war fort. Ebenso einige Dinge, die heute früh noch hier gestanden hatten. Der Kessel, die angeschlagene Porzellankanne mit den Rosen und die Dose mit dem Kaffeepulver auf dem Regal fehlten ebenfalls. Sogar der Korb mit den Kartoffeln war weg und die Primel.

Diebe!, schoss es Luise durch den Kopf.

Sie rannte in Tantes Schlafzimmer, schlug den Vorhang beiseite, erwartete, die Frau dort schnarchend vorzufinden. Das Bett aber war leer. Bettzeug und Matratze fehlten ebenso wie der Nachtschrank. Die Gedanken in Luises Kopf begannen zu rasen. War Tante fortgegangen? Ihr Hut lag nicht auf dem Regal, auch ihre silberne Haarbürste und der Kamm waren nicht mehr an ihrem Platz.

»Luise?«

Die Stimme der Nachbarin ließ sie zusammenzucken. »Mudder Benningmeier, haben Sie meine Tante gesehen?«

Ohne ein Wort zog die Frau sie an ihre Brust. »Du armes Ding.«

Luise schob sie von sich. »Was ist passiert?«

»Der Herrgott hat die schreckliche Person zu sich geholt. Sie ist tot.«

Tot. Das Wort hing in der Luft wie Spinnweben. Also war es Tante gewesen, die in der Kiste gelegen hatte.

»Der Suff«, erklärte Mudder Benningmeier. »Sie fiel die Treppe hinunter.«

Luise starrte die Nachbarin an. »Was wird denn jetzt aus mir?«

Ein Gefühl panischer Angst stieg aus ihrem tiefsten Inneren hoch. Man würde sie ins Armenhaus stecken! Ohne die Erlaubnis eines Vormunds durfte sie nicht arbeiten.

»Nun sei nicht so betrübt. Du erbst doch alles. Oder gibt es weitere Verwandte?«

Luise schüttelte den Kopf.

»Tscha, dann gehört wohl all das hier dir.«

Es war nicht viel, was Tante besessen hatte. Und jetzt war es noch weniger. Wenigstens hatten sie ihr die Kerze auf der Fensterbank gelassen.

»Jemand hat Tantes Sachen gestohlen«, murmelte sie. »Sogar die Matratze aus ihrem Bett ist weg. Wer tut so etwas?«

Die Nachbarin tat, als hätte sie die Worte nicht gehört. »Du bist noch nicht volljährig. Kannst daher über das Erbe nicht selber verfügen.«

»Was heißt das?«

»Man wird dir einen Vormund geben, der deine Angelegenheiten regelt.«

»Wer ist das?«

»Das bestimmt die Fürsorge.«

»Die Fürsorge? Sie werden kommen und mich ins Armenhaus stecken.« Tante hatte ihr anfänglich mit dem Waisenhaus und später mit dem Armenhaus gedroht. »Wenn du nicht gehorchst, holen sie dich«, hatte sie oft gesagt und die kleine Luise so zuverlässig zum Weinen gebracht.

Die Nachbarin überlegte. »Armenhaus? Das gibt es schon lange nicht mehr. Trotzdem wäre es besser, wenn du sagst, dass du sechzehn Jahre alt bist. Vielleicht kannst du bleiben. Du musst ihnen nur sagen, wo du arbeitest.«

»Im Hotel *Vier Jahreszeiten*!«, rief Luise verzweifelt.

»Die müssen dir dort mehr Lohn geben, damit du die Wohnung bezahlen kannst, Kind. Der Mietzinseintreiber kommt bald. Achtzig Pfennige jede Woche. Versuche, mit ihm zu verhandeln. Er wird bestimmt die Miete hochsetzen, weil du hilflos bist.« Mudder Benningmeier blickte sich um. »Du könntest einen Schlafgänger aufnehmen. Das mache ich auch, wenn mein Mann arbeitet.«

»Ein Fremder im Bett? Niemals!« Energisch schüttelte sie den Kopf. Sie ließ sich auf den Hocker nieder. »Wo sind all die Sachen, die Tante gehörten?«

Die Frau holte tief Luft. »Sie hatte Schulden, glaube ich.«

»Bei wem?« Luise war nicht dumm. Schulden habe man nur beim Teufel, waren Tantes Worte gewesen.

Die Nachbarin ging zur Tür. »Ich muss wieder runter. Die Kinder sind allein.«

Luise begriff. Die Nachbarn hatten sich an Tantes Sachen gütlich getan, noch bevor die Tote fortgebracht worden war. Sie sprang auf und folgte der Frau, die die steile Treppe hinunterkletterte.

»Was soll ich denn jetzt essen? Ihr habt sogar das Brot und

die Hirse mitgenommen!«, brüllte sie Mudder Benningmeier hinterher.

Beschämt eilte die Nachbarin in ihre Wohnung.

Gerade wollte Luise die Tür zuwerfen, als sie Opa Schellings Kopf im Fenster gegenüber entdeckte. Vor ihm stand der Primeltopf. Wahrscheinlich würde es heute unten bei den Benningmeiers Kartoffeln zum Abendessen geben. Hungrig und müde schloss Luise die Tür.

Niemand hatte an sie gedacht.

In der Wohnung war es mittlerweile stockdunkel. Luise tastete nach den Streichhölzern, um die Kerze anzuzünden. Sie starrte in die Flamme. Angst waberte in ihrem Inneren und stritt sich mit einem aufkommenden Gefühl von Freiheit, denn ab heute konnte Tante sie nie wieder schlagen und beleidigen.

Doch was würde folgen? Erschöpft kroch sie auf ihre Matratze, die keiner der Nachbarn hatte haben wollen. Zusammengekauert lag sie da und überlegte, was sie aus ihrem Leben machen sollte.

Als die ersten Sonnenstrahlen die Dächer der Stadt kitzelten, erwachte Luise aus einem traumlosen Schlaf. Sie schlug die Augen auf und ließ den Blick durch die halb leere Behausung gleiten. Das Schnarchen von nebenan fehlte. Da kam ihr plötzlich ein Gedanke. Tantes Versteck unterm Bett! Mit viel Glück hatte niemand es entdeckt.

Sie lief in Tantes Schlafraum, wo sie sich auf die Knie fallen ließ. Die Diele an der Wand lag nur locker an ihrem Platz. Jemand hatte einen rostigen Nagel eingeschlagen, um das Holz besser herausnehmen zu können. Luise hob das Brett an und legte es beiseite. Vorsichtig tastete sie in das schwarze Loch. Ihre Finger stießen gegen kühles Metall. Sie hielt inne, horchte, befürchtete, Tante könnte jeden Moment zeternd hereinstürzen. Doch nichts geschah. Sie wartete noch ein wenig länger, bevor sie die Geldkassette hervorzog.

Mudder Benningmeier hatte gestern gesagt, dass all das ab jetzt ihr gehören würde. Mit pochendem Herzen stellte Luise die massive schwarze Metallkiste vor sich auf den Boden. Der Deckel war verschlossen.

Ihr Mund wurde trocken. Sie hatte gehört, dass es Urkunden über die Geburt eines jeden Kindes gab, auf denen die Namen von Vater und Mutter verzeichnet waren. Ob so ein Papier über sie in dem Kasten lag? Tante hatte immer behauptet, sie habe keine Urkunde, weil Luise nur ein Balg sei, das der liebe Gott nicht haben wollte. Nie hatte Tante den Namen der Frau verraten, die eines Nachts vor ihrer Tür stand. Nur dass diese eine lasterhafte Person aus der Gosse gewesen sei, die jedem Seemann ihre Dienste anbiete.

In Luises kindlichen Träumen aber war ihre Mutter eine schöne, traurige Prinzessin, die auf der Flucht vor einem Drachen ihr Kind verloren hatte. Eine Hexe fand das arme Ding und versteckte es in ihrer Höhle, während die königliche Mutter es überall auf der Welt suchte. Eines Tages würde sie an die Tür klopfen und Luise mit in ihr Schloss nehmen. Das war vor vielen Jahren gewesen. Heute war Luise nicht mehr klein. Ihr Schicksal würde sie ab heute selber in die Hand nehmen müssen, denn es würde keine Mutter durch die Tür treten, um sie zu retten.

Der Schlüssel! Sie brauchte den Schlüssel für die Kassette. Luise sprang auf und begann zu suchen. Mal klopfte sie den Fußboden ab, um weitere lose Dielen zu finden. Mal ging ihre Hand durch die Dose mit der Kleie, die die Nachbarn ihr gelassen hatten. Immerhin. Ihre Bewegungen wurden immer verzweifelter, denn die Zeit drängte. Schlag sechs musste sie sich auf den Weg ins Hotel machen. Und sie hatte sich noch nicht gewaschen oder gar das Haar gerichtet. Fräulein Richter würde ihr schmuddeliges Auftreten nicht gutheißen, egal was Frau Köhler sagte.

Tränen rollten über Luises Gesicht. Ob Tante den Schlüssel bei sich gehabt hatte, als man sie im Sarg mitnahm? Schwer atmend ließ sich Luise auf dem Hocker nieder. Vielleicht konnte ein Schlosser helfen. Da fiel ihr Blick auf den speckigen Vorhang, der Tantes Schlafraum von der Küche trennte. Der Saum war schief, ein Ende hing tiefer als das andere. Das war ihr bisher nie aufgefallen. Sie ging hinüber und hob den verschlissenen Stoff an. Etwas kleines Schwarzes kam zum Vorschein und kullerte zu Boden.

Fast hätte Luise gejubelt. Schnell nahm sie den Schlüssel und öffnete die Kassette. Sogleich flog der Deckel auf. Sie hielt die Luft an, als sie die vielen gefalteten Papiere und die Geldscheine entdeckte.

Vorsichtig, nur mit zwei Fingern, zog Luise das Geld heraus. Sie hatte noch nie einen Hundertmarkschein in der Hand gehalten. Und davon lagen fünf in der Schatulle! Ihr Herz setzte aus, als sie sich auszumalen versuchte, was man damit alles kaufen könnte.

»Fünfhundert Mark«, hauchte sie aus Angst, das Geld könnte sich als Traum erweisen, sollte sie lauter reden. Sie mochte nicht lesen können, das Rechnen aber hatte Tante ihr schon früh eingebläut. Behutsam legte sie die Scheine beiseite und griff nach dem gefalteten Papier. Es war ein Brief, der aus zwei Seiten bestand. Eine war mit wenigen Zeilen einer Maschine beschrieben worden und wirkte sehr offiziell. Auf dem edlen Papier prangte ein Wappen. Sie erkannte am Rand einige Zahlen und ein Datum mit der Jahreszahl 1900. Wer immer den Brief verfasst hatte, hatte es vor vierzehn Jahren getan. Plötzlich hielt sie die Luft an. Da, mitten zwischen den Zeilen. Fünf kleine Buchstaben. Luise. Das war ihr Name. Was immer dieses Schreiben beinhaltete, es ging eindeutig um sie!

Hastig nahm sie die zweite Seite vor. Diese war eng mit handschriftlichen Zeilen in delikatester Schrift gefüllt. Ohne es zu lesen, wusste sie, dass sie von einer Frau geschrieben worden waren. All die eleganten Bögen und Schwünge … Stammten diese Zeilen von ihrer Mutter?

Ihre Hand begann zu zittern. Wie gerne hätte sie sie gelesen! Nur leider hatte Tante sie selten zur Volksschule gehen lassen. Das Kind müsse arbeiten, hatte sie geranzt, wenn sich Mudder Benningmeier erdreistete nachzufragen, warum Luise nichts lernen durfte.

Da entdeckte sie in der ersten Zeile ihren Namen. Dieser Brief war an sie adressiert! Sofort wurde ihr klar, wer die Verfasserin der Zeilen war. Ihr Herz hämmerte. Sie schluckte Tränen herunter. Endlich würde sie erfahren, wer ihre Mutter war. Endlich.

Sorgsam legte sie beide Papiere übereinander und faltete sie zusammen, als sie die nahen Kirchenglocken von St. Jacobi hörte.

»O Gott!«

Sie musste sich sputen. Schnell klappte sie den Deckel zu und schob die Geldkassette unters Bett. Die Dinge würden gut werden. Jemand musste ihr den Brief nur vorlesen. Doch wer? Mudder Benningmeier, die sie im Stich gelassen hatte? Oder sollte sie Hans einweihen?

6

Als sie ihren Dienst in der Wäscherei antrat, wartete sie ungeduldig darauf, dass Hans vorbeikommen möge, damit sie ihm erzählen konnte, was passiert war. Gerade heute aber ließ er auf sich warten.

Zum ersten Mal in ihrem Leben fühlte sie sich frei, meinte, atmen zu können. Zugleich fürchtete sie, jemand könnte sie fragen, warum sie so fröhlich sei. Wie hätte sie erklären sollen, dass der Tod ihrer Tante der Grund dafür war?

Schwungvoll drehte Luise den Holzstiel, dass die Bezüge und Handtücher in der Lauge nur so tanzten. »*Hannes, zuckersüßer Hannes, du …*«, trällerte sie leise und vergnügt.

Natürlich wusste sie, dass Tantes Tod ihr Leben verändern würde. Sie war erst vierzehn Jahre alt. Normalerweise regelten fürsorgende Eltern die wichtigen Dinge für das Kind. In ihrem Fall war die Sache komplizierter. Sie würde ab heute für sich selber sorgen müssen. Nur wusste sie nicht so recht, wie oder was zu tun war. Immerhin würde sie eine Beerdigung arrangieren müssen. Bloß wie machte man das?

Da konnte nur Hans ihr helfen. Er war älter. Er würde ihr kluge Ratschläge geben. Außerdem sollte er als Erster von dem Brief in der Schatulle erfahren.

Mit einem Lächeln ging ihr die Arbeit heute besonders leicht von der Hand. Die Aussicht, später die Zeilen ihrer Mutter hören zu dürfen, ließ sie fast platzen. Sie fühlte sich ihr plötzlich näher als in all den kindlichen Träumen von damals. Da hörte sie ein Jammern aus dem Gang. Sie kannte die Stimme nicht, die verzweifelt nach der ersten Wäscherin rief.

Luise trocknete ihre Hände an der Schürze ab und trat neugierig zu den anderen, die sich bereits um das Mädchen scharten. Sie trug ein schlichtes schwarzes Kleid, dazu gewienerte Schnürstiefel, eine schneeweiße Spitzenschürze, die fast bis zum Boden reichte, und ein Häubchen auf ihrem Haar. So feine Garderobe tragen also selbst die Zimmermädchen drüben, dachte Luise und beneidete das Mädchen, das gerade mit roten Wangen und weit aufgerissenen Augen die anderen um Hilfe anflehte.

»Er sagt, ich sei es gewesen. Das stimmt aber nicht.« Sie hielt ein Herrenhemd hoch, das ein veritabler Tintenfleck zierte. »Wo ist Frau Köhler? Sie muss mir helfen.«

»De is oben, bi der Frau Patronin.« Eine der Wäscherinnen lachte. Sie war für die feine Seide der Herrschaften zuständig und hielt darum ihre Nase stets etwas höher als nötig. Zudem wähnte sie sich als die Stellvertreterin der ersten Wäscherin.

»Wann kommt sie denn zurück?« Sofort fiel die Befragte wieder in einen Jammerton, der einem kleinen Kind angemessen gewesen wäre. »Das Hemd! Der Oberstleutnant sagt, er wird mich hinauswerfen lassen.«

»Tscha, wie gesagt, die is wech.« Die Seidenfrau, ihr Name war Elsa Tscherner, grinste. Hämisch betrachtete sie das Malheur. »Das ist ja nur Schießbaumwolle. Nee, dafür bin ich nicht zuständig.« Lachend ging sie zurück an ihre Arbeit, gefolgt von den anderen. Jetzt waren nur noch Luise und das verzweifelte Zimmermädchen im Gang.

»Zeig mal.« Luise nahm ihr das Kleidungsstück aus der Hand.

»Du kennst dich mit Fleckentfernung aus?«, fragte das Mädchen ungläubig. Es war kaum älter als Luise.

»Du hast ein Problem und fragst nach einer Lösung. Weil Frau Köhler nicht hier ist, müssen wir selber eine finden.«

Luise marschierte in jenen Raum, wo die gebügelte Wäsche auf ihre Auslieferung ins Hotel wartete. Schnell hatte sie im Regal hinter der Tür gefunden, was sie suchte. Unverpackt und blütenweiß. Sie nahm eines der fertigen Hemden heraus, hielt sie gegeneinander, prüfte Material und Schnitt. Dann nickte sie, ging zu einem Tisch, auf dem ein Stapel Seidenpapier lag, und wickelte das frische Exemplar darin ein.

»Bitte sehr. Sauber, gestärkt und geplättet.« Sie reichte das Paket dem überraschten Mädchen.

Entgeistert starrte es Luise an. »Aber das geht doch nicht!«

»Es ist von gleicher Qualität. Die Größe entspricht dem ruinierten Kleidungsstück. Der Gast wird den Unterschied nicht bemerken. Und während das falsche Hemd in seinem Schrank liegt, reinigen wir in Ruhe das richtige. Morgen gehst du zu seinem Zimmer und tauschst die Hemden mit einer Entschuldigung aus.«

»Aber wenn der Oberstleutnant fragt, warum es so schnell ging, was soll ich ihm sagen?«

Luise überlegte. »Erkläre, dass Gäste im Hotel *Vier Jahreszeiten* jederzeit mit kleinen Wundern rechnen dürfen.«

Das Mädchen strahlte sie an. »Danke.«

»Wie heißt du?«

»Ida.« Kaum hatte sie ihren Namen genannt, drehte sie sich um und rannte ins Hotel.

Luise kehrte zurück zu ihrer Arbeit. Schon bald jedoch nagten Zweifel an ihr. Hoffentlich kam die kleine Scharade nicht heraus. Falls doch, würde nicht nur Ida ihre Arbeit verlieren. Luise beschloss, den Vorfall Frau Köhler zu beichten, sobald sie zurück war. Dieser Moment ließ nicht lange auf sich warten.

»Luise!«, hörte sie kurz darauf die Stimme der ersten Wäscherin den Gang entlangdröhnen. »In mein Büro!«

Erschrocken wischte Luise ihre nassen Hände am Rock ab und rannte los. Mit einem Knicks stellte sie sich vor den Schreibtisch, hinter dem Frau Köhler kerzengerade saß und sie durch ihren Kneifer streng musterte. Bei ihr stand die Seidenwäscherin und grinste.

»Was hast du mir zu sagen, Luise?«

Luise knetete ihre Finger. »Es war ein Notfall. Ein Gast hatte sein Hemd mit blauer Tinte ruiniert.« Sie stockte, denn sie wusste den Namen des Herrn nicht. »Ida sagte, er habe sie zu Unrecht beschuldigt. Er wollte sie bei Fräulein Richter verpetzen.«

Frau Köhler stützte die Ellenbogen auf den Tisch. »Welches Zimmer? Wer war der Gast?«

Weder Luise noch die Tscherner erinnerten sich.

Die Seidenwäscherin trat vor. »Die Neue hat einfach ein anderes Hemd aus dem Regal genommen und sich erdreistet, Ida zu erlauben, es dem Oberstleutnant zu bringen.«

Luise sah die Person böse an. Dass ausgerechnet jemand aus der Wäscherei sie verraten würde, hatte sie nicht erwartet.

»Militärmänner können schrecklich wütend werden, Frau Köhler. Solche Spielchen mögen die gar nicht«, fügte die Tscherner eifrig hinzu.

»Jedem Gast steht es frei, aufbrausend zu sein, wenn eine Angestellte unseres Hauses nachlässig ist«, erklärte die erste Wäscherin und erhob sich von ihrem Stuhl. »Gab es in meiner Abwesenheit eine Beschwerde des Oberstleutnants?« Frau Köhler blickte die Seidenwäscherin fragend an.

»Nein, aber es geht doch nicht an, dass wir … Das ist Diebstahl!«, ereiferte sich die Tscherner.

»Nur wenn es jemand merkt. Wo ist das ruinierte Hemd?«

Luise fuhr herum. »Ich hole es.«

»Das war nicht richtig, Kind«, sagte Frau Köhler, nachdem Luise zurückgekehrt war und ihr das Kleidungsstück übergeben hatte.

Betreten nickte sie. »Ich weiß. Bitte entschuldigen Sie.«

An die Seidenwäscherin gewandt, erklärte die erste Wäscherin, dass sie sich persönlich um das Malheur des Herrn Oberstleutnant kümmern würde.

»Sobald es geplättet ist, holen wir das *versehentlich*«, sie betonte das letzte Wort auf eine ganz besondere Weise, »falsch ausgelieferte Hemd und geben dem Gast sein eigenes. Sie können also beruhigt wieder an Ihre Arbeit gehen, Frau Tscherner.«

Im Gang stellte sich die Person vor Luise. »Ich werde dem Fräulein Richter alles erzählen. Und die sagt es dann dem Patron. Hast du überhaupt einen Kontrakt mit dem Hotel?«

Luise wusste nicht, was das war. Jedoch erkannte sie einen Feind, wenn er vor ihr stand.

Vor den Fenstern wurden die Schatten länger. Die Dämmerung hatte schon eine ganze Weile ihren Weg in den Keller von Haus Nummer 14 gefunden. Die elektrischen Lampen an den Wänden brannten längst. Anders als sonst konnte Luise es heute kaum erwarten, zurück in Tantes Wohnung zu kommen.

Eilig leerte sie die Bottiche, reinigte die Seifenschüssel, wischte den Boden und hängte die nassen Feudel und Lappen auf. Anschließend lief sie zu Frau Köhler, um zu fragen, ob sie gehen dürfe. Die Erlaubnis wurde auffallend knapp erteilt.

Luise vermutete, dass die erste Wäscherin noch immer wütend auf sie war. Doch darüber wollte und konnte sie sich jetzt keine Gedanken machen. Flink nahm sie ihre Jacke vom Haken und rannte hinaus auf den Neuen Jungfernstieg.

Heute hielt sie sich nicht an der Lombardsbrücke, sondern lief, so schnell es ging, zurück in die Springeltwiete. Im Hof standen die Nachbarn. So mancher von ihnen schaute verlegen zu Boden. Sie warf allen einen verächtlichen Blick zu, als sie vorbeieilte.

An der Treppe wartete Mudder Benningmeier auf sie. Schon wollte sie auch an ihr grußlos vorbeigehen, als diese sie am Arm festhielt.

»Oben ist eine Frau, Kleines. Ich dachte mir, du solltest es wissen, damit du dich nicht erschreckst.«

»Wer ist es? Die Fürsorge?«

Die Nachbarin schüttelte den Kopf und machte Platz, damit Luise hochgehen konnte.

Mit einem zentnerschweren Stein im Magen stieg Luise hinauf und trat in Tantes Wohnung. Am Küchentisch saß eine Fremde. Sie war etwa in Tantes Alter und aufgetakelt wie eine Fregatte, mit Rüschenschal und zweifarbigen Schnürstiefeln, einem bunten Rock mitsamt abgestoßener Samtjacke und einem Hut, von dem eine verblasste Seidenblume herabhing, als wollte sie sich in die Tiefe stürzen. Die Schminke im Gesicht der Person konnte die Jahre kaum kaschieren. In die Falten um ihren verkniffenen Mund hatte sich Lippenrot gearbeitet. Vor der Frau stand die Kerze von der Fensterbank. Ihre Flamme flackerte unruhig, als Luise eintrat. Voller Schreck bemerkte Luise die offene Kassette auf dem Tisch, an dem die Fremde interessiert den Brief las.

Mit zwei Schritten war Luise bei ihr und riss ihr das Papier aus der Hand. »Der gehört mir!«

»Was fällt dir ein?«, brüllte die Frau und entriss ihr die Seite.

Luise zuckte zusammen. Die Stimme erinnerte sie an Tante. Rasch trat sie einen ängstlichen Schritt zurück. »Wer sind Sie?«

Die Frau lachte. Mit hochgerecktem Kinn legte sie das Papier auf die andere Seite, die sie offenbar auch schon gelesen hatte. »Die Frage ist, was du hier noch suchst.«

»Ich ... ich wohne hier«, stotterte sie, »mit meiner Tante.«

»Die bekanntlich tot ist.«

Die Fremde wusste es also.

»Mein Name ist Gerlinde Schuster, verwitwete Keller, geborene Krüger.« Sie machte eine Pause. Schließlich erhob sie sich, näherte sich langsam. »Sie war meine Schwester. *Ich* bin ihre einzige Verwandte.«

»Sie lügen. Tante hat nie etwas von Ihnen erzählt.«

Sofort bekam sie eine Ohrfeige. »Nicht in diesem Ton!«

Da entdeckte Luise Mudder Benningmeier in der Tür. Flink eilte Luise hinter deren breiten Rücken. Die Arme vor der Brust verschränkt, verlangte die Nachbarin zu wissen, wer sich unrechtmäßig Zutritt zu der Wohnung verschafft habe.

Die Fremde richtete ihren Hut, der bei dem Schlag verrutscht war. »Ich bin die Erbin von alldem hier.« Sie zückte aus ihrer Handtasche ein Ausweispapier und reichte es Mudder Benningmeier. Mit einem äußerst zufriedenen Lächeln strich die Frau über die Geldschatulle, während die Nachbarin die Zeilen im Halbdunkel studierte.

»Ich hatte nicht erwartet, hier etwas zu finden«, sagte die Frau, »aber manchmal meint der liebe Gott es gut mit einem, nicht wahr?« Sie ging zum Tisch zurück und setzte sich auf den Hocker. »Solltest du glauben«, richtete die Fremde das Wort an Luise, »dass dir auch nur ein Staubkorn von alldem gehört, irrst du dich.«

»Sie war meine Tante.«

Die Frau am Tisch lachte. »Nun, sie hat gelogen. Du«, mit dem Zeigefinger wies sie auf Luise, »bist nur ein Kostkind.«

Mehrmals tippte sie auf die Briefseiten, die vor ihr auf dem Tisch lagen. Die obere war jene, die sie ihr eben entrissen hatte, jene mit einer Maschine geschriebene. »Da steht es schwarz auf weiß, dass meiner lieben Schwester vor Jahren ein Baby in Obhut gegeben worden war, und zwar gegen ein monatliches Kostgeld von drei Mark.«

Mutter Benningmeier sog die abgestandene Luft in der Küche zwischen ihren Zähnen ein und schüttelte fassungslos den Kopf. »So viel Geld? Und dann wohnte sie hier?«

Luise fragte sich, warum sie so oft hatte hungrig ins Bett gehen müssen, obwohl genug für sie bezahlt worden war.

»Meine Schwester ist offenbar eine sparsame Person gewesen.« Zärtlich strichen die krummen Finger der Fremden über die sorgfältig nebeneinandergelegten fünf Geldscheine auf dem Tisch.

»Das glaube ich Ihnen nicht! Sie wollen mir nur das Geld stehlen.« Schnell versteckte sich Luise wieder hinter der Nachbarin.

»Es tut mir leid, Kleine«, Mudder Benningmeier drehte sich zu ihr, »sie hat recht. Sie ist eine direkte Verwandte. Das zählt mehr.«

»So ist es. Und darum wird dieses Balg verschwinden, sonst hole ich den nächsten Polizisten von der Straße.«

Gerne hätte Luise erwidert, dass sich kein Greifer allein in das Gassengewirr des Gängeviertels traute, aus Angst vor den Bewohnern.

»Sie können das Mädchen nicht auf die Straße setzen! Es ist dunkel draußen. Haben Sie denn kein Herz?«

Die Frau stopfte die Scheine in ihre Handtasche. »Es gibt die Fürsorge.«

Offen lagen nur noch die beiden Seiten auf dem Tisch. Luise preschte vor und griff danach. Nur war sie zu langsam. Blitzschnell umschlossen die Finger der Fremden ihr Handgelenk.

»Das gehört mir«, zischte die Person.

»Nein, mir!«

Der Griff der Person war eisenhart. Luise ließ das Papier nicht los.

»Lass sofort mein Eigentum los, Gör!«

»Nein!«

»Du willst nicht gehorchen?« Mit zusammengepressten Lippen zog die Frau sie dichter an den Tisch, bis Luises Hand über der Kerze war. »Gib mir den Brief, sage ich.«

Das Feuer der Flamme begann, auf Luises Haut zu brennen. »Nein!«

Sie versuchte zu fliehen. Ihre freie Hand ruderte verzweifelt durch die Luft, versuchte Mudder Benningmeier zu erfassen. Schmerz raste durch ihre Hand. Das Papier! Es durfte nicht in die Flamme geraten!

Luise schrie auf, als sie Mudder Benningmeier hinausrennen sah. Sie wollte ihr nachjaulen, sie solle sie nicht allein lassen, aber die Lektion von letzter Nacht hatte sie etwas gelehrt: Jeder war sich selbst der Nächste.

Luise schlug um sich, hoffte, die Frau zu erwischen, die die Kerze mit ihrer freien Hand umklammerte, damit Luises Hand der Flamme nicht entrinnen konnte. Plötzlich war der Schmerz verschwunden. Mit unbändiger Wut starrte Luise der Frau in ihre farblosen Augen.

»Das ist mein Brief«, keuchte sie. Ihre Stimme zitterte.

Da fing das Papier in ihrer Hand Feuer. »Nein!« Luise zerrte, wollte die Seiten loslassen, doch die knorrigen Finger der Frau hielten die Kerze weiter unter den Brief.

»Ich weiß, was da drinnen steht«, zischte sie hämisch grinsend und beobachtete, wie sich Luise aus ihrem Griff zu winden versuchte. »Darum brauche ich ihn nicht mehr.«

Schon züngelten die gelben Lohen um Luises Finger. Vor Schmerz schreiend, liefen Tränen über ihr Gesicht. Sie meinte, ihre eigene Mutter vor sich brennen zu sehen.

7

Die Welt hatte aufgehört, sich zu drehen. Weinend nahm Luise ihre wenige Habe und verließ die Springeltwiete. Zwei ballonpralle Brandblasen pochten an ihrer Hand. Der Schmerz war zurückgekehrt und zog ihren Arm hinauf, raubte ihr fast die Sinne.

Sie stolperte durch den Hof, Richtung Hafen. Dort würde sie sich irgendeine Brücke suchen und über das Geländer steigen, um sich in die kalte Elbe zu stürzen. Diese Welt war die schlimmste aller Welten. Wo immer der Tod sie hinführte, es konnte dort nur besser sein.

Vielleicht würde irgendjemand irgendwann ein namenloses totes Mädchen im dreckigen Hafenwasser finden. Man würde ihren Leib herausziehen und in einem Armengrab verscharren. Vielleicht würde sich irgendeine christliche Seele fragen, wie ihr Name wohl gewesen sein mochte. Niemand würde eine Antwort finden.

Die Welt war ein schrecklicher Ort, eine Hölle für Kreaturen wie Luise, die niemand wollte. Es war nur vernünftig, seine eigene Existenz daraus zu löschen. Mit tränenverschleiertem Blick schlurfte sie durch die Nacht, ohne recht zu wissen, wohin ihre tauben Beine sie führten. Sie lief und lief, hockte sich manchmal in eine dunkle Ecke, wiegte den Oberkörper hin und her, während sie leise vor sich hin wimmerte. Der Schmerz in ihrer Hand trieb sie weiter durch die leeren Straßen der Stadt.

Wie überrascht war sie, als sie plötzlich vor einer verschlossenen Tür stand! Irritiert drehte sie sich um. Hinter ihr führten Stufen hinauf zu einem Gehweg. Sie musste sie eben erst heruntergegangen sein. Sie war in einem Kellereingang. Die Hauswand neben ihr war weiß. Langsam stieg sie die Stufen wieder hinauf, zurück zur Straße. Auf der anderen Seite standen keine Häuser, sondern Bäume. Dahinter lag ruhig die Binnenalster. Luise drehte sich um. Über ihr die dunklen Fenster des Hotels. Vor dem Portal wachte um diese Zeit kein Soldat in schmucker Uniform, und kein Hans reckte den Kopf heraus, um zu helfen. Hans.

Im anthrazitschwarzen Wasser der Alster spiegelte sich der Mond. Eine eigentümliche Stille beherrschte die Nacht, deren Kühle den Schmerz in Luises Hand nicht zu lindern vermochte.

Sie fröstelte. Was hatte sie hierhergetrieben?

»Ich muss zum Fluss«, murmelte sie und wollte einen Schritt machen, als alle Kraft aus ihr schwand. Ihre Beine knickten ein. Hart fiel sie zu Boden, schlug mit dem Schädel aufs Pflaster. Kreiselnd schwirrte der letzte Willenshauch, ihrem bedeutungslosen Leben ein erlösendes Ende zu bereiten, durch jede Faser ihres Körpers.

Erschöpft setzte sie sich auf die Stufen des Lieferanteneingangs und lehnte die Stirn an die kühle Mauer. Nur einen Moment wollte sie ruhen, bevor sie weiterging. Hinüber zur Lombardsbrücke? Ja. Brücke war Brücke. Und in der Alster ließ es sich ebenso gut sterben wie in der Elbe. Vielleicht sogar besser.

Bilder schossen durch ihre Erinnerung. Die Frau, wie sie lachte. Mudder Benningmeier, die ihr hinterhergelaufen war und ihren Namen rief und dabei versicherte, sie habe nur Hilfe holen wollen. Die anderen Nachbarn, wie sie stumm aus ihren Fenstern schauten.

»Luise?«

Jemand rüttelte an ihrer Schulter. Mit einem Schrei fuhr sie auf. Vor ihr stand ein Mann mit einer Melone auf dem lockigen Haar. Eine Entschuldigung murmelnd, wollte sie sich erheben, nur ließen das ihre Beine nicht zu.

»Luise! Was, um aller Welt, tust du hier?«

Die Stimme kam ihr bekannt vor. Hans. Er hockte sich zu ihr. Sie hatte ihn noch nie inkognito gesehen, stets nur mit der Pagenuniform. Hübsch war er. *Hannes, zuckersüßer Hannes, du …*, klang es tonlos durch ihren Kopf.

Sie hob die gesunde Hand und berührte vorsichtig seine Wange. War er es wirklich?

»Was ist passiert?«

Seine Stimme wirkte so fremd. Sie versuchte zu antworten, konnte nicht, weil schon wieder Tränen in ihr aufstiegen und gar nicht aufhören wollten, über ihre Wangen zu rollen. Wortlos zeigte sie ihm die schmerzende Hand.

»Um Gottes willen«, japste er. »Du musst zu einem Arzt.«

Sie schniefte. »Ich habe keine Bleibe mehr. Die Frau hat mich fortgejagt. Und dann ist meine Mutter verbrannt.«

Verständnislos legte er die Stirn in Falten. »Wovon sprichst du? Bist du weggelaufen?«

»Tante war nicht meine Tante. Und nun ist sie tot.«

»Du hast also keine Bleibe. Und irgendjemand ist verbrannt und deine Tante tot. Du redest wirr, oder?«

»Nein, es ist wahr.«

»Lass mich überlegen.« Er schloss die Augen. »Als Erstes brauchst du ein Bett. Ich darf dich nicht mit in meine Kammer nehmen. Frauensleute sind nicht erlaubt. Überdies teile ich mir das Zimmer mit einem anderen Pagen. Geld hast du keines. Und etwas sagt mir, dass du es nicht bis zum Krankenhaus St. Georg schaffen wirst … Schwierig, sehr schwierig.«

Sie griff nach dem Beutel und wollte auf ihre wackeligen Beine kommen. »Ich muss gehen«, murmelte sie. Sie hatte eine Verabredung mit dem Tod.

»Unsinn.« Er hielt sie an der Schulter fest. »Ich finde einen Weg, schließlich bin ich Page im *Vier Jahreszeiten*.« Sanft zog er sie die Stufen hinunter. »Wenn ich das Unmögliche für unsere Gäste möglich machen kann, warum nicht auch für dich?«

Er fummelte einen Schlüssel aus der Hosentasche und öffnete die Tür. Vorsichtig schob er sie in die Finsternis, wo um diese Zeit niemand mehr im Controllbüro saß.

Kurz fragte sich Luise, warum ein Page einen Schlüssel zum Hotel hatte. Im nächsten Moment erschien es ihr unwichtig, es hatte sie nicht zu interessieren. Sie war ein Niemand. Ein Nichts. Morgen würde sie eh tot sein.

Er dirigierte sie in den Vorraum, wo sie vor vielen Wochen zum ersten Mal gestanden hatte. Eine elektrische Leuchte an der Wand warf ihr schüchternes Licht auf den Boden. Hans öffnete jene Tür, durch die Fräulein Richter damals getreten war.

»Wo sind wir?«

»Im Souterrain des Hotels. Rechts liegen die Magazine und Vorratsräume«, sagte er. »Dahinter die Kaffeeküche, die Spülküche und die Restaurantküche.«

»Es gibt hier mehrere Küchen?«

»Natürlich. Außerdem haben wir links noch die Buchhalterei und das Courierzimmer, dort hinten geht es zum Rotweinkeller und dem Weißweinkeller sowie zum Kühlraum …«

»Kühlraum? Was ist das?«

»Ein Kühlschrank, so groß, dass du ein Bett hineinstellen kannst.«

Bei Frau Senatorin Hachmann hatte Luise einmal einen solchen Eisschrank gesehen. Er kühlte Fleisch und Milch. Nur war er viel kleiner als ein ganzer Raum. Wie sollte das überhaupt gehen? Als könnte er ihre Gedanken lesen, erklärte Hans, dass man im *Vier Jahreszeiten* kein Natureis benötige, das von weit her herbeigeschafft werden müsse, sondern eine Technik, die die Kühlung selber produziere.

»Unser Patron ist äußerst modern. Er hat das neue Linde-Verfahren einbauen lassen. Herr Haerlin ist immer auf der Höhe der Zeit. Das Neuste und Modernste ist ihm für seine Gäste gerade gut genug. Sogar einen Santo-Besen haben wir im Haus. Auf jeder Etage einen. Er saugt den Staub aus Teppichen und Polstern. Ein Mordsding.«

Mit klopfendem Herzen stolperte sie dem munter plappernden Hans hinterher, der sie tiefer und tiefer in die geheimen Räume des Hotels führte. Für einen Moment vergaß sie den pochenden Schmerz in ihrer Hand.

Da ließ ein gedämpftes Dröhnen Luise zusammenschrecken.

»Keine Angst«, lachte er. »Hinter der Tür dort drüben liegt der Maschinenraum für den Lift. Wir haben im Hotel nämlich keinen altmodischen Paternoster, sondern einen modernen Fahrstuhl. Ich nehme an, ein später Gast ist nach oben gefahren.« Er zog sie weiter.

»Wo bringst du mich hin?«

»Ins Möbelmagazin. Das liegt am Ende des Gangs. Dorthin geht nur selten jemand. Da kannst du den Rest der Nacht bleiben, bis mir etwas Besseres einfällt.« Vor einer unscheinbaren Tür blieb er stehen. »Du musst dich ganz leise verhalten, ja?«

Sie nickte, obwohl sie doch eigentlich fortwollte.

Er drehte den Schlüssel im Schloss und öffnete. Seine Hand verschwand in der Dunkelheit. Im nächsten Moment erhellte das Licht einer Glühbirne den fensterlosen Raum. Hans schob sie eilig hinein.

Regale mit allerhand Dingen reihten sich aneinander, darunter Lampenschirme und Vasen. In Wolldecken eingewickelte Bilder lehnten unten an den Wänden. Blinzelnd sah sich Luise um und meinte in einer Schatzkammer zu sein. Ein in dunklem Holz glänzender Nachttisch kauerte in der Ecke, geschmückt mit elfenbeinfarbenen Intarsien, die eine wunderschöne Blume zeigten. Ein mit rot gestreifter Seide bespannter Stuhl wartete auf eine Prinzessin, die darauf Platz nehmen würde. Ein Kristallleuchter lag schief auf einem der Regalböden. Überall entdeckte Luise Kostbarkeiten, als hätte jemand sie dort vergessen. Da waren prunkvolle Ölgemälde, goldfarbene Messinglampen, fein ziselierte Kerzenhalter, aufgerollte Teppiche und vieles mehr. Mit offenem Mund glitt Luises Blick über all diese schönen Dinge.

Hans griff nach einer Matratze, die an der Wand stand. Er platzierte sie auf den Boden. In einem der Regale fand er einen prall gefüllten Sack, den er herunterzog, um daraus ein Kissen und eine Decke zu zaubern.

»Das darfst du?«, fragte Luise ängstlich. Sie wollte nicht stehlen.

Er lachte. »Das ist nur die Abstellkammer für alles, was zu angestoßen oder schadhaft ist, um es den Gästen zuzumuten. Was nicht repariert werden kann, wird weiterverkauft.«

Er legte das Federkissen auf die Matratze. Mit wenigen Handgriffen baute er für Luise ein Lager, während ihre gesunden Finger zaghaft eine Porzellanfigur ohne Kopf berührten. Dem Kristalllüster war ein Arm abgebrochen, und bei einem Stuhl mit seidenem Bezug fehlte die Verzierung an einem der Beine.

»Du musst wissen«, fuhr Hans fort, als er die Decke für sie

aufschlug, »dass unser Patron ein Schwabe ist. Niemals würde er etwas fortwerfen, wenn er es nicht für ein wenig Geld veräußern kann. Einmal im Jahr erscheint ein Händler. Nachdem sich Herr Haerlin und der Mann trefflich über den Preis gestritten haben, nimmt der Mann die Sachen mit und verhökert sie weiter. Selbst kaputt bringen sie gutes Geld, weil der Patron in alles und jedes das Zeichen *4J* hat hineinbrennen lassen. Eine Zahl und ein Buchstabe, die Qualität garantieren.«

Luise staunte. Für sie war das keine Abstellkammer, sondern Aladdins Schatzhöhle, ungeachtet der Porzellantassen ohne Henkel oder der Obstschalen mit angeschlagener Kante.

Prüfend betrachtete Hans das Werk zu seinen Füßen. »Du wirst diese Nacht hier schlafen.«

»Hans, das ist nicht richtig.« Sie wandte sich zur Tür. »Ich sollte besser gehen.«

»Du brauchst keine Angst zu haben, Luise. Hierher kommt nie irgendjemand. Alle paar Wochen holen die Handwerker mal etwas heraus oder stellt eine der Hausdamen etwas rein. Glaub mir, für diese Nacht bist du hier bestens und sehr komfortabel aufgehoben.«

»Warum hast du einen Schlüssel für das Hotel? Du bist nur ein Page.«

Er zögerte einen Moment. »Das ist ein Geheimnis.«

Sie legte ihre gesunde Hand auf den Türgriff. »Ich mag keine Geheimnisse.«

Schnell trat er zu ihr. »Versprichst du, dass du niemandem etwas davon erzählst?«

Sie nickte.

»Ich hatte den Auftrag von Herrn Haerlin persönlich, einen verloren gegangenen Gast wiederzufinden.« Als er ihren ungläubigen Blick bemerkte, sagte er, dass es manchmal passiere, dass jemand entschwinde, ohne zu zahlen. »In diesem Fall war es anders. Hier kam tatsächlich jemand unerwartet abhanden, der eigentlich in seinem Bett hätte liegen müssen.«

»Da muss man doch die Polizei rufen«, entgegnete Luise.

Hans vorzog das Gesicht. »Die Udels hat Herr Haerlin nur sehr ungern im Haus. Es geht um Diskretion.«

»Du tüddelst mich an.« Wieder griff sie zur Türklinke.

»Nein! Der Sohn des Prinzen Heinrich ist in meinem Alter, und manchmal stiehlt er sich unter den Augen seiner Mutter, der Prinzessin Irene, und den vornehmen Herren heimlich aus dem Haus. Seine Eltern sorgen sich.«

Sie runzelte die Stirn. »Du hast ihn gesucht?«

»Und gefunden. Er hat dem Alkohol ein wenig zu sehr zugesprochen und wusste nicht mehr genau, wo er war. Ich habe ihn eben dem Nachtportier übergeben, der den feinen Sohnemann unauffällig in die Suite zurückbrachte.« Er grinste sie an. »Sein Schädel wird morgen lauter dröhnen als die Glocken von St. Jacobi.« Verschwörerisch beugte er sich vor. »Jetzt haben wir beide ein Geheimnis. Und der kleine Prinz auch.«

Lange schauten sie sich an. Zwischen all den Schmerzen ihres Herzens und in ihrer Hand spürte sie Dankbarkeit.

»Sie werden dich entlassen, wenn jemand herausfindet, dass du mich hier versteckt hast«, gab sie zu bedenken.

»Einem Menschen in Not zu helfen, ist eine christliche Pflicht.«

Luise schloss die Augen. »Ich weiß nicht recht.«

Er lachte. »Denke darüber nach. Währenddessen hole ich Brandsalbe und ein kühlendes Tuch. Das legen wir auf die Hand, damit du schlafen kannst. Morgen früh komme ich zurück.«

Er verließ die Kammer. Luise hörte, wie sich der Schlüssel im Schloss drehte.

Erschöpft ließ sie sich auf die Matratze sinken, die wunderbar weich war. So ganz anders als die Rosshaarmatratze in Tantes Küche. Das Federkissen unter ihrem Kopf war eine Wolke und die Decke leicht wie ein Feenschleier. Im nächsten Moment war sie eingeschlafen.

Irgendwann fuhr sie auf. Sie wusste nicht, wo sie war. Von draußen drangen Stimmen an ihr Ohr. Geschirr klapperte. Jemand lachte. Die tumben Augen eines kleinen Kopfes, der zu einem Porzellanhund gehörte, starrten sie an. Vor der Tür ging es eifrig her. Der Tag im Hotel hatte also begonnen.

Ängstlich horchte Luise und hoffte, Hans möge zurückkehren.

Sie hatte nicht bemerkt, dass er in der Nacht noch bei ihr gewesen war. Das blaue Seidentuch, geschlungen um ihre verletzte Hand, aber sagte ihr, dass er Wort gehalten hatte. Vorsichtig hob sie den Stoff an. Sofort schoss ein reißender Schmerz ihren Arm hinauf. Die prallen Brandblasen ängstigten sie. Die Haut drum herum glühte rotwund.

Wie viel Uhr mochte es sein? Hätte sie nicht längst in der Wäscherei sein müssen? Ungeduldig wartete sie, dass Hans endlich erschien und die Tür aufschloss. Sie fasste in die Tasche ihres Kleids und zog die angesengte Ecke jenes Briefs hervor, den sie so erbittert wie auch vergeblich gegen die Fremde verteidigt hatte. Bestürzt stellte sie fest, dass er unmöglich Teil des Briefs ihrer Mutter gewesen sein konnte. Zahlen, geschrieben von einer Maschine, waren darauf zu sehen. Wo waren die hübsch geschwungenen Worte?

»Nein!«, rief sie. Bebend griff sie erneut in die Tasche, tief hinein. Sie war leer.

Luise starrte den verkohlten Papierschnipsel an. Ihr Herz stockte, ihre Seele versank in schwarzer Untiefe. Das Nichts in ihrem Inneren wurde größer, zog sie zu sich, zischelte Worte, die sie nicht hören wollte. Sie hatte nicht den Brief ihrer Mutter verteidigt, sondern das andere Schreiben!

Da hörte sie, wie sich jemand an der Tür zu schaffen machte. Ihr Kopf fuhr hoch.

»Hans?«, flüsterte sie und wischte die Tränen aus ihrem Gesicht.

Energisch stieß jemand die Tür auf, und jene Person trat ein, die Luise am meisten fürchtete.

8

Hastig rutschte Luise von der Matratze in die äußerste Ecke des Magazins. Ungläubig starrte Fräulein Richter zu ihr hinunter.

»Was …?« Der Hausdame fehlten die Worte.

Luise stieß mit dem Rücken gegen das Regal hinter ihr, woraufhin eine porzellanene Seifenschale klirrend zu Boden ging. Die Frau blickte zwischen den Scherben und Luise hin und her, als müsste sie erst mühsam verstehen. Auf einmal sprang sie vor und zerrte Luise am Handgelenk auf die Beine, hinaus in den Gang. Luise schrie auf.

Im Gesicht der Frau lag unbändige Wut. »Was fällt dir ein, dein Nachtlager hier …? Wir sind kein …! Wer hat dich überhaupt hereingelassen?« Als Luise nichts sagte, schüttelte Fräulein Richter sie an den Schultern. »Antworte!«

Luise begann zu weinen.

»Was hast du gestohlen? Gestehe! Ich werde die Polizei holen lassen!«

»Nichts! Ich habe nichts gestohlen«, jammerte Luise.

Es setzte eine Ohrfeige.

»Lüg nicht! Warum hast du dich hier eingeschlichen?«

Die keifende Stimme der Frau schrillte durchs Souterrain und alarmierte das Personal. Durch einen dichten Tränenschleier sah Luise Hans den Gang herbeieilen. Er wollte helfen, bestimmt wollte er das. Sie schüttelte den Kopf. Mitten in der Bewegung hielt er inne. Zögerte. Dann drehte er sich um, drängte sich durch die Angestellten zurück und verschwand.

»Du wirst dich vor dem Patron verantworten müssen«, zischte Fräulein Richter und zerrte Luise den Gang entlang.

Eilig drängten sich die Küchenhelfer und Haushandwerker, Kellner und Spülhilfen an die Wand, um die erste Hausdame durchzulassen. Stolpernd folgte Luise ihr, als ihnen Frau Köhler entgegenkam.

Mit in den Hüften gestützten Händen versperrte sie der Hausdame den Weg. »Was haben Sie mit der Kleinen vor?«

»Das geht Sie nichts an«, schnaufte Fräulein Richter und wollte sich vorbeidrängen.

Die Wäscherin wich keinen Zentimeter zurück. »Sie haben in den letzten Wochen vier meiner Waschhelferinnen vergrault. Das werde ich nicht noch einmal zulassen.«

»Nachlässige Arbeit wird in diesem Haus nicht geduldet, geschweige denn entlohnt. Dass Sie Ihre Mädchen nicht angemessen anleiten, ist schlimm genug.« Die Hausdame hob das Kinn. »Freuen Sie sich, dass ich dem Patron bislang nichts von Ihrer schlampigen Leitung der Wäscherei berichtet habe.«

»An meiner Arbeit ist kein bisschen was auszusetzen. Sie hingegen …«

»Sie haben dieses diebische Gesindel eingestellt.« Die Richter schubste Luise vor, sodass sie jetzt zwischen ihr und Frau Köhler stand. »Ohne Referenzen haben Sie das Gör in unsere Dienste genommen. Sie könnte eine Attentäterin sein. Eine Diebin ist sie allemal.«

»Die Kleine ist ein fleißiges Mädchen. Und wenn Sie nicht ständig mein Personal entlassen würden, hätte ich auch Zeit gehabt, das Kind um Empfehlungsschreiben zu bitten.« Die Wäscherin verschränkte die Arme vor der Brust. »Da ihre

Tante jedoch seit Jahren für Sie arbeitet, Fräulein Richter, ging ich davon aus, dass Sie deren Zeugnisse geprüft haben. Oder nicht?«

Luise zog den Kopf ein, in der sicheren Erwartung, dass gleich eine Bombe explodieren würde, um das Haus und alles, was darin war, in Schutt und Asche zu legen. Gerade wollte sie erklären, dass sich niemand ihretwegen streiten müsse. Sie würde freiwillig und sofort das Hotel verlassen. Fraglos gehörte sie nicht hierher. Da wichen die anderen Angestellten erneut auseinander und machten Platz für eine kleine Frauengestalt. Ihr Gesicht war rund, in den aufgesteckten Haaren schimmerten erste graue Strähnen. Eine Nickelbrille saß auf ihrer Nase, durch die zwei funkelnde Augen die Szenerie betrachteten. Ein Stück hinter der Dame entdeckte Luise Hans.

»Darf ich wissen, mit welchem Problem wir es hier zu tun haben?« Sie faltete die Hände vor dem Bauch, legte den Kopf ein wenig zur Seite und schaute die Wäscherin ebenso streng an wie die Hausdame.

Fräulein Richter ließ von Luise ab. »Wir haben eine Diebin im Haus, Frau Haerlin, vielleicht sogar eine Attentäterin.«

»Ich habe nichts gestohlen«, widersprach Luise leise. »Und das andere bin ich auch nicht.«

Schon wollte die Hausdame ihr über den Mund fahren, als Frau Köhler dazwischenging.

»Meine Wäscherei kann nicht arbeiten, wenn Fräulein Richter ständig die Mädchen unter irgendeinem Vorwand hinausekelt.« Sie wies auf Luise. »Die Kleine arbeitet für drei. Sie beklagt sich nicht und ist stets pünktlich. Sie hat eine flinke Auffassungsgabe und hält sich nicht mit Tratsch auf. Patronin, Luise ist Gold wert.«

Die Hausdame hob das Kinn höher. »Und was tut sie im

Magazin? Als ich aufschloss, lag sie da. Hatte es sich gemütlich gemacht wie die Königin von Saba.«

Die erste Wäscherin wirkte überrascht. Dann warf sie die Hände gen Himmel.

»Oje! Ich habe mich schon gefragt, wo du wohl geblieben sein könntest, Mädchen.« Sie lächelte die Patronin an. »Ich hatte das Kind gestern mit schadhafter Wäsche in die Kammer geschickt. Die Stärke ruiniert die Servietten über alle Maßen, müssen Sie wissen. Die Kleine kehrte nicht zurück, also dachte ich, sie wäre heimgegangen.« Besorgt wandte sie sich an Luise. »Hat man dich dort versehentlich eingeschlossen, Kind? Das tut mir leid. Ich hätte dich suchen lassen müssen.«

Sprachlos starrte Fräulein Richter sie an. Plötzlich griff sie nach Luises Hand und riss das Seidentuch herunter. Luise jaulte auf.

»Und wie erklären Sie das, Frau Köhler?«

Eine der Brandblasen war aufgeplatzt und wässerte heftig. Angeekelt verzogen die Anwesenden die Gesichter.

»Das Kind hatte sich am heißen Wasser der Kochwäsche verbrüht«, log die Wäscherin. »Ich gab ihr Arbeiten, die sie einhändig verrichten konnte.«

Mit gerunzelter Stirn betrachtete die Patronin Luises Hand. »Ist es so gewesen, Mädchen?«

Alle Augen richteten sich auf sie. Entsetzt blickte Luise von einer Frau zur anderen.

»Antworte Frau Haerlin!«, befahl die Hausdame scharf.

Luise zuckte zusammen, denn sie wusste, dass sie unmöglich die gute Frau Köhler der Lüge bezichtigen konnte. Ängstlich beschloss sie, nichts zu sagen. Stattdessen knickste sie untertänigst.

»Sag ich ja«, insistierte die Wäscherin zufrieden.

»Nun, meine Damen«, resümierte Frau Haerlin, »dieses

Missverständnis scheint geklärt zu sein. Alle können wieder an die Arbeit.«

Schnell verschwanden die Zuschauer in den Küchen und Kellerräumen.

»Und du kommst mit mir.« Die Patronin zog Luise mit sich.

»Darf ich fragen, ob Sie die Polizei zu holen gedenken, Frau Haerlin?«, rief die Hausdame ihr nach.

»Ich sehe dafür keinen Grund. Bitte lassen Sie mir Brandsalbe und Verbandszeug bringen.«

»Sofort! Sogleich!«, rief Hans, der alles voller Sorge beobachtet hatte.

Mit Luise an ihrer Seite marschierte die Gattin des Hausherrn durch eine Tür, die ins Nebenhaus führte. Sie waren wieder in Nummer 14, wo die Frau geradewegs in das Büro der ersten Wäscherin ging.

»Setz dich, Kind.«

Ängstlich nahm Luise auf einem Holzstuhl Platz.

»Soll ich den Schutzmann rufen lassen?«, wollte Fräulein Richter wissen, die in der Tür stand. Sie und Frau Köhler waren ihnen gefolgt.

»Bitte warten Sie draußen. Beide.« Sie schloss die Tür, nahm Luises Hand und betrachtete die Verletzung genauer. »Das muss sehr schmerzen.«

Luise nickte. In diesem Moment stürzte Hans in den Raum, um die gewünschten Utensilien zu bringen. »Soll ich Doktor Günther rufen, Patronin?«

»Danke nein. Das ist nicht nötig. Als Mutter von drei Söhnen bin ich geübt in diesen Dingen.«

Bevor er den Raum verließ, warf er Luise ein breites Lächeln zu, als wollte er sagen, dass jetzt alles gut werden würde.

Während die Patronin Luises Wunde versorgte, plauderte

sie ein wenig. »Frau Köhler hält große Stücke auf dich, wie es scheint. Soweit mir bekannt ist, hat sie sich noch nie so für eines ihrer Mädchen eingesetzt.« Sie schaute auf. »Möchtest du mir sagen, was passiert ist?«

Luise zögerte. Sie wollte die feine Dame nicht mit ihrer schmutzigen Herkunft belästigen. Nein, wirklich nicht. Lieber wäre sie gestorben, als zu sagen, welch missratenem Balg sie gerade einen Verband anlegte.

Vor der Tür stritten sich indes die beiden Kontrahentinnen. »Es ist meine Aufgabe, dafür Sorge zu tragen«, hörte Luise Fräulein Richter sich ereifern, »dass unsere Gäste keinen Grund zur Beanstandung haben.«

»Was soll das denn schon wieder bedeuten?« Die Stimme der Wäscherin klang bedrohlich.

In süffisantem Ton informierte die Hausdame sie darüber, dass sich erst kürzlich Gräfin Prsycelka über nicht einwandfreie Bettwäsche in ihrem Zimmer beschwert habe, auch die Rüschenärmel an ihrem Tageskleid seien nur mangelhaft gebügelt worden.

»Sie lügt.«

»Wie bitte?«

»Sie will nur den Zimmerpreis drücken. Je reicher, desto doller, sag ich da ja man nur.«

»Wie reden Sie von der Gräfin?«

Luise meinte, Fräulein Richter vor der Tür japsen hören zu können.

Ungerührt von dem Tumult vor der Tür strich die Patronin mit einem flachen Holzspatel eine dunkle Paste auf Luises Wunde. Danach legte sie einen kühlenden Verband auf und steckte die Klammer fest. Zum Schluss betrachtete sie noch einmal ihr Werk, ehe sie die Verbandsdinge zurück in die kleine Metallkiste legte, aus der sie sie zuvor genommen hatte.

»Wie Hund und Katze«, murmelte sie und klappte den Deckel zu. »Aber jede ist auf ihrem Gebiet ein großer Gewinn für unser Haus. Manchmal muss man den Sturm einfach hinnehmen, denn erfahrungsgemäß ist der Himmel danach wieder strahlend blau.«

Luise verstand nicht. Der stechende Schmerz in ihrer Hand ließ nach. Vielleicht war es die Salbe, die geholfen hatte, vielleicht auch nur die freundliche Frau.

»Ich entschuldige mich von ganzem Herzen für das Ärgernis, das ich verursacht habe. Es tut mir wirklich sehr leid.«

»Was denn, Kind?«

»Dass ich ungefragt im Hotel geschlafen habe. Bitte, glauben Sie mir, ich habe nichts angefasst. Und mitnehmen wollte ich auch nichts. Ich werde die Übernachtung in dem Zimmer bezahlen, bestimmt.«

Thekla Haerlin lachte. »Das ist eine Rumpelkammer. Dafür wird mein Mann kein Geld nehmen. Fräulein Richter hätte sich nicht so aufregen müssen. Dort lagert nur nutzloses Zeug.«

»Nutzloses Zeug? O nein! Die Dinge sind schön, selbst wenn die Vasen gesprungene Kanten haben oder dem Leuchter ein Arm fehlt. Wir Menschen sind ja auch nicht perfekt.« Luise warf ihre unverbundene Hand auf den Mund, als sie das überraschte Gesicht der Hausherrin bemerkte. »Verzeihen Sie«, haspelte sie und knickste. Mit hochrotem Kopf stand sie da. Sie redete zu viel.

»Ich habe noch nie auf so einer weichen Matratze geschlafen«, flüsterte sie. Selbst wenn man sie gleich aus dem Haus werfen würde, so konnte ihr niemand die Erinnerung an den Moment nehmen, als sie sich in das Federkissen gelegt hatte. Kissen und Decke hatten ein wenig nach Staub gerochen. Dennoch waren sie für die Göre aus der Gosse einen Augenblick lang ein kleiner Himmel auf Erden gewesen. Den Rest ihres Lebens würde sie sich daran erinnern. »Danke«, hauchte Luise.

»Frau Köhler sagte, du arbeitest für zwei …«

»Für drei, wenn Sie mich fragen«, kam es durch die geschlossene Tür. »Sie ist lernwillig und fleißig, steht nicht dumm herum, sondern packt an. Von der Sorte hätte ich gerne ein paar mehr.«

»Unsinn! Wir wissen überhaupt nicht, wo sie herkommt. Sie hat nicht einmal einen Kontrakt.« Fräulein Richter war offensichtlich nicht bereit, auch nur einen Millimeter von ihrer Meinung abzuweichen.

»Wie auch? Sie ist eine Tagelöhnerin.«

Frau Haerlin seufzte und wandte sich an Luise. »Geh nach Hause, und sag deinen Eltern, dass du bei uns weiterarbeiten kannst, sobald die Verletzung abgeheilt ist.«

Luise regte sich nicht.

»Was ist, Kind?«

»Ich …« Sie schluckte. »Meine Tante ist gestorben.«

»Hast du keine Familie?«

Luise schüttelte den Kopf.

»Sie könnte bei den anderen Dienstboten wohnen, Patronin!«, rief Frau Köhler durch die geschlossene Tür.

»Horchen Sie beide etwa?« Thekla Haerlin runzelte die Stirn.

»Nein!«, hörte man die Frauen unisono antworten.

Die Patronin überlegte. »Ich werde mit meinem Mann reden. Da du dir die Verletzungen in unserem Haus zugezogen haben sollst, müssen wir uns auch um deine Genesung kümmern. Du wohnst vorerst in einem der Dienstbotenzimmer unterm Dach.«

Luise erschrak. »Das kann ich nicht.«

»Himmel!«, drang die Stimme von Frau Köhler vom Flur her. »Warum das denn nicht?«

»Weil ich mich doch gar nicht im Hotel verletzt habe.«

Die Dame faltete die Hände vor dem Bauch. »Das dachte ich mir.«

»Ja?«

»Solche Blasen entstehen nicht durch Verbrühungen. Was ist tatsächlich geschehen?«

Luise schloss die Augen. Allein der Gedanke an das Geschehene jagte ihr einen Schmerz durch den ganzen Körper.

»Es war in der Wohnung von Tante. Dabei war sie gar nicht mit mir verwandt, hat es nur behauptet.« Sie plapperte alles durcheinander. Die Kerze, der Extratisch für die saubere Wäsche, den die Nachbarn gestohlen hatten, das Geld in der Kassette, die Fremde. »Sie hat den Brief verbrannt. Ich dachte, er wäre von meiner Mutter, aber das war er gar nicht«, schloss sie schluchzend.

»Armes Kind«, sagte die Dame und hob Luises Kinn ein wenig hoch. »Du scheinst ein ehrliches Mädchen zu sein. So manch andere hätte geschwiegen, um sich einen billigen Vorteil zu verschaffen. Du hingegen hast die Wahrheit gesagt.« Sie lächelte. »Wie alt bist du?«

»Vierzehn. Aber, bitte, bringen Sie mich nicht ins Armenhaus.« Luises Stimme zitterte.

»Armenhaus?«

»Ja, weil ich für das Waisenheim viel zu alt bin.«

»In Hamburg gibt es schon lange keine Armenhäuser mehr.«

»Nein?« Also hatte Mudder Benningmeier recht gehabt.

Die Patronin öffnete dir Tür zum Flur, wo Hausdame und Wäscherin schnell einen Schritt zurücktraten. »Luise wird vorerst bei uns bleiben«, erklärte sie.

»Ich bin mir nicht sicher, ob das eine gute Idee ist, Frau Haerlin«, ereiferte sich die Hausdame, wobei sie nervös an dem kleinen Kneifer spielte, die an einer langen silbernen Kette um ihren Hals hing. »Wir wissen nichts über das Kind, außer dass es von zweifelhafter Herkunft sein muss. Sie kommt aus dem … Gängeviertel.« Sie eilte der Patronin nach, die die Wäscherei offenbar zu verlassen gedachte. »Die Göre könnte unsere Gäste belästigen!«

Frau Haerlin drehte sich um. »Liebes Fräulein Richter, wenn Sie so nett wären, dem Mädchen ein Bett in einer der Dienstkammern zuzuweisen? Danke.« Jetzt wandte sie sich an die Wäscherin, die zufrieden mit vor der Brust verschränkten Armen ihre Feindin angrinste. »Frau Köhler, Sie werden Luise die nächsten Tage beschäftigen und für ihre Arbeit ordnungsgemäß bezahlen, bis mein Mann in dieser Angelegenheit eine endgültige Entscheidung getroffen hat. Er sollte wissen, welch Chaos in seinem Haus herrscht.«

Mit diesen Worten verließ sie die Wäscherei und ließ die beiden Frauen wortlos zurück. Im Gang entdeckte Luise Hans, der wie ein Honigkuchenpferd strahlte.

9

Eine dunkle Holztreppe drehte sich Etage für Etage gen Himmel, begrenzt von einem Geländer, das von identisch aussehenden gedrechselten kleinen Säulen gehalten wurde. Die Wände waren gefliest, die Holzstufen ausgetreten. Dieser Gebäudeteil hatte nicht die Aufgabe zu repräsentieren. Er war nicht für die Hotelgäste gedacht.

Fräulein Richter sagte nicht ein Wort, während sie vor Luise die Stufen hinaufstieg. Jede Faser ihres hageren Körpers dünstete Verachtung aus.

Still folgte Luise ihr. Dabei war sie auf eine sehr vorsichtige Art glücklich. Sie durfte bleiben. Vielleicht nur ein paar Tage. In dieser Zeit würde sie nicht unter einer Brücke schlafen müssen oder tot im Wasser treiben, sondern die Nacht in einem richtigen Bett verbringen. Und zu essen hätte sie auch etwas. Wie schrecklich der gestrige Tag geendet haben mochte, heute war ein neuer, und er versprach ein klein wenig Sonnenschein.

Luise folgte der Frau durch einen schmalen Gang, von dem mehrere schlichte Türen abgingen. Vor einer blieb Fräulein Richter stehen. Hart schlugen ihre Fingerknöchel auf das Holz. Ohne abzuwarten, drückte sie die Klinke herunter und trat wie selbstverständlich ein. Im Raum stand eine junge Frau im Unterkleid, die sich gerade einen dunkelblauen Rock über den Kopf zog. Überrascht blickte sie zur Tür.

»Das ist Luise«, erklärte die Hausdame, ohne auch nur Guten Morgen gesagt zu haben. »Die Patronin hat gegen meine Empfehlung beschlossen, sie vorerst im Haus zu behalten. Sie wird in dieser Kammer wohnen, bis der Patron entschieden hat, was mit ihr geschieht.« Fräulein Richter trat einen Schritt zur Seite. »Das da ist dein Bett.«

Sie nickte zu einem dunklen Möbelstück in der Dachschräge, das Luise an Tantes Schlafstatt erinnerte. Daneben befand sich ein Nachtschrank. Hier oben schien es noch keinen Strom zu geben wie unten in der Wäscherei, denn eine Petroleumlampe stand auf der Waschkommode. Durch ein Dachfenster fiel Licht in den Raum.

Die Hausdame wandte sich an die junge Frau, die eilig ihr Kleid herunterzog. »Sie arbeitet bei Frau Köhler. Du wirst ein Auge auf die Neue haben.«

»Natürlich, Fräulein Richter.« Sie warf Luise einen interessierten Blick zu.

»Ach, bevor ich es vergesse …« Die Hausdame richtete sich an Luise. »Die Miete für das Bett ziehen wir von deinem Lohn ab. Ebenso die Kosten für die Bettwäsche und deren Reinigung.«

Luise hätte alles bezahlt, nur um die Erlaubnis zu erhalten, in einem solchen Bett zu schlafen, und sei es nur für eine Nacht.

»Außerdem sind hier keine Mannsleute erlaubt. Haben wir uns verstanden?« Fräulein Richter fixierte Luise mit zusammengekniffenen Lippen.

Fassungslos starrte sie die Hausdame an. Was dachte die nur von ihr?

»Des Weiteren«, die Frau hob den Zeigefinger, »ist es dir verboten, das Hotel zu betreten. Sollte ich dich irgendwo herumlungern sehen, wirst du unverzüglich und ohne Gnade hinausbefördert.«

Stumm nickte Luise. Als die Tür ins Schloss fiel, trat die junge Frau zu ihr.

»Ich bin Dora Thews. Komme aus Berlin. Bist du die Neue, von der Hans erzählt hat? Die ohne Bleibe? Er hat gesagt, er habe dich vor der Richter versteckt. Stimmt das?« Sie schob Luise zum Bett hinüber. »Warte. Ich hole schnell Bettzeug aus dem Schrank im Flur. Die Alte hat bestimmt nichts dagegen, dass wir uns dort selber bedienen. Ich mache dir das Bett, danach kannst du mir alles genau erzählen.«

Luise sprang auf. »Das geht nicht. Ich muss zurück in die Wäscherei. Die freundliche Dame war so großzügig zu mir, da kann ich doch nicht …«

Dora biss sich auf die Unterlippe, als würde sie angestrengt nachdenken müssen. Plötzlich schubste sie Luise zurück auf die Matratze. »Hans sagt, die Patronin habe befohlen, du sollst dich bis morgen hinlegen und rekonvaleszieren.«

»Rekon…?«

»…valeszieren. Ausruhen.« Sie musste eine muntere Person sein, die viele kluge Worte kannte.

Luise überlegte. »Aber die Frau sagte gar nicht, dass ich mich hinlegen solle.«

»Ach was! Du warst sicherlich zu mitgenommen von den Schmerzen. Der Hans hat es gehört. Er hat es mir gesagt.«

Luise legte den Kopf schief. »Er war gar nicht im Raum, als Frau Haerlin mir die Hand verband.«

»Nein?«

»Nein.«

Das eben noch freundliche Gesicht verdüsterte sich.

»Willst du mich etwa eine Lügnerin nennen?« Dora stützte ihre Hände in die schmalen Hüften und musterte Luise von oben bis unten. »Ich bin die Ältere von uns beiden. Du solltest tun, was ich sage. Sonst erzähle ich es Fräulein Richter.«

Wie schnell aus einem Engel ein Teufel werden kann, dachte Luise sprachlos.

»Und überhaupt muss ich mich nicht mit dir abgeben, weißt du? Es ist reine Herzensgüte, dass ich dich in meiner Kammer dulde. Immerhin bist du nur aus der Wäscherei.« Verächtlich schnaufte sie das letzte Wort. »Ich bin seit zwei Jahren Zimmermädchen in diesem Hotel. Das wird nicht jede, die einfach daherkommt.«

Luise wollte sich nicht streiten. Sie hatte genug andere Probleme. Allerdings war ihr klar, dass Dora niemals ihre Freundin werden würde.

»Ich muss zum Dienst«, tat diese kund. »Fasse ja nichts von meinen Sachen an, hörst du? Ich merke das.«

Luise nickte, als auch schon die Tür schwungvoll ins Schloss fiel. Als die Schritte im Flur verklungen waren, sah sie sich um. Durch ein kleines Fenster in der Schräge schwappte morgendliches Sonnenlicht in den Raum. Es war noch früh. Nicht später als neun Uhr. Staubkörnchen tanzten im Licht, in das Luise vorsichtig ihre unversehrte Hand hielt.

Mit einem Mal erschien ihr die Kammer wie ein Salon. Dora hatte ihre gewaschenen Strümpfe zum Trocknen auf eine Leine gehängt, die zwischen zwei Dachbalken baumelte. Auf dem einzigen Stuhl lagen Leibchen und eine Bluse. Unter dem Spiegel stand eine Waschschüssel. Daneben eine Schale mit einem Stück duftender Seife sowie eine Zahnbürste und Kalkpaste. Dora besaß auch eine Haarbürste und einen Kamm. Luise lugte in den Schrank hinter der Tür. Vier Kleider hingen dort auf Bügeln. Luise fragte sich, wann ihre Zimmergenossin wohl Zeit fand, ihre Garderobe auszuführen.

Sie blickte zum Bett hinüber und lächelte. Die Sonnenstrahlen würden sie am Morgen wecken wie der Kuss einer Mutter. Da klopfte es an der Tür. Luise fuhr herum.

»Hallo? Bist du da?«, hauchte ein Stimmchen vom Flur.

Vorsichtig öffnete Luise die Tür. Dort stand das Zimmermädchen Ida. Ihre roten Haare schauten unter der Haube vor. Das dunkle Kleid war makellos, ebenso wie die weiße Schürze. Sie stahl sich in die Kammer.

»Ich habe alles gehört. Die Wände hier oben bestehen nur aus Brettern«, erklärte sie. »Es war klug von dir, Doras Angebot nicht anzunehmen.«

Luise wusste nicht, was sie sagen sollte.

»Keiner mag Dora. Alle haben Angst vor ihr.« Ihre lustigen Sommersprossen lachten Luise an.

»Warum mag niemand sie?«

Ida wiegte den Kopf hin und her. »Ich will dazu nichts sagen. Und tratschen ist ja auch nicht so meins … Das mit Dora allerdings, nun ja, das ist eine besondere Sache.«

Luise kam sich dumm vor, weil sie noch immer nicht verstand.

»Du musst wissen«, fuhr Ida fort, »die Dora ist der Liebling von Fräulein Richter. Ich weiß nicht, warum. Es war vom ersten Tag an so, als Dora hier auftauchte.« Als Luise daraufhin nichts sagte, kicherte Ida. »Du hast noch nie in einem Hotel gearbeitet, stimmt's?« Ohne eine Antwort abzuwarten, zog Ida sie neben sich auf das Bett. In verschwörerischer Art beugte sie sich vor. »Die Dora hätte aus dem Wäscheschrank im Flur wahrscheinlich nicht nur einen Kopfkissen- und einen Bettbezug für dich genommen, sondern mehr. Und am Ende hätte es geheißen, dass du es gestohlen hast, weil es dein Bett war, das bezogen werden musste.«

»Warum sollte sie das tun?« Luise fragte sich, in welches Wespennest sie geraten war.

Ida nahm ihre gesunde Hand, die von der Waschlauge ganz rau war, und streichelte sie.

Schnell zog Luise sie fort und versteckte sie hinter dem Rücken.

»Meide ihre Freundschaft«, riet Ida. »Und halte deine Sachen zusammen.«

»Ich habe nichts, was jemand stehlen könnte.«

»Dann passe umso mehr darauf auf.«

Luise seufzte. Sie war müde und schrecklich verwirrt. Sie glaubte, in einem Karussell zu sitzen, das sich immer schneller drehte.

Ida legte einen Arm um ihre Schultern. »Die Dora hat Pläne. Das hat sie mir mal verraten, als wir uns noch eine Kammer teilten. Sie sagte, man müsse sich mit den richtigen Leuten gut stellen. Nur so komme man voran im Leben. Ich glaube, sie möchte eines Tages als Gast ins *Vier Jahreszeiten* zurückkehren, am Arm eines reichen Mannes.«

Luise riss die Augen auf. »Hierher? Sie ist doch nur ein Zimmermädchen.«

Ida nickte eifrig. »Verrückt, oder?«

»Warum mag sie mich nicht? Ich stehe ihr bestimmt nicht im Weg.«

»O doch. Nicht nur, dass sie jetzt die Kammer mit jemandem teilen, o nein, die Patronin hat mit dir privat gesprochen.«

»Ja und?«

»Das hat Frau Haerlin noch nie mit irgendeiner von uns getan. Die Gattin des Patrons spricht eigentlich nur mit Fräulein Richter. Jeder kennt im Haus seinen Platz.«

Luise begann in der kleinen Kammer im Kreis zu gehen. »Eure Frau Haerlin wollte mir nur helfen.«

»Trotzdem ist Dora neidisch. Und die Hausdame irgendwie auch. Du bringst die Dinge durcheinander, verstehst du?«

Das Karussell drehte sich noch schneller. »Nein.«

Ida zuckte mit den Schultern. »Ich glaube, sie mag es nicht, wenn sich die Patronin in Personalangelegenheiten mischt.«

»Mag Fräulein Richter etwa die Frau Köhler nicht?«

»Der Streit zwischen den beiden geht seit Jahren. Und wenn die Wäscherin dich mag, mag die Hausdame dich eben nicht. Ist ja klar wie Kloßbrühe.« Ida erhob sich. »Sei einfach vorsichtig. Übrigens, die Letzte, die sich die Kammer mit Dora teilte, wurde mit Schimpf und Schande aus dem Hotel gejagt, obwohl sie beteuerte, keine Silberlöffel gestohlen zu haben.« Leise schloss sie die Tür hinter sich.

10

Luise hatte sich nach Idas Besuch ein wenig hergerichtet und war zum Dienst bei Frau Köhler erschienen. Die gab ihr leichte Arbeiten und schickte sie am Abend zeitig mit frisch gewaschenem Bettzeug zurück auf die Kammer. Nachdem sie Kissen und Decke umständlich bezogen hatte, fiel Luise in einen traumlosen Schlaf.

In der Nacht schreckte sie aus dem Halbschlaf, weil sie dachte, sie träumte alles nur. Außerdem erschien ihr die Stille im Haus zu gespenstisch. Das Schreien von Mudder Benningmeiers Kindern fehlte, das Gekreische der Nachbarn, wenn sie sich stritten, das Gebrüll von einer Wohnung in die nächste. Ebenso wie das Hammerschlagen auf den Werften oder die Dampfpfeifen vom Hafen, die die Arbeiter zur Schicht riefen. Tantes Schnarchen jedoch vermisste Luise nicht. Die Finger ihrer gesunden Hand fuhren über die Federdecke, die ihren müden Körper bedeckte. So müssen sich die weißen Wolken an einem Sommertag im Himmel anfühlen, dachte sie. In der Dunkelheit konnte sie Doras Veilchenseife riechen, die in einer kleinen Porzellanschale bei der Waschschüssel lag.

Wäre es nach ihr gegangen, sie hätte sich niemals wieder aus dem Bett erhoben, auch wenn die metallenen Federn quietschten, worüber Dora am Morgen lamentierte, während sie sich anzog. Unauffällig beobachtete Luise sie.

Warum Dora für die Arbeit Wangenrot auflegte, war ihr ein Rätsel, denn sie waren rosig genug. Derweil die andere vor sich hin murmelte, welch Zumutung es doch sei, eine Tagelöhnerin bei sich dulden zu müssen, stellte sich Luise schlafend, bis die Zimmergefährtin endlich den Raum verlassen hatte. Frau Köhler erwartete sie nicht vor neun Uhr in der Wäscherei. Das sei eine Ausnahme und der verletzten Hand geschuldet, hatte die Wäscherin versichert.

Kaum fiel die Tür hinter Dora ins Schloss, drehte sich Luise auf den Rücken und blinzelte in den neuen Tag. Der tägliche Fußmarsch vom Gängeviertel durch die schlafende Stadt gehörte für sie der Vergangenheit an. Vorerst zumindest, denn ihr Schicksal hing auch in dieser Dachkammer an einem seidenen Faden, da der Patron noch nichts entschieden hatte. Dennoch dankte sie Gott für dieses Geschenk. Dabei achtete sie darauf, jenem vom Herrn Pastor genauso wie dem der Katholiken ein kleines Gebet zu schicken. Man wusste ja nie. Sie warf die Federdecke zurück und die Beine aus dem Bett, um sich anzuziehen. Wie nah sie hier doch dem Himmel war!

Luise hatte Idas Rat nicht vergessen und beschränkte sich auf unverbindliche Freundlichkeit gegenüber Dora, bewegte sich so unauffällig wie möglich zwischen der Wäscherei und der Kammer unterm Dach, um weder Fräulein Richter noch sonst jemandem Grund zur Klage zu geben. Jeden Tag erledigte sie alle Aufgaben, die man ihr übertrug, gewissenhafter als jeder andere. Darum war sie überrascht, als Frau Köhler sie eines Morgens in ihr Büro bat. Hier erfuhr Luise, dass sie ab sofort nicht mehr jeden Tag bezahlt werden würde.

Luises Herz setzte für einen Schlag aus. »Warum soll ich fortgejagt werden? Habe ich etwas falsch gemacht?« Ihre Hand verheilte gut, sodass sie auch schon schwerere Arbeiten erledigen konnte als noch am Anfang.

Frau Köhler hob die Augen von ihrer Liste, die vor ihr auf dem Schreibtisch lag. »Unsinn, Mädchen, du wirst ab heute wöchentlich bezahlt. So wie jeder ordentliche Angestellte im Haus. Geht es deiner Hand besser?«

Luise nickte eifrig. Sie durfte bleiben! Was waren da schon Schmerzen? Sie knickste und wollte sich wieder dem Aufhängen der Wäsche widmen, als Frau Köhler sie zurückrief.

»Herr Meierling, unser Buchhalter, lässt fragen, wie dein Nachname ist und wann du geboren wurdest. Er muss dich melden.«

Luise erschrak. »Melden? Ich schwöre, ich habe bestimmt nichts Schlimmes getan!«

Frau Köhler lachte. »Nein, das meinte ich nicht. Jeder, der hier arbeitet, muss ordnungsgemäß bei der Polizeibehörde angemeldet werden. Sogar unsere Gäste müssen wir anmelden.«

Luise druckste herum. »Ich heiße Krüger mit Nachnamen, glaube ich.«

Frau Köhler musterte sie. »Du glaubst?«

Luise überlegte. »Es war der Name meiner Tante.«

»Mütterlicherseits oder väterlicherseits?«

Luise verstand nicht.

»Wie heißen deine Eltern?«

Sie biss sich auf die Unterlippe. Wie viel sollte sie preisgeben? Sie mochte die Dame hinterm Schreibtisch, aber würde die ein uneheliches Balg in einem Haus wie diesem dulden?

»Hast du eine Geburtsbescheinigung? Oder kann ein Pastor den Eintrag deiner Taufe vorweisen?«

Luise schüttelte den Kopf.

»Kind, wir müssen wissen, wer du bist.« Sie nahm ihren Kneifer ab und begann, diesen mit einem Taschentuch aus ihrer Schürze zu putzen. »Die Dinge müssen ihre Richtigkeit haben, Luise.«

»Bitte, nicht fortschicken! Ich weiß doch nicht, wohin.« Tränen traten in ihre Augen. Sie hatte gewusst, dass die Güte des Schicksals für sie nur von kurzer Dauer sein konnte. Kreaturen wie sie hatten kein Recht auf Glück.

Frau Köhler seufzte. »Weißt du denn wenigstens, wie alt du bist?«

Das wusste Luise. »Ich wurde im Jahr der Pariser Weltausstellung geboren.«

»Also vor vierzehn Jahren.« Die Wäscherin griff zum Bleistift. »Und das genaue Datum?«

»Es war der Tag, an dem in Amerika die erste Frau auf einem elektrischen Stuhl hingerichtet wurde, weil sie eine verlauste Mörderin war.«

Als Luise das fassungslose Gesicht bemerkte, warf sie die Hand vor den Mund. Das hätte sie nicht sagen sollen, selbst wenn Tante es ihr so beigebracht hatte, mit dem steten Hinweis, dass es auch dem Gör, das sie christlich beherbergte, eines Tages so ergehen würde.

Frau Köhler legte den Stift zur Seite. »Wie bitte?«

Wieder schüttelte Luise den Kopf. Sie würde die Worte nicht wiederholen. Im Gängeviertel, bei Mudder Benningmeier und den anderen, hatte ihre Antwort stets für große Heiterkeit gesorgt.

»Das Datum dieses … Vorfalls … ist es dir bekannt?«

»Nein. Nach Weihnachten und vor Ostern«, flüsterte Luise.

Die Wäscherin erhob sich. »Nun, das lässt sich sicherlich herausfinden. Weißt du wenigstens, wo du geboren wurdest?«

»O ja! In Hamburg.«

Ein wenig ratlos betrachtete die Frau sie. »Wohlan, wir haben genug geschwatzt. Geh jetzt und nimm die Wäsche von der Leine. Bringe sie zu den Plätterinnen.«

Luise knickste und lief dorthin, wo nahe der Zentralheizung

ein nur mit Wäscheleinen ausgestatteter Raum lag. Hier trockneten die Betttücher und Bezüge schneller als im Innenhof. Sie stellte den Korb bereit und machte sich an die Arbeit. Zutiefst beschämt nahm sie die Kissenbezüge von der Leine. Wie anders die Leute hier doch waren als die Nachbarn in der Springeltwiete! Selbst jene, die den Reichen dienten, waren gebildeter und klüger.

»Luise!«

Fräulein Richters Stimme ließ sie zusammenzucken. Prompt fiel ihr auch noch der Bezug aus der Hand. Schnell hob sie ihn vom Boden auf, als die Hausdame auch schon in der Tür erschien.

»Was tust du hier? Hast du nichts zu erledigen? Drückst du dich wieder einmal vor der Arbeit?«

Bevor Luise erklären konnte, dass Frau Köhler sie geschickt hatte, blaffte Fräulein Richter, dass die Uniformjacke von Graf Gagarin noch immer nicht in seinem Zimmer sei. Er habe bereits mehrmals danach gefragt, weil er das gute Stück zum Lunch bei Familie Mendelsohn zu tragen gedachte, um dort der ältesten Tochter vorgestellt zu werden.

»Also, wo ist die Jacke?«

Luise wusste es nicht.

»Ich erwarte, den Besitz des Grafen frisch aufgebügelt und gebürstet sofort beim Concierge zu sehen. Los!« Mit diesen Worten drehte sie sich um und ging.

Einen Moment lang stand Luise ratlos da. Warum wollte Fräulein Richter, dass gerade sie diese Aufgabe übernahm? Sollte sie das Gesuchte tatsächlich persönlich nach oben bringen? Der Concierge hatte seinen Tresen in der Halle, dort, wo die Gäste ein und aus gingen. Sie prüfte ihr Kleid. So durfte sie unmöglich nach oben gehen! Das konnte Fräulein Richter niemals gemeint haben.

Zeit zum Denken aber hatte Luise nicht. Wollte sie ihre Arbeit nicht verlieren, musste sie sich sputen. So schnell es ging, rannte sie in das Büro von Frau Köhler, um nach der Jacke zu fragen. Doch der Raum war leer. Sie fragte die anderen, die über Bottichen und Plätteisen standen. Eine meinte, die erste Wäscherin sei beim Patron zur wöchentlichen Besprechung.

Hatte Fräulein Richter darum diesen Moment gewählt, um Luise den Auftrag mit der Jacke zu geben? Es schien fast so.

»Wann kommt sie zurück?«

»Dat kann duern, Deern. Vor een Uhr kummt se nich t'rüch.«

»Ein Uhr? Das ist zu spät.« So lange würde Fräulein Richter bestimmt nicht warten. Und der Graf schon gar nicht. Luise wusste nicht, was ein Lunch war oder wann so etwas stattfand, doch sie wusste, dass sie sich wirklich sehr beeilen musste.

Sie rannte den Gang hinunter in jenen Raum mit den vielen Regalen, wo die fertigen Wäschestücke in Seidenpapier verpackt wurden oder auf Bügeln gehängt darauf warteten, ausgeliefert zu werden. Nirgends konnte sie eine Uniformjacke entdecken. Abendkleider, ja, Fräcke, ja, aber keine Jacke. Sie ging zu den Regalen mit den Paketen. Vorsichtig nahm sie die erste Karte zur Hand. In elegant geschwungenen Linien war auf der Vorderseite die Zimmernummer notiert und auf der Rückseite der Name des jeweiligen Gasts.

Luise kniff die Augen zusammen, um herauszufinden, ob eine Karte für einen Graf Gagarin darunter sein könnte. Das G. Wie nur schrieb man ein G?

Tante hatte sie selten zur Schule gehen lassen, meinte, dass das bei einem so dummen Kind wie ihr eh nichts nütze und von Gott sicherlich auch nicht so gewollt sei. Heimlich hatte sich Luise dennoch ein paar Buchstaben beigebracht, bis zum G war sie jedoch nie gekommen. Und nun stand sie hier, im vornehmsten Hotel der Stadt, und konnte ein Wäschepaket nicht finden, weil sie nicht wusste, wie ein G geschrieben wurde.

Der Boden unter ihren Füßen begann zu wabern. Die hübsche Schrift auf den Kärtchen bewegte sich wie dünne Schlangen hin und her, wollte nicht stillhalten, verschnörkelte und verschlängelte sich immer wieder von Neuem. Ergaben keinen Sinn. Kopflos wirbelte Luise umher. Irgendwo musste die Jacke sein. Ihr wurde schwindelig. Wenn nur Frau Köhler da wäre!

»Nanu, bist du unter die Derwische gegangen?«, fragte jemand hinter ihr.

Luise hielt mitten in der Bewegung inne. »Hans!«

Sie ergriff seine Hand, zog ihn in den Raum. »Wo ist Graf Gagarin? Ich muss ihn haben, sofort!«

Von der Seite her schaute er sie prüfend an. »Ein Graf? Genügt dir ein Page nicht mehr?«

Sie verstand nicht, was er meinte. Dann schlug sie ihm mit der Hand auf den Arm. »Lass das! Hilf mir, den Grafen zu finden. Wenn ich ihn nicht zum Concierge bringe, wirft sie mich auf die Straße.«

Hans verschränkte die Arme vor der Brust. »Soso, erst ein Graf und nun auch noch der Concierge. Das wird ja immer schöner.«

Verzweifelt faltete Luise die Hände, um zur heiligen Maria Gottes zu beten oder sonst einem im Himmel, der ihr Geduld gab und Hans einen Funken Klugheit. Hatte oder wollte er sie nicht verstehen?

»Bitte, Hans. Hilf mir. Sie wird mich auf die Straße setzen.«

»Die Richter?«

Sie nickte.

Lässig schritt er die Regale ab, ohne die verschränkten

Arme vor seiner Brust herunterzunehmen. »Jaja, der Herr Graf. Und du kannst ihn nicht finden?«

»Nein! Ich kann doch gar nicht lesen.« Die Verzweiflung in ihrer Stimme schrillte in ihren Ohren.

Abrupt blieb er stehen. »Wie bitte?«

Sie schüttelte den Kopf. Zu ihrem Kummer gesellte sich jetzt auch noch ein tiefes Schamgefühl. »Ich bin zu dumm.«

Hans schwieg. Lange. Sehr lange. So lange, dass sie es kaum aushalten konnte.

»Bitte, Hans, wo ist seine Uniformjacke? Ich muss sie ihm bringen, weil er heiraten soll.«

»Oben.«

»Oben?«

»Ja, vor zehn Minuten hat Dora die Jacke in Zimmer 213 gebracht. Ich habe es selbst gesehen, denn sie fuhr – entgegen der Anweisung des Patrons – mit dem«, er machte eine bedeutungsvolle Pause, »Lift. Den ich übrigens heute betätigen darf. Und da waren sie: Dora und die Jacke, ordentlich gebügelt und entfusselt mit den besten Grüßen des Hauses. Ich habe die Zimmernummer deutlich auf der Karte erkennen können.«

Luise runzelte die Stirn. »Das verstehe ich nicht. Warum hat Fräulein Richter mich dennoch nach der Jacke suchen lassen?«

Hans hob die Brauen. Mit auf den Rücken gelegten Händen begann er wieder, hin und her zu gehen.

»Wir haben hier verschiedene Möglichkeiten. Eine wäre, sie wusste nicht, dass Dora die Jacke bereits hinaufgebracht hatte. Da allerdings das Fräulein Richter entscheidet, welches Mädchen auf der jeweiligen Etage einen Auftrag ausführt, müsste sie eigentlich im Bilde gewesen sein. Ich bin mir sogar sicher, die Dora erhielt von der Hausdame persönlich die Anweisung, die Jacke auf Zimmer 213 zu bringen.« Er blieb stehen und lächelte Luise wissend an. »Damit ist bewiesen, dass die Richter dich ärgern wollte.«

»Warum sollte sie das tun?«

Er legte die Hand an sein Kinn, als dächte er nach. »Vielleicht möchte sie, dass du Fehler begehst, damit man dich hinauswirft.«

»Sie mag mich nicht.«

»Ja, es sieht fast so aus. Geh ihr einfach aus dem Weg.«

»Das tue ich jeden Tag, Hans.« Luise seufzte. »Wir sollten sicherheitshalber noch einmal nach der Jacke schauen. Vielleicht hatte er zwei Uniformjacken …« Schon nahm sie die verpackten Wäschestücke in die Hand.

Hans rührte sich keinen Zentimeter.

»Nun hilf mir doch.«

»Nö.«

Sie fuhr zu ihm herum. »Willst du, dass Fräulein Richter mich hinauswirft?«

»Vergiss die dämliche Jacke.« Er trat näher und beugte sich vertraulich vor. »Ich habe den Blick gesehen, den der Graf unserer Dora nachgeworfen hat, als sie ihm kürzlich im Gang begegnete.« Er hob eine Hand, als hielte er ein Täschchen. Die andere legte er auf seine Hüfte und begann im Kreis umherzutippeln, wobei er sein Hinterteil hin und her wiegte. »Der Graf glotzte so sehr, dass ihm das Monokel beschlug.«

»Hans! Wie kannst du nur?«, rief Luise.

»Doch, wirklich. Glaube mir.« Sein Lachen fiel in ein Glucksen. »Es war herrlich.« Wieder stolzierte er im Kreis wie ein Gockel auf dem Eis.

Luise war all das peinlich. Vor allem, weil sie befürchtete, jemand könnte ihn hören. »Hör auf. Bitte.«

Er hustete den nächsten Lacher fort. »Du hast natürlich recht. Es schickt sich nicht, so über das Verhalten einer Angestellten dieses werten Etablissements zu reden, wenn ihr Hinterteil wippenderweise«, wieder prustete er, »über den Flur schaukelt.«

Luise schlug ihm auf den Arm. »Lass das!«

Es kostete Hans einen Moment, bis er sich gefangen hatte. Er wurde ernst. »Weißt du, ich denke, dass Dora das mit Absicht macht, denn sie tut es nicht bei jedem. Nur bei den älteren Männern, die ohne Frau sind.«

»Was meinst du damit?«

»Das Dora etwas im Schilde führt. Und ihre Vertrautheit mit Fräulein Richter gefällt mir in diesem Zusammenhang auch nicht. Halte dich um Gottes willen von den beiden fern.« Dann, als hätte sich die Wolke, die eben noch sein sonniges Gesicht verdeckte, in nichts aufgelöst, lachte er wieder. »Übrigens habe ich eine Überraschung für dich.«

»Oh, was ist es?«

»Geduld. Es wird sich lohnen.« Grinsend zog er davon.

Als sich Luise erneut der Wäsche widmete, fragte sie sich, ob Frau Köhler schon bemerkt haben könnte, dass Hans sehr viel öfter in der Wäscherei herumlungerte, als es sich für einen Pagen gehörte.

11

Die Sache mit der Jacke erwähnte Fräulein Richter mit keinem Wort, sodass sich Luise sicher war, nur schikaniert worden zu sein. Es schien der Person eine teuflische Freude zu bereiten, ihr das Leben so unangenehm wie möglich zu machen. Nur konnte Luise sich nicht erklären, warum das Schicksal gerade sie dafür auserwählt hatte.

Frau Köhler hingegen war freundlich und unterrichtete Luise in so manchem Kniff, wie die teure Garderobe der Gäste behandelt werden musste, ohne den Stoff zu ruinieren. Erst neulich hatte sie ihr gezeigt, wie man einen Tintenfleck aus der Manschette eines Hemds entfernte. Dafür sollte Luise mit einem weichen Pinsel ein wenig Bittersalzlösung auf die Stelle streichen, bis der Fleck verschwand. Wie von Zauberhand geschah genau das. Luise war fasziniert.

Mittlerweile wusste sie auch, dass man Plisseestoffe nur von links bügeln durfte, muffige Pelzmäntel am besten mit Kleie einrieb, um sie später auszubürsten und zum Lüften in den Hof zu hängen. Samt, der sich nach einem Hamburger Regenguss nicht mehr aufrichten wollte, bepinselte man mit hochprozentigem Alkohol, damit sich die Härchen über heißem Wasserdampf wieder lösten. Danach legte man den Stoff zum Trocknen auf ein Wolltuch und strich am Ende alles mit einer sauberen Bürste auf.

»*Et voilà!*«, pflegte Frau Köhler nach jeder gelungenen Tat zu rufen.

Dabei erzählte sie von ihrem Sohn, der zur See fuhr und es bereits zum Zweiten Offizier eines Passagierschiffs gebracht hatte, der *Empress of Ireland*. Der Vater sei sehr stolz auf ihn, zumal er selbst früher Kapitän gewesen war. Sie berichtete von dem kleinen Kapitänshäuschen in Övelgönne, in dem sie und ihr Mann wohnten und dessen Fenster der guten Stube zur Elbe hinunterging. Wenn ihr Sohn von seinen Fahrten heimkehrte, stellte sie am Abend eine Kerze auf die Fensterbank. Das hätten die Frauen der Seeleute früher auch schon getan, sagte sie und zeigte Luise zwei Postkarten. Die eine trug einen Poststempel aus Quebec in Kanada und die andere einen aus Liverpool, jenen Orten, zwischen denen die *Empress of Ireland* ihren Liniendienst tat.

Die Tage im Hotel waren die glücklichsten in Luises Leben. Morgens freute sie sich auf jeden Handgriff, den sie tun durfte, und am Abend fiel sie zufrieden ins Bett. Dabei mied sie die Richter und beschränkte Gespräche mit der ständig nörgelnden Dora auf ein Minimum.

Zum Glück war Ida oft an ihrer Seite, wenn es zu den Mahlzeiten ging, sodass Luise nicht neben ihrer Zimmergenossin sitzen musste.

Eines Nachts wurde Luise von einem leisen Kratzen an der Tür geweckt. Sie lauschte in die Dunkelheit hinein. Da, schon wieder! Erst meinte sie, eine Ratte wäre im Raum, doch das Schaben kam eindeutig vom Gang.

»Luise«, flüsterte da eine Stimme von draußen.

Erschrocken setzte sie sich auf. Hans!

Männer waren in diesem Teil des Hauses nicht erlaubt. Das hatte Fräulein Richter klar und deutlich gesagt. Wollte er etwa riskieren, dass man sie hinauswarf? Er musste einen äußerst wichtigen Grund haben, hier zu sein.

Flink kletterte sie aus dem Bett und warf sich die Decke über die Schultern. Barfuß tapste sie zur Tür, während Dora sonor in der Dunkelheit schnarchte. Luise öffnete die Tür, die leise quietschte.

»Was machst du hier?«, zischte sie.

»Schnell, zieh dich an. Wir treffen uns im hinteren Treppenhaus.«

»Ist etwas passiert?«

Statt einer Antwort stahl Hans sich den dunklen Gang entlang. Schon war er verschwunden. Eilig zog sie sich an. Die Schuhe in der Hand, huschte sie kurz darauf aus der Kammer, hin zum Treppenhaus mit den gekachelten Wänden. Dieser Teil des Hauses diente ausschließlich dazu, die Hotelangestellten unsichtbar von einem Ort zum nächsten zu bringen.

Im Licht der Glühbirne des Zwischengeschosses sah sie Hans auf den Holzstufen sitzen.

»Was ist denn geschehen?«, fragte sie im Flüsterton. »Ist der Krieg ausgebrochen?«

Auch ihr waren die vielen Uniformen aufgefallen, die sie und die anderen in der Wäscherei aufarbeiten sollten. Muffige alte Dinger, die die Herren wohl in den Tiefen ihrer Schränke und Truhen gefunden hatten. Außerdem riefen die Zeitungsjungen in den Straßen seit Tagen immer beunruhigendere Schlagzeilen, die sich zwischen den Häuserwänden wie ein unheilvolles Echo hin und her warfen, überschlugen und einigen Leuten tiefe Sorgenfalten in die Gesichter trieben. Die meisten aber jubelten, als könnten sie es kaum erwarten, dass der große Ausflug losginge.

Ein Attentat auf den österreichischen Thronfolger und seiner Gemahlin in Sarajewo hatte ganz Europa entsetzt. Seither wollte der Ruf nach Vergeltung nicht nachlassen. Luise verstand die Leute nicht, die glaubten, ein Krieg könnte am Tod des Thronfolgers etwas ändern. »Dod is dod«, hatte Mudder Benningmeier immer gesagt. »Da kann man nix an machen.« Dennoch, alle redeten darüber. Sogar die Frauen in der Waschküche. Einige meinten, der Patron dürfe keine Gäste mehr aus Russland oder Serbien aufnehmen, weil das den Feinden in die Hände spiele. Allerdings müsse man in diesem Fall auch den Franzosen die Tür weisen, den Engländern und den Belgiern, entgegnete Hans, der sich gut in den ausgelesenen Zeitungen im Haus informierte.

Wie konnte jemand ein Feind sein, der gestern noch ein Freund gewesen war? Luise verstand all das nicht. Dennoch spürte sie, wie sich eine feuchte Angst über das gesamte Reich legte, wie Mehltau auf Trauben, die der Kaiser mit stolzen Aufmärschen und Marschmusik zu überdröhnen versuchte.

»Da bist du ja.« Hans nahm ihre Hand. »Komm mit.«

»Wohin?«

»Das habe ich dir doch gesagt: Es ist eine Überraschung.«

Sie blieb stehen. »Ich will nicht.«

»Natürlich willst du. Du weißt nämlich nicht, was es ist. Und darum stirbst du fast vor Neugier.«

»Tue ich nicht«, widersprach sie halbherzig, denn er hatte ein klein wenig recht.

Er lief die Stufen hinunter. Plötzlich standen sie vor jener Tür, die das Treppenhaus vom Hotel trennte. Er legte eine Hand auf die Türklinke und drückte sie hinunter.

»Nein«, flüsterte sie alarmiert. »Das darfst du nicht.« Sie schob die bereits zum Spalt geöffnete Tür wieder zu.

»Natürlich ist mir das erlaubt. Ich bin Page.«

»Aber ich nicht«, hauchte sie ängstlich. »Bitte, Hans, lass das. Fräulein Richter wird schrecklich wütend werden.« Diese

Gelegenheit, Luise vor die Tür zu setzen, würde sich die Hausdame nicht entgehen lassen. Es war schon ungehörig genug, sich mit Hans mitten in der Nacht zu treffen.

»Vertraue mir. Ich weiß nämlich, dass die Richter um diese Zeit längst nicht mehr im Hotel ist. Sicherlich erholt sie sich gerade in ihrer Wohnung in Altona vom Schikanieren.« Er zog Luise mit sich.

Sprachlos stolperte sie in den Flur auf der anderen Seite der Tür. Im nächsten Moment berührten ihre Schuhsohlen nicht mehr den harten Dielenfußboden, sondern hellen Marmor. Hohe Palmen beugten sich über Korbsessel, die um kleine Tische herum standen. Zu ihrer Linken erhob sich eine weiße Balustrade, die Luise an einen Balkon erinnerte. Staunend ging ihr Blick durch den halbdunklen Raum mit den Gemälden an den Wänden und den hohen Fenstern.

»Das ist der Wintergarten«, erklärte Hans. »Hier nehmen die Herrschaften ihren Darjeeling ein. Das ist indischer Tee.« Er zog sie weiter. »Hinter den Doppeltüren dort drüben liegt der Festsaal. Möchtest du mal schauen?« Ohne eine Antwort abzuwarten, ging er hin und öffnete die Türen.

»Und wenn jemand kommt?«

»Unwahrscheinlich. Die Gäste schlafen, und der Nachtportier ist hinter seinem Tresen im Foyer.«

Luise hielt die Luft an, wäre sie doch am liebsten zurückgelaufen. Leider wollten sich ihre Füße nicht vom Fleck bewegen. Sie reckte den Hals. Im Saal war es stockfinster.

»Ich sehe gar nichts, Hans.«

»Das kannst du ja auch nicht, denn die beiden Kronleuchter wurden ausgeschaltet. Über hundert elektrische Kerzen. Stell dir vor, wie es glitzert, wenn ein Ball veranstaltet wird.« Er zeigte nach oben. »Funkelnagelneu. Der Patron hat die Kronleuchter in London gekauft. Jeder Lüster besitzt zweihundert geschliffene Glastropfen. Das blitzt und blinkt wie eine Million Diamanten. Der Stuck an der Decke und die Marmorsäulen stammen aus Italien. Das Parkett ist aus feinstem südamerikanischem Schlangenholz, deutscher Eiche und burmesischem Teak gefertigt.«

Vor Hans' Augen schien die ganze Pracht des Raums zu glänzen und zu leuchten. Luise zog die Mundwinkel nach unten. Nichts von all der Schönheit war in der Dunkelheit auch nur zu erahnen.

»Warum schaltest du nicht das elektrische Licht ein?« Frau Köhler pflegte das in der Wäscherei zu tun, wenn die Arbeit am frühen Morgen begann.

»Einschalten? Ich bin Page. Den Schalter betätigen darf nur der Patron oder Herr Klinger, der Maître de Hotel. Manchmal auch Fräulein Richter, wenn sie Familienfestivitäten oder den Tanztee am Donnerstag betreut. Empfänge und Konferenzen hingegen obliegen der Direktion.«

Zunehmend wurde Luise schwindelig. All diese Feiern wurden mit Pomp und Gloria abgehalten, während sie, nur ein paar Meter entfernt, im Keller Wäsche einweichte und mangelte.

Leise schloss er die Tür wieder. Sie passierten ein goldgerahmtes Gemälde, das vom Boden bis zur Decke reichte. Es zeigte eine fremdartige Landschaft mit einem See und vielen Bäumen. Es schien Luise, als könnte sie einfach hineinsteigen, hinüber zu der Frau im langen Kleid gehen, die unten rechts mit ihren zwei kleinen Kindern am Ufer eines Sees stand.

»Das ist die Göttin Latona mit ihren neugeborenen Zwillingen Diana und Apollo«, erklärte Professor Hans. »Sie wurde nach Lykien verbannt, wo sie in der Sommerhitze auf Bauern trifft und höflich bittet, für sich und die Kinder aus dem See trinken zu dürfen. Die Männer verweigern ihr das Wasser. Außerdem verwirbeln sie den Schlamm vom Grund des Sees, damit das Wasser ungenießbar wird. Die Kleinen drohen zu verdursten.«

»Wie herzlos Menschen sein können«, murmelte Luise.

»Daraufhin verflucht Latona die Bauern auf ewig, als Frösche leben zu müssen.«

»Recht geschieht es ihnen«, sagte Luise zutiefst entrüstet. Sie folgte Hans, der auf sie unglaublich gebildet wirkte.

Nun erreichten sie einen Gang, auf dessen Boden ein langer, weicher Läufer lag. Auf einer schmalen Anrichte, deren Oberfläche so sehr glänzte, dass man sich darin hätte spiegeln können, blühte ein üppiges Blumenbouquet in einer großen Vase. Die langen Rosen und strahlend weißen Lilien wuchsen gen Himmel, umrahmt von tellergroßen sattgrünen Blättern, wie sie Luise einmal am Ufer eines Teichs gesehen hatte.

»Dort drüben ist der Kleine Saal«, riss Hans sie aus ihren Gedanken. »Von da geht es ins Konferenzzimmer und zum Lese- und Schreibzimmer.«

Luise klammerte sich an seine Hand. Sollte er sie loslassen, wäre sie verloren. Sie wusste nicht, wo sie sich befand, geschweige denn, wie sie zurück in ihre Kammer gelangen konnte. Das Hotel war wirklich sehr groß. Säle, die ineinanderführten, Gänge, die sich im Geheimen hinter Türen verbargen, unsichtbare Treppen, Magazine, Anrichten, Lagerräume und Küchen. Dabei hatte sie nicht einmal den Fuß auf eine der Etagen mit den Fremdenzimmern gesetzt. Dieses Haus musste mindestens hunderttausend Zimmer haben. So viele hatte der Kaiser in Berlin bestimmt auch in seinem Schloss.

Zufrieden grinste Hans. »Es gefällt dir, richtig?«

Sie nickte.

Er setzte seine Führung fort. »Dort, wo die Gäste ankommen, befindet sich das Foyer.«

»Foyer.«

»Beim Empfang, der vor dem Direktionszimmer liegt, meldet man sich beim Empfangschef an. In der Nähe befindet sich der Tresen unseres Concierges Herrn Marthaler.«

»Concierge.« Das Wort kitzelte auf ihrer Zunge.

»Er erfüllt jeden Wunsch der Gäste, von den Logenkarten im Theater bis hin zu Dampferausfahrten auf der Elbe oder einem Abend mit Kammersängerin Salinger oder einem fünfbeinigen Elefanten, wenn es sein muss.«

Mit offenem Mund stand sie da.

Er lachte. »Na ja, vielleicht doch nicht alle Wünsche. Die Gesellschaftshalle befindet sich am Ende des Gangs wie auch das Haupttreppenhaus für die Gäste und der Lift.«

»Lift.«

Hans blieb stehen. »Musst du alles wiederholen, was ich sage?«

Sie schüttelte den Kopf.

»Gut, also die Halle hat unser Patron einrichten lassen, damit die Gäste dort *entre vous* sein können.«

»Ontreh was?«

»Unter sich, du Dummerle. Das ist Französisch. Besser, du gewöhnst dich dran. In der Halle können die Gäste ihre *Times* oder den *Figaro* lesen und über Politik plaudern, während sie einen Sherry trinken oder Besucher empfangen.«

»Sherry? – 'tschuldigung.«

Hans zog sie dichter an die Wand und deutete auf den Läufer unter ihren Schuhen. »Wir dürfen die wertvollen Teppiche nicht betreten. Anordnung vom Patron.«

Luise sprang zur Seite. Sie warf einen Blick auf das kunstvolle, mit roten Blumen übersäte Muster des Knüpfwerks, durch das sich goldfarbene Ranken schlängelten.

Wie kann man so etwas Schönes nur auf den Fußboden legen?, dachte sie.

Sie schlichen weiter. Weiße Säulen hielten hohe Stuckdecken. Gemälde an den Wänden, exquisite Möbel, herrliche Stühle, die zum Verweilen einluden. Luise konnte sich kaum sattsehen. Da blieb Hans abrupt an einer Ecke stehen.

»Pst!« Er legte einen Finger auf die Lippen. »Das dort hinten ist unser Nachtportier.«

Vorsichtig schaute Luise zu dem Herrn beim Tresen, der mit strenger und wichtiger Miene den Kopf geneigt hielt. Vor ihm wartete ein Herr im dunklen Reisemantel. Den Hut hatte der Gast auf dem Tresen abgelegt, gleich neben einer kleinen Messingglocke.

»Professor Adolf von Baeyer aus München«, raunte Hans ihr ins Ohr. »Er hat vor neun Jahren den Nobelpreis für Chemie erhalten. Vor seinen Überseereisen nach Amerika logiert er stets bei uns für ein paar Tage. Er meint, er müsse sich erst an die Seeluft gewöhnen, bevor er sich auf ein Schiff begeben könne.«

Der Nachtportier langte gerade hinter sich und reichte einen Schlüssel über den Tresen. Mit einer leicht schräg ausgeführten Verbeugung verneigte er sich vor dem Gast, wobei er im selben Moment einem Pagen ein Zeichen gab, der wie aus dem Nichts auftauchte. Ernst, als müsste er eine heilige Handlung vollziehen, griff dieser nach den beiden Koffern.

»Ich darf vorgehen, Herr Professor.« Seine Stimme brach schon beim ersten Wort.

»Wie viele von euch gibt es denn im Hotel?«, raunte Luise Hans zu, als sich die beiden zu einer Art Kasten mit Tür begaben, die der Nachtportier mit einer Verbeugung für den Gast öffnete, damit dieser und der Page eintreten konnten. Als Nächstes ruckelte der Kasten kurz und glitt lautlos nach oben. Das musste der Lift sein.

»Tagsüber sechs. Nachts einer. Heute hat Franz Dienst.«

Hans grinste. »Beim Professor braucht er sich aber nicht anzustrengen. Der gibt nie Trinkgeld.«

»Sollten wir nicht besser zurück?«

Hans beobachtete den Nachtportier. »Ich will dir noch das Restaurant zeigen. Allerdings haben wir ein klitzekleines Problem.«

Luise wurde mulmig zumute. »Welches?«

»Wir müssen am Löwen vorbei.« Er nickte zum Nachtportier, der hinter den Tresen zurückkehrte und ein großes Buch zuklappte.

»Bitte, lass uns gehen«, bettelte Luise.

In diesem Moment kam ein vernehmliches Knattern von der Straße. Vor dem Hotel erstarb es. Bebend bemerkte Luise, wie unten die Türen geöffnet wurden. Das Lachen einer Frau war zu hören. Kurz darauf erklommen zwei Personen die Stufen. Sie schritten durch die mit geschliffenem Glas versehene Drehtür. Luise fuhr herum, wollte fortlaufen, doch Hans ließ ihre Hand nicht los. Sie drückte sich gegen die Wand, versuchte, mit ihr zu verschmelzen, hoffte, durchsichtig zu werden.

Da sah sie Hans vortreten. Er machte einen tiefen Diener vor den Neuankömmlingen. Wie selbstverständlich begrüßte er die Herrschaften in einer fremden Sprache, von der Luise annahm, es könnte Englisch sein, denn er nannte den Mann Sir.

Sie kniff die Augen zu. Still betete sie, der liebe Gott möge sie verschwinden lassen. Das Paar bog ab und ging zum Nachtportier hinüber, der die Herrschaften ebenfalls mit Namen begrüßte und einen Schlüssel über den Tresen reichte.

Inständig hoffte Luise, dass die Gäste den Lift nehmen würden, so wie der Herr Professor eben. Sie hatte kein Glück. Arm in Arm steuerten der Sir und seine Begleitung, eine schlanke Dame mit Federhut, auf sie zu.

»Los, knickse«, hörte Luise Hans raunen, der erneut seinen Oberkörper tief vorbeugte.

Zaghaft stieß sie sich von der Wand ab und vollzog mit zitternden Knien die geforderte Ehrbezeugung. Atemlos rechnete sie damit, die erboste Stimme des Sirs oder seiner aufgebrachten Gattin zu hören, ob dieser Ungestalt, die sich unerlaubterweise im Foyer des Hotels aufhielt.

Nichts geschah. Die Herrschaften passierten sie ganz ohne Aufschrei. Das Lachen der Frau verhallte im Treppenhaus. Wie angewurzelt stand Luise da, unfähig, sich zu bewegen.

Hans nahm ihre Hand. »Du zitterst ja.«

Sie starrte ihn an. Begriff er denn nicht, dass er mit ihrem neuen Leben spielte?

Er grinste. »Am besten gewöhnst du dich daran.«

»Woran?«, krächzte sie mit gedämpfter Stimme.

»Wir sind unsichtbare Geister. Wir werden nur bemerkt, wenn der Gast etwas benötigt. Wir sprechen die Herrschaften niemals von uns aus an, darum wissen sie auch nicht, dass es uns gibt.«

»Aber sie sind ganz dicht an mir vorbeigegangen.« Fahrig wies Luise auf das sich entfernende Paar.

»Glaub mir, sie können uns nicht sehen.«

»Warum verstecken wir uns dann?«

Hans zeigte lächelnd zum Portier hinüber. »Seinetwegen. Sei kein Angsthase.«

»Bin ich nicht«, protestierte sie leise, obwohl sie sich wie einer fühlte.

»Gut.« Er beugte sich vor. »Er ist weg. Schnell. Bevor er zurückkommt.«

Sie folgte Hans, wohl bedacht, nicht auf den Perserteppich im Eingangsbereich zu treten.

Zu ihrer Rechten lag die Gesellschaftshalle, wo sie neben

dem Kamin ein Gemälde des Prinzen Heinrich entdeckte, dem jüngeren Bruder des Kaisers. Sie kannte den Prinzen von einer Plakatzeichnung. Hier im Hotel, mitten in der Nacht, guckte er sie direkt an. Luise erschrak, denn seine Augen schienen sie zu verfolgten. Er würde petzen! Bestimmt würde er petzen und alles erst dem Kaiser und danach dem Patron erzählen. Allerdings blieb ihr keine Zeit, darüber nachzudenken, denn Hans zog sie durch eine Tür, die zum Restaurant führte.

Luise wurde schwindelig.

War das, was sie bisher gesehen hatte, schon hochherrschaftlich, so warf dieser Raum sie in den Himmel! Von der Stuckdecke hing ein Kristalllüster mit Lichtern, die das geschliffene Glas in tausend Farben erstrahlen ließen. Ihr Schein senkte sich zu den Tischen herab, auf deren weißen Decken silbern glänzendes Besteck neben gestärkten Servietten lagen, dazwischen Porzellanteller mit Goldrand und dem Wappen des Hauses. In den Gläsern auf den Tischen schimmerte das Licht des Lüsters wie Diamanten.

Hinter den Fensterscheiben floss, schwarz und still, die Alster, umrahmt von einer Lichterkette aus Gaslampen, jede von einem nebeligen Heiligenschein umgeben. Sprachlos stand sie da.

»Willkommen im besten Restaurant der Stadt, ach was, des Kaiserreichs«, verkündete Hans mit großer Geste.

Sie drehte sich um. »Hier sind ja gar keine Gäste.«

Er lachte. »Es ist nach Mitternacht, Luise. Entweder sind die Herrschaften noch im Stadttheater, um die neuste Wagner-Inszenierung zu erleben, oder sie schlummern in ihren Federbetten.«

In diesem Moment trat ein schwarz gekleideter junger Mann zu ihnen. »Heute bringen sie keinen Wagner, Hans, nur

Schiller. Der war um zehn vorbei. Gott sei Dank. Wir klaren gerade für morgen auf und decken neu ein.«

Er verbeugte sich vor Luise, was sie verwirrte. »Meine Dame.« Noch nie hatte jemand vor ihr einen Diener gemacht. Kurz meinte sie, eine andere Person müsste hinter ihr stehen. Sie blickte über die Schulter.

»Ich nehme an, Sie sind das Geburtstagskind?«

»Was? Ich? Nein.« Entsetzt darüber, dass er sie tatsächlich ansprach und dazu noch siezte, fiel ihr keine Antwort ein. Außerdem stimmte es nicht, dass sie heute Geburtstag haben sollte. Der war an dem Tag, als Margret Place im fernen Amerika auf dem elektrischen Stuhl hingerichtet worden war, irgendwann zwischen Weihnachten und Ostern.

Hans hakte sich bei ihr ein. »So ist es, Maître.« Er sprach nasal, was albern klang. »Wir haben einen Tisch reserviert.«

Die Verbeugung des Kellners wurde tiefer. »Selbstredend der beste table für Sie. So wie immer, Herr Von-und-zu-sowie-auf-und-davon.«

Hocherhobenen Hauptes führte Hans sie an einen Tisch am Fenster, wo der Kellner soeben einen der Stühle zurückzog, als wollte er sich setzen.

»Das ist dein Platz«, raunte Hans.

»Aber …«

»Kein Aber, Fräulein Luise«, unterbrach der Kellner sie mit einem freundlich nachdrücklichen Lächeln. »Heute ist Ihr Namenstag. Das ist ein bedeutender Grund zum Feiern.«

Vorsichtig ließ sie sich auf dem Stuhl nieder, dessen Polster so weich war wie das Kissen in ihrem Bett.

Kaum war der Kellner gegangen, lehnte sie sich vor. »Was ist ein Namenstag?«

Hans strahlte. »Heute ist der Festtag aller Luises dieser Welt und der vergangenen Zeiten dazu.«

»Gibt es denn viele, dass man gleich einen Feiertag draus machen muss?«

»O ja! Nehmen wir Luise von Savoyen, Tochter des Herzogs von Savoyen. Sie war dreizehn, als sie 1409 den Herzog de Valois-Orléans heiratete.« Er warf ihr die französischen Worte entgegen, als wäre er ein Gaukler auf dem Jahrmarkt. »Als Mutter des Königs regierte sie während seiner Italienfeldzüge an seiner statt. Dabei stellte sie sich als äußerst geschickte Staatsfrau heraus.«

Luise kicherte. »Staatsfrau, wie lustig.«

»Es gibt noch andere Damen mit diesem wunderschönen Namen«, fuhr er eifrig fort. »Da ist zum Beispiel Luise von Österreich, ehemals Kronprinzessin der Toskana.«

»Ist sie es nicht mehr?«

»Hast du es nicht gehört? Sie wurde vom sächsischen Thronfolger geschieden, weil sie angeblich eine Affäre mit dem Lehrer ihrer Kinder gehabt haben soll. Man hat sie vom Hof verstoßen.«

»Oh.«

»Alsdann wäre da noch Königin Luise, die Gemahlin des preußischen Königs Friedrich Wilhelm III. Sie verhandelte mit Bonaparte den Frieden von Tilsit.«

»Eine Frau?«

»Eine Luise. Selbst unser Kaiser weiß den Namen zu würdigen. Seine einzige Tochter heißt Victoria Luise. Wen haben wir noch?« Hans legte einen Zeigefinger ans Kinn, der plötzlich in die Luft schnellte, als hätte er eine göttliche Eingebung erhalten. »Luise von Dänemark, die Königin. Luise Taglioni, eine berühmte Balletttänzerin. Wie wäre es mit der tragischen Luise aus Schillers *Kabale und Liebe*? Oder Luise von Briest aus Fontanes Buch *Effi Briest*? Du siehst, du befindest dich mit deinem Namen in illustrer und gar hochadeliger Gesellschaft.«

Sie kicherte. »Ich? Bestimmt nicht.«

»O doch, oder willst du andeuten, ich lüge?« Hans setzte einen echauffierten Gesichtsausdruck auf. Den hielt er allerdings nicht lange durch. Schon waren seine Grübchen wieder da. »Weißt du übrigens, was der Name Luise bedeutet?«

Sie schüttelte den Kopf.

»Die starke Kriegerin.«

Sie lachte. »Unsinn.«

Er schaute sie ernst an. »Liebe Luise Krüger, glaube mir, wenn es jemanden gibt, der kämpfen kann, dann du. Was immer du erreichen willst, wirst du erreichen. Es mögen schwere Zeiten kommen, jedoch wird eine Luise sie meistern.«

Sie spürte, wie Röte in ihr Gesicht stieg. Verlegen faltete sie die Hände unter dem Tisch. Der Kellner stellte zwei schmale Kristallgläser auf die frisch gestärkte Tischdecke und goss aus einer grünen Glasflasche etwas Prickelndes ein.

Luise erschrak. »Wir haben nichts bestellt.«

Ein Glas irgendetwas, egal wie groß es war, würde sie sich an diesem Ort niemals leisten können.

Und Hans erweckte auch nicht den Eindruck, als wäre er derart vermögend, dass er eine Rechnung für zwei bezahlen konnte.

»Das geht aufs Haus, Fräulein Luise.« Der Kellner verneigte sich kurz und füllte das andere Glas. Mit einem verschmitzten Augenblinzeln erklärte er, dass der Champagner ein Rest vom Familienfest derer zu Warburg sei. »Sie haben heute Abend die Verlobung ihrer Nichte Emilie mit dem Spross des Herrn von Bülow gefeiert.« Er füllte das Glas großzügig. »Zum Weggießen zu schade.«

»Das ist übrigens mein Freund Carl Braun. Es war seine Idee, dich heute Abend auszuführen.«

Der junge Mann nickte. »Hocherfreut. Der Namenstag eines Menschen ist in vielen Teilen der Welt wichtiger als der Tag der Geburt, war Ihnen das bekannt, Gnädigste?«

Luise meinte im Boden versinken zu müssen. Alle wussten Bescheid! Die Mörderin und ihr Stuhl! Bestimmt lachte jeder im Haus über sie, weil sie den Tag ihrer Geburt nicht kannte. Sie schlug die Hände vors Gesicht.

»Habe ich etwas Falsches gesagt?«, hörte sie Carl besorgt fragen.

»Wie konnte sie das tun?«, wimmerte Luise.

»Wer denn?«, fragte Hans besorgt.

»Sie hat es allen erzählt.«

»Was, um Himmels willen?«

»Das mit der Frau auf dem Stuhl.« Luise versuchte aufzustehen, um von diesem Ort zu fliehen. Das Sitzmöbel aber war zu schwer und drohte zu kippen. »Frau Köhler hat mich verraten.«

»Nein, das hat sie nicht. Wovon redest du überhaupt?«

Vorsichtig zog Luise die Hände hinunter.

»Sie meinte nur, dass du dein Geburtsdatum nicht magst. Was ist mit der Frau? Und von welchem Stuhl redest du?« Fragend sah Hans Carl an, der mit den Schultern zuckte.

»Ich weiß ihn ja nicht einmal«, jaulte sie auf.

»Es ist der 7. Februar«, sagte Hans, als wäre es das Selbstverständlichste der Welt. »Du wurdest am 7. Februar 1900 geboren. Concierge Marthaler hat es nachgeschlagen.«

»O nein«, jammerte sie. Also wusste es doch jeder.

»Und heute, an deinem Namenstag, gibt es ein kleines Gläschen Champagner und eine Überraschung für dich.«

»O bitte, nicht noch eine«, flehte sie. Mit zitterndem Herzen verfolgte sie, wie er ein Päckchen hervorzog, das in Zeitungspapier gewickelt war, verziert mit einer roten Samtschleife. Er reichte es über den Tisch.

»Alles Gute zum Namenstag, Luise.«

Sie hatte noch nie ein Geschenk gekriegt. »Ich kann das nicht annehmen.«

»Wenn du es nicht tust, werde ich weinen«, erklärte Hans. »Hier, mitten im Restaurant. Ich werde heulen wie ein Wolf. Dann läuft der Nachtportier herein. Und mit ihm alle Gäste, weil sie erfahren wollen …«

»Das wirst du nicht«, japste sie.

»O doch. Und ich werde ihnen sagen, dass dir mein Geschenk nicht gut genug ist.«

Mittlerweile kannte Luise Hans' eigenartigen Humor. Kopfschüttelnd griff sie nach dem Päckchen und löste die Schleife. Egal was darin war, er hatte ihr heute Abend schon so viele Geschenke gemacht. Das größte davon war, dass sie endlich wusste, wann sie geboren worden war. Am 7. Februar vor vierzehn Jahren. Ohne es zu wissen, hatte er ein kleines Loch in ihrer Seele gefüllt, durch das das Schicksal des Nachts durch ihre Träume zu pfeifen pflegte.

Sie legte das Zeitungspapier zur Seite. Zum Vorschein kam ein in Leinen gebundenes Büchlein. Vorsichtig strich sie über die hübsche Zeichnung von einem kleinen Jungen mit blonden Locken, der in einem Gitterbettchen lag. Er hatte den Daumen im Mund und träumte selig unter einer weißen Federdecke. Vier andere Kinder, sie waren allesamt älter, standen um das Bett herum und blickten auf das Kleine.

Luise musste lächeln. Wie glücklich konnte sich jemand schätzen, wenn er so viele große Schwestern und Brüder hatte, die ihn beschützten! Sie ließ die Finger über den Titel gleiten und versuchte, in den dicken Lettern einen bekannten Buchstaben zu entdecken. Verzückt stellte sie fest, dass sie immerhin zwei davon kannte. »A…e. Was heißt das Wort?«, flüsterte sie, damit Carl es nicht hörte.

Hans klatschte in die Hände. »Genau. *Appelschnut!*«

»Pst.« Luise legte einen Finger auf den Mund. »Sei leise.«

»Mit diesem Buch werde ich dir das Lesen beibringen.« Er griff hinter sich und holte ein zweites Päckchen hervor. »Und hiermit das Schreiben.« Er reichte es Luise. »Es sind Tafel und Kreide.«

Das Geschenk war in grünen Stoff mit aufgedruckten weißen Margariten gewickelt. Eine lilafarbene Schleife hielt alles zusammen.

»Von wem ist das?«, fragte sie.

»Von Frau Haerlin. Sie hat es extra für dich eingepackt. Es gehörte ihrem Sohn Fritz, der die Tafel nicht mehr benötigt. Er sei zu alt, meinte sie.«

»Du hast ihr gesagt, dass ich nicht lesen kann?« Sie spürte, wie tiefe Röte ihr Gesicht überzog. »Wie konntest du?« Wütend legte sie beide Geschenke auf den Tisch und wollte schon aufspringen. Da hielt Hans sie am Arm fest.

»Luise Krüger, du kannst ein Präsent der Patronin nicht abweisen. Sie wäre sehr verärgert. Und ich auch.« Ernst schaute er sie an.

Sie hielt inne. »Ich will nicht, dass die Leute wissen, wie dumm ich bin. Kannst du das nicht verstehen?«

»Niemand ist zu dumm, um Lesen und Schreiben zu lernen.«

»Ich bin zu alt für so etwas«, widersprach sie.

»Papperlapapp! Der jüngste Sohn unseres Patrons ist gerade in London. Fritz Haerlin ist so alt wie ich. Siebzehn. Und er lernt noch immer.«

»Lesen?«

»Nein, das konnte er schon.«

»Was lernt er denn dann?«

»Die fremde Sprache und das Handwerk eines guten Hoteliers. Dienen.«

»Das kann man doch nicht lernen.«

»Oh, da verkennst du die große Welt. Wer perfekt dient, ist ein König. Außerdem paukt Fritz Haerlin nebenher weitere Sprachen. Sogar in seinem hohen Alter von siebzehn.«

»In London?«

»So ist es. Du siehst, obwohl der jüngste Sohn älter ist als du, lernt er noch immer. Ich hörte einen unserer Gäste sagen, dass das Lernen erst endet, wenn man tot umfällt.« Er beugte sich vor. »Wie fühlst du dich gerade? Fieber? Herzrasen? Schwindel? Schwere Verletzungen?«

»Ähm, nein …«

»Wunderbar!« Er schob ihr die Geschenke ein weiteres Mal zu. »Es ist somit auch für dich noch nicht zu spät, etwas zu lernen. Ich übrigens möchte irgendwann lernen, wie man ein Automobil fährt.«

»Ist das nicht gefährlich?« Sie dachte an den Vorfall mit dem rücksichtslosen Tee-Sohn und seiner Knatterkiste, die Hans in solch Verzücken versetzt hatte.

»Nur wenn man es nicht kann. Und? Bist du bereit, meine Dienste als Lehrer in Anspruch zu nehmen, um zu lernen, wie man Voltaire und Shakespeare, Kleist und Otto Ernst liest?«

Von den ersten drei glaubte Luise schon gehört zu haben. »Wer ist dieser Ernst?«

Grinsend wies Hans auf das Buch. »Otto. Ernst. Das ist ein O. Und da ist noch eines. Er ist der Autor deines Buchs. *Appelschnut*. Wer weiß, vielleicht werde ich dich ab jetzt so nennen.«

»Wehe dir.« Sie betrachtete das Geschenk. Es fühlte sich an wie ein Versprechen. Könnte sie wirklich lernen, wie man liest und schreibt? In Tantes Wohnung hatte es keine Bücher gegeben, nur die Bibel und das Gesangbuch für die Kirche.

Luise dachte an den Brief ihrer Mutter. Niemals hätte sie die Buchstaben entziffern können. Nicht in Jahren. Wie absurd war es nun, dass sie Lesen lernen sollte, obwohl es zu spät war, denn jener Brief, der ihr mehr bedeutet hatte als alle Bücher dieser Welt zusammen, war verbrannt. Unschlüssig starrte sie auf das Werk in ihren Händen. Hätte sie es früher gelernt, wüsste sie heute, wer sie war. Stattdessen blieben ihr nur zwei angekohlte Papierecken, die sie unter ihrer Matratze aufbewahrte. Das einzige und letzte Band zu ihrer Herkunft. Nutzlos.

Sie hob den Kopf. So etwas durfte ihr niemals wieder passieren. Und wenn sie dafür pauken musste, würde sie es tun. »Wo werden wir lernen, Hans?«

»Ich werde einen Ort finden. Vertrau mir.« Er hob sein Glas. Als sie ihn fragend anschaute, griente er. »Nimm das Glas hoch, damit wir anstoßen können. Danach nimmt jeder einen Schluck.«

Sie tat wie ihr geheißen. Sogleich schüttelte sie sich. »Igitt. Das ist ja schrecklich süß.«

Hans lachte. »Lieblich, Gnädigste. Der Champagner ist lieblich. Süß ist Schokolade.«

Carl Braun trat vor. »Noch ein Gläschen mit ehrerbietigsten Grüßen zum Namenstag von der Familie Warburg und ihrer reizenden Nichte?«

Hastig schüttelte sie den Kopf. »Bitte nicht. Ich bin schon jetzt ganz beduselt.«

Von draußen drang das Läuten der Glocken von St. Michaelis und St. Katharinen herein.

»Himmel! So spät?«, rief sie.

Carl half ihr, den schweren Stuhl nach hinten zu schieben. Luise dankte ihm mit einem Knicks. Sie nahm die Geschenke und wollte zurück ins Foyer laufen, als sie innehielt. Wie sollte sie am Nachtportier vorbeikommen? Sie drehte sich zu Hans und Carl um. Beide standen da und grinsten.

»Deine Flucht führt nicht durch das Foyer, sondern dort entlang.« Carl wies zu einer halb versteckten Tür in der Wand. »Der Weg ist weniger aufregend. Hans zeigt ihn dir.«

Mit einer Verbeugung verabschiedete sich der Kellner von ihr, als wäre sie ein wichtiger Gast. Sie folgte Hans hinter die Kulissen des Restaurants, wo alles eher praktisch als pompös war. Eine Treppe brachte sie in den Keller, der Luise vertraut schien. Von hier ging es durch eine der vielen Küchen. Sie passierten den Kühlraum, Gas- und Kohleherde, eine Spülküche und Vorratsräume, folgten einigen verwinkelten Gängen, bis sie zu einer Steintreppe gelangten, die nach oben führte. Noch eine Tür und wieder ein Korridor. Endlich hatten sie jenes Treppenhaus mit den grün gefliesten Wänden erreicht, das Luise kannte. Erleichtert holte sie Luft. Dieses Abenteuer hatte sie wirklich sehr aufgeregt.

Hans geleitete sie nach oben. »Es war ein schöner Abend, Luise. Danke dafür.«

Sie wusste nicht, was sie sagen sollte. Das Erlebte schwirrte durch ihren Kopf wie ein Schwarm Bienen. Und so gab sie ihm einen schnellen Kuss auf die Wange und rannte zurück in die Kammer, wo sie sich möglichst leise in der Dunkelheit auszog. Nachdem sie ihre Geschenke unter der Matratze versteckt hatte, spürte sie stille Tränen über ihr Gesicht laufen. Sie wusste nicht, ob sie all das Gute verdient hatte.

Tatsächlich hatte Hans einen Ort gefunden, wo der Unterricht ungestört stattfinden konnte. Es war der Tourenwagen in der Hotelgarage. Ein schwarz glänzendes Automobil der Marke Adler, Baujahr 1910, wie Garagenmeister Leipold nicht ohne Stolz anmerkte, wartete geduldig darauf, dass jemand im Haus seine Dienste benötigte. Herr Leipold, ein stattlicher Mann mit Kaiserbart, erlaubte Hans und Luise, auf der Rückbank des geparkten Wagens heimlich zu lernen.

»Aber nix anners, verstanden? Die Tür bleibt offen.« Artig nickten beide. »Gut. Ich bin da drüben. Falls jemand den Adler braucht, müsst ihr raus«, erklärte er in sonorem Ton, der aus seiner breiten Brust drang. »Und nichts anfassen. Ich habe gerade alles poliert.«

Wieder nickten sie und kletterten in den Fond des Wagens. Auf Luises vorsichtige Frage hin, ob der Patron nicht ärgerlich werden würde, dass sein hübsches Automobil als Schule genutzt werden sollte, erwiderte Hans, dass es dem feinen Leder der Sitze kaum zuträglich sei, wenn keiner dich daraufsetze.

»Herr Leipold hat mir nämlich erklärt, dass die vornehmen Herrschaften dieser Tage nur mit der neuen französischen Limousine umhergefahren werden wollen. Manchmal fährt der Chef de Cuisine mit dem Adler zum Einkaufen auf den Markt. Und den kann unser Garagenmeister nicht leiden.«

»Warum denn nicht?«

»Der soll sich letztens über den gar ›schröcklichen französischen Akzónt‹ Herrn Leipolds amüsiert haben.« Hans grinste. »Lass uns anfangen. Wir haben nicht viel Zeit, weil ich heute Abend beim Empfang der Familie Lassally aufwarten werde.« Stolz hob er das Kinn. »Ich werde den vornehmen Herrschaften ihre feinen Mäntel und Zylinder abnehmen.« Unauffällig schob er seine Hand vor, als wartete er auf Trinkgeld.

Luise beneidete ihn, dass er bei all den illustren Leuten sein durfte, ihre Musik hören und vielleicht den ein oder anderen Blick auf die Tanzenden werfen konnte.

Durch die Windschutzscheibe sah sie den Garagenmeister, der sich an der französischen Limousine mit einem Lederlappen zu schaffen machte, ohne den Tourenwagen in der Ecke aus den Augen zu lassen. Sie winkte ihm zu. Der antwortete mit zwei Fingern, die er an den Schirm seiner Mütze tippte.

»Ich finde es sehr nett, dass er uns erlaubt, hier zu sitzen.«

»Etwas sagt mir, dass ich den Grund kenne. Er hatte früher eine Tochter. Sie starb bei einem Feuer. Das Mädchen wäre heute genauso alt wie du.« Hans klappte das Buch auf. »Lass uns anfangen.«

12

Ihrer Hand ging es zunehmend besser, sodass sie Frau Köhler in der Wäscherei wie gewohnt helfen konnte. Bestimmt würde eine Narbe bleiben. Das aber störte Luise nicht, solange der Patron sie nicht zurück auf die Straße schickte. Noch immer hatte er keine Entscheidung getroffen.

Von ihrem Lohn bezahlte Luise das Bett in der Kammer und ihr Essen sowie eine Schürze, die sie während der Arbeit trug, um ihr Kleid zu schonen. Was sie mit dem Rest ihrer Bezahlung machen wolle, hatte Frau Köhler sie kürzlich gefragt. Als Luise keine Antwort wusste, schlug die erste Wäscherin vor, die verbleibenden eine Mark und fünfzehn Pfennige einzubehalten. Es sei Guthaben, über das sie jederzeit verfügen könne, wenn sie wolle. Irgendwann, so meinte Frau Köhler augenzwinkernd, würde Luise bestimmt wissen, was sie damit anfangen könnte.

Lehrer Hans war indes mit seiner Schülerin sehr zufrieden. Ja, er lobte sie sogar manchmal. Tatsächlich lief es mit dem Lesen schon recht passabel, auch wenn Luise immer noch einen Zeigefinger unter den Buchstaben mitgleiten lassen musste, um nicht ins Stocken zu geraten. Gestern hatte Hans zum Unterricht sogar eine Zeitung mitgebracht. Sie war vom Vortag und recht zerlesen, denn nach den Hotelgästen las das Personal die Seiten, wobei die Hierarchie im Haus die Reihenfolge der Lesenden bestimmte.

Konzentriert legte Luise einen Finger unter die Überschrift eines Berichts, den ein großes Foto von drei ganz entzückenden Kindern begleitete. »*Die Kinder des … ermordeten … Thronfolgers und seiner … Gemahlin.*«

Lange betrachtete Luise die Fotografie. Maximilian, Sophie und Ernst hießen die drei. Auch wenn sie vornehme Herzöge und Fürstenkinder waren, so waren es noch immer Kinder, deren Eltern auf offener Straße erschossen worden waren. Eine Tat, die für die kleinen Prinzen und die Prinzessin, ja, für die ganze Welt mehr bedeutete, als sich Luise ausmalen mochte.

»Wird es Krieg geben?«, fragte sie leise.

Hans schwieg. Das tat er selten. Eigentlich nie. Wenn ihm keine passenden Worte einfielen, machte er einen Scherz oder grinste, bis seine Grübchen das Reden für ihn übernahmen.

»Was sagt der Patron zu alldem?«, hakte sie nach.

»Er mag den Krieg nicht, weil der schädlich fürs Geschäft sei. All die Gäste aus dem Ausland würden fortbleiben.« Hans schaute auf seine leeren Hände. »Keine Gäste, kein Trinkgeld.«

Anders als er und Luise aber fieberten die Leute in der Stadt einem Krieg entgegen, als ginge es für das gesamte Reich auf einen Ausflug. Mit Rumtatamusik und blank polierten Uniformknöpfen wähnten sich die meisten Männer schon als Helden.

Nur wenige befürchteten das Schlimmste. So hatte eine der Frauen in der Waschküche kürzlich gemeint, dass es sein würde wie immer. »Die hohen Herren bekommen die Orden, und unsereins verreckt im Graben.« Die erste Wäscherin hatte sich daraufhin energisch derart sozialistisches Geschwätz verbeten.

Ein letztes Mal blickte Luise auf das Bild der drei Kinder.

Dann faltete sie die Zeitung zusammen. Sie hatte heute keine Lust zu lernen. »Hans, kannst du mir einen Gefallen tun?«

»Du willst dich vor einer Hausaufgabe drücken?«

Sie lächelte. »Nein. Ich brauche jemanden, der mir hilft.«

Sie blickte hinaus in die Garage, wo der Garagenmeister gerade das Automobil eines Gasts mit einer Kanne Benzin betankte. Wollte sie Hans wirklich einweihen? Ja. Energisch zog sie die beiden angekohlten Papierstücke aus der Tasche ihres Kleids und reichte sie ihm.

»Was ist das?«

»Das war die erste Seite eines Briefs. Ich weiß nicht, wer ihn geschrieben hat.« Sie hielt ihm die Ecke hin, auf der noch einige Ziffern und ein Stück vom Briefkopf zu erkennen waren. »Die andere Seite war von meiner Mutter, glaube ich.« Letzte, mit Tinte geschriebene Buchstaben waren zu erkennen. »Der Rest ist verbrannt. Ich habe nur das hier, um herauszufinden, wer ich bin.«

Vorsichtig betrachtete Hans die verkohlten Ecken. »Da ist nicht viel zu sehen.«

Sie wies zu dem maschinegeschriebenen Schnipsel. »Das hat ein Datum. Und dort … Ziffern und Buchstaben.«

»Dieses Stück sieht recht offiziell aus.« Hans kniff die Augen ein wenig zusammen. »… 1900. … ber. Der Brief wurde entweder im September, Oktober oder November verfasst. Dezember wäre auch möglich.«

»Möglich. Und was ist das da?« Sie zeigte auf ein Kürzel, das sie nicht deuten konnte.

Er zuckte mit den Schultern. Luise seufzte. Wie konnte es sein, dass er es nicht wusste? Er wusste doch sonst alles.

»Es tut mir leid, Luise, damit ist kein Staat zu machen.«

»Ein Mensch ist nur ein Mensch, weil er zu anderen Menschen gehört. Vater, Mutter, Geschwister, Onkel, Tanten.

Freunde. Nachbarn. Eine Stadt. Ein Land. Wenn man all das nicht hat, wer ist man dann?« Sie nahm ihm die Papierstücke aus der Hand, um sie zurück in die Tasche zu schieben.

»Du könntest sie Frau Köhler zeigen.«

Luise schüttelte den Kopf, klaubte ihre Sachen zusammen und öffnete die Wagentür.

Herr Leipold schlenderte zu ihnen. »Nanu, hat das Fräulein heute schon genug gelernt?«

Hans krabbelte ebenfalls aus dem Fond des Wagens. »Luise ist mir böse.«

»Bin ich nicht.«

»Doch, bist du, weil ich dir nicht helfen kann.«

Herr Leipold wischte seine Hände an einem Lappen ab. »In meiner Garage wird nicht gekeift wie auf dem Fischmarkt. Worum geht es überhaupt?«

»Um ein Kürzel, das ich nicht kenne«, erklärte Hans.

Der Mann neigte den Kopf zur Seite. »Und das ist ein Grund, sich zu streiten?«

Hans beugte sich zu Luise. »Zeig es ihm.«

»Nein.« Sie wollte nicht, dass noch mehr Menschen ihr Geheimnis kannten.

»Du musst ja nicht sagen, woher es kommt«, raunte er nachdrücklich.

Zögerlich holte sie die Ecken ein weiteres Mal aus der Tasche. Sie reichte jene mit den Ziffern dem Garagenmeister. »Wissen Sie zufällig, was diese Zahlen bedeuten könnten?«

Er nahm das Papier, runzelte die Stirn, ging hinüber zum Tor, das auf die Große Theaterstraße führte. »Hm, das scheint mir eine Aktennummer zu sein.«

Luise lief zu ihm. »Was ist das?«

»Wenn offizielle Stellen wichtige Briefe schreiben, versehen sie sie mit Buchstaben und Nummern, um den Vorgang später in ihren Büchern und Regalen wiederzufinden.« Er zog einen Kneifer aus der Westentasche, klemmte ihn auf den Nasenrücken und betrachtete das Papier erneut. »Heute benutzen die Behörden diese neuen Schreibmaschinen. Feine Sache, diese Dinger, finde ich.« Er lächelte. »Der Patron hat letztens zwei gekauft. Ich holte sie persönlich ab. Mordsdinger. Wiegen so viel wie ein Kolben, mindestens.«

»Zurück zu Luises Papier«, mahnte Hans. »Wer könnte dieses Aktenzeichen verfasst haben?«

»Das weiß ich leider nicht, Junge. Ihr solltet mit jemandem sprechen, der öfter mit offiziellen Stellen zu tun hat. Und da empfehle ich jemanden, dessen Name auf -ler endet.« Der Wagenmeister griente, als er ihre fragenden Gesichter bemerkte. »Hier, das Wasserzeichen ist euch wohl entgangen, oder?« Jetzt hielt er die Ecke ein wenig gegen das Licht vor der Tür. »Da, seht ihr?« Er zeigte auf drei Buchstaben, die sich mitten im Papier versteckt hatten. »L-E-R.«

»Woher wissen Sie, dass es ein Name ist?«, hakte Luise nach. Sie spürte ihr Herz schlagen.

»Behörden haben keine Wasserzeichen in ihren Briefen. Das haben nur piekfeine Firmen, Banken oder sehr gute Hotels. Na ja, und Anwälte, deren Kanzleien in besserer Lage zu finden sind.«

»Warum sollte so ein feiner Mann meiner Tante im Gängeviertel einen Brief schicken?« Luise dachte an all das Geld in der Kassette.

Herr Leipold reichte die Papierecke zurück. »Findet einen Anwalt oder Notar, dessen Name auf -ler endet, und fragt ihn.«

Er wandte sich zum Gehen.

»Wo sollen wir denn suchen?«, rief sie ihm nach.

Der Garagenmeister zuckte mit den Schultern. »Irgendeine Kanzlei wird es schon geben.«

»Diese Kanzlei könnte überall auf der Welt sein«, murmelte Luise.

»Lass uns in Hamburg mit der Suche anfangen. Es gibt Bücher beim Concierge, darin stehen alle Telefonanschlüsse der Stadt. Damit beginnen wir.«

»Du willst mir helfen?«

»Kennst du die Detektivgeschichten über diesen Sherlock Holmes? Ich habe sie gelesen. Alle.« Hans strahlte sie an. »Wir müssen da ganz deduktiv vorgehen. Wissenschaftlich genau, dann werden wir auch erfolgreich sein.«

13

Es gab nur wenige Gäste, die die Angestellten so in Begeisterung versetzen konnten wie der jüngere Bruder des Kaisers Prinz Heinrich und dessen Gemahlin Prinzessin Irene. Mit ihrer Freundlichkeit zogen sie vom geringsten Pagen bis zum Patron alle im Haus seit Jahren in ihren Bann. Und nun sagte sich das hochwohlgeborene Paar erneut an.

Friedrich Haerlin hatte die Mitarbeiter in einer ruhigen Minute in den Großen Festsaal gebeten, wo rund hundertfünfzig Personen auf Anweisung des Hausherrn warteten. Luise wartete unauffällig hinter Frau Köhler auf Anweisungen. Sie meinte, vor Aufregung platzen zu müssen.

Vielleicht würde sie den Prinzen sehen. Angestrengt hielt sie die Hände gefaltet, weil sie sonst wie ein kleines Kind auf- und abgehüpft wäre, was sich nicht schickte. In der Luft lag eine Anspannung, die Luise nicht erklären konnte. Und sie war sich sicher, dass es den anderen nichts anders ging.

»Werden die beiden süßen Prinzen auch kommen?«, platzte es aus ihr heraus. Sie hatte eigentlich nur Frau Köhler fragen wollen, nur hatte ihre Stimme vor Aufregung irgendwie das Flüstern verlernt.

Jemand lachte. »Die sind mittlerweile fünfundzwanzig und achtzehn Jahre alt. Matrosenanzüge jedenfalls tragen sie nicht mehr.«

Alle im Saal grinsten, und Luise schämte sich ganz schrecklich für ihre Dummheit.

Neben dem Patron stand ausnahmsweise nicht der Direktor, sondern seine Gattin. Vergebens suchte Luise den Blick der netten Dame, die ihr damals in der Nacht die verletzte Hand verbunden hatte. Hatte sie sich wirklich gerade schrecklich blamiert? Doch Frau Haerlin schaute nicht in ihre Richtung.

»Fräulein Richter«, wandte sich der Patron an die erste Hausdame, die auf einem Stuhl saß. Hinter ihr standen die Zimmermädchen im Halbkreis, darunter auch Dora und Ida. »Ich möchte, dass Sie meiner Gattin bei den Blumengestecken und der Dekoration der Fürstensuite zur Hand gehen. Lassen Sie den Lieblingssessel des Prinzen in die Suite bringen und seine Zigarren besorgen.«

Die Hausdame nickte. »Selbstverständlich.«

Der Chef de Cuisine, er war Schweizer, erhielt eine Menüliste, die der Hofmarschall Seiner Hoheit dem Hotel zur Verfügung gestellt hatte.

»Englisches Frühstück mit gebratenem Speck und frischem Weißbrot ohne Rand, nebst Rührei und Erdbeermarmelade?«, las er halblaut vor, wobei er eine Braue hob, als sein Blick über die weiteren Gerichte wanderte.

»Ihre Herausforderung wird sein«, erklärte der Hausherr, »der Einfachheit der Menüs jene Großartigkeit zu verleihen, die für unser Haus steht.«

Der Koch schnaufte leise. Er faltete den Zettel mit all der Arroganz zusammen, zu der ein Künstler seines Fachs fähig war, und ließ ihn in die Tasche seiner weißen Jacke gleiten. »Wie Sie wünschen, Patron.«

»Seine Hoheit wird mit einem Automobil am Freitag gegen elf Uhr eintreffen. Er fährt selbst.« Friedrich Haerlin blickte auf den Zettel in seiner Hand. »Es ist ein Rolls-Royce Silver Ghost Salamanca.«

»Ein Alpin Eagle?«, unterbrach Hans ihn. »Der war beim Grand Prix im letzten Jahr hundertdreißig Stundenkilometer schnell«, fügte er entschuldigend hinzu.

Ein Raunen ging durch den Saal. Jemand wollte wissen, ob das nicht ungesund sei.

Wagenmeister Niefers trat vor, den Zylinder seiner Uniform in der Hand. Er war jener Mann, den Luise noch bis vor Kurzem fälschlicherweise für einen Soldaten gehalten hatte.

»Werde ich den Wagen in Empfang nehmen?«, fragte er mit leuchtenden Augen.

»Ich fürchte, nein. Herzog Ernst August von Schleswig-Holstein wird die Ehre haben, das Fahrzeug zu parken. Er kümmert sich auch um das Gefährt. Bitte bereiten Sie einen würdigen Platz für das Automobil des Prinzen und für die ihn begleitenden Wagen der anderen Herrschaften in der Garage vor.« Er schob die Brille auf seiner Nase zurecht. »Es werden mindestens fünf sein.«

Garagenmeister Leipold kratzte sich am Kopf. »Das wird bannich eng. Ich befürchte, wir müssen den Adler und den Franzosen auf der Straße stehen lassen.«

Der Patron erlaubte es. Die Hausdame unterbrach die Männer.

»Ich nehme an, wir werden die gesamte Etage für Seine Hoheit vorbereiten?« Sie schien das Getue um Automobile für unwichtig zu halten.

»Das ist richtig«, antwortete der Patron. »Der Prinz wird mit einer Entourage von etwa zwölf Personen reisen. Hinzu kommt die Dienerschaft. Die bringen wir in den rückseitigen Fremdenzimmern unter.«

Empfangschef Winter, ein kleiner, dicker Mann mit Glatze,

machte sich in einem schwarzen Heft mit einem Bleistift Notizen.

Jetzt trat Concierge Marthaler vor. Er war ein groß gewachsener ehemaliger Offizier mit akkurat gescheiteltem Haar. Die vornehmen Silberstreifen in seinem Bart glitzerten im Lampenlicht. »Hat man mitgeteilt, welche Opern die Hoheiten zu besuchen gedenken?«

»Wagner, nehme ich an. Vermeiden Sie aber bitte eine Vorstellung mit der Kammersängerin Julie Salinger.«

Der Concierge nickte. »Selbstredend.«

»Mag der Prinz sie denn nicht?«, rutschte es Luise heraus, bevor sie darüber nachgedacht hatte.

Prompt erntete sie einen indignierten Blick des Patrons, während einige Zimmermädchen kicherten und die Hausdame ein Grinsen hinter ihrem Taschentuch versteckte. Statt zu antworten, verlangte der Hausherr zu wissen, ob eine Premiere im Stadttheater anstehe, was Herr Marthaler bejahte. Er werde die Logen reservieren lassen.

Luise beugte sich zu Frau Köhler. »Warum haben alle gelacht, als ich fragte, ob der Prinz die Sängerin nicht mag? Singt sie so schlecht?«

Nur mit Mühe konnte die erste Wäscherin im letzten Moment ein lautes Lachen als kleinen Huster kaschieren. Flüsternd antwortete sie, dass besagte Dame seit Jahren die Favoritin des Prinzen sei. Luise wusste nicht, was eine Favoritin war. Jemand neben ihr zischelte, dass doch jeder um die illegitimen Söhne der beiden wisse. Luises Wangen fühlten sich plötzlich heiß an.

»Erwarten wir den Prinzen nach der Vorstellung zu einem Mitternachtsdineé im Restaurant?«, fragte der Oberkellner. Carl Braun stand steif neben ihm. Er wirkte wie ein Zinnsoldat.

»Ja«, antwortete der Hausherr.

Die Augen des Schweizer Kochs begannen zu glänzen. »Sechs Gänge oder lieber acht?«

Man informierte ihn darüber, dass die Königliche Hoheit auch mitten in der Nacht einfache Speisen bevorzuge.

»Also nur drei«, resümierte der Koch sichtlich enttäuscht.

»Denken Sie bitte daran, dass Prinz Heinrich als Privatmann bei uns wohnen wird. Wir reden ihn seinem Stand entsprechend an. Dieses Mal ist es nicht erforderlich, dass wir auf das preußische Protokoll Rücksicht nehmen müssen.«

Jemand in der Runde ließ ein »Gott sei Dank« fallen.

Als alle Punkte des Besuchs im Großen und Ganzen geklärt waren, verließen erst der Patron nebst Gattin und dann die Angestellten, je nach Rangfolge, den Saal.

Zurück in der Wäscherei konnte sich Luise vor Aufregung kaum zusammenreißen.

»Nun hüpfe nicht ständig hin und her, Kind«, mahnte Frau Köhler und band ihre Schürze um.

»Ich kann nicht anders.« Luise strahlte sie an. Sie würde einen echten Prinzen sehen. Es war ihr, als kenne sie ihn seit ihrem nächtlichen Ausflug ins Hotel, denn sein Konterfei hing ja neben dem Kamin in der Wohnhalle. Er hatte sie bisher nicht verpetzt.

An diesem Abend stand Luise länger als sonst vor dem kleinen Spiegel in der Kammer unterm Dach. Sie kämmte ihr Haar, flocht die Zöpfe, öffnete sie wieder, hielt die Locken ein wenig hoch, schaute, ob ihr eine aufgesteckte Frisur wohl stehen würde. Frau Köhler und selbst Fräulein Richter wirkten damit recht elegant.

Luise prüfte kritisch ihr dunkelblaues Kleid. Vielleicht war es gut genug für den Empfang des Prinzen, wenn sie es ein wenig aufbügelte. Noch hatte niemand bemerkt, dass sie den Saum herausgelassen hatte. Lange würde sie ihr altes Kirchenkleid nicht mehr tragen können, so viel stand fest. Aus irgendeinem Grund wuchs sie zurzeit in alle Richtungen gleichzeitig.

Zum Glück konnte sie die weiße Schürze umbinden, sodass keiner etwas merken würde. Gestärkt und blütenrein sollte sie sein, wenn die hohen Herrschaften anreisten und sie mit den anderen im Spalier ihre Aufwartung machte. Luise malte sich das Bild in allen Farben aus, während ihr Herz vor Freude raste.

Mit einem Seufzer ließ sie sich auf ihr Bett fallen und blickte an die Zimmerdecke. Gerade wollte sie mit wunderschönen Gedanken in einen hübschen Traum entschweben, als sie bemerkte, dass sich etwas anders anfühlte als sonst.

Sogleich war der Märchentraum verschwunden. Sie fuhr auf. Hastig schob sie die Hand unters Kissen. Das Buch war weg! Die Tafel und die Kreide ebenso. Sie sprang hoch, riss das Bettzeug fort. Nichts.

Hatte sie es gestern woanders hingelegt? Mit zwei Schritten war sie beim Schrank. Den meisten Platz darin nahmen Doras Sachen ein. Kleider und ein Wintermantel sowie ein Sommerjäckchen hingen auf Bügeln an der Stange, eine Hutschachtel lag im oberen Bord, drei Borde mit Wäsche und Strümpfen. Auf dem Boden des Schranks duckte sich ein schäbiger Pappkarton mit Luises wenigen Habseligkeiten. Er war alles, was sie besaß. Hastig hob sie den Deckel und wusste doch, dass darin nicht das Gesuchte liegen konnte.

Ihr kam ein schlimmer Gedanke. Schlimmer noch als jener, sie könnte ihr Unterrichtsmaterial verlegt haben. Mit einem Satz war sie zurück beim Bett und riss die Matratze hoch. Der Platz, wo sie die verkohlten Briefecken aufbewahrt hatte, sorgsam gelegt in ein Stückchen Stoff, war ebenfalls leer.

»Nein!«, schrie sie und warf alles auf den Boden. Nichts.

Gerade als ihr die Tränen über das Gesicht liefen, wurde die Tür hinter ihr aufgestoßen.

»Was ist das für eine Unordnung?«, schimpfte Dora.

Luise fuhr herum. Dora erschrak. Schon wollte sie die Tür zuknallen und fliehen, als Luise vorpreschte und sie hereinzerrte. Ihre Finger krallten sich in Doras Arm.

»Du warst das! Du hast den Brief gestohlen. Und mein Buch.«

Dora stolperte über die Matratze am Boden auf ihr eigenes Bett zu. Der kurze Moment der Überraschung in ihren Augen wich schnell der alten Überheblichkeit.

»Bist du von Sinnen?«, keifte sie und erhob sich, um einen neuen Versuch zu unternehmen, den Raum zu verlassen.

Luise stellte sich ihr in den Weg. »Gib mir sofort mein Eigentum zurück!«

»Oder was?« Hämisch grinste Dora sie an. »Du bist ein Nichts. Ach was, du bist weniger als das. Tochter einer Hure bist du, ohne Vater, ohne Bildung, aufgewachsen im Gängeviertel. Ich bin nicht die Einzige, die denkt, dass du in diesem Haus nichts verloren hast.«

Hure, das Wort hing wie ein Mühlstein um Luises Hals. Sprachlos starrte sie die andere an. Wer hatte Dora all das gesagt? Luise schluckte.

»Gib mir meine Sachen zurück«, zischte sie. »Du brauchst sie nicht. Sie sind für dich nicht von Wert.«

»So ist es.« Dora feixte. »Im Gegensatz zu dir kann ich nämlich lesen und schreiben.«

Luise schob ihre Hand vor. »Gib mir alles zurück. Auch den Brief.«

Dora lachte auf. »Brief? Was für ein Brief? Fetzen sind das.«

Sie richtete ihr Kleid und versuchte, sich hocherhobenen Hauptes an Luise vorbeizudrängeln.

Luise hielt sie am Arm fest. »Vom ersten Tag an warst du gemein zu mir. Was habe ich dir getan?«

»Nichts.«

»Und warum durchsuchst du meine Sachen?«

»Weil Frau Haerlin es mir befahl. Sie traut dir nämlich nicht.«

Mit aller Kraft schubste sie Dora zu Boden und stürzte sich auf sie. »Du lügst!«

Luise hätte nicht sagen können, was über sie gekommen war, doch die liebe, gute Frau Haerlin eines Verrats zu beschuldigen, war ihr unerträglich.

»Hör auf, du Gezücht einer Dirne! Lass mich los! Ich rufe den Wachtmeister!«

»Gib mir meine Sachen zurück!«, schrie Luise und griff in Doras Haare.

Erbittert wälzten sie sich auf dem Boden herum, als es Dora gelang, Luise von sich zu schubsen und aufzustehen. Ihre Frisur hatte sich gelöst. Angst stand in ihren Augen.

»Du bist ja wahnsinnig!«

Mit einem Schrei sprang Luise auf.

»Wo hast du es versteckt, du Diebin?«, kreischte sie und riss die Schranktüren auf und zerrte Doras Sachen heraus.

Plötzlich stürmte jemand ins Zimmer.

»Was ist hier los?«, dröhnte es. Die Richter stand im Türrahmen.

Vor Wut bebend hielt Luise inne und suchte nach Worten, die ihr ungehöriges Benehmen erklären könnten, und wusste doch, dass jedes einzelne nicht triftig genug sein würde.

Dora versteckte sich hinter der Hausdame, in deren Blick ein gerütteltes Maß Genugtuung lag. »Ein Gebaren wie dieses wird hier nicht geduldet. Ich werde es dem Patron melden.«

»Nein. Bitte nicht! Er wird mich auf die Straße setzen.«

»Das hättest du dir früher überlegen sollen. Wenn du freiwillig das Haus verlässt, erhältst du vielleicht noch deinen Lohn für letzte Woche.«

Luises Schultern sackten nach unten. Die Person hatte recht. Sie hatte sich wie eine Straßengöre benommen.

»Geben Sie mir meine Sachen zurück«, murmelte sie, denn mit einem Mal wusste sie, wer hinter dem Diebstahl stand.

Fräulein Richter nickte Dora zu, woraufhin diese zum Schrank ging und aus der Hutschachtel das Gesuchte hervorzog.

»Ich werde dich wegen Körperverletzung anzeigen«, zischte sie, als sie Luise das Buch und die Tafel samt den Papierschnipseln überreichte.

»Nein, wirst du nicht«, erwiderte Luise leise und drückte ihren Besitz an sich. »Polizei im Haus wird der Patron nicht wünschen. Auch sonstige Skandale nicht. Oder soll ich ihm erzählen, dass du den Gästen schöne Augen machst?«

»Was redest du für einen Unfug, Kind!«, fuhr Fräulein Richter dazwischen.

»Alle haben es gesehen«, verteidigte sich Luise. »Dora umgarnt die Herren und geht zu ihnen aufs Zimmer.« Ihre Empörung war zurückgekehrt. Sie wusste, dass Wut etwas Reinigendes hatte. Zwar hatte Hans das mit Dora so nicht gesagt und es sicher nicht gemeint, aber die Worte waren ausgesprochen und konnten nicht zurückgenommen werden. Wenn Luise es sich recht überlegte, waren ihre Worte nichts weiter als eine billige Rache, weil Dora ihre Mutter aufs Schmutzigste beschimpft hatte.

Zu ihrer Überraschung schwiegen die beiden Frauen. Eigentlich hatte Luise eine schallende Ohrfeige von Fräulein Richter erwartet. Es war dieser kurze Moment der Verblüffung gewesen, der Luise aufhorchen ließ. Hatte Hans mit seinen Andeutungen etwa richtiggelegen? Und die Hausdame wusste Bescheid?

Die Ohrfeige traf sie mit voller Wucht. Luise stolperte zurück.

»Solltest du jemals wieder so eine schändliche Lüge aussprechen, wasche ich dir deinen dreckigen Mund mit Seifenlauge aus!«, kreischte die Richter. Sie griff nach Doras Handgelenk und zog sie mit sich hinaus in den Flur. »Räume die Unordnung sofort weg, Luise!« Ihre Stimme überschlug sich, als die Tür hinter ihr auch schon ins Schloss fiel.

Reglos stand Luise da. Ihre Wange schmerzte. Tränen liefen über ihre Wangen. Fest drückte sie ihren Schatz gegen den Bauch. Die Schritte der beiden im Flur verhallten. Es stimmte also, was sie gesagt hatte. Nur würde ihr dieses Wissen nicht helfen. Im Gegenteil. Von nun an würden ihr die beiden Frauen das Leben noch schwerer machen.

Sie blickte sich im Raum um. Was hatte sie getan?

Da wurde die Tür leise geöffnet, und Idas roter Schopf lugte herein.

»Oje.« Flink begann sie aufzuräumen. Sie hievte die Matratze zurück in das Bettgestell, richtete das Laken, klopfte das Kissen auf und schüttelte das Federbett auf dem Boden aus, während sich Luise nicht rührte.

»Vielleicht solltest du wirklich fortgehen«, überlegte sie halblaut, als sie Doras Kleider aufhob. »Sie werden dich nicht in Ruhe lassen.«

»Hatte ich wirklich recht?«, kam es krächzend aus Luises Kehle. »Tut sie so etwas?«

»Wer?«

»Dora. Ich habe es einfach gesagt, ohne darüber nachzudenken. Es war nicht richtig von mir.«

Ida schloss die Schranktüren und schob Luise zum Bett hinüber. »Setz dich.«

Gemeinsam hockten sie da. »Es war frech und ungehörig«, erklärte Ida. »Vielleicht solltest du wissen, dass Dora ein schweres Schicksal hat, das sie zu einer tragischen Figur in einem Roman machen könnte.« Sie seufzte. »Dora muss einen Mann finden. Irgendeinen mit möglichst viel Geld. Das hat sie mir damals gesagt, als wir uns die Kammer teilten.«

»Warum?«

»Weil ihr Vater Schulden hat. Ihm gehörte ein Geschäft in Berlin, das Konkurs ging. Welcher Art es war, weiß ich nicht mehr. Ihre Mutter muss die sechs Geschwister allein durchbringen, hat Dora mir erzählt.«

»Denkst du, dass Dora …?« Sie konnte es nicht einmal aussprechen. »Also, dass sie darum Wangenrot vor der Arbeit aufträgt und sich all die hübschen Kleider kauft?«

»Ich weiß nur, wenn der Patron von den Gerüchten hört, wird sich nicht nur Dora verantworten müssen. Auch Fräulein Richter wird ihm Frage und Antwort zu stehen haben, warum eines ihrer Mädchen …«

»Nur wird er mir nicht glauben.«

»Richtig.«

»Bleiben kann ich aber auch nicht mehr, oder?«

Ida streichelte Luises Rücken. »Sei nicht traurig. Du findest woanders eine gute Stelle.«

Luise schüttelte den Kopf. »Ida, ich kann nicht gehen.«

»Du musst. Sie wird dich noch mehr schikanieren, als sie es jetzt schon tut.«

»Vor die Tür setzen kann mich nur Frau Köhler. Oder der Patron.« Luises Worte klangen trotzig. »Ich arbeite in der Waschküche, nicht auf den Etagen. Frau Richter hat mir nichts zu sagen.«

»Du wirst das Haus nicht verlassen?«

Luise schüttelte den Kopf. »Ich bleibe.«

Sie konnte nicht gehen, denn sie wusste nicht, wohin. Eine verzweifelte Stimme in ihr hoffte, dass die Hausdame über den Vorfall in der Kammer schweigen würde, weil sie selber etwas viel Schlimmeres verbarg.

14

Zwei Tage später hatte man Luise weder zum Patron gerufen noch entlassen. Unruhig erledigte sie ihre Arbeit in der Waschküche, immer in der Angst, man könnte sie nach oben zitieren. Dennoch nahmen die Dinge eine unerwartete Wendung. Gerade mangelte sie die frisch gespülten Handtücher zusammen mit einer neuen Waschhilfe namens Henny, die sie unterwies, als die erste Wäscherin in den Raum trat.

»Lasst alles stehen und liegen, Mädchen.«

Schnell trockneten sie ihre Hände an den Kitteln ab und liefen Frau Köhler nach.

»Ist etwas passiert?«, wollte Luise wissen.

»Das kann man wohl sagen. Geht zu Fräulein Richter in die zweite Etage. Sie benötigt Hilfe, um die Koffer der Gäste zu packen.« Sie reichte ihnen frische Schürzen und zwei gestärkte Hauben. »Richtet eure Haare im Spiegel.« Die Stimme von Frau Köhler überschlug sich fast. »Schnell!«

Henny, ein schüchternes Mädchen aus Altona, folgte Luise dichtauf, während sie hinüber ins Hotel eilten. Dank des nächtlichen Abenteuers kannte sich Luise ein wenig im vorderen Teil des Hauses aus. Als sie gerade die Stufen des Servicetreppenhauses in die zweite Etage nehmen wollten, kamen ihnen mehrere Hausdiener mit mannshohen Schrankkoffern entgegen und versperrten ihnen den Weg.

Flink öffnete Luise eine Tür, von der sie wusste, dass sie zu den Garderoben führte. »Los, wir laufen über das Foyer zum Haupttreppenhaus der Gäste.«

»Dürfen wir das denn?«, japste Henny.

»Nein. Es scheint aber ein Notfall vorzuliegen.«

Sie hasteten den Gang entlang.

»Nicht auf den Läufer treten! Das mag der Patron nicht!«, rief Luise der Neuen über die Schulter zu. »Wenn dir ein Gast begegnet, bleibst du stehen und knickst.«

»Oje!«

Luise musste lächeln. »Keine Angst, sie bemerken uns nicht.«

Wie recht sie damit haben sollte, wurde ihr klar, als sie das Foyer erreichten. Vor dem Tresen von Empfangschef Winter standen dicht gedrängt die Gäste. Alle riefen durcheinander, verlangten ihre Rechnungen, eine Droschke zum Bahnhof, die Reservierung ihrer Passage auf dem nächsten Schiff, das den Hamburger Hafen verließ. Stimmengewirr verschiedenster Sprachen hing in der Luft, die vor Angst stickig war. Luise meinte englische Worte ebenso zu hören wie französische und russische.

Hinter dem langen Tresen taten Herr Winter und zwei Bedienstete ihr Bestes, um dem Andrang zu begegnen. Den Männern stand der Schweiß auf der Stirn.

Offenbar wollten alle Gäste auf einmal abreisen. Mitten in der nervösen Schar, zwischen Koffern und Reiseschränken, mühte sich der Patron, jedem Einzelnen zu versichern, dass diese unsägliche Situation sicherlich bald ein Ende finden werde und man sich demnächst als Freunde wiedersehen könne.

Luise und Henny huschten durch die Menge hinüber zum edlen Treppenhaus, das nach oben führte. Dabei mussten sie

Carl Braun ausweichen, der den erregten Gästen auf einem Silbertablett großzügig gefüllte Champagnergläser zur Beruhigung anbot.

Luise hielt ihn am Arm fest. »Was ist passiert?«

»Der Kaiser hat Russland den Krieg erklärt.«

Hennys schüchternes Gesicht erhellte sich. »Wirklich? Wie schön.«

Luise schüttelte den Kopf. »Wir haben Krieg. Da sterben Menschen.«

»Unsinn, doch nur die anderen«, entgegnete das Mädchen eifrig.

»Ich verstehe, warum die russischen Gäste schnellstmöglich nach Hause wollen, Carl«, sie nickte zu einem Herrn in Gehrock und Melone, der sich halb über den Tresen beugte und eindringlich in einer Mischung aus Russisch und Französisch auf Empfangschef Winter einredete, »bloß warum die anderen?«

»Weil Frankreich auf der Seite der Russen steht. Es ist nur eine Frage der Zeit, bis auch Paris in den Krieg eintritt. Und wenn es stimmt, was die Leute sagen, wird unser Kaiser entweder direkt Russland angreifen oder Frankreich.«

»Warum ist das englische Pärchen dort hinten so nervös?«, hakte Luise nach.

»Weil Belgien zwischen uns und den Franzmännern liegt. Es ist neutral. Sollte der Kaiser beschließen, Paris anzugreifen, wird er durch das Königreich der Belgier ziehen müssen. Das ist der kürzeste Weg. Britannien ist Belgiens Schutzmacht. Schon lange sucht König George einen Grund, es unserem Kaiser heimzuzahlen. Sie konnten sich als Kinder nicht leiden.«

»Das heißt, die Briten werden gegen uns kämpfen, wenn wir durch Belgien marschieren?« Luise wurde ganz mulmig zumute.

Carl nickte und eilte weiter.

Sie blickte in die verzerrten Gesichter der Menschen im Foyer. Gestern waren sie noch Freunde, hatten bei Tisch miteinander geplaudert und gelacht. Heute waren sie Feinde.

Inmitten der aufgebrachten Menge stand der Hausherr. Friedrich Haerlin beschwor jeden Gast, nicht im Bösen zu gehen, reichte ihm die Hände und schüttelte sie voller Freundschaft, als könnte er damit der Situation den Schrecken nehmen. Er tat Luise leid, wie er sich so herzlich von ihnen verabschiedete und sich redlich Mühe gab, Haltung zu bewahren. Seine Gattin konnte Luise nirgends entdecken. Dabei hatte Hans gesagt, sie würde in schweren Zeiten immer an dessen Seite sein.

Im Vorbeigehen hielt Luise jenen Pagen an, der in der Nacht den Herrn Professor in sein Zimmer geführt hatte. »Franz, wo ist die Patronin?«

»Beim Feind in London. Sie besucht ihren jüngsten Sohn Fritz.« Er lief weiter.

Henny zog Luise am Ärmel. »Komm endlich, wir müssen uns beeilen.«

Sie rannten die Stufen hinauf. In der zweiten Etage wuselten Zimmermädchen und Pagen über den Flur, Zofen und Diener kontrollierten Koffer und Taschen, Damen in pelzbesetzten Mänteln und mit blasser Hautfarbe warteten ungeduldig auf den Lift. Einige Zimmertüren standen offen. Von überall her vernahm Luise aufgeregte Stimmen.

»Da seid ihr ja endlich!«, rief Fräulein Richter, die gerade in den Flur trat. Sie zeigte auf Henny. »Du da, geh in Suite 200, und hilf, die Pelze hinunterzutragen.«

Henny knickste und sauste den Gang entlang.

Die Hausdame musterte Luise. »Und du … Du kannst die Koffer von Lady Braxton zur Straße tragen.«

»Welche Zimmernummer?«

Widerwillig nannte die Frau die Nummer.

»Danke«, sagte Luise kalt. Dabei verzichtete sie trotzig auf den Knicks.

»Ich erwarte keine Klagen von der Dame«, hörte sie die Stimme der Richter hinter sich.

Auf dem Weg zum Zimmer begegnete Luise Ida.

»Ich glaube, die Welt ist verrückt geworden«, japste diese im Vorbeieilen nur.

Luise klopfte an der Zimmertür von Nummer 212. Ein energisches französisches Wort drang von innen zu ihr, von dem sie annahm, dass es »Herein« heißen könnte. Sollte sie im Hotel bleiben, würde sie sich von Hans einige ausländische Begriffe beibringen lassen müssen.

Vorsichtig öffnete sie die Tür. Vor einem seidenbezogenen Sofa ging eine Dame in einem wunderschönen hellblauen Kleid hin und her. Ihre schlanke Taille wurde von einer dunkelblauen Schärpe umrankt, die hinter ihr in einer Schleppe fast bis zum Boden reichte. Auf ihrem hochgesteckten Haar thronte ein Hut, groß wie ein Wagenrad, verziert mit unzähligen Seidenblumen. Um die Dame herum standen mehrere gestreifte Hutschachteln und Koffer, von denen ein schulterhoher Schrankkoffer den exquisiten Inhalt einer farbenfrohen Abendgarderobe preisgab. Die glitzernden Kleider und Schals erinnerten Luise an erschossene Fasane auf einer Leine, wie sie da so schlaff hinunterhingen. Aus dem Nebenzimmer trat eine mausgraue Zofe herein. Im Arm hielt sie ein gestreiftes Tageskleid und in den Händen ein Paar Schnürstiefel.

»Who are you?«, wollte die Dame vor dem Sofa von Luise wissen.

Luise knickste. »Can … can I help?«, stotterte sie die einzigen drei englischen Worte, die sie kannte.

»Go, get my suitcases und bring them downstairs. Allez, allez!«

Luise verstand nicht. Erbost wiederholte die Dame ihre Worte.

»Es tut mir leid. Ich kann kein Englisch«, flüsterte Luise.

Ein junger Mann trat in den Salon. »Du musst entschuldigen, meine Stiefmutter weigert sich, seit heute Morgen Deutsch zu sprechen, obwohl sie es könnte.«

Die Dame schnaufte und drehte sich fort.

Sein haselnussbraunes Haar fiel in weichen Locken und gab ihm das Aussehen eines frechen Engels. Luise knickste.

Der junge Mann wies zu vier Koffern, die fertig gepackt hinter der Tür standen. »Sie müssen hinuntergebracht werden.«

Wieder knickste sie. Sie wandte sich den Reisekoffern zu, doch schon bei dem Versuch, den ersten zu heben, stöhnte sie auf. Mit beiden Händen nahm sie das Ding und schleppte es in den Flur hinaus, während die Dame ihre Hüte sorgsam in den Schachteln verstaute und sie bereits vergessen zu haben schien.

In Tippelschritten machte sich Luise auf den Weg, wobei sie sich fragte, ob sie mit dem schweren Gepäckstück wohl die Erlaubnis hatte, den Gepäcklift zu nutzen, der ein Stück den Gang hinunter lag und bis nach unten ins Souterrain führte, wo die Hausdiener ihn übernehmen konnten.

»Lass mich dir helfen.«

Überrascht sah Luise den Sprössling der Dame an ihrer Seite an.

»Danke, mein Herr. Es geht schon.« Sie stellte den Koffer ab, rieb ihre Finger und hob das schwere Ding erneut an. Sie wankte weiter.

Langsam ging der junge Mann neben ihr her, die Hände auf

den Rücken gelegt. »Ich befürchte, bis du damit unten bist, ist der Krieg vorbei. Soll ich nicht doch helfen? Als Gentleman, sozusagen. Mein Name ist übrigens George.«

Luise wusste nicht, was ein Gentleman war.

»Danke, nein. Ich schaffe das.« Wieder musste sie abstellen.

»Ihr Deutschen seid ein stolzes Völkchen«, fuhr er fort. »Eine Eigenschaft, die wir Briten eigentlich zu schätzen wissen. Da unsere Königin ihren deutschen Enkel nie leiden konnte und ihr Sohn Edward euren Wilhelm gleichermaßen nicht mag, führt das zwangsläufig dazu, dass unser derzeitiger König George seinen Cousin ebenfalls nicht ausstehen kann. Es ist das schwere Erbe einer weitläufigen Familienangelegenheit, wenn ich es so formulieren darf. So ist es also eine bedauerliche Tatsache, dass die britischen Untertanen euch Deutsche vor allem seit heute nicht mehr mögen dürfen.« Er seufzte. Dann lächelte er Luise an. »Wirklich sehr schade.«

Was immer der junge Mann neben ihr vor sich hin brabbelte, es half ihr nicht, den schweren Koffer hinunterzuschaffen. Wieder musste sie ihn auf dem Boden abstellen. Sie unterdrückte ein erschöpftes Seufzen.

Der Sprössling grinste.

»Ich werde dir jetzt helfen. Es ist sozusagen der letzte freundschaftliche Dienst, den unsere Länder in bester Absicht austauschen, bevor die Waffen sprechen.« Er schob sie zur Seite. »Danach liegt alles in den Händen der Politiker und Majestäten.« Er griff nach dem Koffer. »O dear!«, entfuhr es ihm in dem Moment, als er das Gepäckstück anheben wollte. »Mir scheint, dieses Mal hat sie nicht nur all ihre Kleider eingepackt, sondern auch gleich den Familiensitz meines Vaters. Sie war schon immer eine Frau, die sich mit nichts weniger als allem zufriedengab.«

»Bitte, nein, das sollten Sie nicht tun. Ihrer Mutter wird es bestimmt nicht gefallen.« Luise kannte sich nicht damit aus, was sich Gäste gegenüber Dienstboten erlauben durften. Die Arbeit der einfachen Leute zu übernehmen, gehörte sicherlich nicht dazu. Und überhaupt, was würde aus den Dienern dieser Welt werden, wenn die Reichen alles selber erledigten?

»Sie ist nur meine Stiefmutter«, erklärte er keuchend. »Lady Braxton ist die dritte Frau des Earl of Sommersby.«

Luise griff nach dem Koffer. »Bitte, ich verliere die Anstellung, wenn die Hausdame sieht, dass Sie ihn tragen.«

Ihre Hände berührten sich. Da trat Hans aus dem Fahrstuhl. Er blieb stehen, starrte erst sie und dann den jungen Herrn an. Sein Gesicht zeigte keine Reaktion. Er verbeugte sich und nahm dem Gast den Koffer ab.

»Danke, Sir. Das war sehr freundlich von Ihnen. Wohin möchten Sie das Gepäck gebracht haben?«

»George!« Eine schrille Stimme drang aus dem Zimmer Lady Braxtons. »Where are you?«

Der junge Herr überließ Hans den Koffer. Mit einer kurzen Verbeugung verabschiedete er sich von Luise. »Der Krieg echauffiert die aktuelle Frau meines Vaters außerordentlich. Normalerweise brüllt sie nicht wie eine Waschfrau nach mir, sondern schickt das Personal.«

Hans hievte den Koffer hoch und machte sich auf den Weg zum Gepäcklift. Luise eilte ihm hinterher.

»Er war nur nett zu mir«, verteidigte sie sich, ohne zu wissen, warum.

»Gäste sind nicht *nett*. Und männliche zu weiblichen Bediensteten schon gar nicht, es sei denn, sie haben gewisse Absichten«, zischte er. »Merke dir das.«

»Hans! Wie kannst du so etwas von mir denken?«

Abrupt blieb er stehen und fixierte sie. Sie erschrak. So verärgert hatte sie ihn noch nie gesehen.

»Lass dich nicht mit Hotelgästen ein, Luise. Mehr sage ich nicht.« Dann ging er zum Gepäcklift und verschwand.

Später stellte sich heraus, dass ein Gast beim Verlassen des Hotels vollkommen vergessen hatte, seine Rechnung zu begleichen. Drei andere verlangten eine Entschädigung, weil der deutsche Kaiser sie zwang, Hals über Kopf abzureisen. Der Oberkellner nahm so viele Stornierungen der bisher reservierten Tische im Restaurant an, dass er riet, für den heutigen Abend die Gastronomie zu schließen.

Die Gäste waren allesamt über die Umstände ihrer Abreise äußerst betrübt. Besorgt, hier und da mit einer Träne im Auge, versuchte man sich zu versichern, dass die Nachrichten nichts anderes als Säbelrasseln seien und sich die streitenden Parteien sicherlich bald schon besinnen würden. Schließlich waren die Königshäuser miteinander verwandt. Hatte der deutsche Kaiser nicht damals seine Großmutter Königin Victoria in den Armen gehalten, als sie starb? Das musste etwas bedeuten. Selbst wenn Wilhelm als Kind dem vierjährigen George in die Wade gebissen haben sollte. Auch die Tatsache, dass Wilhelm II. ein Cousin des russischen Zaren Nikolaus war, mit dem er in seiner Kindheit gespielt hatte, durfte nicht außer Acht gelassen werden. Man war doch eine Familie!

Wichtiger als all die politischen Sorgen aber war für Luise, dass Dora verschwunden war. Ohne ein Zeugnis vom Patron erbittet zu haben, hatte sie sich mit jenem Herrn, der vergessen hatte, seine Rechnung zu bezahlen, aus dem Staub gemacht.

Wagenmeister Niefers bestätigte später, das Zimmermädchen mitsamt Koffer gesehen zu haben, wie sie in einen blauen Vauxhall C10 einstieg, als dieser an der Straßenecke zu den Colonnaden gehalten hatte. Dasselbe Modell hatte auch besagter Gast bei Garagenmeister Leipold zuvor persönlich abgeholt.

Vom Patron darauf angesprochen, erklärte Fräulein Richter, dass Doras Mutter krank geworden sei und das Mädchen darum habe überstürzt gehen müssen. Von einem Herrn, der sie begleitet habe, wisse sie nichts. So mancher im Haus dachte sich seinen Teil.

So gut allerdings die Nachricht von Doras Weggang für Luise auch war, so traurig machte sie eine andere einige Tage später.

15

In den nächsten Tagen wirkte das Haus verlassen. In der Halle hörte man keine fremden Sprachen mehr. Die Hälfte der Zimmer im Hotel stand leer. Luise bemerkte es, weil sie und die anderen in der Waschküche weitaus weniger zu tun hatten als üblich. Frau Köhler musste sogar Wäscherinnen entlassen.

Wäre es nach Fräulein Richter gegangen, hätte man auch Luise auf die Straße gesetzt. Doch die erste Wäscherin konnte den Patron davon überzeugen, dass die Göre aus der Gosse bleiben müsse. Sie arbeite für drei und erhielt zudem weniger Lohn als die anderen. Da der Hausherr ein ausgezeichneter Rechner war, ließ er Frau Köhler ihre kleine Wäscherin.

Es war Sonntag in aller Frühe, als es an Luises Kammertür klopfte. Seit Doras Flucht musste Luise das Zimmer nicht mehr teilen. Manchmal fühlte sie sich einsam hier. Dann wiederum genoss sie die Stille um sich herum.

Es klopfte erneut. »Luise, bist du schon wach?«

»Ida, komm herein.« Luise hatte sich gerade für die Arbeit anziehen wollen und wunderte sich, was ihre Freundin so früh von ihr wollte. Der Dienst der Zimmermädchen begann erst um acht.

Langsam wurde die Tür aufgeschoben, und Ida lugte in die Kammer. Sie trug einen Mantel, auf ihrem Kopf saß ein kleiner blauer Hut. Luise bemerkte den Koffer in ihrer Hand.

»Was ist passiert, Ida?«

Das Mädchen trat ein und stellte den Koffer vor dem Schrank ab. Dann setzte es sich neben Luise aufs Bett. »Wir wurden entlassen. Henny, ich und vier andere. Es gibt nicht genug auf den Etagen zu tun, sagt der Direktor.«

Luise fiel ihrer Freundin um den Hals. »Nein! Du darfst nicht gehen! Lass mich nicht allein!« Fest drückte sie Ida an sich. »Geh zum Patron, sag ihm, dass du für drei arbeitest. Gib nicht einfach auf.«

Sanft schob Ida sie fort. »Ich fahre nach Hause. Dort habe ich meine Eltern und meinen Bruder.« Sie stockte. »Das stimmt nicht ganz. Er hat sich zum Militär gemeldet. Das ist auch der Grund, warum ich nicht bleiben kann, Entlassung hin oder her. Meine Eltern sind alt, sie schaffen die Arbeit im Haus nicht ohne meine Hilfe.« Sie nahm Luises Hände. »Ich werde dir schreiben, ja?«

Luise schüttelte den Kopf.

»Du kannst mich in Bremen besuchen, wenn du möchtest.«

»Ich will nicht«, sagte Luise leise. »Ich will, dass du bei mir bleibst.«

»Du hast Hans. Er ist mindestens so viel wert wie drei Freunde.«

»Er ist keine Freundin, nur ein Freund.« Luise schniefte.

Sie lauschte Idas Worten, die ihr den Abschied erträglicher machen sollten, obwohl auch Ida mit den Tränen zu kämpfen schien. Immer wieder nahmen sie sich in die Arme und versicherten sich ewiger Freundschaft, doch Luise wusste, dass ihre Leben auseinandergingen und sich niemals wieder kreuzen würden.

Da fiel Luises Blick auf den Wecker neben ihrem Bett. Sie sprang auf. »Um Himmels willen! Ich bin zu spät!« Schnell zog sie sich an, warf der Freundin einen Handkuss zu und eilte in die Waschküche, wo sie im heißen Dampf der Bottiche ungesehen weinen konnte.

Viel Zeit zum Weinen aber hatte sie nicht, denn die Hausdame kam hinunter, um Frau Köhler das von einem Weinfleck ruinierte Kleid der Frau Professor Römer zu bringen. Der Gatte der Dame war ein bekannter Mediziner aus Marburg und sollte heute Abend einen Preis für seine Forschung erhalten. Die gnädige Frau gedachte die wunderschöne weiße Robe zu diesem Anlass zu tragen. Als sie den Fleck darauf entdeckt hatte, war sie höchst ungehalten.

»Was heißt das, Frau Köhler ist nicht hier?«, schnauzte Fräulein Richter. »Das Kleid muss umgehend gereinigt werden.«

Natürlich hatte die Hausdame wieder einmal jenen Moment abgepasst, als Frau Köhler nicht im Haus war.

»Dann reinigst du eben das Kleid! In einer Stunde will ich es zurück.« Sie warf die Robe auf den Tisch und marschierte davon.

Mit wachsendem Unbehagen blickte Luise auf den halb eingetrockneten Weinfleck mitten auf dem weich fließenden Stoff.

»Na, hett de Ole di al wedder an't Schlafittchen kregen?«, wollte eine der Tagelöhnerinnen wissen, von denen es nur noch zwei gab. Ihr Rücken war rund von all der Arbeit an den Bottichen.

»Ich muss einen Rotweinfleck aus dem Stoff kriegen.«

»Wo is denn Frau Köhler? Kummt de nich bald wedder?«

»Ich weiß nicht, wann Frau Köhler zurück ist.« Luise starrte auf den Fleck. Ihr wurde schwummrig. »Das schaffe ich niemals!«

Mit ihren gichtkrummen Fingern griff die Frau in das üppige Weiß. »Organza. Oha, dat is nich so eenfach. Rotwein? De Fleck darf nich antrocknen, sonst geiht he nich wedder rut.«

Luise erschrak. Der Rotwein war bereits an den Rändern trocken. Schnell nahm sie einen sauberen Lappen und feuchtete ihn mit klarem Wasser an. Sie legte das Tuch auf den Fleck.

»Richtig so, mien Deern«, lobte die Frau.

»Und jetzt?«

»Tscha, wenn ick dat man wissen tu.«

Gemeinsam betrachteten sie den Fleck, der sich immer tiefer in den Stoff sog.

»Fru Köhler hett 'n dickes Buch in eern Kabuff. So 'ne schwadde Kladde. Dor in hett se all den Krohm rinschreven, der hölpen deiht.«

Luises Stimmung besserte sich sogleich.

»Danke.« Sie rannte in das Büro der ersten Wäscherin.

»De Ingredienzen för eern Hexenküch sün in de Schapp in de Eck«, rief die Frau ihr noch nach.

Das schwarze Notizbuch fand Luise auf dem Regal neben dem Fenster. Ein abgegriffener Band. Hoffentlich hatte niemand etwas dagegen, dass sie sich hier umtat. Immerhin lag ein Notfall vor. Sie schlug das Buch auf.

»Oje«, hauchte sie, als sie die eng beschriebenen Seiten darin entdeckte. Die Schrift war sicherlich hübsch anzusehen, doch waren die Zeilen mit Abkürzungen und Maßeinheiten gespickt, die Luise nicht deuten konnte. Sie überlegte, ob es nicht besser wäre zu warten, bis Frau Köhler zurückkam. Die begleitete ihren Bruder zur Einberufungsstelle nach Altona. Das könne dauern, hatte die erste Wäscherin gesagt.

Luise ließ sich auf einen dreibeinigen Hocker in der Ecke nieder und begann, eine Seite mit dem Wort Wein zu suchen. Immer hastiger glitt ihr Finger die Zeilen hinunter. Da!

Nun hieß es, alle Eintragungen darunter zu entziffern. Es dauerte, bis sie eine gewisse Vorstellung davon hatte, was zu tun sei. Leise dankte Luise ihrem strengen Lehrer Hans.

Zuerst sollte sie die betroffene Stelle über heißen Wasserdampf halten. In einem nächsten Schritt müsse sie alles in Milch einweichen, um es danach mit einer Mischung aus warmem Wasser und Essig auszuspülen.

Luise sprang auf und bearbeitete den Fleck nach Anleitung. Der erste Versuch war nur von mäßigem Erfolg gekrönt. Wenigstens hatte der Stoff nicht gelitten, tröstete sie sich. Trotzdem war noch immer deutlich ein roter Rand zu erkennen.

Sie kehrte zurück in Frau Köhlers Büro. Erneut legte sie den Finger unter die akkurate Schrift und ließ ihn langsam mitlaufen, während sie las, was in besonders hartnäckigen Fällen zu tun sei. Die Lösung schien lauwarmes Salzwasser zu sein.

Woher sollte sie Salz bekommen? Sie sprang auf, eilte den Gang entlang hin zu der Tür, die hinüber ins Hotel führte.

Dank Hans wusste Luise, welcher verschlungene Weg sie unauffällig in die Küche brachte. Dort hielt sie einen Kochgehilfen am Arm fest, der mit zwei nackten Enten in einem Bräter an ihr vorbeilaufen wollte.

»Du hast hier nichts zu suchen«, raunzte er sie an. »Das hier ist die Küche.«

Er wollte weitereilen, da zog Luise ihn am Ärmel seiner weißen Jacke. »Ich brauche Salz für Frau Köhler. Nicht viel. Drei Esslöffel reichen.«

»Wollt ihr etwa kochen?« Er griente. »Was gibt es denn Leckeres? Sockensuppe? Kissensoufflé?« Er gluckste.

»Salz! Oder ich sage den anderen, dass du auf die Enten gespuckt hast.«

Der Junge riss die Augen auf. »Hab ich ja gar nicht!«

»Ich weiß. Aber die anderen nicht.« Sie stützte die Hände in die Hüften und musterte das Bürschchen, obwohl der Junge mindestens zwei Jahre älter war als sie. Luise hatte lange genug in der Springeltwiete gelebt. Sie hielt seinem Blick stand. Ein Flackern in den Augen sagte ihr, dass sie gewonnen hatte.

Da gellte aus der Küche die wütende Stimme des Maître.

Der Junge zuckte zusammen. »Warte, ich bring es dir.« Eilig lief er mit dem Bräter weiter.

Der Kochgehilfe hielt Wort. Keine zwei Minuten später stand er mit einem Schälchen Salz vor Luise. »Hättest du wirklich so etwas Gemeines gesagt?«, fragte er vorsichtig.

Sie schüttelte den Kopf. Mit einem Dank wollte sie schon zurück in die Wäscherei laufen, als sie seine Stimme hinter sich hörte.

»Wie heißt du?«

»Luise.«

»Ich bin Ernst.«

Kurz drehte sie sich um, lächelte ihm zu und knickste. »Nett, dich kennengelernt zu haben, Ernst.« Dann verschwand sie.

Eine halbe Stunde später war klar, dass auch das Salz nicht gegen den Weinfleck half. Der Rand war noch immer deutlich zu sehen. Luise ärgerte sich. Bestimmt hatte Fräulein Richter den Stoff extra lange liegen gelassen, damit der Fleck antrocknete und ihre Arbeit so unmöglich machte.

Sie biss sich auf die Unterlippe. Nein, so schnell würde sie nicht aufgeben. Sie war Luise. Und Luises kämpften. Das sagte ja schon ihr Name.

»Denk nach, Mädchen«, murmelte sie vor sich hin und blätterte ein weiteres Mal in Frau Köhlers Kladde. Hinten fand sie einen letzten Rat. Danach solle sie es mit etwas versuchen, das sie noch nie gehört hatte. Das Wort war lang und hatte sogar ein X darin.

Da die Tagelöhnerin mittlerweile gegangen war, konnte Luise niemanden fragen, was dieses Wasser-X bedeuten könnte. Sie ging zu dem verschlossenen Schapp hinüber, den

Schrank in der Ecke. Ob darin das Mittel war? Das kleine Schloss in der Tür war ohne Schlüssel. Wo nur konnte er sein? Sie zog die obere Schublade des Schreibtisches auf.

»Es ist ein Notfall«, murmelte sie, um ihr schlechtes Gewissen zu beruhigen.

Tatsächlich fand sie das Gesuchte neben einigen Listen, Bleistiften, Anspitzern, einem Lineal und einem in Seidenpapier gewickelten Päckchen. Luise nahm den Schlüssel heraus und trat zum Schrank.

»Es ist ein Notfall«, wiederholte sie, schob den Schlüsselbart in das Loch und öffnete die Tür. Im Schapp fand sie eine Menge Tiegel und Tuben, braune Gläser mit Schraubverschluss, Bürsten und Lappen. Auf den Deckeln klebten kleine Schilder. Da waren einige mit X, aber nur eines, das mit W begann. Vorsichtig nahm sie das Glas herunter. Es war etwa zwei Handbreit hoch und recht schwer. Sie schraubte es auf. Kritisch betrachtete sie das bläuliche Pulver. Sie solle einen Teil davon mit fünf Teilen warmen Wassers mischen und den Stoff darin einweichen. Das blaue Zeug würde bestimmt das weiße Kleid endgültig ruinieren. Erneut prüfte sie den Schrank daraufhin, ob auch ein anderes Glas infrage käme. Sie wurde immer nervöser. Die Zeit lief ihr davon. Der Gedanke, dass sich Fräulein Richter diebisch freuen würde, wenn der Fleck nachher noch da war, ließ sie zu dem Löffel im Glas greifen. Sie zögerte. Noch entzückter wäre die Frau allerdings, sollte das schöne Kleid blau verfärbt sein und der Patron es ihretwegen mit einem äußerst verärgerten Gast zu tun bekommen.

Der Gedanke, dass Fräulein Richter ihr Ziel mit einem weißen Abendkleid erreicht haben könnte, ärgerte Luise mehr und mehr. Wütend häufte sie Pulver in eine Schüssel, goss warmes Wasser darauf und verrührte alles. Ein Stoßgebet in den Himmel schickend, legte sie vorsichtig die betroffene Stelle des Kleids hinein. Ihre Zukunft hing an diesem lächerlichen Stückchen Stoff.

Aufmerksam wartete sie, was geschah. Sollte der Organza auch nur den Hauch einer anderen Farbe als Weiß aufweisen, würde sie ihn herausreißen und all das stinkende Zeug auswaschen. Doch wie von Zauberhand verblasste der Rand langsam. Luise ging dichter mit ihrer Nase an den Stoff. Tatsächlich. Er verschwand.

Als sie sich sicher war, dass nichts mehr von dem Wein zu sehen war, nahm sie das Kleid heraus und wusch das Wasser-Oxy-Soundso aus. Gerade als sie das Kleidungsstück gereinigt und geplättet hatte, um es auf einen Bügel zu hängen, wurde die Tür hinter ihr geöffnet.

»Was tust du da?« Mit zwei Schritten war Frau Köhler beim Tisch, auf dem noch immer das braune Glas stand. »Hast du etwa die Bleiche ohne meine Erlaubnis benutzt?« Die Gesichtsfarbe der Frau war leichenweiß.

»Es war ein Notfall.«

»Hör auf zu lügen!« Sie gab Luise eine Ohrfeige.

Entgeistert starrte Luise sie an. So etwas hatte die sonst so gute Frau noch nie getan. Schlimmes musste vorgefallen sein.

Mit zitternder Hand nahm Frau Köhler ihren Hut ab und hängte ihren Mantel an den Haken.

Tantes Prügel waren früher weitaus heftiger gewesen. Dennoch tat diese Ohrfeige doller weh. »Bitte glauben Sie mir, ich lüge nicht. Fräulein Richter kam … Ich sollte das Kleid sofort reinigen. Da war ein großer Rotweinfleck. Genau hier.«

Frau Köhler schob Luise beiseite. »Flecke? Wo?« Sie drehte das Kleid um, prüfte die Rückseite, die Ärmel, die Manschetten, den üppig glockigen Rock.

»Er war hier. Jetzt aber ist er weg.« Luise wies auf den Teil des Stoffs, den sie seit über zwei Stunden beharrlich bearbeitet hatte.

Frau Köhlers Haltung entspannte sich. Erschöpft ließ sie sich auf den Stuhl hinter ihrem Schreibtisch fallen. »Kind, du hast keine Erlaubnis, an meinen Schrank zu gehen.«

Plötzlich stand Fräulein Richter im Türrahmen.

»Vergessen Sie nicht den Schlüssel, meine Liebe.« Mit vor dem Bauch gefalteten Händen trat die Hausdame ein. »Die Göre muss ihn entwendet haben, um an die Bleiche zu gelangen. Wer weiß, was sie sonst noch alles gestohlen hat, während Sie nicht im Haus waren?«

Sprachlos starrte Luise die Hausdame an.

»Ich werde es der Direktion berichten«, erklärte die Richter und wollte den Raum verlassen.

»Was genau wollen Sie Herrn Haerlin sagen?«, verlangte Frau Köhler zu wissen.

»Nun, dass er aus Herzensgüte eine Diebin unter diesem Dach beherbergt. Es wird ihm nicht gefallen.«

Die beiden Frauen fixierten einander. Da ging ein Lächeln über das runde Gesicht der ersten Wäscherin.

»Wovon reden Sie nur, liebes Fräulein Richter?«, säuselte sie. »Ich habe dem Mädchen persönlich den Schlüssel für Notfälle gegeben.«

Die Hausdame hob den Kopf. »Das haben Sie nicht. Ich habe deutlich gehört, was Sie eben sagten.«

»Sie lauschen? Das war mir neu.«

»Ich horche nicht. Sie haben laut genug geredet, dass man es bis in die Wohnhalle hätte hören können.«

»Sie müssen sich irren, Fräulein Richter«, sagte die erste Wäscherin und betonte dabei das Wort Fräulein besonders. »Luise ist seit heute meine Stellvertreterin in der Wäscherei.

Ich hatte nur noch keine Gelegenheit, den Patron davon zu informieren.«

Wortlos verließ die Hausdame den Raum.

»Sollen wir das Kleid nach oben bringen, Fräulein Richter!«, rief die Wäscherin ihr hinterher. Sie erhielt keine Antwort. Kopfschüttelnd guckte die Frau Luise an. »Was hat sie nur gegen dich, Mädchen?«

Luise wusste es nicht.

Frau Köhler musterte sie. »Verzeih die Ohrfeige. Es ist nur … Mein kleiner Bruder wurde in die 4. Armee beordert. Infanterie«, sagte sie mehr zu sich selbst. »Der Alfred ist sanft wie ein Schaf. Ich weiß gar nicht, wie er mit einem Gewehr umgehen soll, geschweige denn, einen Menschen erschießen soll. Als Kind konnte er nicht einmal ein Huhn ausnehmen. Ich mache mir große Sorgen um ihn.« Sie betrachtete Luise und versuchte ein Lächeln aufzusetzen. »Was ist mit deinem Hans? Wird er sich freiwillig zur Armee melden?« Sie setzte ihren Kneifer auf, um mit der Arbeit zu beginnen.

»*Mein* Hans?«

Überrascht schaute Frau Köhler auf. »Nun, ich dachte, ihr steht euch nahe.«

Luise nestelte an ihrer Schürze. »Ich weiß nicht. Er ist nett. Und er bringt mir das Lesen bei.«

Zufrieden nickte Frau Köhler. »Siehst du, er mag dich.«

Luise wusste nicht recht, was sie darauf erwidern sollte. In ihrem Kopf drehten sich die Gedanken. Wie sehr mochte er sie wirklich? So doll, dass es unschicklich war? Oder nur so viel, dass sie sich geehrt fühlte? Ob sie Frau Köhler fragen konnte?

Die lächelte sie seltsam an, während sie eine Schublade ihres Tisches aufzog. »Es gefällt mir übrigens gar nicht, dass du ohne meine Erlaubnis den Schlüssel genommen hast. Das ist ein Kündigungsgrund. In diesem Punkt muss ich dem Fräulein leider recht geben.«

Luise hielt die Luft an.

Sie zog ein Päckchen hervor. »Eigentlich gedachte ich, es dir zu geben, wenn du dein erstes Jahr zu meiner Zufriedenheit hier absolviert hast.« Sie reichte es Luise. »Nur bin ich mir nicht sicher, dass du lange genug bei mir in der Waschküche bleiben wirst. Das Fräulein ist bekanntlich sehr nachtragend.«

»Für mich?«

»Siehst du hier noch eine andere Luise?«

Unsicher trat Luise vor und nahm das Päckchen entgegen. Vorsichtig öffnete sie das Geschenkpapier. Sie würde es später ordentlich zusammengefaltet unter ihre Matratze legen, falls auch sie irgendwann einmal jemandem ein Präsent machen wollte. Zum Beispiel Hans.

Fast hätte sie vergessen zu atmen, als sie die Spitze in Händen hielt. »Ein Kragen?«

»Für dein Kleid. Du hast doch ein Sonntagskleid?«

Luise schüttelte den Kopf. Ihr Ausgehkleid trug sie jeden Tag zum Arbeiten im Hotel. Es war ihr bestes. Und das einzige. Es kniff und zwackte mittlerweile überall. Für die Wäscherei war es gerade so recht.

Frau Köhler legte den Kopf schief. »Ist das der Grund, warum du bisher nicht einmal nach einem freien Tag gefragt hast? Weil du nichts Hübsches anzuziehen hast?«

Luise überlegte. Wie sollte sie ihr von der Angst erzählen, die sie quälte, das Hotel zu verlassen, aus Furcht, man würde sie nie wieder hereinlassen? Es könnte ja sein, dass sich der Traum, in dem sie seit Kurzem lebte, einfach in Luft auflöste, während sie gerade an der Elbe spazieren ging oder die Schwäne am Ufer der Alster fütterte. Nichts im Leben währte ewiglich, schon gar nicht das Gute. Nein, sie würde diesen Ort niemals verlassen, wenn sie nicht musste.

»Es ist … ich habe noch so viel zu tun«, log Luise.

»Das ist löblich. Trotzdem muss der Mensch auch Mensch sein dürfen.« Frau Köhler öffnete den kleinen Tresor hinter sich. »Ich zahle dir jetzt eine Mark von deinen Ersparnissen aus. Damit gehst du und kaufst dir etwas Nettes. Du hast frei bis um vier Uhr.«

»Ich will nicht.«

»Keine Widerrede.« Frau Köhler entnahm einer schwarzen Kassette ein Markstück und trug dies in das Kontobuch ein, das ebenfalls im Tresor lag. Sie schob den Taler über den Tisch. »Oder hast du Angst, allein in den Straßen umherzugehen?«

Eifrig nickte Luise, obwohl Frau Köhlers Vermutung überhaupt nicht zutraf.

»Gut, dann wird Hans dich begleiten.«

»Hans?«

»Natürlich. Oder glaubst du, ich bin blind? Der Junge treibt sich hier öfter herum als nötig. Ständig ist er auf der Suche nach dir.« Die Frau beugte sich etwas vor. »Und wenn ich mich nicht irre, gefallen dir seine kleinen Aufmerksamkeiten ebenfalls.«

Luise wusste nicht, was sie sagen sollte, also schwieg sie.

Die Wäscherin wurde ernst. »Hör zu, Kind. Du hast keine Familie und kein Zuhause. Ein Ehemann ist deine einzige Möglichkeit, eine ehrbare Person zu werden.«

»Ich bin erst vierzehn«, japste Luise.

Die Frau wiegte den Kopf. »Nun ja, nicht sofort und schon gar nicht heute. Dennoch solltest du bedenken, dass der Hans nicht die schlechteste Wahl wäre, wenn es so weit ist. Er hat ein gutes Benehmen, und seine Eltern sind brave Leute aus Hannover, wie ich hörte. Außerdem segnete der Herrgott den

Jungen mit einem ansprechenden Äußeren und viel Humor. Er liest Bücher und wird es sicherlich noch weit bringen.«

In Luises Ohren rauschte es, als wäre ein Sturm über sie hereingebrochen. Wovon redete Frau Köhler nur?

»Ich erkläre unserem Herrn Winter die Lage. Er wird Hans zwei Stunden freigeben müssen.« Sie nahm Papier und Füller zur Hand, schraubte die Kappe ab. »Wenn die hohen Herren in Berlin, London, Paris und Moskau nicht bald zur Vernunft kommen, werden wir demnächst noch sehr viel mehr Zeit zur Muße haben, als uns lieb sein kann.«

Luise erschrak. »Was meinen Sie damit?«

»Ohne Gäste kann ein Hotel wohl kaum betrieben werden. Wenn du mich fragst, wird der Patron schon bald einige von uns entlassen müssen.«

Jetzt wollte Luise noch weniger auf die Straße hinaus.

16

Frau Köhler ließ keine Ausreden gelten. Stattdessen bürstete sie das Kleid ein wenig aus und nähte schnell den neuen Kragen an, während sich Luise im Waschraum frisch machte und die Haare zu Zöpfen flocht. Prüfend betrachtete Frau Köhler das Ergebnis.

»Sehr hübsch«, kommentierte sie. »Du bist pfleglich mit deinem Kleid umgegangen. Die Ärmel sind nicht abgestoßen und die Knöpfe vollzählig, nicht einmal der kleinste Fleck ist zu finden.« Zufrieden nickte sie. »Jetzt fehlt nur noch etwas auf deinem Kopf. Ein Hut, zum Beispiel.«

Sie ließ Luise stehen. Kurz darauf kehrte sie mit ihrem eigenen Hut in der Hand zurück.

»Du bist bald eine junge Dame. Es wird Zeit, dass du dich auch so fühlst.« Mit einem Lächeln setzte sie den Strohhut auf Luises Haar. Er hatte drei Seidenblumen an seinem breiten blauen Hutband. Sie steckte das gute Stück mit ihrer Hutnadel fest. »Äußerst apart. Wirklich sehr hübsch.«

Luise erstarrte. »Und wenn er schmutzig wird?«

»Setze ihn einfach nicht ab. Auf deinem Haar ist er sicher. Es sei denn, du verlierst den Kopf.« Sie zwinkerte und schob Luise zur Tür. »Nun lasse Hans nicht zu lange warten. Zwei Stunden sind schnell vorbei.«

Als die Tür hinter ihr ins Schloss fiel, wurde Luise ganz

übel. Oben, am Straßenrand, stand Hans. Er trug eine schlichte Jacke und die Melone auf seinen braunen Locken. »Du schaust, als hättest du einen Geist gesehen.«

Sie antwortete nicht, sondern drehte sich zur verschlossenen Tür um. Gottergeben gab sie sich einen Ruck. »Na gut, wat mutt, dat mutt.« Energisch marschierte sie die Stufen zum Neuen Jungfernstieg hinauf. »Zwei Stunden sind ja keine Ewigkeit. Wir laufen einmal um die Binnenalster. Das wird reichen.«

»Möchtest du nicht lieber ein Eis essen? Oder die Schwäne füttern?«

Sie überlegte. »Na gut, denn gehen wir eben in den *Alsterpavillon*. Dort werde ich meine Mark für eine heiße Schokolade und ein Stück Torte opfern. Danach muss ich zurück. Habe zu tun.« Sie stürmte los. Er folgte ihr.

Der neue *Alsterpavillon* lag direkt am Anleger des Jungfernstiegs, keine hundert Meter vom Hotel entfernt. Binnen kürzester Zeit hatte es sich herumgesprochen, dass man hier besten Kaffee und hervorragende Torten bekam. Das Café war sehr hübsch eingerichtet, mit gepolsterten Sesseln in den Ecken und hohen Pflanzen, kleinen runden Tischen und Baststühlen. Durch die Fenster, die zur Alster hinausgingen, entdeckte Luise Ruderboote, in denen bis vor Kurzem noch junge Damen unter weißen Schirmen gesessen hatten, um sich von ihren Begleitern umherrudern zu lassen. Bald würden wohl auch die letzten Herren fort sein, überlegte sie. Entweder müsste die Damenwelt dann auf Seereisen dieser Art verzichten oder die Riemen selber in die Hand nehmen. Zwei von ihnen übten sich schon mit viel Freude darin, denn mit dem lauen Augustwind flog ihr Lachen durch die offenen Fenster in das Kaffeehaus.

Sie nahmen an einem Tisch Platz. Von hier aus konnte Luise ihr *Vier Jahreszeiten* im Blick behalten. Heute stand kein

Wagenmeister in betresster Uniform vor dem Portal, denn Herr Niefers hatte sich gestern freiwillig zur Front gemeldet. Mit ihm waren weitere Männer des Hotels zur Einberufungsstelle gegangen. Der Patron hatte jeden persönlich verabschiedet. Ob Hans ebenfalls plante, in die Ferne zu ziehen, um Heldentaten für Kaiser und Vaterland zu vollbringen, wusste Luise nicht, denn er mied das Thema.

Der Kellner an ihrem Tisch, ein älterer Mann von mindestens fünfzig Jahren, wartete ungeduldig auf Hans' Bestellung, während dieser mit hochgezogenen Brauen und Kennermiene seelenruhig die Karte studierte.

Jeder Tisch im Gastraum war besetzt. An einigen saßen Herren, vertieft in ihre Zeitung. An anderen plapperten Damen munter über das wunderbare Sommerwetter und die Ehemänner, die so schmuck in ihren Uniformen aussahen.

»Hans«, raunte Luise über den Tisch, »könntest du dich bitte beeilen? Ich möchte eine Schokolade und ein Stück Stachelbeertorte.«

»Mit Obers oder ohne?«, hakte der Kellner eilig nach.

»Ich … ich weiß nicht.« Hilfesuchend blickte sie Hans an.

Der neigte den Kopf über die Karte. »Zwanzig Pfennig extra für Sahne.«

»Oh, so viel? Dann lieber nicht.«

»Auch das wird nicht reichen, falls du dem griesgrämigen Pinguin noch Trinkgeld geben willst. Die Torte allein kostet schon siebzig Pfennige«, sagte Hans laut genug, dass der Kellner es hörte.

»Das grenzt ja an Unverschämtheit«, raunte sie empört.

Hans lächelte. »Bitte fühle dich von mir eingeladen, Luise. Es wäre mir eine Ehre.«

Schon wieder wurden ihre Wangen rot. Sie musste unbedingt etwas dagegen unternehmen. »Ich … Also gut, danke.«

Wortlos nahm der Kellner die Bestellung entgegen und ging.

In diesem Moment hörte man Musik vom Gänsemarkt näher kommen. Im Gleichschritt marschierten junge Soldaten in Reih und Glied den Jungfernstieg entlang Richtung Rathaus. Einige Gäste erhoben sich. Mädchen mit Blumen in der Hand winkten vom Straßenrand her den vorbeiziehenden Helden zu.

An den Fenstern standen Leute und schwangen Taschentücher. Hurrarufe wurden laut. Der Stolz des ganzen Kaiserreichs lag in der Luft, machte die Menschen trunken. Hier geschah Großes, und sie waren dabei. Als die Musik langsam verklang und das gleichmäßige Schlagen der Stiefel auf dem Kopfsteinpflaster verstummte, widmeten sich die Gäste im Café wieder ihren Zeitungen und dem Kuchen.

Endlich kam auch ihre Bestellung. Vorsichtig, um nichts zu verschütten, hob Luise die Porzellantasse an den Mund. Nie in ihrem Leben hatte sie so gute Schokolade getrunken. Eigentlich hatte sie überhaupt noch nie so etwas Leckeres vor sich stehen gehabt. Dass sie unbedingt welche hatte probieren wollen, lag daran, dass sie vor einiger Zeit aus einer Seidenbluse einen Fleck hatte entfernen müssen, der unendlich köstlich gerochen hatte. Kakao. Auch der Kuchen mundete ihr, und so beschloss sie, dass dieser Ausflug bisher eigentlich recht nett verlief.

Hans hatte seinen Kaffee bereits ausgetrunken und betrachtete sie amüsiert.

»Übrigens, Luise …«, sagte er dann und hob seine Serviette ein wenig über die Tischkante, damit sie sie sehen konnte.

Sie verstand nicht, was er meinte. Erst als er seinen Mund abtupfte und sie dabei eindringlich anschaute, begriff sie. Schnell nahm sie ihre eigene Serviette zur Hand und wischte die Schokoladenschnute sauber. Nun prangte ein dunkler Fleck auf der blütenweißen Stoffserviette. Es würde nicht einfach sein, den zu entfernen, schoss es ihr durch den Kopf.

Peinlich berührt blickte sie sich um. Hoffentlich hatte keiner etwas bemerkt. Doch die anderen Gäste saßen über ihre Teller gebeugt oder hinter der heutigen Tageszeitung versteckt und beachteten sie gar nicht. Montenegro hatte Österreich-Ungarn den Krieg erklärt, lautete eine der Überschriften. Das Ultimatum der Engländer gegen den deutschen Kaiser war ausgelaufen und die Briten somit offiziell in den Waffengang eingetreten.

Eine burschikos auftretende Dame, die bestimmt niemals einen Fuß in das Hotel *Vier Jahreszeiten* setzen würde, bemängelte hörbar gegenüber ihrer Bekannten die in nur drei Tagen gestiegenen Preise für Milch und Butter. Dem stimmte ein Herr am Nebentisch zu und wusste auch gleich, woran das lag.

»Dieser Krieg wird uns alle teuer zu stehen kommen. Und bezahlen wird es mal wieder der kleine Mann!«, rief er den Damen zu.

»Was reden Sie für einen Unfug?«, echauffierte sich ein Herr über den Rand des *Hamburger Fremdenblatts* hinweg, das er gerade las. »Diese glorreiche Zeit wird unserem Land Ehre und Ruhm bringen.« Sein voller Bart zuckte eifrig.

»Das kann man nur nicht essen, werter Herr«, erwiderte die Frau.

Flink drehte sich der Kellner zu den streitenden Parteien. Luise hörte nicht, was er den Herrschaften zuflüsterte, doch es war zu spät, denn jetzt erhob sich ein weiterer Mann von seinem Stuhl. Er wedelte mit einem Tageblatt über dem Kopf.

»Hier steht es schwarz auf weiß!«, verkündete er. »Mäßigung ist unsere einzige Möglichkeit, das Schlimmste zu verhindern. Das ist ein Aufruf der Sozialdemokraten von vor zwei Monaten. Warum hört keiner auf die Stimme der Vernunft?«

Ein Herr mit Zylinder sprang auf. »Feigheit nenne ich das! Diese Sozialisten wollen unser Land schwächen, den Kaiser fortjagen und eine Arbeiterrepublik ausrufen. Feiges Gesindel, sage ich nur!«

Sein Kopf war so rot, dass Luise befürchtete, er müsste gleich platzen.

Auch der junge Mann geriet in Rage. »Sie sind einer von denen, die durch den Krieg noch reicher werden. Sterben, das tun nur wir, die Leute von der Straße. Wenn Deutschland gegen Frankreich zieht, liegen wir in den Gräben, nicht eure feinen Söhne, die es sich in Offizierscasinos gut gehen lassen.«

Ein Leutnant in Uniform, der bisher still in der Ecke gesessen hatte, lachte auf. »Die Franzosen? Vor denen muss man keine Angst haben. Die sind vom Fröschefressen längst kurzsichtig geworden. Die treffen nicht einmal einen deutschen Soldaten, wenn er direkt vor ihnen steht.«

Das ließ der aufgebrachte junge Mann nicht gelten. »Die Sozialdemokratie ruft das deutsche Volk auf, den Großmächten …«

»Ach, halten Sie doch Ihr verräterisches Mundwerk!«, donnerte der mit dem Zylinder.

Ein Wort gab das nächste. Immer mehr Leute mischten sich in den Disput ein, bis alle gegeneinander brüllten. Andere versuchten, die Streithähne zu bremsen, schienen aber genau das Gegenteil zu erreichen.

»Wir sollten bezahlen, Hans«, meinte Luise ängstlich. Sie kannte Streits dieser Art noch von früher, wenn die Leute im Gängeviertel wegen irgendwelcher Nichtigkeiten aneinandergerieten. Das ging selten gut aus.

Hans nickte und hob die Hand, um den Kellner herbeizuzitieren, der war jedoch mit seinem Kollegen damit beschäftigt, die Gäste zu beruhigen.

»Vaterlandsloses Geschmeiß!«, schrie jemand und schubste einen anderen, woraufhin dieser gegen den Kellner fiel und über einen Stuhl zu Boden ging.

Im Nu war ein Handgemenge entstanden, bald schon flogen die ersten Fäuste. Kreischend brachten sich die anwesenden Damen in Sicherheit. Hans sprang auf, griff nach Luises Hand und zog sie hinter den Kuchentresen, wo eine Bedienung hockte, die Arme über den Kopf geschlagen und leise vor sich hin wimmernd.

»Der Hut!«, rief Luise.

Frau Köhlers gutes Stück hatte sich aus ihrem Haar gelöst und lag auf dem Fußboden. Sie riss sich von Hans' Hand los, um den Strohhut aufzuheben, als einer der Gäste rückwärtsstolperte und mit seinen Stiefeln mitten drauftrat.

»Nein!«, schrie sie auf. »Der schöne Hut!«

Mehrere Wachtmeister eilten über den Jungfernstieg herbei. Die Trillerpfeifen im Mund und den Stock in der Hand, kamen sie von überall her und rannten auf den *Alsterpavillon* zu. Hans erstarrte.

»Vergiss das Ding!«, rief er und zerrte sie zur Eingangstür.

Luise strauchelte ihm hinterher. »Wir haben gar nicht bezahlt!«

Kurz vor dem Ausgang stolperte einer der Kontrahenten ihnen in den Weg. Er sah Hans und holte aus. Die Faust traf den Pagen mit voller Härte im Gesicht. Sein Kopf flog zur Seite, er taumelte rückwärts. Gerade noch konnte Luise ihn halten, damit er nicht zu Boden ging. Bevor sie um Hilfe rufen konnte, hatte sich der Angreifer wieder den anderen Opponenten zugewandt und verteilte dort weitere Schläge. Die Türen wurden aufgerissen, und Uniformierte strömten herein.

Hans schüttelte sich wie ein nasser Pudel. Er nahm Luises Hand und sprang auf. »Verdammt! Raus hier! Schnell!«

»Hans! Du kannst nicht fortlaufen. Du musst den Kerl anzeigen.«

»Einen Teufel werde ich tun.« Er zerrte sie durch das Getümmel.

Vor der Tür hatte sich bereits eine Gruppe Schaulustiger gebildet. Den Hals lang gereckt, versuchte ein jeder, durch die Fenster etwas zu erspähen.

Eilig zog Hans sie hinter eine Litfaßsäule. Er keuchte. Luises Herz raste.

»Warum sind wir weggelaufen?«, wollte sie von ihm wissen.

»Ich musste dich in Sicherheit bringen.« Sein Blick hastete den Jungfernstieg hinunter, wo soeben die beiden Männer in den einfachen Anzügen von den Polizisten abgeführt wurden, während der Herr mit dem Zylinder wutschnaubend noch immer Verwünschungen gegen das verdammte sozialistische Gesindel ausstieß. Ihn hatte man offenbar nicht in Gewahrsam genommen. »Das war knapp«, murmelte Hans.

»Dein Auge!«, rief sie. »Du musst es kühlen, sonst wird es blau.« Sie legte einen Finger auf seinen Wangenknochen. Er zuckte mit schmerzverzerrtem Gesicht zusammen.

»Wir sollten zurückgehen.« Sie nahm seine Hand und zog ihn auf der Wasserseite eilig am Hotel vorbei. Es wäre zu peinlich gewesen, würde jemand Hans in diesem Zustand sehen.

»Hoffentlich wird es mit dem Auge nicht zu schlimm«, jammerte er, als sie ihn über den Lieferanteneingang die Stufen hinunterschob.

»Bleiben wir dabei, dass du mich aus einer gefährlichen Situation gerettet hast«, schlug sie vor. »Auch wenn wir wissen, dass das nicht stimmt.«

»Was meinst du?«

Luise blickte ihn an. »Ich bin nicht so dumm, wie die Leute denken. Du hast mich nicht beschützt, sondern bist vor den Polizisten fortgelaufen. Warum?«

Hans entfuhr ein Lachen. »Weil wir nicht in Polizeiangelegenheiten verwickelt werden dürfen. Wir gehören zum *Vier Jahreszeiten*. Hast du das schon vergessen? Was denkst du, wird der Patron davon halten, wenn die Schupos uns abführen und er uns im Revier auslösen muss?«

Luise überlegte. Ja, Hans hatte recht, so musste es sein.

17

Schweigend betrachtete Herr Winter Hans' blaues Auge. Anschließend eskortierte er ihn zum Patron, der in seinem Direktionszimmer neben der Drehtür saß und beim Anblick des Pagen nur ein schweres Seufzen hervorbrachte.

»Darf ich erfahren, was passiert ist?«

»Er kann nichts dafür. Bestimmt nicht.« Luise knickste.

»Hans, Hans, Hans«, murmelte der Patron enttäuscht.

»Es wird nie wieder passieren, Herr Haerlin«, erwiderte Hans eilig.

»Waren Gäste von uns im *Alsterpavillon*, die sich ebenfalls …? Oder Personal?« Als sie verneinten, schien der Patron beruhigter zu sein.

Nun mischte sich der Empfangschef ein. »So wie der Junge aussieht, können wir ihn unmöglich unseren Gästen präsentieren.«

»So ist es. Setzen Sie ihn in der Küche ein.« Friedrich Haerlin nahm seine Korrespondenz wieder zur Hand. »Einfache Arbeiten. Das wird ihn lehren, sich aus Prügeleien herauszuhalten.«

Luise wollte widersprechen, als sie bemerkte, dass Hans den Kopf schüttelte.

»Kommt.« Herr Winter schob sie aus dem Raum. Gerade wollte er die Tür hinter ihnen schließen, als Luise noch einmal zum Patron zurückeilte. Überrascht schaute der auf.

Schnell knickste sie. »Bitte, Herr Haerlin. Der Hut. Frau Köhler hatte ihn mir geliehen, aber er ging kaputt.«

Fragend guckte der Hausherr seinen Empfangschef an, der ebenfalls ratlos wirkte. »Kümmern Sie sich bitte um die Angelegenheit, Herr Winter. Ich habe zu tun.«

»Natürlich. Verzeihen Sie die Störung.« Schnell griff der Mann nach Luises Arm und zog sie hinaus.

»Was redest du für wirres Zeug, Kind?« Offenbar erwartete er keine Antwort auf die Frage, denn er machte sich mit Hans im Schlepptau über die Wendeltreppe hinter dem Empfangstresen auf den Weg nach unten ins Souterrain.

Luise tippelte ihnen hinterher. »Das ist kein Zeug, Herr Winter. Frau Köhler hat mir ihren Hut geliehen, jetzt ist er ruiniert. Es war alles meine Schuld. Ich hätte ihn mir nicht leihen dürfen.«

»Kauf einen neuen«, grummelte der Mann. »Wehe dir, du störst noch einmal den Patron. Er hat große Sorgen.« Am Fuß der Treppe angekommen, gab er dem Pagen eine Kopfnuss. »Und du wirst gefälligst in die Abwaschküche gehen und so lange dort bleiben, bis man dich wieder unter Menschen lassen kann.« Schnell lief Hans Richtung Küche, um dort sein trinkgeldfreies Exil anzutreten.

»Was ist mit meinem Hut?«, insistierte Luise.

Der Mann seufzte. »Wir gehen zu Herrn Marthaler.«

»Dem Concierge?« Schon wieder kitzelte das fremde Wort auf ihrer Zunge.

Sie fanden den Mann in einem kleinen Raum, der schräg gegenüber dem Domizil des Empfangschefs lag. In goldenen Lettern war *Concierge* über dem offenen Fenster zu lesen. Herr Marthaler genoss gerade eine Tasse Tee. Sie stand dampfend auf einem Unterteller, den er mit eleganter Geste hielt. Neben ihm auf der rotledernen Schreibtischunterlage befand sich ein Sprechapparat, dessen schwarze Vorderseite mit einem Reichsadler geschmückt war.

»O ja, ich hörte bereits von dem Vorfall im *Alsterpavillon*. Schrecklich.« Er nahm einen Schluck aus seiner Teetasse, über dessen Rand er Luise unauffällig musterte. »Und wer, sagten Sie, ist das?«, wollte er vom Empfangschef wissen.

»Eine unserer Wäscherinnen«, antwortete der, wobei er seinen eigenen Tresen im Foyer im Blick behielt, falls ein Gast durch die Drehtür hereinkam und seine Dienste benötigte.

»Soso.« Herr Marthaler stellte die Untertasse ab.

Luise fasste sich ein Herz und trat vor den Concierge, der offenbar nicht viel zu tun hatte, wenn er sich die Zeit herausnehmen konnte, hier in aller Gemütsruhe Tee zu trinken. »Ich brauche einen Hut.«

»Dem stimme ich zu.«

»Nein, nicht für mich. Er ist für Frau Köhler. Aus Stroh muss er sein, mit blauem Seidenband und einer Blume an der Seite.«

»Was für eine Blume? Veilchen? Vergissmeinnicht? Iris? Lotusblume? Petunie? Oder Hortensie? Orchidee oder doch lieber eine Aster?«

Überrascht drehte sich Luise zu Herrn Winter, der diese Frage natürlich nicht beantworten konnte, denn er hatte den Hut ja nie gesehen.

Seufzend erhob sich Herr Marthaler. »Fräuleinchen, wenn Sie nicht wissen, was Sie wollen, kann ich Ihnen nicht helfen.« Er schickte sich an, sein Büro zu verlassen.

»Er darf nicht mehr als dreiundzwanzig Mark siebzig kosten!«, rief sie ihm nach. »Und er muss schön sein. Das ist sehr wichtig.«

Der Concierge beugte sich zu Herrn Winter hinüber. »Sie gibt nicht auf, wie mir scheint.« Dann ging er zu seinem

Schreibtisch zurück, zog ein dickes Buch aus einer Schublade und begann darin zu blättern. »Unsere Gäste wünschen zumeist edlere Kopfbedeckungen als Strohhüte mit Blumen …«, murmelte er.

»Vielleicht wäre Frau Klingmeier in Eppendorf geeignet. Sie ist eine der besten Hutmacherinnen der Stadt«, schlug der Empfangschef vor.

Der Concierge verzog das Gesicht. »Sie arbeitet für Frau Blohm und Senatorengattin Mönckeberg. Beide lieben Hüte, die auch bei Hofe getragen werden. Couture. In unserem Fall wäre wohl etwas Unauffälligeres besser geeignet. Schließlich wollen wir ja nicht, dass die erste Wäscherin des Hauses wie ein Pfau zur Arbeit erscheint.«

»Und teuer darf er auch nicht sein«, unterbrach Luise ihn. »Dreiundzwanzig Mark …«

»… siebzig«, ergänzte er und kratzte sich am Kinn. »Hm, da kommt eigentlich nur der Hutladen von Fräulein Iwersen infrage. Meine Gattin kauft dort ihre Kopfbedeckungen. Nicht zu modisch, eher klassisch und vergleichsweise günstig.«

Luise überlegte, was vergleichsweise bedeuten könnte. »Wo finde ich das Geschäft?«

»In der Isestraße in Eimsbüttel.« Er klappte das Buch zu.

Ihr Herz rutschte in den Keller. »So weit weg?« Sie würde mindestens eine Stunde benötigen, um dorthin zu gelangen. Und danach eine weitere zurück ins Hotel.

Herr Marthaler wirkte erstaunt. »Wir sind das *Vier Jahreszeiten*, Fräulein Krüger. Die erste Adresse in Hamburg.« Er griff zum Sprechapparat neben sich und ließ sich von der hauseigenen Telefondame, die ihr Reich hinter dem eleganten Haupttreppenhaus hatte, mit einer Nummer verbinden.

In seinem tiefen Bass und mit einem gewissen fordernden Charme wies er das Fräulein Iwersen an, eine kleine Kollektion von drei oder vier Strohhüten mitsamt blauer Binde und Blumen für nicht mehr als dreiundzwanzig Mark und siebzig Pfennige das Stück ins Hotel *Vier Jahreszeiten* schicken zu lassen.

»Und bitte grüßen Sie mir Ihre werte Frau Mama.« Dann legte er den Hörer zurück auf die Gabel. »Vier Hüte binnen einer Stunde.«

»Danke!« Luise sprang vor und umarmte den entgeisterten Mann hinter dem Schreibtisch.

Schnell huschte sie durch eine unauffällige Tür im hinteren Teil des Büros, wo eine weitere Treppe in den Keller führte. Mittlerweile kannte sie sich gut in jenen Bereichen des Hotels aus, die noch nie ein Gast zuvor gesehen hatte. Gänge und Treppenhäuser, Abseiten und Magazine, Küchen und Keller. Hier fühlte sich Luise wohler als auf den edlen Teppichen und unter den Kristalllüstern, die zwar schön waren, ihr jedoch oft Beklemmungen verursachten. Nein, sie war lieber dort, wo hart gearbeitet wurde, damit die Vons und Zus dieser Welt es nicht selber tun mussten.

Zurück in der Waschküche machte sich Luise gleich an die Arbeit. Was für ein verrückter Tag heute ist, ging es ihr durch den Kopf. Plötzlich hielt sie inne. Das Geld! Wie nur sollte sie an ihr Erspartes gelangen, ohne dass Frau Köhler fragte, wofür sie es auszugeben gedachte? Sie würde beichten müssen. Nun ja, das würde eh spätestens erforderlich sein, wenn sie der Frau ihren neuen Hut gab. Somit konnte sie es auch gleich tun. Luise trocknete sich die Hände ab und ging in das Büro der ersten Wäscherin.

Zu ihrer Überraschung war Frau Köhler nicht an ihrem Platz. Und auch sonst war sie nirgends zu finden. Offensichtlich hatte sie überstürzt das Hotel verlassen. Ohne Hut. Das war noch nie vorgekommen.

Da stürmte Franz, der Page, mit vier Hutschachteln im Arm herein.

»Du sollst dir einen aussuchen!«, rief der Junge und wollte ihr die Schachteln in den Arm drücken. »Beeil dich. Weil sich der Hans in der Küche amüsiert, muss ich seine Arbeit mit erledigen.«

»Dafür kriegst du sein Trinkgeld«, erwiderte Luise streng. »Sei ihm also dankbar. Stelle die Hüte auf den Tisch, wo ich sie in Ruhe begutachten kann, während du draußen wartest.« Knurrend tat der Junge, was sie verlangte.

Luise öffnete die Deckel der hübschen Schachteln, in denen die herrlichsten Hüte lagen, die sie je gesehen hatte. Sie waren mit kunstvoll genähten Blumen an der Seite verziert und hatten jeweils eine Seidenbinde über der Krempe in Blautönen, die von hell bis dunkel gingen, grünlich changierend oder leicht ins Lila wechselten, je nachdem, wie man sie ins Licht hielt. Luise betrachtete jedes Exemplar ausgiebig, hob es an, drehte und wendete es. Ein Hut war schöner als der andere. Am liebsten hätte sie alle gekauft, was bei ihrem Budget selbstredend unmöglich war.

»Beeil dich«, kam es vom Gang her. »Eine Gesellschaft hat sich angemeldet. Man erwartet mich.«

Luise ignorierte den Pagen, der sich ganz offensichtlich wichtigmachen wollte. Vorsichtig legte sie die Hüte zurück in die Schachteln. Den mit den Astern würde sie nehmen. Sie drückte dem Jungen die drei verbleibenden Pappschachteln in den Arm.

»Bringe diese zu Herrn Marthaler. Sage ihm, dass ich wegen der Bezahlung später vorbeikommen werde.«

Flugs war der Junge verschwunden, und Luise stand allein im Büro der ersten Wäscherin. Wie nur sollte sie ihre Schulden begleichen, wenn Frau Köhler nicht da war?

Die erste Wäscherin des Hotels kehrte an diesem Tag nicht zurück. Und auch am nächsten Tag fehlte sie ohne Entschuldigung. Schon begann Luise, sich Sorgen zu machen.

18

Dem Murmeln und verhaltenen Lachen der Gäste in der Halle war nach Kriegsausbruch eine eigentümliche Stille gefolgt, die sich im gesamten Hotel wie eine schwere Krankheit festsetzte. Das wenige Publikum, das noch im Haus war, schlich durch die Flure. Man sprach nur im Flüsterton miteinander, wich den Blicken der anderen aus. Luise vermutete, dass das mit den Anschlägen an den Litfaßsäulen und den Warnungen vor Spionen in den Tageszeitungen zu tun haben mochte.

Eine unbestimmte Furcht tränkte die Perserteppiche und schob sich unter die Tapeten. Angst schlich um die Säulen der Wohnhalle, setzte sich wie ein Geist auf die Sofas und beanspruchte die besten Plätze im Restaurant. Sie lungerte nahe den drei Telefonzellen herum, um sich an den Sorgen jener Menschen zu weiden, die keine Passage mehr auf einem der wenigen auslaufenden Schiffe hatten bekommen können. Würden die Engländer sie, die sie aus Amerika waren, durch die Seeblockade lassen, oder würden sie schießen? Stimmte es, dass der deutsche Kaiser alle Fremden in seinem Reich als Spione betrachtete?

Die Extrablätter, die Herr Haerlin mehrmals täglich herbeischaffen ließ, wurden dem Pagen aus der Hand gerissen, kaum dass er die Halle betrat. Hektisch blätterten die Gäste die Seiten durch, auf der Suche nach Hinweisen, welcher Fluchtweg der sicherste war, welche Fronten wo verliefen, ob es stimmte, dass das deutsche Heer durch das neutrale Belgien marschierte, auf dem Weg zum französischen Feind. Menschen, mit denen man noch vor Kurzem am Tisch munter geplaudert hatte, die man in Cannes oder Ascot demnächst hatte wiedertreffen wollen, waren mit einem Mal Erbfeinde.

Vor allem der Patron war voller Sorge. Doch nicht nur um seiner Gäste oder des Hotels willen, nein, mehr noch sorgte er sich um seine Tochter und Ehefrau Thekla. Sie besuchten Fritz, den jüngsten Sohn des Hauses, im *Royal Automobil Club* von London. Der Junge und sein ältester Bruder Otto sollten eines Tages das Hotel übernehmen. Dass ein Krieg ausbrechen würde, damit hatte niemand gerechnet.

Gerade putzte Luise die Bleiglasfenster im prächtigen Haupttreppenhaus, als die kleine Ricky herbeilief. Sie war die Nichte des Patrons und lebte seit einiger Zeit mit ihrem Bruder Will bei den Haerlins in Hamburg.

Das Mädchen trug einen hübschen dunkelblauen Sommermantel, und seine langen dunklen Zöpfe zierten zwei große weiße Schleifen. Eigentlich war es den Kindern nicht erlaubt, durchs Haus zu laufen, ja, es war ihnen nicht einmal gestattet, das Hotel zu betreten, doch seit kaum noch Gäste die Zimmer bewohnten, lockerten sich die strengen Regeln des Patrons ein wenig.

»Luise!«, rief Ricky schon von Weitem. »Du darfst mit mir mitkommen! Wir fahren Automobil! Der Onkel hat es erlaubt!«

Obwohl das Deutsch der Zehnjährigen tadellos war, schwang eine ungarische Note darin mit. In dem Land hatte sie die ersten Jahre ihres Lebens mit ihrer Familie verbracht, bis zu dem Tag, an dem ihre Eltern im Abstand von nur wenigen Wochen starben. Der Patron und seine Frau hatten die beiden Waisenkinder aufgenommen. Jetzt hatte Thekla Haerlin sechs Kinder zu betüdeln, was ihr sichtlich gut gefiel, denn sie sprach oft voll Stolz von den beiden.

Die Familie wohnte fußläufig im Mittelweg 147 in einem Haus, das die Gattin des Hausherrn einem Makler vor einiger Zeit zu günstigen Konditionen abgerungen hatte, weil dieser es versäumt hatte, dem Hotelier mitzuteilen, dass das Nachbarhaus des Hotels zu verkaufen sei.

Das war äußerst ärgerlich, denn Friedrich Haerlin hatte seit der Hoteleröffnung vor achtzehn Jahren peu à peu fast alle Nachbarhäuser aufgekauft. Von Nummer 10 bis 14 gehörte ihm trotz größerer Widerstände mittlerweile ein Großteil der Straßenfront. Nur fehlte ihm noch die Nummer 9. Das Haus verfügte hinten über einen direkten Zugang zu den Colonnaden, den der Patron als Lieferanteneingang auszubauen gedachte, da ihm die vielen Fuhrwerke vor der eleganten Fassade des Hotels schon lange ein Dorn im Auge waren.

Der Patron denke ganz schwäbisch und stets langfristig, hatte jemand Luise erst kürzlich erzählt. Der Krieg mache ihm derzeit einen Strich durch die Rechnung. Die geplante Erweiterung des Restaurants in das neu erworbene Haus Nummer 14 hinein sei ebenso vom Tisch wie der Einbau weiterer Bäder in den Fremdenzimmern. Alles schien mit einem Mal stillzustehen.

Nur Ricky nicht. Sie hüpfte am Fuß der Leiter hin und her, auf der Luise stand, um die Fenster zu putzen.

Luise legte den Lappen aus der Hand. »Bist du dir sicher, dass ich es bin, die mitkommen soll?«

Noch nie hatte sie ein Familienmitglied irgendwohin begleitet. Sie hielt sich lieber im Hintergrund, durchsichtig wie die Luft, bis man ihre Dienste benötigte. Und derer gab es genug.

»Muschitante war in England, aber der Onkel Friedrich kann sie nicht abholen, weil gerade so viel zu tun ist. Ich glaube, der Koch will nach Hause in die Berge oder so etwas.« Ricky kam etwas näher zu Luise heran und flüsterte: »Onkel Friedrich ist böse auf ihn.«

Luise kletterte die Leiter hinunter. Sie räumte die Putzutensilien zusammen. »Warum denn das?«

»Das weiß ich nicht. Aber ich habe es gesehen. Der Onkel guckt dann immer so …« Ricky presste die Lippen zusammen und runzelte die Kinderstirn. »Danach hat der Koch dem Onkel einen Brief gegeben und ging weg.« Sie zupfte an Luises neuem Arbeitskleid, das eines der Zimmermädchen ihr für wenig Geld überließ, nachdem sie die Kündigung erhalten hatte. »Beeil dich, Luise. Der Wagen steht schon vor der Tür.«

»Ich bin gleich bei dir. Fährt dein Bruder auch mit?«

Die Kleine schüttelte ihre Zöpfe. »Er hat Stubenarrest, weil er mit einem Stück Kreide die Tapete verschönert hat.«

Luise unterdrückte ein Lächeln. Will war zwei Jahre jünger als seine Schwester und ein kleiner Künstler. Sobald er einen Schreiber in die Hand bekam, war vor ihm kein Papier sicher. Selbst dann nicht, wenn es an einer Wand klebte.

Schnell legte Luise die Schürze ab und richtete ihr Haar. Sie eilte ins menschenleere Foyer, wo Ricky sie bereits ungeduldig neben dem verlassenen Portierstresen erwartete. Es fühlte sich eigentümlich an, den Tresen ohne Herrn Winter zu sehen, wie er mit leicht geneigtem Kopf die Gäste begrüßte. Auch er hatte sich vorgestern freiwillig zum Militärdienst gemeldet.

Luise nahm Ricky an die Hand. Gemeinsam gingen sie durch die Drehtür, die Stufen hinunter, wo Garagenmeister Leipold heute als Chauffeur fungierte. Mit einer Verbeugung öffnete er die hintere Tür für sie.

»Haben Sie etwas von Frau Köhler gehört?«, fragte Luise.

Bedauernd schüttelte er den Kopf. Noch immer wusste niemand, wo die Wäscherin war. Alle machten sich Sorgen um sie. Der Patron hatte einen Fahrer zu ihr nach Övelgönne geschickt, doch der war unverrichteter Dinge zurückgekehrt. Die Gesuchte sei für einige Zeit verreist, hieß es.

Luise konnte die Arbeit nicht allein schaffen, schon gar nicht mit all der Extraarbeit, die dazugekommen war, zumal sie nun auch putzen musste und in der Küche mithalf.

Ricky ließ sich auf dem roten Lederpolster des Adlers fallen.

»Warum nehmen wir das kleine Automobil und nicht die schöne Limousine aus Paris?«, wollte sie von Herrn Leipold wissen, der sich hinters Lenkrad setzte.

»Ich denke, der Patron hält es für unangebracht, mitten im Krieg gegen Frankreich einen französischen Wagen durch die Straßen zu fahren.« Er ließ den Motor an.

Die Fahrt ging nicht zum Hafen, wie Luise erwartet hatte, sondern nur bis zum nahen Hauptbahnhof.

»Holen wir Frau Haerlin denn nicht vom Schiff ab? Sie reist doch aus England an.«

Herr Leipold verneinte. »Die Briten haben eine Seeblockade angekündigt. Schon jetzt laufen keine Dampfer von England mehr Richtung Deutschland. Frau Haerlin floh aus London über den Ärmelkanal nach Holland, von da ging es in die Schweiz. Darum trifft sie mit dem Zug ein.«

Mittlerweile hatte Luise dank Hans eine ungefähre Vorstellung davon, welche Länder wo lagen, und vermutete, dass die Gattin des Patrons Tage unterwegs gewesen sein musste.

Die gläserne Ankunftshalle des Hamburger Hauptbahnhofs mit den Restaurants und Blumenläden, den Tabakgeschäften und Kiosken schwirrte vor Leben. Menschen mit Koffern und Kisten eilten gleichzeitig in alle Richtungen. Zielsicher führte Herr Leipold Luise und Ricky durch die Menge zu Gleis 10.

Luise stand auf dem Bahnsteig. Vor ihr glitten die Schienen aus der großen Halle hinaus in die Sonne, dorthin, wo jeden Moment der Zug auftauchen sollte, sofern er pünktlich war. Darauf können sie sich verlassen, hatte ein Bahnbeamter Herrn Leipold eben versichert. »Die Deutsche Eisenbahn ist stets auf die Minute da. Ganz so, wie der Fahrplan es vorsieht«, hatte er leicht verschnupft gemeint. Und so warteten Luise und Ricky mit unzähligen anderen Leuten.

Luise bemerkte, dass Herr Leipold immer wieder den Kopf zum Nebengleis drehte, wo junge Männer mit schwerem Tornister auf dem Rücken in allerbester Laune auf ihren Transport an die Front warteten. Wären die Gewehre über ihren Schultern, die grünen Felduniformen und die baumelnden Stahlhelme an den Rucksäcken nicht gewesen, man hätte meinen können, es ginge auf einen sommerlichen Ausflug in die Lüneburger Heide.

Eine Blaskapelle oben auf der Balustrade schmetterte *Muss i denn zum Städtele hinaus*, während auf dem Bahnsteig Mädchen und Frauen ihre Helden verabschiedeten, die eine oder andere mütterliche Träne rollte. Ein Feldwebel in zackiger Manier lief von Mann zu Mann, um eine Liste unter seinem Arm zu komplettieren.

Luise freute sich, dass sie die Patronin abholen durfte, denn sie hatte seit der Sache mit der verbundenen Hand kein Wort mehr mit ihr wechseln können. Dabei hatte sie sich nur bei ihr bedanken wollen. Empfangschef Winter jedoch hatte Luise eingeschärft, nur zu sprechen, wenn es gewünscht würde. Sie sei eine niedere Bedienstete und solle dies niemals vergessen.

Endlich rollte die Lokomotive schnaufend in die Halle.

Herr Leipold warf einen prüfenden Blick auf seine Taschenuhr. »Auf die Minute. Das lobe ich mir.«

Ein schriller Pfeifton ließ Luise zusammenzucken. Ricky

hüpfte an ihrer Hand vor Aufregung auf und ab. Die Waggons der ersten Klasse kamen direkt vor ihnen zum Stehen. Ein Bahnbeamter öffnete die Türen, um die Fahrgäste aussteigen zu lassen. Immer mehr Menschen bevölkerten den schmalen Platz zwischen den Gleisen. Kofferträger eilten herbei und boten ihre Dienste an.

Luise hielt in diesem Gewühl Rickys Hand. Die Kleine reckte den Hals, um Frau Haerlin in der Menge erspähen zu können. Doch niemand ähnelte auch nur im Entferntesten der Patronin. Langsam lichtete sich der Bahnsteig.

»Ist sich der Patron sicher, dass das der Zug ist, mit dem seine Gattin zurückkehrt?«, fragte Luise den Chauffeur.

Herr Leipold nickte. »Sie telegrafierte ihm die Ankunftszeit.«

»Vielleicht hat sie den Zug verpasst?«

»Da!«, rief Ricky in diesem Moment und riss sich los, um auf die kleine Frau zuzulaufen, die vom Ende des Bahnsteigs her auf sie zuhielt. In jeder Hand trug sie einen Koffer. Als sie das Mädchen bemerkte, ließ sie das Gepäck fallen und nahm die Kleine in die Arme.

»Welch schöne Überraschung! Mein Wirbelwind holt mich ab.«

Luise und Herr Leipold eilten zu ihnen.

Formvollendet verbeugte sich der Fahrer und begrüßte die Patronin. Er griff nach den beiden Koffern. »Ist das alles, Frau Haerlin?«

»Ja. Ich habe mir ein Billett für die dritte Klasse gegönnt. In Zeiten wie diesen müssen wir sparen.« Sie wandte sich zu Luise. »Wie geht es deiner Hand?«

Luise knickste. »Gut, gnädige Frau. Sind Sie allein gereist?«

Ein dunkler Zug legte sich auf das Gesicht der Patronin. »Ja, bedauerlicherweise. Meine Tochter Frieda und ihr Bruder

Fritz denken nicht, dass diese unsägliche Angelegenheit lange dauern wird. Sie sind geblieben.«

Die Sorgenfalte zwischen ihren Augen sagte Luise, dass die Mutter anderer Ansicht war, zumal der deutsche Kaiser seine Soldaten in diesem Moment durch das neutrale Belgien marschieren ließ, dessen Schutzmacht England war.

»Können Sie mir sagen, warum Wilhelm mich nicht abholt?«, wollte die Patronin von Herrn Leipold wissen, der sie zur Rolltreppe führte.

Kurz zögerte er, sodass Luise für ihn antwortete. »Ihr Sohn ist heute früh zur Einberufungsstelle nach Altona gefahren, um sich als Freiwilliger zu melden.«

Thekla Haerlin blieb abrupt stehen. Die Falte zwischen ihren Augen wurde tiefer. »Ohne mich zu fragen? Was sagte mein Mann dazu? Hatte er es etwa erlaubt? Er hat ihn sicherlich gefragt, oder?«

»O ja, gnädige Frau«, kam Herr Leipold Luise zu Hilfe. »Er hat das Thema ausgiebig mit Ihrem Gatten im Direktionszimmer besprochen.«

»Die beiden haben sich also gestritten, sodass das ganze Haus es gehört hat.«

Der Garagenmeister und Luise schwiegen peinlich berührt.

»Wenn ich es richtig verstanden habe, telefonierte Ihr Gatte in dieser Angelegenheit heute früh mit General von Roehl, dem das Generalkommando untersteht«, meinte Herr Leipold beschwichtigend.

Die Gesichtszüge der Mutter entspannten sich ein wenig. »Sehr gut. Somit werde ich Wilhelm bei der Rückkehr sehen, weil seinen Kriegsallüren ein Strich durch die Rechnung gemacht wurde. Der General ist ein Freund unseres Hauses. Es ist schon schlimm genug, dass sich mein Erstgeborener Otto dem württembergischen Infanterieregiment 122 anschloss, ohne sich zu verabschieden. Wenn sein Bruder Wilhelm ihm folgt, bin ich damit ganz und gar nicht einverstanden.«

»Alle jungen Herren sind vom Krieg begeistert, werte Frau Haerlin«, versuchte der Garagenmeister die Wogen zu glätten. »Sie sind jung und wollen sich beweisen.«

Die Gattin des Patrons seufzte. »Natürlich. Es ist die patriotische Pflicht eines jeden, sein Liebstes herzugeben. Dennoch wäre es schön, wenn ich all meine Kinder um mich hätte, statt sie verstreut in der Welt zu wissen.«

»Aber ich bin doch da, Muschitante. Und der Will auch«, gab Ricky zu bedenken.

Thekla Haerlin lächelte ihre Nichte an. »Wie recht du hast, mein Sonnenschein.«

Luise half, das Gepäck zu verstauen, und wollte sich gerade neben Herrn Leipold auf den Beifahrersitz setzen, als ihre Chefin einen anderen Wunsch äußerte.

»Lassen Sie bitte Ricky vorne sitzen. Luise, du kommst zu mir nach hinten.«

Verwundert hielt Luise inne. Hatte sie etwas falsch gemacht?

Als der Wagen anfuhr, legte Thekla Haerlin die Hände in den Schoß und musterte sie ernst. »Ich hörte, unser Page Hans unterrichtet dich in Lesen und Schreiben?«

»Ja, im Automobil in der Garage.« Sie hätte sich auf die Zunge beißen mögen, als sie das verblüffte Gesicht Frau Haerlins bemerkte.

Die Dame wiegte den Kopf hin und her, als überlegte sie. »Nun, ihr hättet Herrn Winter oder meinen Mann fragen sollen, ob das genehm ist.«

Betroffen schaute Luise sie an. »Es tut mir sehr leid. Es war nur, weil … Ich wollte niemanden mit meiner Dummheit belästigen.«

»Hast du denn etwas gelernt?«

Luise nickte eifrig. »O ja. Wir lesen Bücher und die Tageszeitung. Er lernt mir viele Dinge.«

»Er lehrt mich viele Dinge.«

Erstaunt sah Luise die Patronin an. »Sie auch?«

Sie konnte deutlich hören, wie Herr Leipold die Luft zwischen den Zähnen einsog. Thekla Haerlin legte eine Hand auf Luises Arm.

»Ich sehe, mein Kind, wir haben noch viel zu tun.«

Das intensive Gefühl, irgendeinen Fehler begangen zu haben, trieb ihr die Röte ins Gesicht.

Die Patronin indes lächelte milde. »Ich bin froh, wieder daheim zu sein.«

»Wir auch, Frau Haerlin«, stimmte Luise zu. »Wir auch.«

19

Im Konferenzsaal roch es nach Möbelpolitur. Der lange Tisch glänzte im Licht der Messingleuchter, die von der tonnenartigen Gewölbedecke hingen. An diesem Morgen waren fast nur Frauen im Raum. Die meisten Männer im wehrfähigen Alter hatten sich bereits zum Dienst gemeldet. Geblieben waren nur die Jungen und Alten und jene mit Gebrechen, wie Hausmeister Priebe, der wie ein blasser Geist ab und zu in den Gängen gesehen wurde, wenn die Zentralheizung klapperte oder ein Wasserhahn tropfte, eine Glühbirne flackerte oder eine Tür quietschte. Normalerweise lag sein Reich weitab in den tiefen Weiten des Kellers, heute war auch er hier oben im Saal. Carl Braun stand mit den anderen Kellnern und dem Oberkellner in Reih und Glied am Kopfende des langen Tisches, die Hände vor sich verschränkt, als warteten sie auf Gäste. Die Damen um Fräulein Richter, es waren nur noch drei, verweilten rings um die Hausdame, die sich auf einen der Stühle an den Tisch gesetzt hatte. Das Küchenpersonal gruppierte sich um Küchenmeister Johannes Kretschmar, der nur wenige Stühle weiter saß. Er war seit gestern der Chef de Cuisine, denn der Schweizer hatte tatsächlich gekündigt, um ins Pariser Grandhotel *Ritz* zu wechseln.

Luise hielt sich bescheiden nah einer Tür, die zum Servicebereich führte. Sie hatte die Hutschachtel dabei, da jemand ihr gesagt hatte, Frau Köhler sei im Haus. Tatsächlich trat diese als eine der Letzten in den Saal. Luise erschrak. Blass war sie und ihre Augen rot verweint. Ohne ein Wort nahm die gute Frau in der äußersten Ecke des Raums Platz und legte ihre von Soda und Lauge rissigen Hände auf den Schoß, als erwartete sie ein unausweichliches Urteil.

Luise wollte gerade mit der Schachtel zu ihr eilen, um von dem Malheur im *Alsterpavillon* zu erzählen und ihre Entschuldigung in Form eines wunderschönen neuen Huts überreichen zu können, da erschien der Patron.

Trotz seines grauen Rauschebarts, der so manchen General in der kaiserlichen Armee beschämt hätte, konnte Luise sehr wohl erkennen, dass Friedrich Haerlin nichts Gutes zu berichten hatte. Mit ernstem Gesicht musterte er seine Angestellten. Viele von ihnen arbeiteten seit Jahren für ihn und das Hotel *Vier Jahreszeiten*.

»Wir waren einmal eine Familie. Alle Gäste, die die Stufen zu uns heraufkamen, durften sich als Teil dieser Familie fühlen. Und Sie alle, die Sie tagein, tagaus diesen Freunden die Wünsche von den Augen ablasen, gehörten ebenso dazu wie meine Frau Thekla und unsere Kinder Otto, Wilhelm, Fritz und Frieda sowie die beiden Kleinen Ricky und Will.« Er stockte. »Jetzt müssen wir hinnehmen, dass diese Familie auseinandergerissen wird, um einer größeren Sache zu dienen.«

»Es lebe der Kaiser!«, rief ein Aufrechter, und einige stimmten in ein dreifaches »Hoch« ein.

Der Patron lächelte matt und gab Buchhalter Meierling ein Zeichen. Der Mann, ein schmales Kerlchen mit Kneifer und feingliedrigen Fingern, verteilte daraufhin Kuverts an einige der Anwesenden.

»Sie finden in den Umschlägen ein ausgezeichnetes Zeugnis und den ausstehenden Lohn sowie eine kleine Gratifikation für Ihre Treue dem Hotel und meiner Familie gegenüber«, erklärte Friedrich Haerlin. Mit jedem Wort wurde seine Stimme brüchiger.

Der Patron gab sich Mühe, den Anwesenden zu versichern, dass man sich bestimmt im kommenden Jahr wohlbehalten und bei bester Gesundheit wiedersehen würde, sobald der Krieg ein Ende gefunden habe.

Unterdessen folgten die Augen aller ängstlich dem dürren Mann, der wie ein Totengräber durch die Menge schlich, um die Kündigungen zu überreichen.

Luise hielt die Luft an. Herr Meierling näherte sich. Schon übergab er dreien der Kellner seine schwere Last. Carl Braun seufzte erleichtert, als der Buchhalter an ihm vorbeiging.

Würde auch sie entlassen werden? Bestürzt suchte Luise Frau Köhlers Blick. Die gute Frau hatte ihr in der Vergangenheit immer geholfen. Nun aber saß sie da und weinte. Warum nur?

Luise huschte zum Concierge hinüber, der steif am Rand stand. »Herr Marthaler, hätten Sie ein Taschentuch für mich?«

Der Mann blinzelte. »Was möchtest du, Mädchen?«

»Ein Taschentuch bitte.«

Er griff in seine Jacke und zog ein perfekt gebügeltes Herrentaschentuch hervor, makellos weiß und sorgsam gefaltet.

Schnell lief Luise zu der Wäscherin und reichte ihr das Stofftuch. »Bitte.«

Überrascht schaute diese hoch. Mit zitternden Fingern nahm sie das Tuch und tupfte ihre roten Augen trocken.

»Der Junge. Sein Schiff ist vor Kanada gesunken. Im Nebel. Eine Kollision.« Erneut rollten die Tränen. »Er war mein einziger Sohn.« Sie rang um Worte. »Fast so viele Tote wie auf der *Titanic* vor zwei Jahren.«

Luise erinnerte sich daran, wie stolz die Mutter auf ihren

Sprössling gewesen war, der als zweiter Offizier auf der *Empress of Ireland* gefahren war.

Frau Köhler tupfte ihr Tränen ab. »Mein Mann. Gefallen. Am selben Tag. In Flandern.«

Hilflos verharrte Luise neben ihr. Wie konnte man eine Frau trösten, die ihre Familie verloren hatte? Sicherlich nicht mit einem Hut in einer Schachtel. Unauffällig schob sie den Karton mit dem Fuß unter den Stuhl. Das war nicht der rechte Moment für ein Bekenntnis und eine Entschuldigung.

Plötzlich stand der Buchhalter vor ihnen. Er reichte Luise einen der Umschläge mit einem gemurmelten »Wir bedauern sehr«.

Sprachlos starrte sie das Kuvert an. Ihr Herz sank, ihre Knie wurden weich, wohin sollte sie denn gehen? Da bemerkte sie, dass auch Frau Köhler ihre Entlassung erhalten hatte. Konsterniert blickte die Wäscherin den Mann an.

»Wir bedauern sehr. Die Wäsche wird eine Firma für uns erledigen.«

Frau Köhler sackte in sich zusammen, als wäre alle Kraft aus ihr gewichen.

»Das können Sie nicht machen!«, rief Luise Herrn Meierling nach. »Sie hat gerade erst Sohn und Mann verloren! Sie ist Witwe. Wovon soll sie leben?«

»Wir bedauern sehr«, murmelte er matt und ging weiter.

Luise sah, dass sich der Patron anschickte, den Saal zu verlassen. Das Schweigen seiner Angestellten folgte ihm, als er mit gebeugtem Rücken leise die Tür hinter sich schloss.

Wenn sogar das *Vier Jahreszeiten* sein Personal entließ, stand es schlecht um das Reich. Rechnete der Patron etwa damit, dass der Krieg länger dauern könnte als nur bis Weihnachten? Der Kaiser hatte doch versprochen, die tapferen Soldaten seien zum Fest zurück.

Während hinter ihr geflüstert und spekuliert wurde, starrte Luise zur geschlossenen Tür hinüber. Sie sollte das Haus verlassen. Ihr Zuhause. Die Gedanken drehten sich in ihrem Kopf. Sie wollte nicht zurück ins Gängeviertel. Nie mehr.

Sie ließ sich vor der Wäscherin auf die Knie nieder und nahm deren Hände.

Die Frau schniefte. »Verzeih mir, Kind. Ich lasse mich gehen. Du wirst es von nun an viel schwerer haben als ich.«

Luise schüttelte den Kopf. »Nein, das ist es nicht, was ich sagen möchte.«

»Was hast du auf dem Herzen?« Sie wischte sich mit dem Taschentuch eine Träne aus dem Gesicht.

Achtlos stopfte Luise das Kuvert in ihre Schürze und zog stattdessen die Hutschachtel unter dem Stuhl hervor.

»Ich habe Ihren schönen Hut ruiniert. Es tut mir unendlich leid.« Sie fingerte den Deckel von der Schachtel. »Ich habe Ihnen einen neuen gekauft. Er ist viel hübscher als der kaputte. Sie müssten mir nur mein Erspartes geben, damit ich die Rechnung bezahlen kann, die Herr Marthaler für mich ausgelegt hat. Mit diesem Hut finden Sie bestimmt ganz schnell eine neue Arbeit.«

»Meinst du etwa den alten Strohhut mit der verblichenen blauen Blume?«

Eifrig nickte Luise. »Verzeihen Sie. Es war nicht meine Schuld. Ein ungehobelter Dummkopf ist draufgetreten.« Ungehobelter Dummkopf, so etwas hätte sie früher niemals gesagt. Sie legte den Hut der neuen Besitzerin in den Schoß.

»Der ist viel zu schön für eine Frau wie mich«, kommentierte diese. »Der alte Hut war mein Alltagshut. Nichts Besonderes. Ich hatte ihn ein wenig aufgearbeitet. Er war nicht halb so vornehm wie dieser.«

»Trotzdem muss ich ihn ersetzen, weil …«

Die Frau legte ihre Hand auf Luises Wange. »Nein, Kind, das musst du nicht. Bei nächster Gelegenheit wollte ich ihn dir sowieso schenken.«

»Mögen Sie ihn denn nicht leiden? Schauen Sie, er hat ein Seidenband und blaue Astern an der Seite. Der Rand ist eingefasst und …«

»Du hast eine gute Wahl getroffen. Ein feiner Hut macht den Unterschied zwischen einem Mädchen und einer jungen Dame. Und dir wird er weit besser stehen als einer alten Frau wie mir. Denk daran, du repräsentierst das Hotel *Vier Jahreszeiten*, Kind.«

»Aber …« Hatte Frau Köhler denn nicht bemerkt, dass auch Luise ein Kuvert erhalten hatte?

Frau Köhler legte ihre Finger unter Luises Kinn und hob es etwas an. »Höre mir gut zu. Du wirst dem Patron folgen und ihm sagen, dass sich irgendjemand im Haus um die kleine Wäsche kümmern muss. Weinflecke auf Kleidern und Tischdecken, das Ausbürsten von Pelzen, verschmutzte Seidenschuhe, all das kann nur eine versierte Kraft, die sich auskennt. Es wird mir eine Freude sein, ihm zu erklären, wie famos du dich mit edlen Stoffen auskennst, Uniformen perfekt ausbügeln kannst, flicken und nähen et cetera, et cetera.«

Luise blickte zu Fräulein Richter hinüber, die keinen Umschlag in Händen hielt. Anders so fast alle ihrer Mädchen. »Er wird mich nicht wollen.«

»Du solltest nicht so schnell aufgeben. Bedenke, du bist nicht nur dem Hotel verpflichtet, sondern auch deinem eigenen Namen.«

Hans stand ein Stück entfernt und starrte zu ihr herüber. Seine Hände waren leer. Wenn sie jetzt ging, würde sie ihn nie wiedersehen. Sie schluckte und verschloss die Hutschachtel.

»Danke, Frau Köhler. Für alles.«

Sie stand auf und marschierte zu ihrem Freund, dem sie die Schachtel in die Hand drückte. »Pass bitte gut auf meinen neuen Hut auf.«

Ohne eine weitere Erklärung und mit wehender Schürze eilte sie zur Saaltür, riss sie auf und rannte dem Patron nach. Es war ihr egal, ob ihre Schuhe den Perserteppich berührten oder nicht. Sie lief zum Büro der Direktion. Die dunkle, mit üppigen Schnitzereien verzierte Doppeltür war geschlossen. Sie hielt inne. Ihr Herz klopfte ihr bis zum Hals. Der Prinz an der Wand schaute sie schweigend an.

»Ich heiße Luise«, murmelte sie, um sich Mut zu machen. Zaghaft klopfte sie an die Tür.

Niemand öffnete. Kein »Herein« war zu hören. Sie wurde unsicher. Vielleicht sollte sie besser gehen. Nein!

Vorsichtig drückte sie die Klinke hinunter und schob die Tür auf. »Patron?«

Sie entdeckte seine hohe Gestalt an einem voluminösen Schreibtisch, der fast zu groß für den schmalen Raum war. Gebeugt saß er dort, den Kopf in den Händen.

Verwundert hob er den Kopf. »Darf ich wissen, was du hier treibst?«

Eilig knickste Luise und trat ohne Aufforderung ein. »Bitte verzeihen Sie, Herr Haerlin. Sicherlich haben Sie wichtige Dinge zu erledigen, und ich sollte Sie nicht mit meinen Belangen stören …«

»Du tust es bereits.« Seine Stimme klang streng, doch konnte ihre Schärfe den Kummer nicht verhehlen.

»Sie dürfen mich nicht entlassen … bitte«, purzelte es aus ihr heraus. »Sie sind alles, was ich noch habe.«

»Ich?«

»Nein, so meinte ich das nicht. Das Hotel. Ich habe sonst niemanden.« Luise schluckte ihre Angst herunter. »Eben im

Saal, da sagten Sie, wir seien eine Familie. Und so, wie Sie für Ihre Familie alles tun würden, tue ich alles für meine Familie. Das Hotel. Sie. Ihre Frau. Die Kinder. Die Gäste.«

Die Strenge verschwand aus seinem Gesicht. »Liebes Kind, die Dinge sind derzeit schwierig. Wir haben Anfang des Jahres erst das Haus Nummer 14 gekauft. Eine halbe Million hat mich das gekostet. Der Krieg kam zu einem denkbar ungünstigen Zeitpunkt. Die Gäste haben uns verlassen. Einzig das Restaurant wirft noch etwas ab. Ansonsten …« Wie müde er klang!

»Ich brauche nicht viel, Patron, nur ein Dach über dem Kopf. Essen werde ich mir schon selber besorgen.« Sie trat einen Schritt näher. »Sie wissen, dass ich gut arbeiten kann. Vielleicht ist irgendwo im Haus eine Tischdecke auszubessern oder eine Gardine zu waschen, eine der Uhren zu polieren. Bitte, Patron, die Gäste werden irgendwann zurückkehren …«

Er schaute sie lange an. »Ich bin kein Mann, der ohne Bezahlung etwas annimmt, Kind. Und entlohnen kann ich dich und die anderen nicht mehr.« Er nahm einen schwarzen Füller zur Hand und drehte die Kappe ab. »Und nun geh bitte. Ich habe zu tun.«

Sie zögerte. Da kam ihr ein Gedanke. »Ich wäre Ihnen sehr verbunden, wenn Sie mich nicht mit Geld, sondern mit Ihrem Wissen bezahlten.«

Er schwieg.

»Ich möchte lernen, Herr Haerlin.«

»Lernen?«

»Ja. Hans, der Page, er zeigte mir, wie man liest und schreibt. Wir studieren täglich die Zeitung. Und nicht nur das. Auch den neuen Hotelprospekt und die Speisekarten lese ich. Alles, was Buchstaben hat.« Sie wies auf das *Hamburger Fremden-*

blatt, das auf der Fensterbank lag. »Soll ich Ihnen etwas vorlesen, Patron?«

»Nein, danke.« Er runzelte die bereits von Sorgenfalten gefurchte Stirn. »Und was möchtest du lernen?«

»Die bedeutenden Dinge.«

»Wichtiger als Lesen und Schreiben?«

Eifrig nickte sie. »Ich möchte lernen, wie man bei Tisch aufwartet. Wie werden die Servietten gefaltet, dass sie aussehen wie die Schwäne auf der Alster? Was bringt den armen Prinzen Heinrich dazu, dass er nicht mehr so traurig dreinschaut? Wie kocht man Spargel? Warum gehört eine Prise Zucker in das Blumenwasser für die Lilien in der Halle? Wie putzt man Silber, dass es nicht so schnell anläuft und glänzt, als wäre ein Licht darin wie …?«

»Halt!«, rief Friedrich Haerlin. »Warum willst du all das lernen?«

Sie überlegte nicht lange. »Weil dieses Hotel der einzige Ort ist, wo Friede herrscht, wo jeder eine Heimat hat und willkommen ist, egal wer er ist oder welcher Nation er angehört.«

»Gilt das auch für die Feinde unseres Reichs?«

Sie schluckte, denn sie wusste, dass sie jetzt nicht die falsche Antwort geben durfte. »Ein jeder, der sich zu benehmen weiß und wahre Gastfreundschaft schätzt.« Mutig trat sie ganz an den Tisch. »Wenn sich die Welt schlägt, braucht es irgendwo einen Ort der Vernunft. Einen Fleck, wo das Gute spricht.«

Er lächelte. »Was für ein kluges Mädchen in dieses Haus gekommen ist.« Friedrich Haerlin überlegte. Dabei strichen seine Finger durch den vollen Bart.

»Es ist mir eine Ehre, Luise, wenn du dem Hotel und meiner Familie in dieser schweren Zeit zur Seite stehen könntest«, sagte er endlich und nahm ihr das Kuvert aus den Fingern. Vor ihren Augen zerriss er es.

»Wirklich?« Ihr Herz machte einen Hüpfer, ach was, hundert Hüpfer! Wie gerne wäre sie dem Patron um den Hals gefallen, aber das verbat sich selbstredend. So knickste sie eilig und lief zur Tür, wo sie gleich noch einmal knickste. Rasch verließ sie das Direktionsbüro, damit sie es sich mit dem Umarmen nicht doch anders überlegte.

Vor der Tür hätte sie singen mögen. Sie musste die frohe Nachricht unbedingt und sofort Hans mitteilen. Da trat Fräulein Richter auf sie zu.

»Wer hat dir erlaubt, dich hier herumzutreiben? Warst du etwa im Büro des Patrons?« Sie griff Luises Arm und zerrte sie zu der Tür, hinter der es in den Keller ging.

»Er sagt, ich darf bleiben!«, rief sie.

Fräulein Richter ließ sie los.

»Wie konntest du nur? Du bist ein egoistisches Geschöpf«, zischte die Hausdame. »Ich habe es gleich gewusst. Rücksichtslos und nur auf den eigenen Vorteil bedacht, das bist du.«

»Ich wollte ja nur …«, unternahm Luise den Versuch, ihren Besuch im Direktionsbüro zu erklären, als die Frau sie unterbrach.

»Hast du denn kein Mitgefühl mit dem armen Mann? Ihn in dieser schweren Stunde mit deinem lächerlichen Leben zu bedrängen?«

Luise verstand nicht, was Fräulein Richter meinte.

»Weißt du denn nicht, dass sein Sohn Otto an die Front gefahren ist?«

»Aber der Patron hat doch mit General von Roehl telefoniert, damit der ihn nicht nimmt.«

»Du dumme Göre! Natürlich wurde der junge Mann abgelehnt, nur stieg er in einen Zug, um nach Württemberg zu seinem Bruder Wilhelm zu reisen und sich in dessen Regiment zu melden. Seine Eltern sind außer sich, dass er ohne Erlaubnis ging.«

»Der junge Herr Fritz wird bestimmt bleiben, oder zieht er auch in den Krieg?«, wollte Luise wissen.

»Bleiben? Der letzte Sohn des Hauses ist noch immer in London, in Feindesland. Sie könnten ihn als Spion verhaften. Bete zu Gott, dass er und seine beiden Brüder gesund zurückkehren«, sagte die Hausdame und drängte Luise die Stufen hinunter. »Wie ich dir schon hundert Mal sagte: Dein Platz ist im Keller. Vergiss das nie!«

Nachdenklich machte sich Luise auf den Weg in die Waschküche. Die Richter hatte recht. Sie hatte tatsächlich nur an sich gedacht, nicht daran, dass dem Patron und seiner Familie ebenfalls schwere Zeiten bevorstehen könnten.

20

Über den Dächern der Stadt lag der rötliche Schein eines neuen Morgens. Luise saß am Schreibtisch der ersten Wäscherin, um dort die Lieferung von *Ellert & Mackenson* zu prüfen, die seit einigen Wochen die Weißwäsche des Hotels wuschen. Seither wurden allmorgendlich Körbe mit frischer Wäsche angeliefert und am Abend mit schmutzigen Tischtüchern, Servietten, Kochschürzen und Handtüchern wieder abgeholt.

Jedes einzelne Stück ging durch Luises Hand, damit sie es in der Liste eintragen konnte. Das war eine sehr verantwortungsvolle Aufgabe, die Luise mit dem erforderlichen Ernst erfüllte. Dabei dankte sie im Stillen Hans, den sie kaum noch traf, weil er neben seiner Arbeit im Hotel auch noch eine Anstellung im *Hamburger Hof* angenommen hatte. Das eher bürgerliche Hotel am Jungfernstieg besaß eine Gaststätte, die einen Kellner gesucht hatte. Da Hans zwar über keine Erfahrung als Ober verfügte, wohl aber hervorragende Zeugnisse aus dem *Vier Jahreszeiten* mitbrachte, nahm man ihn probeweise für einige Stunden in der Woche auf.

Die Wäscherei unterstand ab sofort Fräulein Richter, was Luise das Leben äußerst schwer machte. Jedoch gedachte sie nicht zu klagen, auch wenn die Frau sie hin und her scheuchte, ständig etwas zu rügen fand oder damit drohte, dem Patron von Luises angeblichen Nachlässigkeiten zu berichten. Luise wusste, dass sie mittlerweile die einzige Angestellte im Keller von Nummer 14 war, die dank Frau Köhlers schwarzer Kladde textile Notfälle jeglicher Art behandeln konnte, daher nahm sie die Drohungen nach außen hin leicht. Innerlich schmerzte dagegen jedes der harten Worte der Hausdame.

Immer öfter setzte die Richter sie für einfachste Arbeiten im Haus ein. So musste sie, sobald die letzten Gäste das Restaurant verlassen hatten, mit dem Putzen des Silbers beginnen oder wienerte des Nachts die Parkettböden im Saal oder klopfte Teppiche im Hof aus. Zu tun gab es genug, auch wenn nur noch wenig Publikum den Weg ins Hotel fand.

Heute Morgen hieß es, die Wäschelisten zu kontrollieren, die die Richter später einsehen wollte und in denen sie bestimmt wieder irgendeinen Fehler zu finden glaubte. Da bemerkte Luise einen Schatten, der den Flur entlangschlich. Es war noch zu früh, als dass bereits jemand vom Hotel herüberkam.

»Hallo? Ist da wer?«

Als niemand antwortete, erhob sie sich und ging hinaus in den Gang. Eine schlanke Gestalt stand in der Tür.

»Herr Haerlin?« Sie hatte den jüngsten Sohn des Patrons gleich erkannt, der erst vor wenigen Tagen mit seiner Schwester aus England angereist war. Man hatte Luise gebeten, seine Kleider auszupacken und in den Schrank zu hängen, während der glücklich Heimgekehrte seinen Eltern von der abenteuerlichen Flucht aus London berichtete.

Fritz Haerlin drehte sich um. Er trug eine schlichte dunkelblaue Jacke und eine Mütze, die er sich jetzt vom Kopf riss.

»Guten … guten Morgen«, stammelte er, als hätte Luise ihn bei etwas Verbotenem erwischt.

»Suchen Sie jemanden?«, fragte sie unnötigerweise, denn

das dem nicht so war, konnte sie an dem Koffer in seiner Hand erkennen.

»Wirst du es verraten?«

»Was meinen Sie, Herr Haerlin?«

»Dass ich heimlich fortgehe, um mich zu melden.«

Luise trat näher. »Ist das eine gute Idee? Sie sind doch gerade erst aus England gekommen.«

»In Zeiten wie diesen darf sich ein Mann nicht im Bett verkriechen.« Verschwörerisch beugte er sich zu ihr. »Ich gehe als Kind und kehre als Mann zurück.«

Sie schwieg, denn es war nicht an ihr, ihn darauf hinzuweisen, dass er mit seinen siebzehn Jahren noch viel zu jung war für den Krieg.

»Sie werden Ihren Eltern das Herz brechen.«

Fritz Haerlin lachte. »Unsinn! Mein Vater ist ein Fels in der Brandung und Mutter seine Sirene. Die Welt kann untergehen, aber die beiden und dieses Hotel bleiben bestehen. Luise, ich denke, dass auch mir ein wenig Abenteuer zugestanden werden sollte. Nicht nur meinen Brüdern. Alle meine Freunde ziehen in den Krieg. Was sollen sie von mir denken, wenn ich mich drücke? Glaub mir, es ist meine Pflicht vor Kaiser und Vaterland, es zu tun.«

In seinen Augen leuchtete das gleiche fiebrige Feuer wie bei den Männern, die sich im *Alsterpavillon* geprügelt hatten, und jenen, die voller Begeisterung noch immer singend die Straßen entlangmarschierten.

»Luise, bitte verpetze mich nicht. Mein Vater lehnt den Krieg strikt ab. Er sagt, er habe bereits zwei Söhne als Pfand gegeben. Der dritte müsse brav zu Hause bleiben. Auch Mutter weigert sich, mir die Erlaubnis zu geben, dabei bin ich nur ein Jahr jünger als mein Bruder Otto.«

»Darum laufen Sie heimlich fort wie ein Dieb?«

Er schluckte. »Ich habe einen Brief geschrieben«, murmelte er betreten.

Luise verschränkte die Arme vor der Brust und hob das Kinn. »Wie ein Dieb. Sie nehmen Ihren Eltern das Herz weg.«

Reumütig sah er sie an, doch sie glaubte keinen Moment, dass er sein Tun wirklich bedauerte.

»Wirst du es ihnen sagen?«

Sie seufzte schwer. »Sollte man mich fragen, werde ich wahrheitsgemäß antworten.«

»So hoffe ich, dass niemand fragt.« Mit zwei Schritten war er bei ihr und nahm ihre Hand, die er kräftig schüttelte. »Danke, Luise. Sag meiner Mutter, dass ich mich von keinem Franzmann erschießen lasse.« Er hielt inne. »Du glaubst doch auch, dass ich heil wiederkommen werde, oder?«

Sie zögerte. »Ich hörte kürzlich von einem Offizier, dass die Franzosen vom vielen Fröscheessen schon ganz kurzsichtig geworden seien und darum nicht einmal einen deutschen Soldaten treffen könnten, selbst wenn er direkt vor ihnen stehe.«

»Wunderbar, also kann nichts schiefgehen! Tschüss, Luise, auf bald.«

Schon war er durch die Tür auf den Neuen Jungfernstieg hinausgerannt. Sie trat vor die Tür und winkte seiner Gestalt nach, bis diese um die nächste Ecke verschwunden war. Vielleicht würde ihn die Einberufungsstelle ja gar nicht nehmen, und er wäre zum Frühstück zurück.

»Andererseits«, überlegte sie laut, »müsste ihm eine Uniform prächtig stehen.«

21

Der jüngste Sohn des Hauses war nach seiner heimlichen Flucht weder zum Frühstück noch zu einer anderen Mahlzeit in den nächsten Tagen und Wochen zurückgekehrt. Gegenüber dem Personal ließen sich seine Eltern nicht anmerken, wie enttäuscht sie darüber waren, dass er ohne ein Wort gegangen war. Sie versuchten sich zu trösten, dass ihr Fritz im selben württembergischen Feldartillerie-Regiment 54 diente wie Wilhelm. Sicherlich würde der Zweitgeborene gut auf den kleinen Bruder aufpassen. Und zum Weihnachtsfest wären die Jungen eh zurück. Das zumindest hatte der Kaiser versprochen.

Luise aber wusste, dass Kugeln keine Ohren hatten und darum vom Versprechen des Kaisers, der Krieg sei schon bald wieder vorbei, nichts wissen konnten. Daher betete sie allabendlich, dass den Söhnen des Hauses nichts passieren möge und der Offizier im *Alsterpavillon* recht gehabt hatte mit den Franzmännern, die nicht richtig zielen könnten. Dass die Kämpfe in Flandern erbittert waren, konnte jeder in den Ausgaben der Tageszeitungen lesen. Auch die vielen Todesanzeigen, schwarzumrandet, voller Schmerz und Trauer, zeugten von dem Krieg, der noch nicht wirklich im Leben der Hamburger angekommen war.

Indes hatte die Patronin darauf bestanden, dass man Luise

einmal in der Woche für den Nachmittag freigab, damit der versprochene Unterricht beginnen konnte. Der Weg führte Luise nach Harvestehude, wo Frau Haerlin sie in allerlei Dingen unterwies.

Dort lernte sie das korrekte Eindecken eines Tisches, wie man Servietten faltete oder eine dunkle Soße zubereitete. Begierig sog Luise alles Wissen auf, das ihr geboten wurde. Von der Zubereitung einer Pastete bis hin zum fachgerechten Entkorken einer Flasche Wein. Nach diesen Stunden hieß es, schnellstmöglich zurück ins Hotel zu kommen, denn da wartete die Arbeit auf sie.

Der Betrieb musste auch ohne viel Personal wie gewohnt weitergehen. Darum bestand die Hausdame darauf, dass Luise morgens früher erschien und am Abend später ging, um die liegen gebliebene Arbeit nachzuholen. Das störte Luise nicht halb so sehr, wie Fräulein Richter wohl hoffte, denn die neuen Aufgaben brachten Luise im Hotel herum. Mal wischte sie Staub in der Wohnhalle oder erledigte Botengänge für den Concierge. Gelegentlich durfte sie die Blumengestecke bei der hauseigenen Blumenbinderin abholen, um sie der Richter zur Begutachtung zu präsentieren. Selbstredend erlaubte diese ihr nicht, die Zimmer und Suiten auf den Etagen zu betreten.

In Gegenwart der Hausdame musste Luise immer sehr vorsichtig sein. Kein falsches Wort, kein falscher Blick, denn die Frau wurde schnell wütend. Auch nahm Luise nichts in die Hand, was man ihr nicht ausdrücklich erlaubt hatte. Stets zeigte sie sich reumütig, wenn Fräulein Richter mal wieder etwas an ihr oder ihrer Arbeit auszusetzen hatte. Die boshaften Bemerkungen der Hausdame vor den anderen Bediensteten ließ Luise über sich ergehen wie die Schläge der Tante. Es war eben so. Dennoch spürte sie, wie die Ungerechtigkeiten der Frau sie immer wütender machten. Was ihr half, war eine kleine Geschichte, die Hans ihr erzählt hatte. Da ging es um eine Eiche und ein Schilfrohr, die miteinander stritten, wer stärker sei. Als ein schrecklicher Sturm kam, beugte und wiegte sich das Schilfrohr im Wind, die Eiche dagegen wurde entwurzelt. Wie klug die alten Griechen doch gewesen waren!

»Bist du etwa krank, Kind? Du bist ja ganz blass.«

Luise zuckte zusammen, so tief war sie in Gedanken gewesen, während sie mit einem Musselintuch das Nussbaumholz der Standuhr im Treppenaufgang polierte. Zum Glück war es Frau Haerlin, die zu ihr trat, und nicht die Richter.

Luise knickste.

Frau Haerlin betrachtete ihr Gesicht. »Wenn eines meiner Kinder so käsig weiß im Gesicht wäre, würde ich mit ihm zum Arzt gehen oder Lebertran verabreichen. Was wäre dir lieber?«

»O bitte, weder noch.« Tatsächlich fühlte sie sich seit einigen Tagen ein wenig schwach. Das war jedoch nichts, was eine durchgeschlafene Nacht nicht wieder kurieren konnte.

»Es ist löblich, dass du so fleißig bist, Kind. Ich frage mich nur, wann du das letzte Mal vor der Tür gewesen bist.«

Darauf wusste Luise keine Antwort.

»Bei diesem wunderschönen Septembersonnenschein sollte ein junges Mädchen um die Alster flanieren und seinen besten Hut präsentieren.« Frau Haerlin nahm ihr das Tuch aus der Hand. »Wenn es stimmt, was Herr Marthaler mir erzählte, bist du im Besitz eines äußerst hübschen Exemplars. Er soll wunderbar zum Blau deiner Augen passen.«

Fahrig wies Luise zu der Uhr. »Aber ich muss noch …«

»Bedenke, liebes Kind«, unterbrach die Patronin sie, »dass die Tage regnerischer werden. Wer weiß, wie oft du das gute Stück in diesem Jahr noch tragen kannst? Und um im Schrank zu verstauben, dafür war der Strohhut nun wirklich zu teuer.«

Daran hatte Luise gar nicht gedacht. Was nutzte ein hübscher Hut, wenn sie ihn nicht trug? Auch sonst hatte die Patronin recht. Vielleicht würde ihr etwas frische Luft guttun.

»Gehe einmal um die Alster, Kleine. Danach kannst du weiterputzen.«

»Was soll ich der Hausdame sagen?«

»Das regle ich. Also auf, auf.«

Artig nickte Luise. Sie lief in ihre Kammer, um sich umzuziehen. Allein durch die Stadt zu flanieren, fand sie fade, zumal noch zwei Uhren auf Politur warteten und die Fenster zum Lichthof nicht geputzt waren.

Im Spiegel begutachtete sie sich und den Strohhut. Das gute Stück überstrahlte immerhin ihr blässliches Gesicht. Lustlos begab sie sich in den Keller, um das Hotel zu verlassen.

In der offenen Tür des Controllbüros entdeckte sie Hans. Er plauschte gerade mit dem Portier über den neuen Mercedes 28 mit sage und schreibe 95 Pferdestärken sowie einem Viertaktmotor samt oben liegender Nockenwelle, den Oberstleutnant Heringsleben eben bei Herrn Leipold abgegeben hatte. Begeistert beschrieb Hans dem Pförtner Detail für Detail, während der kraftvoll in eine Stulle biss und kaute.

Jetzt hatte er sie entdeckt. »Wohin des Weges, schönes Fräulein?«

»Ich muss um die Alster laufen.« Missmutig verzog sie das Gesicht.

Er hob die Brauen. »Du musst?«

»Ja«, seufzte Luise. »Ich sei zu blass, sagt die Patronin und hat mich vor die Tür geschickt, um frische Luft zu schnappen. Ich will aber nicht.«

»Frau Haerlin schickt dich ohne Herrenbegleitung hinaus? In diesen kriegerischen Zeiten?« Hans schüttelte aufgesetzt indigniert den Kopf. »Diese Nachlässigkeit kann nur daran liegen, dass ihr die Sinne vor lauter Sorgen schwirren.« Er zog die Pagenjacke aus, unter der er ein einfaches weißes Hemd trug. »Ich werde dich begleiten.«

»Das geht nicht, Hans.«

»Natürlich, verehrtes Fräulein Krüger. Ich habe eh gerade Pause.« Er drehte sich um, fragte den Pförtner, ob er sich dessen private Jacke ausleihen dürfe, was ihm gewährt wurde.

Gut gelaunt hakte Hans sich bei Luise unter. Gemeinsam machten sie sich auf, an diesem herbstlichen Sonnentag einen Spaziergang um die Binnenalster zu genießen. Das schien Hans weitaus leichter zu fallen als ihr, denn er plapperte munter von dem Mercedes des Herrn Oberstleutnant.

Die Blätter an den Lindenbäumen am Jungfernstieg schwebten im lauen Herbstwind über ihren Köpfen zu Boden, wo ein Stadtarbeiter sie mit seinem Laubbesen zusammenfegte und auf einen Handkarren warf.

»Du hörst mir gar nicht zu«, beschwerte sich Hans unvermittelt.

»Das stimmt nicht«, sagte sie, obwohl er recht hatte. Sie war mit ihren Gedanken im Hotel. Er maulte einen Moment. Sie wusste, er würde es nicht lange durchhalten.

»Sag mal, Luise, besitzt du eigentlich noch die angebrannten Papierecken?«

»Natürlich. Seit Dora sie mir stehlen wollte, trage ich sie immer bei mir. Warum fragst du?«

»Weißt du denn nun, von wem der mit einer Schreibmaschine geschriebene Brief stammt?«

Als sie den Kopf schüttelte, grinste er.

»Ich habe eine Idee.« Er nahm ihre Hand. »Komm mal mit. Ich denke, es gibt Besseres, als nutzlos spazieren zu gehen.« Er zog sie durch die Menschenmenge, die am Ufer der Alster umherflanierte.

Erst meinte Luise, er wollte mit ihr zum Rathausmarkt

oder vielleicht in die Mönckebergstraße, von der Herr Marthaler gesagt hatte, sie sei noch schöner als der Kurfürstendamm in Berlin. Doch kurz vor dem Kaufhaus *Tietz* bog Hans ab.

»Wo willst du mit mir hin, Hans?«

»Kohlhöfen 21.«

»Wer wohnt denn da?«

»Niemand.«

»Und warum gehen wir dann hin?«

»Wegen deiner Ecke.«

»Jetzt reicht es mir.« Sie riss sich los und blieb stehen. »Bitte sage mir, was da ist.«

Er grinste und nahm erneut ihre Hand. »Dort findest du Wissen. Vertraue mir.«

Als sie die Straße überquerten, mussten sie einem Fuhrwagen mit Fässern ausweichen.

»Möchtest du meine Idee hören?«, fragte Hans.

»Nein.«

»Gut, also erzähle ich es dir. Wir gehen in die Lesehalle.«

Luise glaubte, schon einmal davon gehört zu haben. Allerdings war sie sich nicht sicher, ob sie diese Halle nicht mit der Musikhalle verwechselte, die am Karl-Muck-Platz vor einigen Jahren eingeweiht worden war. Während sie noch überlegte, hatten sie ihr Ziel bereits erreicht.

Vor ihnen ragte ein dreistöckiges Ziegelsteingebäude auf. Durch einen dreifachen Torbogen gelangte man links und rechts zu je einer Steintreppe, die ins Hochparterre führte. Über den Fenstern der ersten Etage prangten in Sandstein gemeißelt große Buchstaben.

»*Öffentliche Bücherhalle*«, las Luise halblaut.

Der stolze Lehrer in Hans grinste zufrieden. »So ist es. Hier gibt es Bücher. Du darfst sie lesen. Alle. Man leiht sie sich aus und bringt sie zurück. Und das Beste ist, es kostet nur wenig. Komm!«

Er eilte die Stufen hinauf. An der Garderobe gab er die geliehene Jacke ab. Sie selber behielt ihren neuen Hut auf dem Haar, den sie um alles in der Welt niemandem anvertrauen würde. Nie und nimmer.

Sie folgte Hans durch eine Tür in einen hellen Raum mit Regalen voller Bücher. Es mussten Hunderte sein, ach was, Tausende.

»Und die darf man alle lesen?«, raunte sie ehrfürchtig.

»Jeder, der einen Leseausweis hat.«

»Ausweis?« Luise erschrak. »Ich habe so etwas nicht.«

»Den kannst du dir bei Bibliothekar Schröder ausstellen lassen.« Er zeigte zu einem distinguiert wirkenden Herrn mit Brille, der hinter einem hölzernen Zaun an einem Pult stand und Einträge machte. »Du musst ihm nur deine amtlichen Papiere zeigen.«

»Was für Papiere?«

Hans überlegte. »Nun, eine Geburtsurkunde oder eine polizeiliche Meldung.«

Heftig schüttelte sie den Kopf. Er bemerkte ihre Angst.

»Das ist nicht schlimm«, sagte er schnell. »Wir nehmen meinen Ausweis. Schau«, er zog ein grünes Pappkärtchen aus der Börse, »da stehen Name und Wohnort … eine ganz vornehme Adresse am Neuen Jungfernstieg.« Er zwinkerte ihr zu.

Sie lächelte, denn auch sie wohnte dort. Gemeinsam schlenderten sie zwischen den Regalen entlang, die Luise staunend betrachtete. So viele Bücher standen selbst im Schreib- und Lesezimmer des *Vier Jahreszeiten* nicht. Keines war in feines Leder gebunden, so wie dort. Allerdings ging es ja auch nicht darum. Sie wollte wissen, was auf den Seiten geschrieben war. Der Inhalt zählte für sie mehr als der Einband.

»Denkst du, man erlaubt mir, eines anzufassen?«, flüsterte sie.

»Das sollst du sogar. Das ist der Freihandbereich. Wenn du etwas lesen möchtest, nimm es, und wir gehen zu Herrn Schröder, der das Buch in eine Karteikarte einträgt. Danach darfst du es mitnehmen und drei Wochen behalten.« Er deutete zu einer verschlossenen Doppeltür hinüber. »Dort drüben findest du übrigens die Romane.«

»Weshalb stehen sie in einem anderen Raum?«

»Man darf sie sich nicht einfach nehmen, sondern muss sie erst bei dem Besen davor bestellen, bevor sie ausgehändigt werden.« Er wies zu einer ältlichen Dame, die ebenfalls an einem Pult stand und Einträge machte.

»Warum ist das bei Romanen so umständlich?«

»Weil sie der Moral schaden, sagt der Senat. Dazu gehören Kriminalromane wie *Nat Pinkerton, der König der Detektive* oder *Die Bettelgräfin oder die Schicksalsjahre einer Grafentochter* oder *Cartouche, der tollkühne Räuberhauptmann* oder *Klaus Störtebecker, der gefürchtete Herrscher der Meere* oder …«

»Woher weißt du all das?« Neugierig schaute sie zu der verschlossenen Tür und der streng dreinblickenden Frau mit den aufgesteckten Haaren, die wie eine kampfbereite Gans davorsaß.

»Ich habe sie alle gelesen. Und mehr.«

»Oh.«

Sie liefen weiter. Luises Finger strichen über die Buchrücken. Es war schwer, sich für ein Buch zu entscheiden, zumal in der Roman-Abteilung ganz offenbar unterhaltsamere Geschichten zu finden waren als hier.

Am Ende entschied sie sich für einen besonders dicken Band von einem gewissen Goethe, dessen Name ihr bekannt vorkam. Dieser Herr wurde auffallend oft vom Concierge zitiert. Luise schloss daraus, dass der Mann kluge Dinge geschrieben haben musste, und wollte wissen, was das wohl war.

Hans nahm ihr das Buch ab. »Ah, *Iphigenie auf Taurus*. Eine sehr gute Wahl. Goethe selber soll gesagt haben, es sei ganz verteufelt human.«

Luise legte den Kopf zur Seite. »Ist das gut oder schlecht?«

»Lies es und sag es mir. Ich kenne es nämlich nicht.«

Da waren sie wieder, seine Grübchen.

Der Gedanke, dass heute Abend in ihrer Kammer nicht nur ein Kinderbuch auf sie warten würde, sondern auch ein richtiges Buch, erfüllte Luise mit Stolz.

Sie gingen zum Herrscher der Lesehalle hinüber, der mit einem Federhalter in der Hand Eintragungen auf einem Papier vornahm. Eine halbhohe Balustrade trennte seinen Tisch von jener Seite, auf der Luise und Hans standen.

»Guten Tag, Herr Schröder.«

Der Mann löste seinen Blick von der Liste. »Ah, der Herr Hans vom Hotel.« Er legte sein Schreibzeug beiseite. »Wie geht es unserem Herrn Haerlin und seiner Familie?«

Hans warf die Hand an die Stirn, als salutierte er. »Melde gehorsamst, alle Söhne an der Front.«

»Das höre ich gerne. Jeder muss in diesen Tagen sein Scherflein zum Sieg beitragen.« Der Bibliothekar beugte sich ein wenig vor. »Und, junger Mann, wann darf das Fräulein an Ihrer Seite auch Sie in Uniform bewundern?«

Hans stockte fast unmerklich.

»Sobald der Kaiser ruft, bin ich für ihn da. Bis dahin gehe ich Herrn Haerlin im Hotel zur Hand.« Wieder salutierte er. »Sie müssen wissen, Herr Schröder, der Patron ist ohne mich gänzlich aufgeschmissen. Da habe ich meine Wünsche und Träume hintanzustellen.«

Sichtlich gerührt von den Worten, schob der Bibliothekar

seine Brille zurecht. »Was kann ich also für Sie tun, junger Mann?«

Hans reichte ihm den Goethe und seinen Ausweis. Während der Hüter der Bücher wieder zum Federhalter griff, begann Hans ein neues Gespräch.

»Herr Schröder, ich frage mich, ob Sie mir helfen könnten, eine Kanzlei zu finden.«

Neugierig hob der Bibliothekar die Brauen.

»Diese sollte vor vierzehn Jahren bereits ihren Sitz in Hamburg gehabt haben. Und der Name muss auf -ler enden.«

Luise hielt die Luft an.

Der Hüter der Bücher kratzte seinen melierten Vollbart. »Nun, da empfehle ich die Adressbücher der Stadt.« Mit seiner faltigen Hand wies er zu einem Regal nahe dem Ausgang. »Signatur vier Strich neun, ganz unten.«

»Adressbuch«, murmelte Hans, als wollte er sich das Wort merken. »Danke, Herr Schröder.«

»Nur gut«, rief der Mann ihnen nach, als sie in den besagten Gang gingen, »dass unsere Bücherhalle im Jahr davor eröffnet wurde! Sonst hätten wir 1900 gar nicht im Bestand!«

Gebeugt ging Hans am Regal entlang und suchte vier Strich neun.

»Was ist ein Adressbuch?«, wollte Luise wissen.

»Ein Buch mit Adressen, schätze ich. Darum heißt es ja so.« Er zog einige Bände heraus, um sie besser in Augenschein nehmen zu können. »1908, 1905, 1903, 1902 …«, murmelte er und richtete sich wieder auf. »Das war's. Kein 1900.«

Luise kniete sich hin.

»Es muss da sein.« Sie nahm jedes einzelne Buch zur Hand, aber er hatte recht. Kein Band für das Jahr 1900. Schon wollte sie aufgeben, als sie das Gesuchte fand. »Eureka!« Stolz hielt sie es in die Höhe. »Jemand hat es neben 1910 abgelegt.«

»Es heißt Heureka, meine Liebe.«

»Egal, Hauptsache, es ist da.«

Kopfschüttelnd griff Hans nach dem Band und trug ihn zu einem Tisch am Fenster. Während Luise ihm über die Schulter blickte, blätterte er Seite für Seite um. Sie spürte, wie ihr Herz schneller schlug und die Hände vor Aufregung feucht wurden. Auch wenn Tante stets gesagt hatte »Hoffnung und Harren hält manchen zum Narren«, so glimmte trotz all der Wunden in ihrer Seele noch immer ein Licht. Vielleicht würde sie ihre Mutter ja doch finden. Auf den Seiten, die Hans aufmerksam studierte, entdeckte sie Namen über Namen. So mancher Kolonialwarenhändler oder Hutmacher warb hier für sich und seine Ware. Kanzleien fanden sie nur wenige.

Hans kratzte sich am Kopf. Er blätterte weiter, bemühte auch die Bände des Jahres davor und danach. Schon befürchtete sie, er würde aufgeben. Tatsächlich dauerte es eine ganze Weile, bis sie am Ende drei Kanzleien gefunden hatten, deren Namen auf -ler endeten.

»Einer von denen könnte der Absender des Briefs sein. Falls es stimmt, kennt er womöglich deine Geschichte.«

»Und die meiner Mutter«, fügte Luise leise hinzu.

Hans nickte. Mit großer Geste zog er eine Taschenuhr hervor, die er kürzlich von seinem Ersparten gekauft. »Viertel vor drei. Mit etwas Glück können wir die Herren noch erwischen, bevor es sie nach Hause treibt.«

Luise wurde schwummrig. »Jetzt?«

Gemeinsam stürmten sie durch die Tür, Hans griff nach der geliehenen Jacke. Sie rannten die Stufen hinunter auf die Straße. Von dort ging es Richtung Pferdemarkt, wo die erste Adresse lag.

Kurz darauf standen sie vor einem Fachwerkhaus, in dessen Erdgeschoss sich eine Gastwirtschaft befand. Der Wirt, ein breiter Mann mit ausladendem Bauch, den eine fleckige Schürze zierte, rauchte vor der Tür eine Zigarre, sichtlich auf Kundschaft wartend, die zu so früher Stunde noch nicht zu sehen war.

Nichts wies darauf hin, dass hier eine Kanzlei ansässig war. Der Wirt beobachtete sie aufmerksam aus kleinen Schweinsäuglein.

»Guten Tag, verzeihen Sie die Störung.« Hans machte einen Diener, woraufhin der Mann eine Art Grunzen von sich gab, was man wohlwollend als Begrüßung interpretieren konnte.

Hans ließ sich nicht beirren. »Hat Syndikus Kreidler noch seine Kanzlei in diesem Haus?«

»Syndikus? Wat schall denn dat sien?«

»Ein Anwalt. Oder Notar«, sagte Luise.

»Ne, so watt Fienes hebbt we hier nich.«

»Könnte mir jemand sagen, ob die Kanzlei umgezogen ist?«

»Metha!«, brüllte der Mann über seine Schulter in die Dunkelheit der Wirtsstube hinein, aus der Schnapsgestank und kalter Zigarrenrauch waberten. »Kumm mol ruut!«

Eine Frau, nicht weniger füllig gebaut als der Wirt, mit grauen, nachlässig aufgesteckten Haaren und einem karierten Geschirrhandtuch in den Händen, trat heraus.

»Watt wull du allwedder?«, knarzte sie ihn an.

»Hett mol 'n Avkaat in't Huus leven?«

Die Frau musterte Luise und Hans von oben bis unten. »Ihr sucht den alten Kreidler?«

Sie nickten.

»Tscha, der is dot. Schon seit fast zehn Jahren.«

In Luises Ohren begann es zu summen. Sie hielt sich an Hans' Jackenärmel fest.

»Sind Sie sich sicher?«, fragte sie mit trockener Stimme.

Die Frau lachte. »So dot as 'n Sargnogel, sech ick nur.«

Hans bedankte sich mit einer Verbeugung und zog Luise mit sich.

»Das hat nichts zu bedeuten«, versuchte er sie zu trösten. »Es war der erste Name auf unserer Liste. Wir haben noch zwei weitere.«

Er prüfte den Zettel. Die nächste Adresse lag nahe der Speicherstadt, dort, wo die Kornhausbrücke über den Zollkanal ging. Ecke Brandstwiete fanden sie den *Dovenhof*, ein aus Granit und Sandstein gebauter Kontorhauskomplex, der seinen hanseatischen Stolz weit über die Dächer der Stadt hinwegposaunte.

Ehrfürchtig blickte Luise die Fassade empor. »Dürfen wir dort einfach hineingehen, Hans? Bestimmt wird man uns hinauswerfen.«

»Absurdité und Tüdellütt.«

Sie huschten durch die Drehtür mit den geschliffenen Glasscheiben.

»Wohin wollt ihr?«, blaffte der Portier sie durch das Fenster seiner Loge heraus an, kaum dass sie das Haus betreten hatten.

Hans drückte den Rücken durch. »Wir haben einen Termin in der Kanzlei *Eberlein & Müller*.«

Der Pförtner begutachtete sie eingehend. »Da sind sich die Herrschaften sicher?«

Luise nickte eifrig, obwohl es ja eigentlich gelogen war, was Hans behauptet hatte.

»Ihr seid also Kaufleute mit Niederlassungen in China und Brasilien? Soso. Und man handelt mit Kaffeebohnen und Teeblättern, Matratzenfüllungen und Kräutern?«

Hans trat an das offene Fenster des kleinen Portierskabuffs. »Die Kanzlei ist …«

»… spezialisiert auf internationalen Handel. Vornehmlich Südamerika und Asien.«

»Keine Familien- oder Erbschaftsangelegenheiten?«

Der Mann verzog das Gesicht, als wollte er grinsen. »Sieht der *Dovenhof* aus, als würde er Feld-Wald-und-Wiesen-Anwälte beherbergen? Dies ist ein ehrwürdiges Kontorhaus, mit direkter Telegrafenverbindung zu den großen Kaufleuten drüben in der Speicherstadt, einer Rohrpost in die dortigen Kontore sowie ...«

Hans holte tief Luft. »Entschuldigen Sie bitte die Störung. Hier liegt offenbar ein Missverständnis vor.«

»Das meine ich wohl auch.« Mit diesen Worten klappte der Zerberus das Fenster wieder zu.

Vor der Tür wollte Luise wütend von Hans wissen, warum die Herren in den Adressbüchern nicht schreiben könnten, was sie genau taten oder auch nicht.

»Wir hätten uns den Weg hierher sparen können!« Mittlerweile schmerzten ihre Füße vom vielen Herumlaufen in der Stadt.

»Nur noch einer«, versuchte Hans sie zu trösten. In diesem Moment rumpelte eine Straßenbahn heran.

»Bitte, Hans, können wir die Elektrische nehmen?« Ihre Schuhe waren schon lange zu klein. Geld für neue war ihr nicht geblieben, denn der Hut auf ihrem Kopf hatte all ihr Erspartes aufgebraucht. Und da sie vorerst ohne Einkünfte war, blieb ihr wenig anderes übrig, als weiterhin die alten Schnürschuhe zu tragen, deren Hacken bereits rund gelaufen waren.

Kurz darauf saßen sie auf der Holzbank und ließen sich zurück zum Rathausmarkt fahren, von wo es nur noch ein Katzensprung bis zur Ferdinandstraße war. Eine Schaffnerin verkaufte ihnen für je fünf Pfennige einen Fahrschein aus ihrer Kasse, die sie an einem Lederriemen vor ihrem Bauch trug.

Die Straßenbahn zuckelte am Alten Elbpark vorbei, wo sich rechter Hand das Denkmal des längst verstorbenen Reichskanzlers Bismarck über der Stadt erhob, wobei er seine Kehrseite den eigensinnigen Herren im Hamburger Rathaus zuwandte.

Sie passierten die *Lustmühle*, die bis vor Kurzem noch *Moulin Rouge* geheißen und sich eiligst nach der Kriegserklärung gegen die Franzosen einen patriotischeren Namen gegeben hatte. Dass man in den Tanztempeln in diesen Tagen keinen Cakewalk oder Boston, keinen Twostepp oder Foxtrott mehr tanzte, verstand sich von selbst. Stattdessen ging es dort musikalisch gesehen jetzt etwas heimischer zu, hatte Luise gehört.

»Was werden wir machen, wenn auch dieser Notar nicht weiterhelfen kann?«

»Alles zu seiner Zeit, wie Herr Marthaler immer sagt.«

Mit schmerzenden Zehen und einem vor Hunger grummelnden Magen erreichten sie und Hans die Kanzlei von *Voss, Mehmel & Grimmler*, die an der Ecke Ferdinandstraße, Alstertor lag. Der Bau war imposant. Nicht so eindrucksvoll wie der *Dovenhof*, aber genug, um Luise zögern zu lassen, ob man hier einfach hineinplatzen sollte. Sie blickte die Straße hinunter, wo die Alster im Sonnenlicht glitzerte. Dahinter, auf der anderen Uferseite, erstrahlte das Hotel *Vier Jahreszeiten*, als wollte es Luise auslachen, weil sie in der ganzen Stadt herumgelaufen war, nur um dann wieder fast vor der Haustür zu landen.

Tatsächlich schafften sie es, unbemerkt am Pförtner vorbeizukommen und in den zweiten Stock zu gelangen, wo die Kanzlei ihre Räume hatte. Mit entsetzlich mulmigem Gefühl trat Luise aus dem Paternoster, wobei sie nicht hätte sagen können, ob das von ihrem Hunger herrührte oder der Angst, gleich fortgejagt zu werden.

Der schmale Mann am Empfang in seinem steifen Kragen und dem schwarzen Anzug mitsamt Ärmelschonern beäugte sie eisig. »Wen der Herren wünschen Sie zu sprechen?«

»Herrn Grimmler«, sagte Hans. Unstet leuchteten seine Grübchen auf, denn ein richtiges Lächeln wollte ihm nicht gelingen.

»In welcher Angelegenheit?«

»Familiendinge«, antwortete er vage.

Der Mann hob das Kinn. »Bezeugen von Urkunden? Kaufverträge? Testamente? Vertretung in Streitfällen?« Er beugte sich über seinen Tisch und musterte Luise. »Scheidungsfragen übernimmt unser Haus selbstredend nicht. Das und Strafsachen macht der Jude an der Ecke. Er ist auch billiger, denn dass Sie sich keine honorige Kanzlei leisten können, ist ja wohl offensichtlich.«

Luise spürte, wie Wut in ihr hochstieg.

»Die Zeit der Herren ist knapp bemessen«, fuhr er fort. »Wenn man also nicht weiß, was man will, muss man wieder gehen, am besten sofort.«

Bevor Hans etwas entgegnen konnte, schob Luise ihn zur Seite und trat vor.

»Jetzt hören Sie mal zu, Sie ungehobelter halber Hering!« Hinter sich hörte sie Hans nach Luft schnappen. »Auch ich habe meine Zeit nicht gestohlen, denn mein Dienst im Hotel *Vier Jahreszeiten* beginnt gleich.« Sie zog die Briefecke mit den Ziffern aus der Tasche und knallte sie dem Mann auf den Tisch. »Ich will von Ihnen nur wissen, ob dieses Briefpapier aus Ihrer Kanzlei stammt.«

Der Schreiber sprang auf, riss den Mund auf, wahrscheinlich, um sich derartige Reden zu verbitten. Sie unterbrach ihn forsch.

»Was ist an dieser Frage so schwer zu verstehen? Ist die Ecke nun von Ihnen oder nicht? Da ist ein Wasserzeichen drauf. Hier!« Mit dem Finger tippte sie die drei Buchstaben.

»Luise, um Gottes willen, hör auf damit«, raunte Hans ihr über die Schulter zu und wollte sie fortziehen.

Unwirsch schüttelte sie ihn ab, ohne den Mann mit dem steifen Kragen aus den Augen zu lassen. »Ja oder nein?«

»Bitte, Luise. Wir sollten gehen.«

»Erst will ich eine Antwort.« Sie zitterte am ganzen Leib. Noch nie war sie so wütend gewesen. Noch nie war es ihr so egal gewesen, was geschehen würde. Diese Kanzlei war die letzte auf der Liste und alles, was ihr blieb.

»Unser Briefpapier hat kein Wasserzeichen«, dröhnte es da hinter ihnen.

Wohl von den lauten Stimmen im Vorzimmer angelockt, stand ein stattlicher Herr im Türrahmen zu einem der Büros. Seine gestreifte Hose, die feine Weste, das Monokel im linken Auge und vor allem sein Blick sagten Luise, dass einer der Anwälte sich heraus bemüht hatte.

Hans schob Luise zu der Tür, durch die sie vor nicht einmal einer Minute eingetreten waren. »Wir entschuldigen uns vielmals für die Störung. Ein peinliches Missverständnis, mehr nicht. Auf Wiedersehen. Wir empfehlen uns.«

Luise fuhr herum. Schnell griff sie nach ihrer Ecke auf dem Tisch und stopfte sie in die Tasche.

»Die Herren haben kein Wasserzeichen?«, rief sie über ihre Schulter zurück. »Warum nennen Sie sich dann eine honorige Kanzlei? Die haben so etwas nämlich! Alle!«

»Raus hier«, brüllte der Notar, »oder ich hole die Polizei!«

Unten auf der Straße rüttelte Hans sie an den Armen. »Bist du von allen guten Geistern verlassen? Wie konntest du dich so aufführen?«

Ihre Knie zitterten. »Der Mann war schrecklich unhöflich.«

»Du warst erheblich schlimmer, Luise Krüger.« Kopfschüttelnd ließ er sie stehen und marschierte die Straße hinunter.

»Warte!« Sie lief ihm nach. »Es tut mir leid.« Er hielt auf die Alster zu. »Bitte, Hans, das wollte ich nicht.«

Er ging schneller. Bald schon hatte sie ihn im Gewühl der Passanten am Jungfernstieg aus den Augen verloren. Mit schmerzenden Füßen humpelte sie weiter. Ihr war zum Heulen zumute.

Als sie bald darauf das Hotel erreichte, erwartete Hans sie beim Controllbüro. Im ersten Moment freute sie sich, denn jetzt konnte sie angemessen um Verzeihung bitten, doch sein Gesicht war versteinert.

»Der Patron will dich sprechen«, sagte er nur.

»Hast du etwa gepetzt?«, zischte sie. Das hätte sie ihm nicht zugetraut. »Ich dachte, wir sind Freunde.«

»Gewisse Dinge haben gewisse Konsequenzen.« Er schob sie in die Buchhalterei, die hinter dem Controllbüro lag.

Dort stand der Patron. Die Hände auf dem Rücken verschränkt, funkelte er Luise an. Am Schreibtisch saß Buchhalter Meierling, jener Mann, der ihr vor Kurzem erst die Kündigung gereicht hatte.

»Ist es wahr, was ich gerade gehört habe?«, begann der Patron ohne Umschweife. Seine Stimme donnerte in dem kleinen Raum von den Wänden, sodass Luise zusammenzuckte.

»Es tut mir leid, wirklich. Es war das erste Mal, dass ich mich derart habe gehen lassen. Es wird niemals wieder vorkommen. Bestimmt nicht«, plapperte sie drauflos und glaubte im Gesicht des Hausherrn weniger Wut als Enttäuschung zu sehen. Das tat ihr noch viel mehr weh. Sie wusste, dass sie mit ihrer Unbeherrschtheit ihre Anstellung verloren hatte. Dieses Mal war es tatsächlich ihre eigene Schuld. Daran gab es keinen Zweifel.

»Du hast mich sehr enttäuscht, Luise.«

Sie zog den Kopf noch tiefer zwischen den Schultern ein.

»Jeder von uns hat mindestens einmal in seinem Leben mit einer Situation zu kämpfen, wo sein Gegenüber das Beste oder

Schlechteste in ihm herausfordert.« Friedrich Haerlin holte tief Luft. »Es ist stets deine Entscheidung, welche Seite du von dir zeigen willst. Dieses Mal war es auf alle Fälle die falsche. Was immer du da draußen sagst oder tust, es wird auf unser Hotel zurückfallen.«

»Die Herren kennen mich gar nicht«, protestierte sie vorsichtig.

»Du hast den Namen unseres Hotels erwähnt.«

Entsetzt starrte Luise den Patron an. Es stimmte. Der Name *Vier Jahreszeiten* war ihr tatsächlich herausgerutscht. Ihre Knie drohten ihr den Dienst zu versagen.

»Das habe ich nicht gewollt«, wimmerte sie.

»Zum Glück pflegt die Kanzlei *Voss, Mehmel & Grimmler* nicht uns, sondern das Hotel *Atlantik* mit ihrer Anwesenheit zu beehren.«

Seit Eröffnung des Hapag-Hotels war Friedrich Haerlin ein wenig verschnupft auf seinen alten Freund Hapag-Direktor Ballin, der ihm die Konkurrenz am gegenüberliegenden Alsterufer direkt vor die Nase gesetzt hatte.

»Es ist also nicht allzu schlimm, was ich getan habe?«, fragte Luise hoffnungsvoll. »Weil die Herren ja keine Gäste bei uns sind, oder?«

»Doch, denn die Konkurrenz wird nicht zögern, jeden in der Stadt auf dein ungebührliches Verhalten hinzuweisen. Ich sollte dich entlassen. Und Hans gleich dazu, weil er dieses Benehmen nicht verhindert hat.«

»Er hat versucht, mich fortzuziehen!«, verteidigte sie ihren Freund. »Werfen Sie ihn bitte nicht hinaus. Er kann nichts für meine Dummheit.«

Der Patron überlegte. »Du hast noch sehr viel zu lernen, Kind, so weit stimme ich Fräulein Richter zu.«

Bei dem Namen zuckte Luise zusammen.

»Hans wird dir zeigen, wie ein Angestellter unseres Hauses Contenance auch in schwierigen Situationen bewahrt. Sollte ich jemals wieder hören, dass du dich nicht zu benehmen weißt, werde ich nicht zögern, dich zu entlassen. Hast du mich verstanden?«

Sie nickte.

Zutiefst beschämt, ließ sie sich von Hans in den Gang hinausschieben, als sie noch einmal die Stimme des Patrons hinter sich hörte.

»Hast du wirklich behauptet, die Kanzlei sei nicht honorig, weil ihnen das Wasserzeichen im Briefpapier fehle?«

Luise schreckte zusammen. Das hatte sie gesagt? Sie konnte sich gar nicht mehr erinnern.

»So etwas Dummes macht sie nie wieder, Patron. Bestimmt nicht«, versprach Hans an ihrer statt. Geräuschlos schloss er die Tür.

»Herr Meierling«, hörte Luise den Hausherrn noch sagen, »verbinden Sie mich bitte mit dem Anschluss der Firma *Siemsen* in Wandsbek.«

Neben Hans schlurfte sie Richtung Spülküche. »Der Patron ist böse. Und er hat alles Recht dazu.«

»Vielleicht. Vielleicht auch nicht«, meinte Hans.

Fragend schaute sie ihn an. Zwei Grübchen lächelten sie an.

»*Siemsen* in Wandsbek. Das ist die Druckerei, die das Briefpapier für uns druckt. Etwas sagt mir, dass wir schon bald ein Wasserzeichen in unserer Korrespondenz finden werden.« Er zog sie den Gang entlang. »Trotzdem war es natürlich falsch, wie du dich aufgeführt hast.«

»Ich weiß. Und jetzt?«

»Sind wir genauso klug wie zuvor.«

Es stimmte. All die Aufregung an diesem Nachmittag war

umsonst gewesen. Und einen Rüffel vom Patron hatte es auch noch gegeben.

In der Nacht tat Luise kein Auge zu. Sie betete mehr als einmal, der Notar möge ein schlechtes Gedächtnis haben. Gegen Morgen fiel sie in einen unruhigen Schlaf, den der Wecker auf ihrem Nachtschrank schrill beendete.

22

Das Bügeln der Tageszeitungen war seit einiger Zeit wieder nötig, da die Druckereien aus Kriegsgründen Farbe verwendeten, die noch mehr als zuvor dazu neigte, an den Fingern haften zu bleiben. Heute war es Luises Aufgabe, in aller Frühe in einem Nebenraum am Bügelbrett zu stehen und die Zeitungsseiten mit dem Eisen zu bearbeiten, damit diese pünktlich zum Frühstück auf den Tischen des Restaurants ausgelegt werden konnten.

Früher sei das mit dem Zeitungsbügeln weitaus schlimmer gewesen, behauptete Hans. Damals habe er die *Times* gebügelt, die weit mehr abgefärbt habe als alle deutschen Blätter zusammen. Luise solle sich also glücklich schätzen, dass seit Kriegsbeginn ausländische Feindzeitungen im Reich verboten seien. So müsse sie nur noch die Ausgaben des *Hamburger Fremdenblatts*, des *Deutschen Reichsanzeigers*, des *Berliner Tageblatts*, der *Norddeutschen Allgemeinen Zeitung* und der *Hamburger Nachrichten* glätten.

Er hatte Luise eingeschärft, nicht an die beiden Kontakte zu kommen, die hinten aus dem Bügeleisen herausschauten. Sie waren mit zwei Kabeln umwickelt, deren andere Enden in den Wandanschluss mit dem Kraftstrom führten. Vor dem Benutzen des Eisens müsse sie auf einem Stück nassen Stoff die Temperatur prüfen. Für das Bügeln von Zeitungen dürfe es nur leicht zischen, wenn überhaupt. Bei Baumwolle oder Leinen hingegen, das wusste sie, musste es dampfen wie in der Hölle. Vorsichtig ließ Luise das Eisen über die Zeitungsseiten gleiten. Immer in gerader Linie, damit sie ja keinen der färbenden Buchstaben übersah. Dabei blieb ihr genug Zeit, einen Blick auf die Artikel zu werfen.

Der Krieg dauerte seit Monaten an. Große Siege hatte die kaiserliche Armee bisher nicht vorzuweisen. Auch heute berichtete die *Norddeutsche Allgemeine*, dass die Kämpfe bei Ypern mit gleicher Hartnäckigkeit fortgesetzt würden wie gestern. Luise setzte das Eisen auf einem Drahtgestell neben sich ab, justierte das Papier und begann, den nächsten Abschnitt zu glätten. Dort las sie, was jeder in Hamburg längst wusste: Die Preise für Nahrungsmittel schossen weiter in die Höhe. Ein Pfund Einmachbohnen hatten vor dem Krieg nur fünfzehn Pfennige gekostet. Jetzt wollten die Händler vierzig und mehr. Wenn das so weitergeht, dachte Luise, werden sich die einfachen Leute bald kaum noch eine Kartoffel leisten können. Auch die Preise im Restaurant *Haerlin* waren gestiegen, sodass der Patron statt aufwendig gedruckter Speisekarten die tagesaktuellen Menükosten auf zwei schwarzen Tafeln am Eingang schreiben ließ.

Auf den Straßen schwand der erste Jubel über den Krieg. Nur noch selten marschierten in Reih und Glied Männer vorbei, um an die Front zu ziehen. Auch die Zahl der jungen Mädchen, die sie als Helden vom Straßenrand her bejubelten, wurde kleiner. Stattdessen hörte man immer häufiger von Gefallenen, Witwen und klagenden Müttern.

Luise hatte es sich zur Angewohnheit gemacht, aufmerksam die Todesanzeigen zu lesen, von denen mehr und mehr mit den Worten *Im Heldentod für Kaiser und Vaterland gefallen* begannen. Manchmal ertappte sie sich dabei, Erleichterung zu empfinden, weil sie ohne eine Familie war, denn sonst müsste wohl auch sie früher oder später um einen geliebten Menschen weinen. Bedrückt klemmte sie die *Norddeutsche Allgemeine* in den hölzernen Zeitungshalter und widmete sich dem *Hamburger Fremdenblatt*, als Hans hereinstürmte.

»Luise, schnell. Herr Marthaler will uns alle unten sehen.«

Sofort stellte sie das Eisen beiseite und band ihre Schürze ab. Im Flur drehte sie sich noch einmal um, denn sie hatte vergessen, das Bügeleisen vom Kraftstrom zu trennen. Kurz blickte sie die beiden Kabel an, die in der Wand verschwanden und auf mysteriöse Weise Hitze im Plätteisen erzeugten. Mit einem beherzten Griff riss sie die Schnüre heraus, woraufhin die Mauer einen Blitz ausspuckte. Luise stolperte zurück.

»Komm endlich!« Hans stand in der Tür.

Sie folgte ihm in den Speiseraum für die Angestellten, der im Keller lag. Als sie eintrat, waren bereits alle versammelt. Man sprach durcheinander, fragte sich, was geschehen sein könnte, als der Concierge und Fräulein Richter zu ihnen stießen. Seit der Einberufung von Empfangschef Winter übernahm er auch dessen Aufgaben. Gerade stellte er sich an den Kopf des Tisches. Die Gespräche erstarben.

»Ich habe Ihnen die traurige Mitteilung zu machen, dass unser Patron soeben ein Telegramm aus Belgien erhalten hat.«

»O nein! Welcher der Jungen ist es?«, rief jemand.

Herr Marthaler hob die Hand. »Bitte, nicht so voreilig. Otto Haerlin wurde im Kampf verletzt.«

Wieder redeten alle durcheinander, jeder wollte wissen, welcher Art die Verletzung sei, ob er von der Front nach Hause kommen dürfe. Der Concierge ließ die Fragen über sich hinwegfliegen. Geduldig wartete er, bis sich die Stimmen im Raum gelegt hatten.

»Es ist ein Kopfschuss«, sagte er dann. »Lassen Sie uns gemeinsam für den Jungen, seine Brüder Wilhelm und Fritz sowie für die Eltern beten.« Herr Marthaler faltete die Hände und sprach das Vaterunser.

Das Todesurteil hing in der Luft. Es war ausgesprochen und tat seine Wirkung mitten unter ihnen.

Luise tat es allen gleich. Innig betete sie, dass Otto Haerlin gesund werden möge. Hatte Gott nicht schon viele Wunder vollbracht?

»Amen.« Schnell bekreuzigte sie sich, obwohl das nur die Christen der anderen Seite taten. Andererseits konnte man ja nie wissen.

»Der Patron bittet uns alle, nicht in Trauer zu verfallen, sondern jetzt erst recht für den Kaiser, unser Vaterland und unser Hotel zu stehen.« Mit einem Nicken entließ er die Anwesenden. Im Hinausgehen bat er Luise noch einmal zu sich. »Der Patron informierte mich, dass ich dir in einer persönlichen Angelegenheit helfen könne. Sollte dem so sein, folge mir bitte.«

Fragend schaute Luise Hans an, der neben ihr stand. »Was meint er?«

Ihr Freund räusperte sich. »Ich habe dem Patron von den angekohlten Papierecken erzählt. Es tut mir leid.«

»Du hast was?« Luise schluckte. »Weiß er etwa auch, woher …?«

Hans nickte. »Ja.«

Sie spürte, wie Röte ihr Gesicht überzog. »Du hättest mich fragen müssen.«

»Es ging nicht anders. Der Patron wollte dich nach dem Vorfall in der Kanzlei stante pede auf die Straße setzen«, verteidigte er sich. »Wenn ich ihm keinen Grund für dein ungehöriges Benehmen bei dem Notar gegeben hätte, wärst du nicht mehr hier. Und ich auch nicht. Oder denkst du, deine gebrabbelten Entschuldigungen hätten ihn umgestimmt?«

Luise kämpfte mit ihrer Wut. Schließlich gab sie sich einen Ruck und eilte dem Concierge nach, der bereits im Treppenhaus verschwunden war.

»Los, du Verräter! Mitkommen!«, rief sie Hans zu.

Als sie die Loge von Herrn Marthaler erreichten, wollte dieser wissen, ob noch besagte Papierstücke in Luises Besitz seien. Vorsichtig griff sie in die Tasche ihres Kleids, wo sie beide Briefecken sorgsam in jenes Stück Stoff gewickelt hatte, das einmal ihr erstes Buch *Appelschnut* umwickelt hatte. Sie reichte die Schnipsel dem Concierge.

»Die eine stammt von einem handgeschriebenen Brief«, erklärte Hans unnötigerweise. »Interessant ist die andere Ecke.« Er schob sie Herrn Marthaler zu.

»Es ist nicht viel darauf zu erkennen«, bemerkte er.

In seiner gewohnt ruhigen Art zog Herr Marthaler eine Lupe aus seinem Schreibtisch und hielt die Ecke gegen das elektrische Licht, das in einem weißen Porzellanschirm flackerte. Mit gerunzelter Stirn begutachtete er den Schnipsel.

»Normalerweise findet man in Briefbögen das Zeichen der Papiermühle, die es herstellt«, fuhr er fort. »Seit einigen Jahren lassen sich vornehme Leute ihre Wappen ins Papier prägen, zunehmend auch Firmen. Ich habe öfter damit zu tun.«

»Wir haben einige Kanzleien bereits aufgesucht. Allerdings ohne Erfolg«, versuchte Hans zu helfen.

»Ich hörte davon«, murmelte Herr Marthaler und ging mit der Ecke dicht an die Lupe, wobei er die Augen ein wenig zukniff. »Ich denke, mir ist das Wappen bekannt. Albert von Milbach-Gründler.« Er reichte Luise das Papier zurück. »Er gehört einem entfernten Zweig derer von Reck an, mittlerer Adel.« Herr Marthaler wies auf die Ecke. »Man erkennt im Wasserzeichen sehr schön einen Teil des Helms mit den Adlerflügeln.«

Luise hielt die Luft an.

»Herr von Milbach-Gründler war viele Jahre ein geachteter Notar in der Stadt. Er gehörte zu unseren Stammgästen«, erklärte der Concierge, während er die Lupe zurück in die Schublade legte.

»Wann war er das letzte Mal hier?«, fragte Luise.

»Das müssten wir im Direktionszimmer erfragen. Dort ist die Kartei mit all unseren bisherigen Gästen, ihre Zeiten im Hotel und ihren Vorlieben. Ich habe schon lange nichts mehr von Herrn von Milbach-Gründler gehört. Es muss Jahre her sein, dass er bei uns logierte.«

Luises Herz sank in die tiefsten Tiefen ihrer Hoffnungslosigkeit. »Er ist tot.«

Herr Marthaler wog den Kopf hin und her, als könnte er so besser denken. »Nun, auch das ist mir nicht bekannt. Eine entsprechende Anzeige habe ich nicht in den Zeitungen gesehen. Ich weiß nur, dass er seine Kanzlei vor einigen Jahren aufgegeben hat.«

Hans trat vor. »Wo finden wir ihn, falls er noch lebt?«

In diesem Moment klingelte der Sprechapparat auf dem Schreibtisch neben dem Concierge.

»Wenn ihr mich entschuldigen wollt?« Schon griff der Mann nach dem Hörknochen.

»Bitte, wo kann ich ihn finden?«, rief Luise.

Herr Marthaler schaute sie streng an. Knapp erklärte er, dass der Notar früher jeden Mittwoch mit anderen Herren seines Standes im *Austernkeller* zu speisen pflegte. Er wollte gerade den Hörer ans Ohr legen, als Luise ihm erneut ins Wort fiel.

»Wie sieht er aus?«

Bevor der Concierge antworten konnte, zog Hans sie mit sich. »Wir fragen den Oberkellner des Restaurants. Er kennt den Notar bestimmt. Und jetzt komm. Herr Marthaler hat zu tun.«

Im Treppenhaus ließ sie sich erschöpft auf die Stufen fallen. »Denkst du, er ist es?«

Hans überlegte. Schließlich zuckte er mit den Schultern. »Wir werden es Mittwoch erfahren.«

»Das ist sehr lange hin.« Sie seufzte.

Er lächelte. »Du hast vierzehn Jahre gewartet. Da dürften ein paar Tage mehr kein Problem für dich sein, oder?«

»Doch«, jammerte sie leidend.

23

Zwei Tage später wurde Luise in den Mittelweg gebeten. Im Hause der Haerlins sollte sie heute ihre nächste Unterrichtsstunde erhalten.

»Du trittst stets von rechts an den Gast.«

Luise tat, was die Patronin ihr sagte, und wollte schon den Teller mit den Maultaschen vor ihr abstellen, als sie bemerkte, dass dort noch jener der Vorspeise stand. »Oh.«

Alle am Tisch beobachteten sie. Ja, sie hatte den nächsten Gang servieren wollen, nur dummerweise vergessen, den vorherigen abzutragen.

Ricky grinste vor sich hin, während ihr kleiner Bruder mit seiner Gabel Muster in die weiße Tischdecke malte.

Der Patron lehnte sich auf seinem Stuhl zurück. »Was gedenken wir nun zu tun?«

Luise wusste, dass es ungehörig war, mit der einen Hand den Vorspeisenteller fortzunehmen und mit der anderen die Maultaschen zu servieren, was auch gar nicht ging, da sie in jeder einen Porzellanteller des köstlich duftenden Gerichts hielt. Also musste sie es anders machen. Mit einem Knicks trat sie zurück.

»Ich werde mich sofort darum kümmern, die Herrschaften«, japste sie und eilte in die Küche, wo sie der Köchin die Teller mit der Hauptspeise in die Hand drückte, zurückrannte, vor der Tür kurz innehielt, ihre weiße Schürze glatt strich, die Haube richtete und erneut eintrat, um die Vorspeisenteller und das Besteck des ersten Gangs abzuräumen, ohne dass auch nur das leiseste Klappern zu hören war. Sie flitzte in die Küche, stellte alles im Spülbecken ab, nahm der verdutzten Köchin die Teller wieder ab und servierte den Hauptgang ein weiteres Mal.

Luise hatte schnell bemerkt, dass die Familie des Patrons einfache Speisen den raffinierten Gerichten im Hotel vorzog. Maultaschen oder Zwiebelrostbraten waren auf dem Tisch der Haerlins öfter zu finden als Hummer oder Bœuf Bourguignon. Pfitzauf lieber als Eiscreme.

Luise setzte dem Hausherrn seinen Teller vor.

»Was wirst du uns zum Nachtisch servieren?«

Sie knickste. »Crêpe Suzette, der Herr.«

Sie hatte die Aussprache vorhin im Flur leise geübt. Kräp Süsätt. Das war nicht schwer.

»Und kannst du uns sagen, wie dieser Pfannkuchen zu seinem Namen kam?«

Nein, das konnte sie nicht. Wie auch? Bis vor einer halben Stunde hatte sie nicht einmal gewusst, was das war.

»Onkel, Onkel!«, riefen Ricky und ihr Bruder Will begeistert. »Erzähl!«

Darauf schien der Patron nur gewartet zu haben. Er beugte sich vor, schaute sein kleines Publikum an und begann. »Das Rezept von Crêpe Suzette soll durch Zufall entdeckt worden sein. Es war 1896, ein Jahr vor der Eröffnung unseres Hotels, als der damalige britische Kronprinz und spätere König Edward VII. …«

Will klatschte begeistert in die Hände. »Der Onkel von unserem Kaiser, richtig?«

Friedrich Haerlin nickte. »Als der Prinz also damals im legendären *Café de Paris* in Monte Carlo zu Gast gewesen war, geschah etwas Bemerkenswertes. Ein Kochlehrling namens Henri Charpentier bereitete Seiner Hoheit am Tisch einen Pfannkuchen zu. Plötzlich«, der Patron verfiel in eine dramatische Pause, »fing der Likör Feuer.«

Mit offenem Mund saßen die Kinder da.

Frau Haerlin stupste ihren Mann an. »Mach es nicht so spannend, Friedrich. Die Kleinen erkälten sich sonst.«

»Der Lehrling«, fuhr der Patron fort, »verzog keine Miene, probierte unauffällig, ob es gut schmecke, tunkte die Crêpes in die entflammte Marinade, gab noch ein wenig Likör und Zucker hinzu und erklärte anschließend, dass dies ein neues Rezept des Hauses sei. Prinz Edward kostete und war begeistert. Als man ihm anbot, die soeben erfundene Nachspeise nach ihm zu benennen, winkte er ab und schlug stattdessen vor, diese Ehre sollte der Dame an seiner Seite zuteilwerden. Ihr Name war Suzette.«

»Oh, wie schön!«, rief Ricky.

Der Patron hob den Zeigefinger, denn er war noch nicht fertig. »Der stoische Lehrling machte in den folgenden Jahren eine große Karriere in den besten Hotels der Welt, lernte beim Meisterkoch Auguste Escoffier. Soweit mir bekannt ist, ist er zurzeit Leibkoch bei John D. Rockefeller.«

»Dieser Herr war aber noch nie bei uns, oder?«, verlangte Ricky zu wissen. Sie teilte die Menschheit des Planeten in Gäste des *Vier Jahreszeiten* und andere ein. Dieser Herr Rockefeller gehörte offenbar in letztere Kategorie.

Wie die Kinder so liebte auch Luise all die kleinen Geschichten des Patrons. Diese Anekdote würde sie sich besonders gerne merken. Erneut knickste sie und wollte gerade den Raum verlassen, als der Hausherr sie noch einmal aufhielt.

»Luise, hat man dir gezeigt, wie man Crêpe Suzette am Tisch zubereitet?«

»Nein, Patron.«

»Nun, es scheint mir, dass das nicht aufgeschoben werden sollte. Geh in die Küche, und lass dir alles von Frau Thieme geben. Frisch zubereitet schmeckt Crêpe Suzette nämlich am besten.« Als er Luises ängstliches Gesicht bemerkte, hob er erneut den Zeigefinger. »Du bist hier, um zu lernen, Kind. Also lerne.«

»Jawohl, Herr Haerlin.«

Mit wild schlagendem Herzen verließ sie das Esszimmer. Sie würde bestimmt kleckern oder, schlimmer noch, den Tisch in Brand setzen und das ganze Haus in Flammen aufgehen lassen. Erbsensuppe war ihr eindeutig lieber als Crêpe Suzette.

In diesem Moment wurde die Haustür aufgeschlossen, und die Tochter des Hauses, Frieda Haerlin, trat ein.

»Guten Abend, Luise«, sagte sie müde und zog ihren Mantel aus. Darunter trug sie die Uniform einer Hilfskrankenschwester, dazu Haube und Schürze.

»Guten Abend, Fräulein Haerlin.« Luise nahm ihr die Garderobe ab und hängte sie auf einen Bügel.

»Sind meine Eltern noch beim Essen?«

»Ja. Darf ich Ihnen einen Teller Maultaschen bringen?«

»Nein, danke. Ich habe keinen Hunger.«

Luise sah ihr nach. Dünn war das Fräulein Haerlin in den letzten Wochen geworden. Die Arbeit im Krankenhaus Barmbek schien ihr nicht zu bekommen. Luise waren die Ringe unter den Augen der jungen Frau aufgefallen. Vielleicht war es auch die Sorge um Otto, der noch immer schwer verletzt in einem Militärkrankenhaus lag, der allen den Schlaf raubte. Wie musste sich nur die Patronin fühlen, die nichts für ihren Sohn in der Ferne tun konnte?

Luise erinnerte sich an den Auftrag des Hausherrn und ging in die Küche, wo die Köchin am Herd stand.

»Bitte, könnten Sie mir sagen, wie man Crêpe Suzette zubereitet?«, wandte sie sich an die dralle Person mit der Rührschüssel in der Hand.

»Nichts einfacher als das, Kleine …«

Kurz darauf kehrte Luise mit einem Tablett in den Händen zurück ins Esszimmer, um an einem Beistelltisch die Nachspeise vorzubereiten. Mit halbem Ohr hörte sie, wie Frieda von ihrem Tag im Krankenhaus berichtete.

»… es ist entsetzlich, die armen Männer so leiden zu sehen. Ein Leutnant wurde gestern mit dem Krankentransport gebracht. Er ist kaum älter als unser Wilhelm. Wir mussten ihm beide Beine abnehmen.«

Frau Haerlin berührte den Arm der Tochter. »Ich weiß, mein Kind, dass all das schrecklich für dich ist. Dennoch denke ich, sollten wir vor den Kleinen ein anderes Thema wählen.«

»Verzeih.«

Eine bedrückende Stimmung legte sich über die Anwesenden, die eben noch so fröhlich gewesen waren. Luise senkte den Kopf ein wenig tiefer. Etwas sagte ihr, dass der Familie der Appetit auf die Pfannkuchen vergangen sein könnte.

Da klingelte es an der Tür. Normalerweise störte niemand das tägliche Dinner, denn jeder wusste, wie wichtig dem Hausherrn die wenige Zeit mit seiner Familie war. Stirnrunzelnd wollte sich der Patron erheben, als seine Frau ihm zuvorkam.

»Lass es gut sein. Ich sehe nach.« Sie legte die Serviette neben ihren Teller und erhob sich.

»Und, Frieda, gibt es auch Gutes aus dem Krankenhaus zu berichten?«, wollte indes der Vater von der Tochter wissen.

»Ja, tatsächlich, Papa.« Sie strahlte ihn an. »Ich habe beschlossen, eine richtige Ausbildung zur Krankenschwester zu machen.«

»Das ist ja wunderbar, Kind. Eine Frau vom medizinischen Fach im Hause kann für uns sehr nützlich sein.«

In diesem Moment schrie jemand im Korridor, als stürbe eine Katze. Friedrich Haerlin und seine Tochter sprangen auf. Der Stuhl des Patrons fiel polternd nach hinten. Alle, auch die Kinder, liefen aus dem Raum.

Nur Luise nicht. Sie stand da und starrte die offene Tür zum Flur an. Von draußen vernahm sie aufgeregte Stimmen. Von der Kelle in ihrer Hand tropfte der Teig auf den Teppich.

Es gibt Momente, da passieren schreckliche Dinge, und man steht nur da. Taub, vom Kopf bis zu den Zehen. Die Zeit, zementiert in einen einzigen Augenblick, während die Gedanken in alle Richtungen gleichzeitig rasen und der erlösende Schrei im Hals stecken bleibt.

Luise wusste nicht, wie lange sie so dagestanden hatte, als sie Frieda Haerlins Kopf in der Tür bemerkte.

»Wir werden heute keinen Nachtisch benötigen. Du kannst abräumen und zurück ins Hotel gehen.«

Luise traute sich nicht zu fragen, was passiert war. Sie hörte die Patronin im Flur schluchzen. Leise schloss die Tochter die Tür hinter sich. Ohne einen Laut zu machen, räumte Luise die Utensilien zusammen und trug alles zurück in die Küche, wo die Köchin weinend auf einem Stuhl saß.

»Der Junge ist tot«, schniefte sie in das karierte Taschentuch in ihrer Hand.

»Otto?«

»Nein, Wilhelm.« Sie seufzte tief. »Vier Monate hat er nur für den Kaiser kämpfen dürfen. Arme Eltern, jetzt bleiben ihnen nur die zwei Jungen, von denen einer kaum noch lebt.«

Luise bekreuzigte sich.

24

Jeder im Haus trug eine schwarze Armbinde als Zeichen der Trauer um den gefallenen Sohn. Wilhelm, der Erstgeborene, hätte das Hotel übernehmen sollen. Und nun war er tot. Auch wenn Luise ihn nicht gekannt hatte, bohrte der Schmerz der Haerlins auch in ihrem Herz. Sie waren schließlich eine Familie.

Der Betrieb indes hatte weiterzugehen.

Dabei schien sich das Ehepaar in seine täglichen Arbeiten mit einer Verzweiflung zu stürzen, die Luise noch trauriger machte. Heute früh hatte Fräulein Richter ihr aufgetragen, erneut das wertvolle Silberbesteck zu putzen, obwohl sie es erst am Tag zuvor poliert hatte. Also putzte Luise Messer und Gabeln, von denen sie noch immer nicht jeden Namen kannte, wenngleich Frau Haerlin ihr das gutbürgerliche Gedeck während ihres Unterrichts geduldig erklärt hatte.

Auf dem Tisch vor sich hatte Luise alle Teile auf einem großen Tuch ausgebreitet. Bevor sie ein Stück Silber zur Hand nahm, murmelte sie den Namen des Besteckteils. Da war das Vorlegebesteck, das sie daran erkannte, dass es ein wenig verspielter verziert war als die anderen. Dessertlöffel seien keine Eierlöffel, hatte Frau Haerlin gesagt. Und Eislöffel zeichneten sich durch die gerade Kante aus, die beim Abschaben der kalten Köstlichkeit half. Dann gab es noch den Gourmetlöffel mit flacher, unsymmetrischer Laffe und den Grapefruitlöffel mit kleinen Sägezähnen zum Verzehr halbierter Früchte, wobei Luise gar nicht wusste, was eine Grapefruit war. Den Honiglöffel ohne Laffe, den kleinen Kaffeelöffel für Mokka, den Kartoffellöffel, der als Vorlegebesteck diente, den Sahnelöffel mit runder Laffe, der kleiner war als der Suppenlöffel, aber größer als der Teelöffel, und einen Zuckerlöffel, dessen Laffe als Muschel gearbeitet war, gab es auch noch.

Seufzend wandte sich Luise den Gabeln zu. Da gab es die große Essgabel, die auch Tafelgabel genannt wurde, die Dessertgabel mit drei Zinken, die kleinere Kuchengabel, deren linke Zinke zum Drücken des Gebäcks etwas breiter war, die Konfektgabel, die noch kleiner als die Dessertgabel war, die spitze Obstgabel, die viel größere Tranchiergabel, die Fischgabel mit vier Zinken, die Austerngabel, die sehr lange Hummergabel und so weiter und so weiter.

Luise nahm die dunkle Flasche mit dem Silberputzmittel, um sich den Messern zu widmen, doch die Buddel war leer. Stöhnend legte sie das Wolltuch beiseite und trat zum Regal in der Ecke. Dort nahm sie das Kreidepulver, den Salmiakgeist und den Spiritus zur Hand, füllte alles in die Flasche, bis diese halb voll war, ließ Wasser hinzulaufen und schüttelte die Mixtur ordentlich durch. Ein Blick zum Tisch sagte ihr, dass sie noch mindestens eine Stunde benötigen würde, um alles ordnungsgemäß zu polieren.

Da trat Hans herein, und sie erstrahlte.

»O wie schön! Du kannst mir helfen.« Sie reichte ihm den Wolllappen. Hans bewegte sich nicht. Weiß wie Kreide stand er vor ihr. »Was ist passiert?«

Mit matter Geste, als wäre sein Arm über Nacht eisenschwer geworden, hielt er ihr ein Schreiben entgegen. »Ich muss mich melden. Donnerstag in aller Frühe.«

Die Flasche rutschte Luise aus den Fingern und zerbrach auf dem Fliesenboden. Mit zwei Schritten war sie bei ihm und hielt ihn fest. »Bitte, Hans, du nicht auch noch!«, flehte sie.

Er rührte sich nicht. Steif wie ein Bügelbrett verharrte er.

»Sie werden mich erschießen«, krächzte er. »Genauso wie sie es mit dem Sohn des Partons gemacht haben.«

»Papperlapapp und Tüddelütt! Der Patron wird dafür sorgen, dass du irgendwo Dienst tust, wo keine Franzmänner sind, keine Russen und keine Engländer.«

»Er konnte seinen eigenen Sohn nicht retten, Luise. Und das, obwohl er sie alle kennt, die Generäle und Obersten.« Er ließ sich auf den Stuhl fallen, auf dem sie eben noch gesessen hatte, stützte die Arme auf seine Oberschenkel und legte den Kopf in die Hände. »Ich will nicht sterben.«

Sie fiel vor ihm auf die Knie. »Niemand wird dich erschießen, hörst du? Du wirst Glück haben. Der Krieg kann nicht mehr lange dauern, glaube mir. Vielleicht noch ein paar Wochen, höchstens. Der Kaiser hat es versprochen.«

Freudlos grinste Hans. »Du irrst dich. Der Schrecken ist längst nicht vorbei. Er fängt gerade erst an.«

»Nun, wenn dem so ist, verlange ich von dir, dass du keine Dummheiten machst.« Mahnend hob sie den Finger und erhob sich. »Du wirst nicht als Erster losstürmen. Du wirst den Kopf einziehen, sobald sie schießen. Du wirst mir schreiben. Jede Woche.«

Er schluckte. »Was wirst du tun, wenn ich … sterbe?«

»Du fällst nicht. Und ich will dir sagen, warum.« Streng musterte sie ihn. »Sollte dir irgendjemand ein Haar krümmen, komme ich und werde ihm … also, jedenfalls kriegt der von mir etwas zu hören. So!« Hans' Grübchen traten schüchtern in seinem eben noch so unglücklichen Gesicht zutage. Sie tippte mit dem Zeigefinger auf seine Brust. »Basta.«

»Basta?«

»Ja. Das ist Italienisch, glaube ich. Und mit den Italienern sind wir ja noch nicht im Krieg, oder doch?«

Jetzt musste er lachen. Er erhob sich vom Stuhl und nahm sie in den Arm. »Du, Luise … würdest du dich mit mir verloben?«

Ihre Ohren begannen zu rauschen. »Ich bin dafür viel zu jung.«

Er nickte mehrmals nacheinander. »Jaja, ich weiß, dennoch … wir könnten uns das Versprechen heimlich geben. Nur du und ich. Und wenn alles vorbei ist, bist du älter und kannst es dir ja noch einmal überlegen.«

Sie fühlte in sich hinein. Ja, sie mochte Hans. Er war ihr bester Freund, eigentlich ihr einziger. Er hatte sich vom allerersten Tag an um sie gekümmert, hatte sie Lesen und Schreiben gelehrt, sie aufgemuntert, wenn sie am Boden zerstört war, sie zum Lachen gebracht, wenn ihr nicht danach zumute gewesen war. Und er half ihr bei der Suche nach der Wahrheit über ihre Mutter.

War das Liebe?

Oder brauchte er nur einen Freund? Jemanden, der ihm Mut gab, an die Front zu gehen, ohne zu verzweifeln. Anders als die Lemminge des Kaisers wollte Hans nämlich keinen Heldentod sterben. Es kostete weit mehr Schneid, diesen erzwungenen Weg zur Einberufungsstelle zu beschreiten, als mit Hurra und Rumtata ins Unheil zu laufen.

Sanft schob sie ihn von sich. »Ja.«

»Wirklich?« Vorsichtig, als hätte er Angst, etwas kaputt zu machen, nahm er ihren Kopf zärtlich in beide Hände. Langsam kam sein Gesicht näher an ihres. Luise schloss die Augen und hielt die Luft an. Unbeholfen berührten sich ihre Lippen.

Schnell ließ er sie los, trat einen Schritt zurück.

»Ich … habe noch nie …«, stammelte er.

»Ich auch nicht.«

Sie kicherten.

Er hob den Einberufungsbescheid vom Boden auf und faltete ihn sorgsam zusammen. »Ich schreibe dir, sooft ich kann.«

Sie nahm seine Hand. »Ich schreibe dir öfter. Abgesehen davon wirst du dich erst Donnerstag melden müssen. Vielleicht ist bis dahin alles vorbei.«

»Ach, Luise, wie kann es sein, dass du immer so optimistisch bist?« Plötzlich schlug er sich an die Stirn. »Oje, ich habe gar keinen Verlobungsring für dich.«

»Das Problem lässt sich schnell lösen.« Sie zog ihn in den Gang hinaus und lief mit ihm zur Küche. Dort sprach sie kurz mit einem der Küchenhelfer, der mit irritiertem Gesichtsausdruck verschwand, um bald darauf mit zwei leeren Fleischdosen zurückzukommen, die er Luise reichte. Flink fummelte sie die Ringe der Dosen ab, die man benötigte, um den Deckel aufzuziehen.

Der Inhalt dieser Büchsen wurde selbstredend nicht für die Gäste, sondern nur für das wenige verbliebene Personal verwendet. In dieser Woche hieß es Suppenfleisch. Nächste Woche würde das gleiche Fleisch vielleicht zu Labskaus bereitet oder zu Hackbällchen. Wer wusste das so genau? Die Zeiten wurden mit jedem Tag schwieriger.

Sie gab Hans die beiden Ringe.

»Biege sie ein wenig zurecht, und schon sind wir verlobt«, flüsterte sie, damit der Küchenhelfer es nicht hörte.

Zweifelnd blickte er die improvisierten Schmuckstücke in seiner Hand an. »Du bist verrückt, Luise.«

»Ja! Ist das nicht wunderbar?« Sie stellte sich auf die Zehenspitzen und beugte sich dicht an sein Ohr. »Und es bleibt unser Geheimnis, bis du zurückkehrst.« Flink gab sie ihm einen Kuss auf die Wange. »Wir haben noch zwei Tage. Das ist viel Zeit.«

»Ja, und bis dahin werden wir den Notar finden. Morgen im *Austernkeller,* hat Herr Marthaler gesagt.«

25

Wann immer Luise dem Patron begegnete, wirkte er auf sie blass und krank. Die Ringe unter seinen Augen zeugten von kaum durchschlafenen Nächten und der Sorge um seinen schwer verletzten Sohn Otto. Der Vater hatte versucht, den Jungen nach Hause zu holen, Otto Haerlin sei jedoch nicht transportfähig, hieß es. Die Familie müsse Geduld haben.

Jeden Tag betete Luise für Otto und die Haerlins. Sicherheitshalber gleich zweimal.

Gerade war sie auf dem Weg, um neue Tischtücher ins Restaurant zu bringen, als ihr Blick durch die halb offene Tür ins Foyer fiel. Im ersten Moment erschrak sie, als sie all die aufgeregten Gäste am Empfangstresen entdeckte, befürchtete sie doch, dass der Aufruhr einer weiteren Kriegserklärung entsprungen sein mochte. Dem war nicht so. Carl Braun erklärte ihr, dass heute auf dem Rathausmarkt eine besondere Darbietung zu erwarten sei. Offenbar gedachte die Oberste Heeresleitung auch in Hamburg jene Kriegsbeute zu zeigen, die man auf dem Feld erobert hatte.

»Die waren schon in Berlin und München mit dem ganzen Zinnober«, erklärte der Kellner begeistert. »Tausende werden sich das ansehen wollen.«

Einer seiner Kollegen gesellte sich zu ihnen. Er war ein Endsechziger und bedauerte, zu alt zu sein, um dem Vaterland dienen zu dürfen.

»Als ich jung war, da kämpften wir bei Blumenau gegen die Österreicher. Wir hatten keine modernen Maschinengewehre wie die Soldaten heute. Da hieß es noch Mann gegen Mann.« Er nahm ihr die Tischtücher ab und legte sie in ein Schrankfach.

Carl schnaufte.

»Die Zeiten sind längst vorbei.« Er zog ein paar weiße Handschuhe an, um die Kristallgläser auf dem Tablett zu den Tischen zu bringen. »Die Engländer haben ihr Enfieldgewehr MKIII. Zehn Schuss in kurzer Abfolge. Unser G98 kann dagegen wenig ausrichten.« Er hielt eines der Gläser kritisch gegen das Licht, das von draußen durch die wie immer makellos geputzten Fenster fiel. Dann stellte er es an den dafür vorgesehenen Platz, während sein Kollege im Hintergrund energisch den Kopf schüttelte.

»Unsinn! Wir haben Gewehrgranaten, Flugzeugabwehrkanonen, unsere Fokker E ...«

»Mag sein. Trotzdem sollte keiner glauben, dass die anderen schlafen. Schon jetzt haben die Engländer ihre Airco DH2 und die Franzmänner ihre verdammte Nieuport XI ...« Er fuhr mit dem Finger über den Rand eines Glases, um zu prüfen, ob er irgendwo abgesplittert sein könnte. Da dem nicht so war, stellte er auch dieses auf den Tisch. »Glaub mir, der Krieg fängt nun erst richtig an.«

»Na, das will ich hoffen«, meinte sein Kollege und knallte die Schranktür zu. »Wir können uns ja nicht alles bieten lassen.«

Als sich die beiden über die Vorzüge irgendwelchen Kriegsgeräts unterhielten, lugte Luise ins Foyer, wo sich mehrere Gäste bei Herrn Marthaler nach Plätzen für die Vorführung auf dem Rathausmarkt erkundigten. Jeder wollte den besten haben. Besser zumindest als der Platz der anderen.

Mitten in das Gewimmel trat ein Herr durch die Drehtür. Er wäre Luise kaum aufgefallen, weil er wie alle hier gekleidet war: ein Anzug vom besten Schneider, ein aufgebürsteter Hut, Siegelring am linken Finger, auf Hochglanz polierte Maßschuhe. Doch etwas machte sie stutzig. Ob es das altmodische Monokel in seinem rechten Auge war, das seinen Blick so stechend wirken ließ?

Er schaute sich nicht um, wie Gäste es zu tun pflegten, wenn sie zum ersten Mal eintraten, sondern betrachtete seine Umgebung, als wäre er in einem Kaufhaus, wo er sich nicht entscheiden konnte, was er erwerben wollte. Taxierend gingen seine Augen über das Mobiliar, zu den Gemälden und durch das Fenster, als müsste er sogar die Alster auf ihren Wert hin prüfen.

Luise sah den Patron aus seinem Direktionszimmer treten, um mit dem einen oder anderen Gast zu plaudern, auch wenn ihm sicherlich nicht der Sinn danach stand. Gerade war er in ein Gespräch mit Lorenz Hagenbeck verwickelt. Er war kürzlich mit fünf Elefanten von einer Indienreise zurückgekehrt, die er für den Familienzoo erworben hatte. Der Zoologische Garten war vor sieben Jahren in der Nähe von Hamburg in Stellingen eröffnet worden. Da trat ein Uniformierter ins Foyer. Der Offizier blickte in die Menge, wo er den Hausherrn sogleich ausmachte. Zielstrebig hielt er auf ihn zu. Zackig salutierte er.

Luise konnte nicht hören, was er dem Patron sagte, doch sie bemerkte, dass dessen Gesicht mit einem Mal noch blasser, ja, schon todesgrau wurde. Der Offizier zog einen Umschlag aus der Uniform und reichte ihn Friedrich Haerlin.

Die Gespräche im Foyer verstummten. Die Köpfe drehten sich zum Patron.

Selbst von ihrem Platz aus konnte Luise erkennen, wie seine Hände zitterten, als er den Brief öffnete. Im nächsten Moment gaben seine Beine nach. Das Papier segelte zu Boden. Die Arme des armen Mannes ruderten umher, ergriffen das Jackett des Zoodirektors, der ihn auffing. Schnell eilte Herr Marthaler hinter dem Tresen hervor. Zusammen mit einem Pagen und dem Gast geleitete man den Patron ins Direktionszimmer.

Ein Ring legte sich um Luises Herz. Otto oder Fritz? Welchen der beiden Söhne hatte der Tod geholt?

Kaum war Friedrich Haerlin außer Sicht, begannen die Anwesenden zu tuscheln und zu vermuten. Einzig der Gast mit dem Monokel ließ der Vorfall kalt. Er saß in der äußersten Ecke des Foyers und schien zu warten. Ein leises Lächeln lag auf seinem Gesicht.

26

Binnen einer Woche war also auch der zweite Sohn der Haerlins gefallen. Otto. Herr Marthaler oblag es, die Kondolenzbesucher abzuwimmeln, da sich der Hausherr für den nächsten Tag entschuldigen ließ, um an der Seite seiner Frau zu bleiben, die im Mittelweg trauerte.

Wie in Trance erledigte jeder im Haus seine Aufgaben. Auch Luise war fahrig und machte dumme Fehler, weil ihre Finger ständig zitterten. Das lag allerdings weniger am Schicksal der Haerlins als an der Tatsache, dass Mittwoch war. Jener Tag, an dem sie und Hans zum *Austernkeller* wollten, um einen gewissen Notar aufzusuchen.

Ärgerlicherweise hatte Fräulein Richter sie in den seit Wochen ungenutzten dritten Stock befohlen, wo sie unter den Augen der Hausdame Möbel und Kristallleuchter mit weißen Tüchern einzuhüllen hatte. Das Hotelgeschäft lief schlecht.

Eigentlich hatte Luise gehofft, das Haus unauffällig gegen Mittag verlassen zu können, um mit Hans schnell zum nahen *Austernkeller* zu laufen, doch Fräulein Richter ließ sie nicht aus den Augen.

»Beeilung, Beeilung! Du gehst so langsam, dass man deine Schuhe besohlen könnte.«

Nicht eine Sekunde Zeit blieb Luise, um all die Pracht in den Zimmern zu bestaunen. Die Badewannen, das fließend warme und kalte Wasser, die Wasserklosetts, die himmlisch weichen Betten, die samtenen Vorhänge, die glänzenden Nussbaummöbel, den Stuck an den Decken, die Gemälde an den Wänden.

Die Hausdame trieb sie an.

Gerade hatte Luise die wertvollen Vasen aus Zimmer 312 fortgebracht und kehrte mit einem Staubwedel zurück, da fiel ihr Blick auf eine Kaminuhr, die auf einer eleganten Anrichte stand. Es war fast halb zwölf.

Wenn sie und Hans nicht schnellstmöglich zum *Austernkeller* gelangten, würden sie den Notar verpassen, sofern der Mann überhaupt dort war. Falls er noch lebte. Sie drehte sich zu Fräulein Richter, die in der Zimmertür stand, als wollte sie eine Flucht verhindern. In der Hand hielt die Frau ein Klemmbrett mit einer Liste darauf, die sie in eckigen Bewegungen mit einem Bleistift abstrich.

Luise überlegte, ob sie sie um eine Pause bitten sollte. Immerhin schuftete sie seit Sonnenaufgang.

»Sobald du hier fertig bist, wirst du die Fenster in den Zimmern putzen. Alle«, befahl die Frau.

Konnte die Person Gedanken lesen?

Der Minutenzeiger auf der Uhr hüpfte Stück um Stück vor. Das Läutwerk schlug zwölf.

»Die Uhr muss ebenfalls ins Möbellager. Wickle sie in eine Decke.«

»Jawohl, Fräulein Richter.« Luise legte den Staubwedel beiseite, nahm eine von den groben Wolldecken, die sie aus dem Lager mitgebracht hatte, und breitete sie auf den Boden aus. Behutsam hob sie die in Gold gefasste Uhr von der Anrichte.

»Vorsicht!«, schrie die Richter hinter ihr auf.

Dabei wäre Luise fast das wertvolle Stück aus der Hand gerutscht. Im letzten Moment bekam sie den schwarzen Löwen zu fassen, der oben auf der Uhr stand.

»Du tollpatschiges Gör! Weißt du eigentlich, was du da um Haaresbreite zerstört hättest? Das ist eine französische Tischuhr von 1835. Wahrscheinlich eine echte Baronneau. Unbezahlbar.«

Mit zitternden Händen stellte Luise die Uhr auf die Decke.

»Geh!«, befahl die Hausdame und schubste sie beiseite. »Du machst sie noch kaputt, tölpelhaft, wie du bist.«

Seit Frau Haerlin Luise unter ihre Fittiche genommen hatte, war die Richter umso unausstehlicher geworden. Immer gab sie ihr die Aufgaben, bei denen ein Malheur passieren konnte. So wie eben.

Zärtlich, fast als wickelte sie ein kleines Kind, legte Fräulein Richter die Decke um die Uhr und nahm das Paket in den Arm. »Du wirst jetzt die Tücher um den Kronleuchter legen. Wenn ich zurück bin, ist er verpackt.«

Ohne ein weiteres Wort verließ die Frau den Raum.

Luise nahm die hohe Leiter, klappte sie aus, griff nach einem der alten Bettlaken und kletterte vorsichtig die Sprossen hinauf. Obwohl sie nicht viel wog, knarzte das morsche Ding unter ihrem Gewicht. Ihre Finger klammerten sich fester um das Holz. Ganz oben angekommen, musste sie sich weit vorrecken, damit sie das Tuch um die Kette des Kronleuchters schlagen konnte. Die Leiter wackelte gefährlich und geriet ins Schwanken.

Luise schrie auf.

Da hörte sie jemanden hinter sich fluchen. Im nächsten Moment drehte sich das Zimmer um sie herum nicht mehr, und die Sprosse unter ihren Füßen stand wieder fest.

»Was machst du da oben, Luise?«

Es war Hans' Stimme.

Ihr Herz schlug bis zum Hals. Die Knöchel ihrer Finger traten weiß aus der Hand, weil sie sich an der Leiter festgekrallt hatte.

»Warum nimmst du die alte Stehleiter aus dem Keller? Sie sollte längst weggeworfen werden.«

Mit weichen Beinen stieg sie hinunter. Fräulein Richter hatte ihr gesagt, welche Leiter zu nehmen sei.

»Was ist hier los?« Die Hausdame stürmte herein. »Warum ist das Tuch noch nicht …?«

Hans stellte sich zwischen die Richter und Luise. »Sie wäre beinahe mit der Leiter umgefallen. Ich kam zufällig vorbei, sonst hätte es ein Unglück gegeben.«

Die Frau stierte ihn an. Einer ihrer Mundwinkel zuckte. »Gibt es unten keine Arbeit mehr für dich?«, wollte sie dann spitz von ihm wissen.

»Die Patronin bittet Sie, Luise zu ihr zu schicken. Sie soll bei Tisch aufwarten. Eine neue Lektion, nehme ich an.«

»Schon wieder?«

Hans lächelte. »Frau Haerlin fühlt sich unpässlich und benötigt Hilfe.«

Fräulein Richter hob die Brauen.

»Das ist natürlich etwas anderes.« Mit einem kurzen Blick zu Luise ranzte sie: »Somit werde ich die Arbeit wohl allein erledigen müssen.« Ihre Hand wedelte durch die Luft. »Geh.«

Schnell band Luise die Schürze ab und eilte mit Hans den Gang entlang zu der Tür, die ins Treppenhaus für das Personal führte.

»Hat sie wirklich nach mir schicken lassen?«

Er grinste. »Ich wusste nicht, wie die holde Maid sonst vor dem schrecklichen Ungeheuer zu retten sei.«

Luise schlug ihm auf den Arm. »Du hast gelogen.«

Beleidigt kräuselte er die Lippen. »Gehen wir nun zum *Austernkeller* oder nicht?«

Kurz überlegte sie.

»Prima!«, rief er und zog sie die Stufen hinunter.

Der *Austernkeller* lag schräg gegenüber dem *Alsterpavillon*. Im Souterrain des vierstöckigen Gebäudes, das sich an das Hotel *Hamburger Hof* lehnte, lag das beliebte Restaurant der Familie Schümann. Hier speisten die Kaufleute und Ratsherren, die Notare und Anwälte der besseren Adressen entre égaux, wie Hans Luise erklärte. Hier blieb man um diese Tageszeit gerne unter sich.

Bei den Stufen, die ins Souterrain führten, hielt Luise Hans am Ärmel fest. »Ich traue mich nicht.«

Er lachte. »Oberkellner Killian ist nichts anderes als unser Carl Braun, nur älter.«

»Vor ihm habe ich keine Angst. Was ist, wenn dieser Notar nicht da ist? Vielleicht will er nicht mit mir reden, weil ich nur ein einfaches Dienstmädchen bin. Es könnte doch auch sein, dass das Wappen gar nicht von Herrn von Milbach-Gründler gewesen ist. Oder …«

»Schlimmstenfalls bist du danach genauso schlau wie jetzt«, unterbrach er ihr Lamentieren und öffnete die Tür.

Sogleich strömte ihnen Zigarrenrauch entgegen, gemischt mit dem Aroma würziger Soßen, sowie ein murmelnder Chor gedämpfter Stimmen. Die Herren saßen an Tischen unter einer aus rotem Backstein gemauerten Gewölbedecke. Vom Gastraum gingen kleine Erker ab, die um diese Zeit ebenfalls alle besetzt waren. Luise fiel auf, dass nicht eine Dame anwesend war.

Ein Kellner mit knöchellanger weißer Schürze vor dem Bauch trat zu ihnen. »Die Herrschaften haben reserviert?«

Luise fragte sich gerade, ob er sich über sie lustig machte, als sie bemerkte, wie er Hans zuzwinkerte. Die beiden kannten sich demnach. Das war gut. Man würde sie nicht hinauswerfen.

Hans räusperte sich. »Das ist das berühmte und bekannte

Fräulein Luise Krüger. Sie muss in äußerst dringender Angelegenheit mit Herrn von Milbach-Gründler sprechen.«

Sie nickte dem jungen Mann mit leicht zur Seite geneigtem Kopf zu, so wie sie es bei den vornehmen Damen im Hotel gesehen hatte, wenn diese einen Herrn begrüßten.

»Ach.« Der Kellner musterte sie. »Um welche Causa handelt es sich?«

»Seien Sie nicht so neugierig«, entgegnete Luise. »Das schickt sich nicht.«

»Sie hat keinen Termin. Es ist nur eine kurze Frage, die wir ihm stellen möchten, mehr nicht.«

Der Kellner schüttelte den Kopf. »Hans, du weißt, dass ich nicht stören darf.«

Luises Herz hüpfte kurz auf. »Er ist hier?«

»Ja, wie jeden ersten Mittwoch im Monat speist er bei uns seine Austern.«

Luise reckte den Hals, ihr Blick huschte über die Gäste. »Wer ist es?«

Sie trat einen Schritt vor, um auch in die Erker schauen zu können.

Sogleich versperrte der Kellner ihr den Weg. »Wie gesagt, er darf nicht gestört werden.«

Hans zog Luise zurück. »Könntest du ihn uns zeigen? Wir würden draußen warten, bis er das Restaurant verlässt.«

Der Mann zögerte.

»Bitte. Es ist wichtig«, flehte sie.

»Also gut.« Ohne sich umzudrehen, beschrieb er einen schütter-weißhaarigen Herrn von Mitte siebzig, der in einer Ecke an einem Tisch saß. Er schaue manchmal etwas abwesend drein, sagte der Kellner.

Luise lugte um ihn herum und entdeckte den Notar nahe einem der Fenster, die zum Jungfernstieg hinausgingen. Mit am Tisch saßen zwei weitere Herren, von denen ihr einer bedauerlicherweise bekannt war. Es war jener Notar aus der Ferdinandstraße, dessen honorige Kanzlei kein Wasserzeichen im Briefpapier hatte.

»Oh«, hauchte sie und zog Hans eilig mit hinaus. »Wir warten draußen. Danke.«

Die Minuten humpelten dahin, wurden immer langsamer, dehnten sich wie ein Gummiband. Hans lief auf dem Trotteur hin und her, während Luise versuchte, sich abzulenken. Sie trat vor das Schaufenster von *Steinway & Sons*, um die schwarz lackierten Klaviere und Flügel zu betrachten. In der Fensterscheibe spiegelte sich mahnend das *Vier Jahreszeiten* mit seinen Fahnen auf dem Dach. Sicherlich hatte Fräulein Richter mittlerweile erfahren, dass die Patronin nicht nach ihr geschickt hatte. Das Donnerwetter würde biblische Ausmaße haben, wenn sie zurückkam.

Mulmig wurde ihr auch deswegen, weil sie nicht die geringste Ahnung hatte, was sie den Notar fragen wollte, sobald er herauskam.

»Wie lange dauert so ein Mittagessen bei vornehmen Leuten?«, rief Luise Hans zu.

»Das können Stunden werden.«

»Mein Gott! Ich muss zurück.«

In diesem Moment ging unten die Tür des *Austernkellers* auf. Lachend traten zwei Herren heraus und erklommen die Stufen. Der lauteste von beiden war jener Notar ohne Wasserzeichen, dem Luise nie wieder hatte begegnen wollen. Schnell versteckte sie sich hinter Hans.

Auch der hatte den Mann erkannt. Anders als Luise ließ er sich nicht beirren. Eilig zog er seine Mütze und machte eine tiefe Verbeugung.

Wie klug von ihm, dachte sie, denn so konnten die beiden

sein Gesicht nicht sehen. Dumm jedoch für sie, weil sie ja direkt hinter Hans stand. Schon hatte der Notar sie entdeckt.

»Was will dieses unflätige Gör hier?« Mit zwei Schritten stand er vor ihr. »Verfolgst du mich etwa? Ich werde die Polizei holen!«, schnauzte er und hüllte Luise in eine Weinfahne.

Sie knickste, so tief sie konnte, und gab sich betont brav.

»Verzeihen Sie, der Herr, Sie müssen sich täuschen«, dabei starrte sie auf den Boden. »Ich kenne Sie nicht.«

Kurz stockte der Mann. Dann blickte er sich ratlos nach seinem Begleiter um.

»Lieber Freund«, meinte dieser. »Warum echauffieren? Die sehen alle gleich aus.« Lachend zog er den Notar mit sich, bevor der protestieren konnte. »Skandale überlassen wir anderen.«

Die beiden Männer gingen fort, wobei sich der wütende Notar noch einmal nach Luise umdrehte. Schnell knickste sie ein weiteres Mal.

»Puh, das war knapp«, raunte Hans. »Jetzt siehst du, was du angestellt hast. Hamburg ist ein Dorf. Jeder kennt jeden. Vergiss das nie wieder.«

Sie versprach, daran zu denken, wenn sie das nächste Mal beleidigt würde.

Da trat ein dritter Herr aus der Tür des *Austernkellers*. Schwer stützte er sich auf seinen Stock und zog sich mit der anderen Hand das Geländer hinauf. Stufe für Stufe nahm er, bis er endlich den Gehsteig erreichte. Schnaufend rieb er sich das Kreuz. Mit schleppenden Schritten wandte er sich Richtung Gänsemarkt.

»Los, Luise.« Hans stupste sie an. Sie reagierte nicht. Stocksteif stand sie da und starrte dem Notar nach. »Was ist mit dir? Du wolltest ihn sprechen. Geh hin.«

»Ich traue mich nicht.«

Er schubste sie, sodass sie hinter dem alten Mann ins Stolpern geriet, woraufhin er sich überrascht umwandte.

»Vorsicht, Fräulein, fallen Sie nicht.« Er hielt ihr seine Hand hin, um sie aufzufangen. »Das Pflaster ist hier schrecklich uneben. Erst letzte Woche wäre ich selbst fast gestürzt.«

»Ähm, nein, ich meine, danke, es geht schon.«

Er musterte Luise. »Kennen wir uns?«

Sie schwieg, weil sie nicht wusste, was sie sagen sollte.

Sein Gesicht war von Falten zerfurcht und übersät mit den Flecken eines hohen Alters. Lange betrachtete er sie, während er offenbar in den tiefen Kammern seiner Vergangenheit das Erkennen suchte. Und es fand.

»Sind Sie die kleine Luise?«

Vorsichtig lächelnd nickte sie. »Sie kennen mich, Herr von Milbach-Gründler?«

»Aber ja doch. Es war damals, richtig? Ach, was bist du für eine hübsche junge Dame geworden. Ich scheine Frau Krüger falsch eingeschätzt zu haben.«

»Meine Tante?«

»Tante?« Er runzelte die Stirn. »Nein, sie war deine Ziehmutter, wenn ich es so sagen darf.« Jetzt entdeckte er Hans. »Und wer ist dieser junge Mann?«

»Hans ist Page im Hotel *Vier Jahreszeiten*«, erklärte sie. »Wir arbeiten dort.«

»Herr Haerlin hat dich eingestellt?« Das Gesicht des Notars begann zu leuchten. »Ein famoser Mann. Er hat das Herz eines Hanseaten und die Börse eines Schwaben.« Er lachte. Plötzlich erstarb seine Fröhlichkeit. »Hörte, er habe schlechte Nachrichten von der Front erhalten. Ich selbst habe keine Kinder. Heutzutage scheint mir das ein großer Vorteil zu sein.«

Luise wollte nicht über den Krieg und all die Gefallenen reden. Sie trat näher. »Bitte, können Sie mir sagen, wer meine

Mutter ist? Wo finde ich sie? Habe ich eine Familie? Gibt es jemanden, zu dem ich gehen kann? Was stand in dem Brief, den Sie damals an Frau Krüger geschrieben haben? Wenn sie nicht mit mir verwandt war, wie heiße ich wirklich? Warum gibt es keinen Geburtsschein von mir? Wo ist …?«

Er legte eine Hand auf ihren Arm, damit ihr Redefluss versiegte.

»So viele Fragen. Vielleicht sollten wir bei einer Tasse Kaffee plaudern.« Er hakte sich bei ihr ein. »Ich lade die Herrschaften ein.«

Nicht weit vom Jungfernstieg entfernt lag das Café *Opera*, mit Blick auf die Statue vom alten Dichter Lessing, die man mitten auf den Gänsemarkt gesetzt hatte, unweit der Stelle, wo vor zwei Jahren der dänische König Friedrich VII. nach dem Besuch eines gewissen Etablissements tot aufgefunden worden war. Es hieß, die gewissen Damen des diskreten Hauses hätten den inkognito bei ihnen einkehrenden Gast nach seinem Ableben bekleidet und auf den Bürgersteig zwecks Auffindung gelegt.

Notar von Milbach-Gründler öffnete für Luise die Tür des *Opera*, in dessen Inneres das Licht eines Novembertags auf die dunklen Holztische fiel, um die jeweils vier einfache Stühle standen. Das Café war nicht so vornehm wie der *Alsterpavillon*, aber äußerst gemütlich. Ein Kellner eilte ihnen entgegen. Mit einer überschwänglichen Begrüßung nahm er dem Notar Mantel und Hut ab. Er wies den Gästen einen Tisch am Fenster zu.

»Wie immer?«

»Jaja, Max. Wie immer.«

»Sehr wohl.« Der Kellner verneigte sich und schlappte von dannen.

Nachdem sie Platz genommen hatten, betrachtete der Notar Luise noch einmal.

»Wahrlich, ein sehr hübsches Fräulein bist du geworden. Ich kenne dich, seit du so groß warst.« Er hielt die faltigen Hände ein wenig auseinander, als zeigte er die Größe eines Fischs.

»Gib ihm die Ecke«, raunte Hans Luise zu.

Sie fummelte das angesengte Papier aus dem Stofftuch in ihrer Tasche und schob es dem alten Herrn hinüber.

»Was stand in Ihrem Brief?« Sie holte auch die Ecke mit den handgeschriebenen Zeilenenden hervor. »Und wer schrieb diesen? War es meine Mutter?«

Umständlich zog Herr von Milbach-Gründler einen altmodischen Zwicker aus der Westentasche und beugte sich über die Schnipsel. Die Gedanken des Mannes schienen so langsam zu sein wie sein Gang. Luise brauchte alle Geduld, die sie in sich hatte.

»Erkennen Sie den Brief wieder?«

Er neigte den Kopf zur Seite und zurück. »Ein Schreiben, ja.«

»Ist es von Ihnen?«

»Aber natürlich erinnere ich mich!«, rief er, als wäre ein Lichtstrahl durch ihn gefahren. »Ich schrieb ihn persönlich. Nicht Birkenkötter, mein Sekretär. Ja, der Birkenkötter, tot ist er. Musste lange leiden …«

»Warum Sie und nicht Ihr Gehilfe?«, hakte Hans nach.

Der Notar schloss die Augen, vielleicht, um besser nachdenken zu können. Vielleicht auch nur, weil das Mittagsmahl im *Austernkeller* ihn müde gemacht hatte. Schon wollte Luise an seinem Ärmel zupfen, als er wieder aufsah.

»Die Angelegenheit war äußerst delikat. Ich bin mir nicht sicher, ob ich darüber …« Wieder hob und senkte sich seine Brust mit einem tiefen Seufzer. »Nun gut. Du siehst deiner Mutter sehr ähnlich. Daran besteht kein Zweifel. Daher erlaube ich euch drei Fragen, mehr nicht.«

Bevor Luise eine stellen konnte, wollte Hans von dem Mann wissen, was in dem Brief stand.

»Man hatte einer gewissen Dame Frau Krüger als Ziehmutter für ein kleines Mädchen empfohlen, das noch nicht das erste Lebensjahr erreicht hatte.«

»Wie hieß das Kind?«, fragte Hans.

»Der Name lautete Luise Charlotte Elisabeth.«

»Wer ist ihr Vater?« Hans war in seinem detektivischen Element.

»Das ist mir leider nicht bekannt.«

»Und meine Mutter? Wie heißt sie?«, rief Luise.

Statt einer Antwort erhob er sich und griff nach seinem Stock. »Das waren die drei Fragen.«

Sie sprang auf. »Nein! Ich habe nicht gefragt! Das war Hans.«

»Drei Fragen. Egal, wer sie stellt. Mehr nicht«, murmelte der alte Mann und tappte zur Tür. Ohne Mantel und Hut verließ er das Café, als flüchtete er vor ihnen in den kalten Novembertag hinaus.

»Halt!«, rief Hans ihm nach. »Sie können nicht einfach gehen!«

Sprachlos folgten Luise und Hans dem Notar, der hinauseilte und dann in kleinen Schritten am Fenster des Cafés vorbeitippelte. Gerade wollte Luise dem Alten nachlaufen, da stellte sich Kellner Max ihr mit dem Tablett in der Hand in den Weg.

»Lassens gut sein, Gnädigste. Er ist alt. Und a bisserl vergesslich ist der Herr Advokat auch g'worden, müssens wissen. Man muss gut auf ihn aufpassen, sonst verläuft er sich auf Wegen, die er seit Jahrzehnten geht.«

»Er kann sich nicht mehr erinnern?« Luises Knie wurden weich.

»Doch, schon. Nur eben nicht immer. Manchmal fällt ihm wieder etwas ein. Und im nächsten Moment ist es fort.« Er wies zum Gebäck, das er auf den Tisch gestellt hatte. »Nehmens den Apfelstrudel, Fräulein. Es ist eine Einladung gewesen. Der Herr Advokat ist ein ehrbarer Mann, der zu seinem Wort steht.«

Schweigend schauten Luise und Hans auf die drei Stücke Kuchen nebst je einer Tasse köstlich riechenden Kaffees.

»Nun seins net so trübe, die Herrschaften«, bemühte sich Max. »Setzens sich.« Sachte drückte er sie auf den Stuhl zurück.

Auch Hans nahm wieder Platz. »Kennen Sie den Notar schon lange?«, wollte er wissen und griff zur Kuchengabel.

»O ja, seit ich nach Hamburg g'kommen bin. Das dürften über vierzig Jahre her sein. Da hieß das Café noch *Schwegler.*« Er überlegte. »Wir kennen uns scho lang, der Herr Notar und ich. Ich möcht fast sagen, dass wir im entferntesten Sinne sogar Freunde sind. Früher bat er mich manchmal um meinen bescheidenen Rat, wenn eine diffizile Angelegenheit ihm Sorgen bereitete. Er sagte immer, meine Menschenkenntnis sei die größte Gabe, die dieser Beruf mit sich bringe. Ein Wissen, das man an keiner Universität studieren könne.«

Luise hob den Kopf. »Hat er Ihnen jemals von einer jungen Frau erzählt, deren Neugeborenes weggegeben werden musste?«

Der Kellner beugte sich zu ihr hinunter. »Meinens die Erhart?«

»Wer ist das?«

Kurz blickte Max über seine Schulter zu den anderen Gästen. Wohl in der Annahme, dass diese seine Dienste gerade nicht benötigten, ließ er sich auf der Kante eines Stuhls nieder.

»Die unvergleichliche Erhart. Sie müssen doch von ihr gehört haben. Ein Skandal damals. Der Herr Notar war zutiefst betrübt über den Fall, den man ihm zugetragen hatte. Er und ich, wir saßen dort drüben am Tisch, nach Feierabend, als alle gegangen waren.« Er wies zu einem Tischchen in einer Ecke, an dem ein junger Mann Zeitung las. »Bei Marillenlikör haben wir nachgedacht, der Herr Notar und ich. Diskretion. Das war in dieser heiklen Angelegenheit oberstes Gebot. Diskretion. Darauf können Sie sich noch heute bei meinem Freund und mir stets verlassen, wissens?«

»Erhart?«, flüsterte Luise.

»Ja, genau. Die Dame hatte ein Gastspiel in der Stadt. Es war nicht ihr erstes. Es zog sie immer wieder nach Hamburg.« Das Gesicht des Mannes leuchtete. »Was für eine feine junge Person, auch wenn sie nicht verheiratet war. Und so hübsch«, begeisterte er sich. »Sie sehen ihr übrigens recht ähnlich, Fräulein.«

Luise hielt die Luft an. »Bitte, was hat der Herr Notar Ihnen erzählt?«

Der Kellner beugte sich vor. »Mein Freund hatte einen Brief von besagter Dame erhalten. Sie sei in Not geraten und bräuchte in einer delikaten Angelegenheit notarielle Hilfe.«

»In welcher?«

»Nun ja, ein Vorfall, der selbst in den besten Häusern der Stadt gelegentlich vorkommt.«

»Was kommt in den besten Häusern vor?«, hakte sie nach.

Der Mann schmunzelte verlegen. »Dass eine junge Dame in gewisse Umstände gerät, die früher oder später nicht mehr zu verheimlichen sind, verstehens?« Mit bedeutungsvoll hochgezogenen Brauen sah er sie an. »Ich werde es nicht verurteilen. Gott hat für alles und jeden einen Plan. Manche sind nur ein wenig schwierig zu begreifen.«

»Sie war also nicht verheiratet und erwartete dennoch ein Kind«, wiederholte Hans unnötigerweise.

Natürlich wusste Luise von ihrer falschen Tante, dass sie keiner legitimen Beziehung entsprungen war. Nur schmerzte es besonders, dies von einem Fremden zu hören. Dass ihre Mutter eine berühmte Sängerin gewesen sein sollte, hatte ihre Ziehmutter verschwiegen. Stattdessen hatte sie anderes angedeutet, Verwerflicheres, Beschämenderes. Welch bitterböse Frau ihre Ziehmutter doch gewesen war!

»Wo ist sie aufgetreten?« Luise hoffte, es möge keine Kaschemme oder ein Tanzlokal auf der Reeperbahn gewesen sein.

»Selbstredend im Stadttheater. Marie Frederike Erhart. In den Gazetten hieß es, sie könne eines Tages eine Sopranistin von Weltrang werden. Habe sie selbst in *Tristan und Isolde* gehört. Was für eine Stimme!« Er legte seine Arme auf den Tisch. »Die Männerherzen flogen ihr zu, nur wollte sie keinen von ihnen haben.«

»Einen wohl doch«, kommentierte Hans, was ihm einen Tritt von Luise unterm Tisch einbrachte.

Der Kellner schaute auf seine Hände. »Sie wurde schwer krank, hörte ich. Darum musste sie ihr Engagement in Hamburg abbrechen.«

Luise erschrak. »Krank?«

»Schwindsucht, sagte man mir.« Traurig schüttelte er den Kopf. »Es war mit der Erhart wie mit der *Kameliendame*.« Er wandte sich Luise zu. »Kennen Sie diesen wunderbaren Roman? Er ist von Alexandre Dumas dem Jüngeren.«

Als Luise und Hans nickten, wirkte er ein wenig enttäuscht, weil man ihn um den Bericht dieser tragischen Geschichte gebracht hatte.

»Es hieß, sie hatte sich einer Behandlung in der Schweiz unterziehen wollen. Seither habe ich nichts mehr von ihr gehört. Mein Freund ebenfalls nicht.«

Luise warf die Hand vor den Mund. Sollte ihre Mutter bereits seit Jahren tot sein?

»Und der Vater?«, erkundigte sich Hans.

»Wer?« Überrascht blickte der Kellner ihn an. »Ach, der. Ja, das war wohl auch der Grund, warum mein Freund in diesen delikaten Vorfall eingeweiht worden war.« Er erzählte, dass vermutet wurde, besagter Vater sei ein Herr, der weit weniger ehrenhaft gewesen sei, als die junge Dame offenbar angenommen habe. »Jedenfalls heiratete er eine andere.«

»Kennen Sie den Namen des Mannes?« Luise wurde schwummrig.

»Nein, bedauerlicherweise nicht. Die Gerüchte sagten, dass …«

Jetzt reichte es ihr. Durch Tratsch und Klatsch allein konnte sie die Wahrheit nicht erfahren. Sie erhob sich. »Wo wohnt Herr von Milbach-Gründler?«

Erst wollte Kellner Max nicht recht heraus mit der Sprache, aber als Hans vorschlug, dem alten Herrn seinen Mantel zu bringen, der noch immer an der Garderobe hing, erfuhren sie, dass der Notar ganz in der Nähe lebte.

Eilig verließen sie das Café, das vergessene Kleidungsstück über Hans' Arm.

Draußen hielt er Luise am Ärmel fest. »Was hast du vor?«

»Wir werden zu ihm gehen und ihn fragen. Er kann unmöglich alles vergessen haben.«

Sie schlug den Weg Richtung Fuhlentwiete ein, wo der Herr Notar in einem schmucken Haus in der dritten Etage wohnte. An seiner Haustür mussten sie nicht nur einmal, sondern fünfmal läuten, bis endlich geöffnet wurde. Erstaunt musterte der alte Mann sie.

»Ja bitte?«

»Ich bin es, Herr von Milbach-Gründler. Luise.«

»Ich kenne keine Luise.« Seine Augen flackerten.

»Meine Mutter …« Sie holte tief Luft, bevor sie den Namen zum ersten Mal aussprach. »Marie Erhart. Sie kannten sie. Ich bin ihre Tochter.« Ängstlich hielt sie die Luft an. »Ich heiße Luise Charlotte Elisabeth Erhart.« Sie hielt sich an Hans' Arm fest, weil sie glaubte, der Boden unter ihren Füßen würde wanken. Endlich kannte sie ihren richtigen Namen.

»Weiter«, zischte Hans ihr zu.

»Sie luden uns eben ins Café *Opera* ein. Max, der Kellner? Erinnern Sie sich?«

Der Notar schaute sie lange an. Sein Blick schien in eine unendliche Leere zu fallen, als wären seine Gedanken an einen anderen Ort gewandert und hätten den Körper des Mannes in der Tür vergessen.

»Herr von Milbach-Gründler?« Luise beugte sich ein wenig vor. »Hören Sie mich?« Sie meinte zu sehen, wie die Trübheit in seinen Augen langsam nachließ. Der alte Mann kämpfte sich zurück ans Licht.

»Luise?«

Erleichtert nickte sie.

»Die kleine Luise.« Ein Lächeln leuchtete in ihm auf. »Wie hübsch du geworden bist.«

»Was ist damals passiert?«

»Sie brachten dich zu dieser Person.«

»Frau Krüger«, half sie dem Notar.

»Genau. Richtig. Eine scheußlich gierige Person.« Plötzlich schloss er die Tür.

Verblüfft drehte Luise sich zu Hans.

Der hob die Hand und klopfte an die Tür. »Herr Notar? Bitte öffnen Sie.«

Nichts geschah.

»So machen Sie doch auf, Herr von Milbach-Gründler!«, rief Luise verzweifelt. Sie waren dem Ziel so nah und nun das. »Herr Notar! Bitte, öffnen Sie!«

Gerade als sie erneut klingeln wollte, wurde die Tür ein weiteres Mal geöffnet. In der Hand hielt der Notar einen Stapel Briefe, zusammengebunden mit einem seidenen Band. Er reichte sie Luise. »Sie geriet ohne wirkliche Schuld in eine Tragödie, wie es nur auf der Bühne hätte gespielt werden können.«

Luise drückte das Päckchen an ihre Brust. »Ist sie tot?«

Er seufzte schwer. »Ich hatte die Anordnung, ihr Testament zu vollstrecken, wenn ich drei Jahre nichts von ihr gehört habe.«

Vollstrecken! Welch schreckliches Wort!

»Sie werden alle Antworten in den Briefen finden, Fräulein Erhart. Meine Aufgabe war es, Ihrer Ziehmutter die jährliche Apanage zukommen zu lassen und mich von der körperlichen Unversehrtheit des Kindes zu überzeugen. Ziehen Sie aus den Zeilen bitte Ihre eigenen Schlüsse. Nur verurteilen Sie Ihre Mutter nicht.« Leise murmelte er ein »Adieu«, das wie eine Entschuldigung klang, und schloss die Tür.

All die Hoffnungen, dass sich die Dinge doch noch zum Guten wenden würden, waren dahin. Hans nahm Luise in den Arm.

27

Die Glocken von St. Jacobi schlugen Mitternacht. Im ganzen Haus war es still. Nur mit einem Nachthemd bekleidet, saß Luise auf der Kante ihres Betts und betrachtete die Briefe auf ihrem Schoß. Das Licht der Nachttischlampe fiel auf das erste Kuvert mit den elegant geschwungenen Buchstaben, die ihre Mutter vor Jahren für sie geschrieben hatte. Dieser Umschlag war besonders dick, sicherlich gefüttert.

Luise wusste nicht, was sie erwartete. Sie hatte Angst, die Zeilen zu lesen. Wie lange hatte sie sich ihre Mutter vorgestellt, die verzweifelt nach ihr suchte? Den Gedanken, dass da nie jemand gewesen war, der sie hatte finden wollen, schmerzte. Langsam öffnete sie den ersten Briefumschlag. Da fiel ihr eine Fotografie entgegen.

Eine schöne Fremde lächelte sie an. In den Augen aber lag eine tiefe Traurigkeit, von der Luise nicht wusste, ob es nur Melancholie war oder die Frau bereits ahnte, welch Schicksal vor ihr lag. Luise kämpfte mit den Tränen, als ihre Finger über das Gesicht ihrer Mutter strichen.

Vorsichtig lehnte sie das Bild gegen den Fuß der Nachttischlampe und wandte sich den Zeilen zu. Es waren mehrere Blätter feinsten Büttenpapiers, so wie es der Patron für seine Korrespondenz verwendete. Jede Seite war vorne und hinten eng beschrieben. Kein Millimeter Papier hatte verschwendet werden sollen für all die Dinge, die gesagt werden mussten. An einigen Stellen zierten Tränenflecke das Papier.

Mein liebstes Kind, meine wundervolle Luise …

Nun flossen doch Tränen über Luises Wangen. Und es würden nicht die einzigen in dieser Nacht bleiben.

Als sich Luise am nächsten Morgen aus dem Bett erhob, fühlte sich ihr Körper geschunden an. Jede einzelne Faser in ihr schrie vor Wut und Trauer über das, was sie aus den Briefen erfahren hatte.

Heute war sie eine andere als zuvor. Und eine ganz bestimmte Person würde für das Leid, das ihr zugefügt worden war, bezahlen!

Zuvor hieß es jedoch, einen kühlen Kopf zu bewahren, denn heute musste sie einen Menschen aus ihrem Leben gehen lassen, der in ihrem Herzen wohnte. Hans, der Page mit den lustigen Grübchen, ihr Freund und Vertrauter, … ihr Verlobter. Ihre Mutter hätte ihn bestimmt gemocht.

Traurig lächelte Luise in den kleinen Spiegel über der Waschschüssel, als der kurze Sonnenstrahl aus ihrer Seele auch schon verschwand. Verlobt? Wie albern! Sie hatte ihr Versprechen als ein Kind gegeben, das sie schon heute nicht mehr war.

Luise kleidete sich an, flocht die Zöpfe, stieg in ihre neuen Schuhe, die sie kürzlich bei einem Höker in der Nähe des Hafens gekauft hatte, und ging hinunter in den Keller.

Seit Ausbruch des Kriegs war es im *Vier Jahreszeiten* üblich, dass jene jungen Männer, die an die Front zogen, vom Patron persönlich mit einigen väterlichen Worten verabschiedet wurden. Von Frau Haerlin gab es dazu ein Vesperpaket für die Reise.

War die Stimmung im Speiseraum die ersten Male noch

ausgelassen gewesen, hatte sie sich seit dem Tod der beiden Haerlin-Söhne in eine Düsternis verwandelt, als wäre man auf einer Beerdigung, die sich stets wiederholte, denn mittlerweile kannte jeder irgendeinen, der aus dem Krieg nicht mehr zurückkehren würde.

Seit vielen Wochen war der deutsche Vormarsch an der Marne zum Erliegen gekommen und die Front im Westen erstarrt. Die Zeitungen waren voller Traueranzeigen, in denen immer öfter Kritik an der Sinnlosigkeit des Kriegs laut wurde. Aus dem Plan des Großen Generalstabs, einen Lokalkrieg gegen Frankreich zu führen, war innerhalb weniger Wochen ein Krieg geworden, der ganz Europa erfasst hatte. Alle Parteien waren sich sicher, den Sieg davonzutragen. Kriege, das wussten schon die alten Griechen, kannten niemals nur Gewinner. Am Ende würden alle verlieren. Die Frage war nur, wie hoch.

An diesem regengrauen Morgen standen die letzten Angestellten des Hotels unten im Keller und warteten, ob der Patron zu ihnen heruntersteigen würde. Es hieß, dass sich Tochter Frieda liebevoll um die lebenserschütterten Eltern kümmerte. Ricky und ihren Bruder Will hatte man zu entfernten Verwandten nach Augsburg geschickt. Im Haus war es jetzt noch stiller geworden.

Umringt von den anderen, standen Hans und Carl Braun in ihren besten Anzügen da, als Luise eintrat.

»Hast du den Brief gelesen?«, wollte er flüsternd von ihr wissen.

Sie nickte.

»Was steht drin?«

»Später.«

Eindringlich sah er sie an. »Es wird kein Später geben. Luise. Das weißt du.«

»Tüddelütt. Du wirst heil zurückkommen. Basta.«

Er lächelte. »Basta. Ja, genau. Wenn du es sagst, wird es so sein.«

Da trat der Patron in den Raum. Luise und die anderen erschraken. Friedrich Haerlin war um Jahre gealtert. Die sonst so wachen Augen lagen tief in ihren Höhlen, als hätte er seit der letzten Todesnachricht nicht eine Sekunde geschlafen. All die Kraft und Größe seines aufrechten Körpers schienen ineinandergefallen zu sein. Jeder Schritt bereitete ihm Mühe. Dennoch war sein Anzug makellos, der Bart perfekt gestutzt, und die Schuhe glänzten, wie man es vom Direktor eines Grandhotels erwartete. Er begab sich zu Hans und Carl. Seine Stimme füllte den Raum, als versuchte er, den Tod zu warnen, auch diese beiden jungen Männer zu holen.

»Ihr werdet für Kaiser und Vaterland kämpfen, aber mehr noch für jeden von uns, die wir zu Hause bleiben müssen. Für eure Mütter und Väter, Schwestern und Brüder.« Er legte den jungen Männern eine Hand auf die Schultern. »Macht unserem Haus Ehre, wenn ihr an die Front kommt.« Er schluckte. »Ich befehle, bleibt am Leben. Ich will euch beide gesund und munter an dieser Stelle wiedersehen können. Haben wir uns verstanden?«

»Jawoll, Patron«, kam es unisono aus den Mündern der jungen Männer.

Die Anwesenden klatschten, und Fräulein Richter überreichte den künftigen Soldaten die Vesperpakete, da sich die Gattin des Patrons hatte entschuldigen lassen.

Mit vielen guten Wünschen und Schulterklopfen wurden die Helden über den Lieferantenausgang hinausgeleitet, wo die winterliche Sonne das Dunkel der Nacht bereits am unteren Rand verwischte. Luise drängte sich durch die Menge, die sich zwischen Gang und Controllbüro zwängte, um Hans ebenfalls Lebewohl zu sagen.

»Schenke mir etwas, damit ich an dich denken kann, wenn ich bei Wind und Wetter im Graben hocke.« Er nahm ihre Hand.

»Ich … ich …«, stotterte sie, denn sie hatte kein Geschenk für ihn. Sie hatte nur an sich gedacht, an ihre Mutter, an ihre tausend Fragen und an ihre Angst. Nicht einmal eine gepresste Blüte oder eine Fotografie von sich hatte sie dabei. Sogar ihr lächerlicher Verlobungsring war oben in der Kammer. Er hingegen trug seinen am Finger der linken Hand. Vielleicht hatte Fräulein Richter ja doch recht gehabt, als sie damals zu ihr gesagt hatte, sie sei eigensüchtig.

Luise spürte, dass die anderen neugierig zu ihnen herüberschauten, wohl, um zu verstehen, was sich gerade Romantisches vor ihren Augen abspielte. Da hatte Luise eine Idee. Sie griff in ihre Schürzentasche. Aus reiner Gewohnheit hatte sie die Ecke des Briefs dabei. Sie wickelte den Papierschnipsel aus, faltete den geblümten Stoff sorgsam zusammen und küsste ihn, um ihn Hans zu reichen.

»Ich trage ihn jeden Tag bei mir, und in der Nacht liegt er unter meinem Kissen. Bringe ihn mir zurück, bitte.« Sie stellte sich auf die Zehenspitzen und gab ihm vor aller Augen einen Kuss auf die Wange.

Ein »Ah« ging durch die Reihen, jemand klatschte.

Hans riss sie in seine Arme und drückte sie fest an sich. »Ich werde mich nicht erschießen lassen. Versprochen.« Er zog einen Schlüssel und die kleine grüne Pappkarte aus seiner Jacke. Beides gab er Luise. »Nimm aus meiner Kammer alle Bücher, und bewahre sie auf, bis ich wieder da bin. Mit der Ausleihkarte darfst du außerdem so viele Romane, wie du möchtest, bei Herrn Schröder ausleihen. Er weiß Bescheid.«

»Du hast es ihm gesagt?«

Er lachte mit sich bildenden Grübchen, als er ihr den Verlobungsring entgegenhielt.

»Das alberne Ding hat schon jetzt etwas Gutes bewirkt«, flüsterte er in ihr Ohr. Dann küsste er sie auf den Mund.

28

Ist die Feldpost bereits eingetroffen?« Seit dem Tod ihrer beiden Söhne kam Thekla Haerlin jeden Morgen persönlich ins Hotel, um nachzufragen, ob ein Brief ihres Jüngsten gekommen sei. Wieder musste Herr Marthaler sie enttäuschen. Seit Wochen hatten die Eltern keine Nachricht von Fritz erhalten, der irgendwo in Flandern kämpfte. Es schien, als hätte der Tod seiner beiden Brüder ihn stumm werden lassen. Andererseits war es auch möglich, dass eine englische Kugel den Jüngsten des Hauses bereits zerfetzt hatte. Wer wusste das schon?

Indes versuchte der Vater alles, um den letzten Sohn in die Etappe versetzen zu lassen, irgendwohin, wo der Junge überleben konnte. Diese Regelung galt für Familien, die bereits zwei Kinder zu beklagen hatten. Fritz war die letzte Hoffnung des Patrons, das Hotel an die nächste Generation weitergeben zu können.

Luise dachte an den jungen Mann, wie er eines Morgens vorbeigeschlichen war, um ungesehen zur Einberufungsstelle zu gelangen. Er war so voller Abenteuerlust gewesen, so verblendet von hübschen Uniformen und dem Wunsch, etwas Großes leisten zu dürfen und endlich jene Anerkennung zu erhalten, die seine älteren Brüder längst genossen hatten. Unverkennbar waren Otto und Wilhelm Fritz' Vorbilder. Damals lebten sie noch. Luise verstand sehr gut, warum dem Jüngsten des Hauses die Worte fehlten.

Es war früher Nachmittag. Draußen tobte ein veritabler Sturm. Blätter flogen über das Kopfsteinpflaster, und auf der Alster schwappten kleine Schaumkronen auf den Wellen. Kaum ein Gast verlief sich an diesem Tag ins Hotel am Neuen Jungfernstieg. Und so saß Herr Marthaler im Speiseraum der Angestellten über einer Tasse Tee und las Zeitung, während Luise am anderen Ende des Tisches hockte und einen Knopf an ihren Mantel nähte.

»Wenn sich der junge Herr Haerlin nur endlich melden würde«, murmelte der Concierge mehr zu sich selbst. »Es tut mir in der Seele weh, seiner Mutter jeden Morgen das Gleiche sagen zu müssen.«

»Was soll er denn schreiben? Dass er nicht sterben würde? Das kann er nicht versprechen«, klagte Luise. »Dass es an der Front hübsch ist? Wohl kaum. Dass sie genug zu essen bekommen? Vielleicht. Doch reicht das, um die Patronin zu beruhigen?«

»Andere haben auch Söhne im Krieg. Und diese verfassen fleißig Briefe an die Eltern«, widersprach der Concierge, der wegen eines schwachen Herzens nicht eingezogen werden konnte.

Luise biss den Faden ab. »Mir scheint, unser Herr Fritz ist – wie soll ich sagen? –, er ist irgendwie sensibler. Sicherlich ist er kein Literat, aber auf seine Art sehr feinfühlig.«

»Es gibt Postkarten. Da muss er nicht viel zu Papier bringen«, beharrte Herr Marthaler und blätterte die Zeitung vor sich um.

Luise erhob sich, packte das Nähzeug weg und legte ihren Mantel über den Arm. »Fritz Haerlin liebt seine Eltern und das Hotel. Er wird schreiben. Bestimmt.«

»Du klingst so überzeugt. Kannst du in die Zukunft sehen, Fräulein Krüger?«

Er bemerkte nicht, dass Luise zusammenzuckte, als er sie beim falschen Namen nannte. Sie hieß Erhart, Luise Charlotte Elisabeth Erhart. Nicht Krüger. Nur war noch nicht der rechte Moment gewesen, um es kundzutun.

»In die Zukunft?« Sie überlegte. »Wer weiß?«

Mit einem Lächeln verließ sie den Speiseraum und ging in ihre Kammer, um den Mantel zurück in den Kleiderschrank zu hängen, wo ein neues Dienstkleid und ein wärmeres Sonntagskleid hingen. Das alte Kirchenkleid mit den ausgelassenen Säumen hatte sie einem Trödler für zwanzig Pfennige verkauft. Mit Stolz begutachtete sie ihre Garderobe, zu der auch ein Paar schwarz glänzender Schnürstiefel gehörte. Jedes einzelne Stück hatte sie selbst verdient, obwohl der Patron ihr keinen Lohn zahlen konnte. Ja, sie hatte von Hans gelernt, wie man mit einem Knicks und einem kleinen Gefallen an Trinkgeld gelangte. Das ersetzte zwar keine reguläre Bezahlung, ermöglichte ihr jedoch am Ende eines Monats ein wenig bescheidenen Luxus, und seien es nur alte Schnürstiefel. Ihre Mutter wäre stolz auf sie gewesen.

Beim Spiegel lagen ein Hornkamm und zwei Haarbänder. Kritisch betrachtete sich Luise, von der einen wie von der anderen Seite, nahm ihren geflochtenen Zopf und hielt ihn hoch. Hübsch hatte der Notar sie genannt. Sie sei so hübsch wie ihre Mutter. Heute würde sie ihr Haar aufstecken, um Herrn Schröder in der Bücherei zu besuchen, denn sie hatte einen Plan.

Es war fast Mitternacht, als Luise endlich Zeit fand, einen Brief an Hans zu schreiben. Sie berichtete ihm von der Industriellengattin Siebelt, die mit der ganzen Familie ihren sechzigsten Geburtstag im Restaurant feierte, als der neue Kellner ihr versehentlich Suppe hinten ins Kleid schüttete. Statt ein großes Theater zu machen, den Oberkellner herbeizuzitieren oder gar nach dem Patron zu rufen, hatte sie nur gemeint, dass es vortrefflich sei, in einem feinen Hotel wie diesem niemals zu heiße Speisen serviert zu bekommen.

Luise erzählte ihm von den drei Rittmeistern, die sich klammheimlich davongestohlen hatten, ohne ihre Zeche zu bezahlen, was der Patron nur mit einem Lächeln quittierte und einer Rechnung an Oberstleutnant Harlinghausen, der den Herren vorstand. Am nächsten Tag hatten diese allesamt ihre Faktur nebst einem großzügigen Trinkgeld für die Kellner beglichen. Selbstredend ohne selbst zu erscheinen. Sie hatten diesen Gang nach Canossa von ihren Burschen erledigen lassen.

Luise schwieg in ihrem Brief über die Traurigkeit, die noch immer durch die Flure des Hauses wandelte und wehklagte, weil zwei vortreffliche junge Menschen hatten so sinnlos sterben müssen. Indes machte es sich so manch Kaisertreuer in der Wohnhalle gemütlich und bezeugte seinen Patriotismus, indem er in seiner Reservistenuniform umhergockelte und Reden schwang. Luise war wütend über diese Herren, obwohl sie wusste, dass auch Feiglinge nichts weiter als leben wollten.

Der Patron führte in den kommenden Tagen immer hitzigere Gespräche mit Herrn Kretschmer über die Speisekarte im Restaurant. Weil die Preise für alles und jedes weiter in die Höhe schossen und sich die Versorgungslage im Land von Woche zu Woche verschlechterte, wusste keiner mehr, was den Gästen noch angeboten werden sollte. Dass im Reich mittlerweile alles Mögliche rationiert wurde und sogar Lebensmittelkarten ausgegeben werden mussten, bedeutete eine neue Schwierigkeit für den Patron, da die Gäste statt mit Fleisch- oder Butterkarten lieber mit Bargeld zahlten. Das verlor langsam an Wert. Außerdem gab es kaum noch etwas frei zu kaufen. Für den Hausherrn und seinen Koch war es zum Haareraufen.

Luise erzählte auch von ihren neuen-alten Schuhen und fragte ihn, ob sie ihre Haare ein wenig erwachsener tragen solle. Anschließend faltete sie das Papier, das sie für viel Geld im Schreibwarenhandel am Großneumarkt gekauft hatte, und schob es in ein Kuvert. Sie hatte den Brief lächelnd mit *Deine Verlobte* unterzeichnet. Ja, sie würde ihre Haare aufstecken müssen, egal, was er antwortete. Sie war kein Kind mehr.

Nun nahm sie ein neues Blatt zur Hand. Diese Zeilen würde sie nicht bei Herrn Marthaler abgeben, denn diese Nachricht war geheim, obwohl auch sie an die Westfront gehen sollte.

Lieber Herr Haerlin jr., begann sie in ihrer schönsten Schrift. *Ich weiß, dass es nicht an mir ist, Ihnen zu sagen, was Sie tun oder lassen sollen …* Wie weiter?

Sie grübelte. Er sollte endlich seiner Mutter ein Lebenszeichen schicken, verdammt noch mal! Das konnte nicht so schwer sein. Nur wollte sie es so nicht sagen. Nach ihrem unrühmlichen Auftritt in der Wasserzeichenaffäre hatte sie gelernt, sich meistens zu beherrschen.

Ich glaube, mir vorstellen zu können, warum Sie keine Zeit finden, zu Papier und Schreiber zu greifen. Doch Ihr Schweigen schmerzt Ihre Eltern. Ist das wirklich Ihre Absicht? Sie legte die Füllerspitze auf den letzten Satz, um ihn zu streichen, und zögerte. Es war Krieg. Zeit für hübsche Wendungen ließ einem der Tod im Graben nicht. Und dennoch ersehnten sich Thekla Haerlin und ihr Mann genau das von ihrem Sohn – beruhigende Worte.

Luise nahm eines der aufgeschlagenen Bücher auf ihrem Bett, die sie bei Herrn Schröder gefunden hatte. *Ypern in Flandern*. Sie hatte Glück gehabt, dass der Bibliothekar diesen einen Reiseführer noch im Keller hatte finden können, denn eigentlich war alles Französische, Britische und Russische aus den Buchläden und Bücherhallen verschwunden. Glücklicherweise lag Ypern in Belgien.

Wenn Sie sich unsicher sind, was Sie Ihrer Mutter schreiben sollen, weil jetzt Winter ist und wohl auch in Flandern keine Blumen blühen, berichten Sie von den Sehenswürdigkeiten und den Menschen. Sie überlegte, dass Fritz Haerlin wohl kaum Gelegenheit hatte, aus seinem Graben herauszukommen. Also blätterte sie in dem Baedeker auf ihrem Bett und formulierte einen Text, der das Gewandhaus der Stadt als besonderes Exemplar eines gotischen Profanbaus lobte.

Sie hatte keine Ahnung, was ein Profanbau war. Es musste etwas enorm Wichtiges sein, denn der Autor ließ sich lang über Giebel und Bögen aus. Sie berichtete von der Sankt-Martins-Kathedrale und ihrer wertvollen Ausstattung, dem Marktplatz und den nicht weniger reizenden Mädchen der Gegend. Sie erzählte vom achtzigjährigen Krieg und dem Spanischen Erbfolgekrieg ebenso wie von den architektonischen Besonderheiten Brügges und Antwerpens.

Bitte, lieber Herr Fritz, schreiben Sie Ihrer Mutter möglichst bald, schloss sie ihren Brief.

Sie wusste, mit diesen Zeilen ging sie eindeutig zu weit. Trotzdem musste es sein. Das Schweigen schmerzte nicht nur die Eltern, sondern auch die Angestellten im Hotel. Einem Haus, das zu Luises Zuhause geworden war.

29

Mittlerweile hatte der Schatten des Kriegs selbst die wohlhabenden Hanseaten erreicht. Die Lust am Feiern war so manchem vergangen. Immer öfter blieben die Tische im Restaurant und die Festsäle leer. Kaum einer, der nicht einen Sohn oder Verwandten zu beklagen hatte. Zudem zeigte die rigorose Seeblockade der Engländer in der Kaufmannsstadt eine zunehmend verheerende Wirkung. Manch alteingesessene Firma musste ihre letzten Angestellten und Arbeiter entlassen oder gar die Türen ganz schließen.

Dennoch wollte Friedrich Haerlin nicht auf die Weihnachtsfeier für all jene verzichten, die noch im *Vier Jahreszeiten* arbeiteten, auch wenn er die Festlichkeiten aus familiären Gründen ins neue Jahr verschoben hatte. Die meisten Angestellten waren überrascht, dass dem Patron überhaupt nach Feiern war. Etwas schien mit ihm und seiner Gattin nach den äußerst traurigen Weihnachtstagen passiert zu sein, denn beide konnten endlich wieder lachen.

Kurzfristig buchte man einen Saal im *Winterhuder Fährhaus*. Dieses Mal war es nur der kleine Festsaal, wo lange Tafeln mit weißen Tischdecken und gutem Geschirr eingedeckt standen. Heute sollte den verbleibenden Angestellten des vornehmen Hotels *Vier Jahreszeiten* von einer Heerschar anderer Kellner aufgewartet werden.

Das Ehepaar Haerlin hatte mit Herrn Marthaler und Herrn Kretschmer am Kopf der Tafel Platz genommen. Bei traditionellem Gänsebraten und Rotkohl, Gebäckvarianten und einer Tasse echten Bohnenkaffees war für eine kurze Zeit der Krieg vergessen. Es wurde gelacht und gescherzt, ein oder zwei Gedichte vorgetragen und sogar gesungen. Gegen neun Uhr wurden die Dessertschälchen abgeräumt, und die Direktoren lehnten sich bei einem Glas Cognac und einer Zigarre wohlig zurück, während die Damen über allerlei Dinge plauderten, die Männer wenig interessierten.

Auch Luise bemerkte, dass der Gastgeber und seine Gattin heute Abend bester Laune waren. Die Wangen der Patronin leuchteten rosa, und das sonore Lachen ihres Mannes schallte über die Köpfe der Anwesenden hinweg. Gerade schwärmte Friedrich Haerlin von seinem Schatz im Gewölbekeller, der mehrere Hundert Flaschen besten Weins und Champagner beherberge. Luise wusste, dass der Patron neben dem Hotel einen nach wie vor gut gehenden Weinhandel betrieb, da er weit über die Stadtgrenzen hinaus als großartiger Weinkenner galt.

»Der Weinkeller unseres Hauses ist eine Investition in die Zukunft«, erklärte der Patron gerade und musterte anerkennend die Zigarre in seiner Hand. »Er muss gehütet und gepflegt werden, denn die guten Weine werden von Jahr zu Jahr besser.«

»Bis sie korken oder umkippen«, entgegnete der leicht beschwipste neue Oberkellner ein Stück weiter, was ihm ein strenges Augenheben seines Chefs einbrachte.

»Jedoch nicht alle Weine sind zum Trinken gedacht«, fuhr Haerlin fort. »Flaschen mit einer bedeutenden Jahreszahl sollten nicht getrunken, sondern als Kapitalanlage verstanden und weiterverkauft werden, wenn die Zeit reif dafür ist.« Er aschte seine Zigarre ab.

Herr Marthaler hob den Kopf. »Wollen Sie etwa den *Château Gondet* verkaufen?«

»Um Himmels willen, nein!« Den Anwesenden, von denen bisher nur wenige das Glück hatten, den Weinkeller des Patrons betreten zu dürfen, erklärte er, dass ihm jene Flasche zur Eröffnung des Hotels geschenkt worden war. »Der Inhalt dürfte kaum noch genießbar sein, und dennoch hat dieser Wein für mich eine besondere Bedeutung. Auch wenn die Flasche in hundertzehn Jahren unbezahlbar sein wird, sie darf nicht verkauft werden.«

»Ich denke«, der Oberkellner griente, »dass es für das Haus besser ist, wenn die Leute den Wein trinken, statt ihn nur anzusehen.« Frech rieb er Daumen und Zeigefinger aneinander.

Der Schwabe Haerlin mahnte ihn mit dem Zeigefinger. »Übertreiben Sie es nicht, sonst muss ich Sie leider entlassen.«

Sogleich war der Oberkellner nüchtern und wurde blass.

»Ein Scherz, mein Lieber. Nur ein Scherz.« Friedrich Haerlin strahlte den Mann an.

Erleichtert lachten alle am Tisch. Es war herrlich zu sehen, dass der Patron und seine Frau wieder fröhlich sein konnten. Bald darauf erfuhren die Anwesenden den Grund für die schwäbische Ausgelassenheit: Fritz hatte seinen Eltern geschrieben. In seinem Brief schwärmte der junge Mann von den Profanbauten in Ypern und dem Museum in Brügge mit seinen unglaublich lebensnahen Porträts. Er berichtete von der Geschichte Belgiens und dem Spanischen Erbfolgekrieg, der große Wirkungen auf das kleine Land gehabt habe, und lobte die hübschen Mädchen sowie das gute Essen. Besondere Aufmerksamkeit schenkte er den flandrischen Gobelins, die er entdeckt habe. Zwei dieser äußerst wertvollen Stücke hingen seit Jahren an den Wänden im Foyer, und Fritz fragte den

Vater, ob er ein außerordentlich erlesenes Exemplar ausfindig machen solle, damit man es nach dem Krieg kaufen könne.

Friedrich Haerlin hatte seinen Sohn wissen lassen, dass dies eine gute Idee sei und Fritz unbedingt die Augen nach einer günstigen Gelegenheit offen halten müsse.

Die beste Nachricht aber hatte die Eltern heute Morgen erreicht. Der junge Offizier hoffte, in die Etappe versetzt zu werden. Man wolle ihn von der Westfront abziehen und irgendwo im sicheren Hinterland stationieren. Endlich lichtete sich der Angstschleier im Haus, und alle konnten aufatmen.

30

Das Glück der Eltern aber verging schon bald, als sie erfuhren, dass ihr Fritz wegen der schwierigen Lage an der Ostfront doch nicht in die Etappe versetzt werden würde, sondern Richtung Polen musste, wo die Oberste Heeresleitung dringend Soldaten im Kampf gegen die Russen benötigte. Hans hingegen hatte gewissermaßen Glück im Unglück. Ihn hatten sie in einer Train-Abteilung der 1. Armee untergebracht. Dort tat er in der 2. Eskadron unter Rittmeister von Werfel als Fahrer Dienst. Mal kutschierte er hochrangige Offiziere hin und her, mal Lastwagen zwischen Front und Hinterland, beladen mit Verpflegung oder neuen Rekruten als Kanonenfutter. Zurück ging es mit den Verletzten, die in Militärspitälern versorgt werden sollten. In seinem letzten Brief schrieb er, dass auf einer dieser Fahrten ein junger Sergeant an den Folgen seiner Verletzungen in seinen Armen gestorben sei.

Hans war verärgert darüber, dass man die Männer der Train-Abteilungen belächelte, weil sie nie Gewehre in den Händen hielten, um Gegner zu erschießen.

Nur bedenkt niemand, dass unsere Helden verhungern würden, wenn wir nicht wären. Ohne uns gäbe es keinen Sieg.

Jedoch auch keinen Krieg, hatte Luise gedacht.

Indes ging im Hotel an jedem Morgen der erste Blick in die Tageszeitung. Wer war gefallen? Wer lebte noch? Man hatte gelernt, zwischen den Zeilen zu lesen. Was als bedeutender Sieg der Armeen gemeldet wurde, war oftmals nur ein Scharmützel um ein Dorf gewesen und brachte selten mehr als einen Meter erobertes Feindesland. Auf einer Länge von über siebenhundert Kilometern hatten sich die Armeen in die kaltschlammige Erde von Belgien und Frankreich gegraben.

Natürlich gab es im Kaiserreich noch immer jene, die an einen schnellen Sieg glaubten. Luise hörte sie in der Wohnhalle schwadronieren, während sie Tee und Gebäck reichte. Offiziere in adretten Uniformen diskutierten mit alten Veteranen des Kriegs von 1866 die heutigen Frontlinien und Bewaffnungen des glorreichen deutschen Heers. Sie konnten sich nicht erklären, warum der Sieg so lange auf sich warten ließ.

»Der Ludendorff muss endlich ran. Er im Westen und Hindenburg im Osten, das wird den Feinden schon das Fürchten lehren.«

Wie einfach es doch ist, mit einer Zigarre in der Hand den Wahnsinn dieser Welt zu erklären, dachte Luise still und schenkte nach. Sie war stolz darauf, dass die Patronin sie seit einigen Tagen auch in der Wohnhalle bedienen ließ.

»Mädchen!«, rief einer der Gäste. Es war jener Herr, der ihr im Foyer aufgefallen war, als der Patron vom Tod seines Sohns erfuhr. Der Mann mit der Nickelbrille. Mittlerweile wusste Luise, dass er ein Geschäftsmann aus Frankfurt war und in Immobilien machte. Zum dritten Mal in kurzer Zeit logierte er für einige Tage im Hotel. Er gab selten Trinkgeld und verlief sich oft im Haus. Gestern war Luise ihm in der Küche begegnet, wo einer der Köche ihn gerade freundlich zurück ins Foyer geleitete.

Luise trat zu ihm. »Was kann ich für Sie tun, Herr Gansberger?«

»Der Tee. Wo habt ihr ihn her?«

»Mundet er Ihnen? Es ist eine englische Mischung.« Sehr viel mehr wusste sie über das Gold in der feinen chinesischen Porzellantasse auch nicht.

»Jaja, das weiß ich. Sag, wo kauft Herr Haerlin ihn?«

Luise versprach nachzufragen. Sie suchte den Oberkellner des Restaurants *Haerlin,* der tagsüber auch für den Service in der Wohnhalle zuständig war. Gerade wies er eine weitere Hilfskraft ein. Sie war jung und von eleganter Statur. Luise vermutete, dass sie aus gutem Haus stammen musste, so vornehm, wie sie wirkte. Wahrscheinlich war ihr Gatte oder der Vater gefallen, sodass sie gezwungen war, sich um die Anstellung als Servierkraft zu bemühen. Mittlerweile hatte Luise ein Gespür für Menschen entwickelt, fast so, als könnte sie in deren Herzen und Köpfe sehen. So unheimlich das auf andere vielleicht wirken mochte, war diese Fähigkeit für Luise in manchen Dingen recht praktisch, denn so wusste sie manchmal noch vor dem Gast, was dieser gerade brauchte. Ein Kissen im Rücken? Ein Glas Wasser? Ein Lächeln?

Sie liebte es, hier zu bedienen, auch weil sie das hübsche Kleid mit der weißen Schürze und der Haube tragen durfte, die Frau Haerlin ihr geliehen hatte. Schade nur, dass es so wenig Gäste im Haus gab und sie deshalb all die anderen Arbeiten zusätzlich erledigen musste, sei es putzen, bügeln oder in der Küche aushelfen. Eine besondere Ehre war es ihr, wenn sie für das Publikum da sein durfte. Dann war sie Teil des richtigen Hotels.

Luise erzählte dem Oberkellner vom Anliegen des Gastes in der Wohnhalle.

»Sag ihm, bei *Maas* im Ostasienhaus, gegenüber der St. Petrikirche.«

Als Luise zu Herrn Gansberger zurückkehrte, sah sie gerade noch, wie der die Unterseite der Porzellantasse prüfte. Ein wenig irritiert trat sie zu ihm und nannte den Namen des Teehändlers.

»Bekommt Haerlin Rabatt für den Darjeeling? Dreißig? Zwanzig Prozent?« Ungerührt stellte er den kleinen Teller zurück, wobei er Luise auffordernd anschaute.

Sie bedauerte, es nicht zu wissen, und empfahl ihm, den Patron direkt zu fragen, der in seinem Direktionszimmer zu finden sei. Sie wusste, dass es sich nicht gehörte, die Gäste herumzuschicken, nur war ihr der Mann aus unerfindlichen Gründen unsympathisch. Warum interessierte er sich für derartige Belanglosigkeiten? Ob er in Wahrheit ein Teehändler war, der plante, sich in der Stadt niederzulassen?

Grübelnd verrichtete sie ihre Arbeit, bis das Restaurant auf der anderen Seite des Hotels geöffnet wurde und sie zurück in den Keller gehen konnte. Sie hätte Feierabend machen können, doch eine wichtige Angelegenheit wartete auf sie. Und heute war der richtige Tag, um sich ihr zu widmen. Langsam nahm sie die Stufen in die erste Etage, wo sie jene Person anzutreffen hoffte, die genau wusste, was damals passiert war. Diese Frau war die Ursache allen Übels, das Luise hatte ertragen müssen.

Die letzten Wochen hatte Luise unglaubliche Kraft gekostet, die Wut nicht jeden Tag hinauszuschreien, sobald sie ihr begegnet war. Doch sie hatte ihre Lektion aus der Wasserzeichenaffäre gelernt und auf den rechten Moment gewartet. Hans wäre stolz auf sie gewesen.

Die Frau würde erfahren, dass ihr Verstecken hinter Anmaßung und Dünkel ab sofort ein Ende hatte. Ohne zu klopfen, trat Luise in die Fürstensuite, wo Fräulein Richter soeben ein weißes Gesteck auf einen sechseckigen Mahagonitisch drapierte. Morgen wurde die Ankunft von Richard Strauss erwartet, einem österreichischen Komponisten berühmter Opern, der auf dem Weg nach Amerika war.

»Darf ich wissen, was du hier oben zu suchen hast?« Fräulein Richters Stimme war spitz wie Mäusezähne.

Luise vergewisserte sich, dass niemand in der Nähe war, denn das, was sie sagen wollte, war nur für die Ohren dieser Person bestimmt. Vorerst zumindest. Sie ging zu dem Tisch, hinter dem die Hausdame mit überraschter Miene stand.

»Vor sechzehn Jahren gastierte eine junge Opernsängerin in der Stadt. Marie Erhart …«

Alle Farbe verschwand aus Fräulein Richters Gesicht.

»Ich sehe, Sie kennen meine Mutter.«

Die Frau schnappte nach Luft. »Wie redest du mit mir?«

»Sie haben sich an ihr versündigt. Ich kann es beweisen.« Wütend starrte Luise die Frau an. Alt. Hager. Böse. Es würde ihr eine Freude sein, den Patron zu informieren.

»Wovon … wovon redest du?«, stotterte die Hausdame endlich. »Was sind das für Beweise?«

Luise beugte sich vor. Zwischen ihnen thronte das Gesteck aus weißen Blumen. Es war ein Bouquet aus Cymbidien, einer besonderen asiatischen Orchideenart, von der es hieß, sie stünden für hohe Moral, Ehre und Tugend, wie Luise von Frau Haerlin gelernt hatte.

»Sie haben sich als Kupplerin betätigt.« So klar hatte sie es nicht aussprechen wollen, obwohl ihre Worte die damaligen Vorkommnisse recht genau trafen. Die Hausdame hatte seinerzeit auf das dringliche Bitten eines Stammgasts hin der Sängerin Briefe überreicht. Die junge Frau wohnte während ihres Gastspiels im Hotel. Den Zeilen waren geheime Treffen gefolgt, die die Richter orchestriert hatte. Sie hatte die Liaison aktiv gefördert. Eine Verbindung, von der die Hausdame gewusst haben musste, dass sie zum Scheitern verurteilt war, denn der Verehrer hatte sich zur selben Zeit standesgemäß mit einer anderen verlobt.

»Graf von Ehrenberg war eine gute Partie für ein junges Ding wie sie. Immerhin war sie nur eine von der Bühne.« Bei den letzten Worten sah die Richter sie streng an, als würde die Profession von Marie Erhart viel über deren Anstand verraten. »Sie war in Not. Und ich habe ihr geholfen. Es war christlich. Ich hätte es nicht tun müssen. Außerdem muss ich mich vor einem Gör wie dir nicht rechtfertigen. Ich werde deine Frechheit dem Patron melden müssen.«

Luise ließ ihre Faust auf die Tischplatte niedersausen. Die Vase vor ihr wankte.

Die Frau fuhr zurück.

»Sie haben die Jugend meiner Mutter benutzt, um sich einen Vorteil bei dem Gast zu verschaffen.«

»Was fällt dir ein?« Die Stimme der Frau zitterte heftig bei den Worten, und Luise wusste, dass alles stimmte, was sie erfahren hatte.

»Der Graf schenkte Ihnen zum Dank für Ihre rege Vermittlungstätigkeit einen Pelzmantel und Logenkarten für das Stadttheater. Sogar eine Radierung von Gensler haben Sie bekommen.«

Die Frau stolperte zu einem Sessel beim Fenster, auf den sie sich fallen ließ. »Ich habe dem Glück nur auf die Sprünge geholfen. So ein schönes Paar wären sie gewesen.« Hastig zog sie ein Taschentuch aus dem Ärmel.

»Unsinn!«, schrie Luise ihr ins Gesicht und schreckte kurz vor ihrer eigenen Stimme zurück. »Der Graf verlobte sich mit einer Dame seines Standes, noch während er heimlich meine

Mutter in der Stadt traf. Und Sie wussten es!« Ihre Stimme zitterte vor Wut. »Niemals hätte ein Mann wie er eine Sängerin geheiratet. Das weiß sogar ich, die dumme Göre aus der Gosse.« Sie trat vor den Sessel und starrte auf die Frau hinunter. »Sie haben meine Mutter benutzt, weil sie naiv und lebensunerfahren war und an die große Liebe glaubte – bis es zu spät war.«

»Ich habe ihr geholfen, als es schlecht um sie stand«, unternahm die Richter einen erneuten Versuch, sich zu verteidigen. »Sie hatte sich selbst in diese prekäre Lage gebracht, und nur ich war an ihrer Seite.«

»Nein, Sie haben sie ins Unglück gestürzt. Meine Mutter war erst zwanzig Jahre alt, als Sie mit ihr dieses Spiel spielten, um sich lieb Kind bei einem reichen Stammgast zu machen.« Fräulein Richter wollte aufbegehren, doch Luise unterbrach sie. »Und als wäre das noch nicht genug, haben Sie sich danach als Retterin aufgespielt und ihr vorgeschlagen, das Balg fortzugeben.« Auch wenn Luise noch jung war, ja, fast noch ein halbes Kind, so hatte das Leben sie früh gelehrt, wie egoistisch Menschen zu ihresgleichen sein können und wie sicher Geld die grässliche Grimasse der Habgier hinter jeder Christlichkeit hervorzulocken vermochte.

Die Hausdame wollte sich erheben, Luise aber ließ es nicht zu. Es war einfacher, auf die Frau hinunterzublicken. Schwer fiel Fräulein Richter zurück in den Sessel.

»Die Ziehmutter, die Sie so selbstlos für mich ausgewählt hatten, war Ihnen bekannt, wie meine Mutter mir schrieb. Sie sei eine Cousine gewesen, für deren Rechtschaffenheit und Kinderliebe Sie sich verbürgten. Woher kannten Sie Frau Krüger?«

»Du hast Briefe von ihr?« Die Blässe im Gesicht der Hausdame changierte ins ungesund Graue.

»Antworten Sie.«

Die Richter knetete das Taschentuch in ihren Händen. Ihre Kiefer mahlten. »Ich las eine Anzeige im *Hamburger Correspondenten*. Dass diese Person eine Verwandte von mir sei, muss Fräulein Erhart falsch verstanden haben.«

»Meine Mutter vertraute Ihnen das Liebste an, das sie besaß. Mich. Es brach ihr das Herz, die Stadt ohne ihr Kind verlassen zu müssen. Sie haben sie ins Unglück geredet.«

Die Wut drohte nun ungebremst aus ihr herauszusprudeln, wie ein Vulkan Feuer spie. Schnell ging sie zum Fenster und starrte auf die Alster hinaus. Sie hatte noch nie einen Menschen geschlagen. Sie würde heute nicht damit anfangen. Tief sog sie die orchideendurchtränkte Luft im Raum ein. Dieser Ausblick … Ihre Mutter könnte genau hier gestanden haben, als sie hier logierte. Vielleicht sollte sie den Patron fragen, ob sie die alten Meldebücher einsehen dürfte.

»Von der Apanage, die Notar von Milbach-Gründler Frau Krüger jedes Jahr aushändigte, um mich ohne wirtschaftliche Sorgen aufziehen zu können, haben Sie sich sicherlich etwas abgeben lassen. Wie viel war es? Zehn Prozent? Zwanzig? Oder noch mehr?« Der Gedanke war Luise gerade erst gekommen. Gier schien ihr als Motiv für all das am plausibelsten. Tante und die Richter hatten sich bestimmt bestens verstanden.

»Das ist eine Lüge! Ich habe sogar dafür gesorgt, dass die Person für unser Haus arbeiten durfte. Dabei, so muss ich leider sagen, entsprachen ihre Lieferungen in den letzten Jahren alles andere als dem Niveau dieses Hotels.« Wieder war da diese herablassende Note in ihrer Stimme.

Luise bemerkte, dass sich die Person hektisch aus dem Sessel stemmen wollte.

»Ich lasse mir nicht vorwerfen, der armen jungen Frau in

ihrer Not geholfen zu haben. Es war eine Tat aus reiner Christlichkeit und Nächstenliebe. Ich brachte sie in eine private Praxis, wo sie den Säugling zur Welt bringen konnte. Ich regelte die Unterbringung des Kindes und half ihr packen, als sie Hamburg verließ. Sie wollte zurückkehren, sobald ihre«, sie räusperte sich, »familiäre Situation es erlaubte, das Kleine zu sich zu nehmen. Dass sie niemals zurückkam, ist nicht mir vorzuwerfen.«

»Sie starb in der Schweiz an Tuberkulose.«

Die Frau richtete ihr Kleid und hob das Kinn. »Umso besser, dass für das Kind gesorgt war.«

Luise schnaubte verächtlich. »Sie nahmen Geld für jede Ihrer angeblich so christlichen Leistungen, Fräulein Richter.«

»Ja und? Ich muss sehen, wo ich bleibe. Oder denkst du etwa, ich werde hier fürstlich bezahlt? Ha!« Die Hausdame hatte ihre gewohnte Art wiedergefunden. »Bestimmt hat Fräulein Erhart dir ihr Vermögen vermacht, sodass du nicht mehr hierbleiben musst. Also geh!«

Luise erinnerte sich an den letzten Besuch des Notars in der Behausung ihrer Ziehmutter. Sie selbst war etwa zehn Jahre alt gewesen. Die Tante hatte einen schrecklichen Tobsuchtsanfall bekommen, nachdem er fortgegangen war. Gedroht hatte sie, das Kind auf die Straße zu setzen, wo es als Rattenfutter enden würde. Luise hatte damals nicht begriffen, dass es der Tante nur um die jetzt ausbleibenden Zahlungen gegangen war, denn das Geld ihrer Mutter war aufgebraucht. Erst Tage später hatte es sich die Krüger anders überlegt. Von da an musste Luise noch mehr arbeiten als zuvor.

Sie ging zur Tür. »Sie werden kündigen, Fräulein Richter.«

»Wie bitte?«

Luise hatte alles genau geplant. »Sie werden Ihre Entlassung einreichen. Falls Sie es nicht tun, werde ich Herrn Haerlin die Briefe meiner Mutter zeigen und ihn von Ihrem Tun in Kenntnis setzen. Sicherlich wird er prüfen wollen, ob Sie weiteren Gästen auf Ihre ach so christliche Art *geholfen* haben zwecks Aufbesserung Ihres schmalen Salärs.«

Luise musste lächeln, als sie ihre eigenen hochgestochenen Worte hörte. In ihrem früheren Leben hatte sie niemals so gestelzt geredet.

31

In der Nacht tat sie kein Auge zu. Was nur hatte sie sich erlaubt? Sie war ein Niemand in diesem Haus. Ja, sie war nicht einmal mündig! Wie, um alles in der Welt, hatte sie sich erdreisten können, der Hausdame zu drohen? Dennoch wusste Luise, dass sie das Richtige getan hatte, obwohl es äußerst anmaßend gewesen war. Ob der Patron ihr glauben würde, sollten die Umstände sie zwingen, es ihm zu sagen? Oder würde er der Frau, die seit vielen Jahren Teil des Hauses war, mehr Vertrauen schenken? Je länger Luise darüber nachdachte, umso unsicherer wurde sie. Vielleicht hätte sie ihr Wissen zu einem späteren Zeitpunkt offenlegen sollen. Irgendwann, wenn man in ihr nicht mehr das junge Ding sah.

Es war noch früh am Tag, als Luise in die Spülküche ging, um ihren Dienst anzutreten. Da kamen ihr zwei in graue Kittel gekleidete Kofferträger im Laufschritt entgegen.

»Was ist passiert?«, wollte sie wissen.

»Die Weine müssen weggebracht werden!«, rief einer.

Neugierig geworden, folgte sie ihnen in einen Gang, der über einige Stufen tiefer ins Gewölbe des Hauses führte. Den Weinkeller. Hier war sie noch nie gewesen.

Hinter einer Eisengittertür befand sich die Schatzkammer des Patrons. Der Handel mit den wertvollen Flaschen und das Restaurant hielten das Hotel irgendwie am Laufen, so viel wusste Luise. Und jetzt sollten die Weine fortgebracht werden?

Die Gittertür stand weit offen. Ein langer Gang mit roten Ziegelwänden erstreckte sich dahinter. Davon gingen Kellerräume ab, in denen Luise weitere Weinregale entdeckte. Im Durchgang befanden sich mehrere mit Stroh gefüllte Holzkisten.

Gerade legte der Patron vorsichtig eine große Flasche mit silberfarbenem Etikett in eine davon. Seine vollen weißen Haare berührten fast die niedrige Gewölbedecke über dem Kopf, als er nach dem nächsten Wein griff, dessen Aufkleber er studierte, um den Korken einer genauen Prüfung zu unterziehen. Als Nächstes hielt er die Glasflasche gegen das Licht einer Glühbirne und nickte still. Dann legte er die Flasche in das Stroh und machte eine Eintragung in einem dicken schwarzen Buch. Der Stift in seiner Hand kratzte über das Papier. Hausmeister Priebe hockte unterdessen zu seinen Füßen und nagelte den Holzdeckel der Kiste zu.

Geduldig warteten die beiden grau bekittelten Helfer, die wertvolle Fracht fortbringen zu dürfen. Als die Männer mit den Kisten an ihr vorbeikamen, fragte sie leise, was los sei.

»Die Oberste Heeresleitung hat das Hotel beschlagnahmt«, sagte der jüngere und grinste sie frech an, als er sich an ihr vorbei drückte, wobei sein Arm ihren Körper streifte.

»Schnack nich so'n Tünkram«, fauchte der andere. »Es ist nur Nummer 14. Da soll das Hauptquartier für die Küstenverteidigung rein. Steht ja eh fast leer.«

Luise folgte ihnen. »Wir sind ein Hotel. Wer kommt auf eine solch dumme Idee?«

»Ich denke, Prinz Heinrich hat es nur gut gemeint«, sagte der ältere.

»Der Bruder des Kaisers?«

»Ja, er ist Oberbefehlshaber der Ostseestreitkräfte und sicherlich für eine Gelegenheit, ab und an vorfahren zu dürfen, dankbar. Unser Haus lag ihm ja schon immer sehr am Herzen.« Er zwinkerte, und der andere gluckste.

»Ruhe!«, bellte der Patron. »Sonst kippt mir noch der Wein von eurem sauren Gerede um. Habt ihr nichts Besseres zu tun, als zu tratschen?«

Schnell schleppten die Männer die Kisten den Gang entlang.

Luise hastete ihnen Richtung Lieferanteneingang nach. »Aber warum werden die Weine fortgebracht?«

»Zu viele Soldaten im Haus«, sagte der jüngere. »Trinkfestes Volk. Deshalb schaffen wir die besten Flaschen besser in den Mittelweg zum Patron nach Hause.«

Da nahm Luise eine Bewegung aus den Augenwinkeln wahr. Jemand huschte um die Ecke.

»Herr Gansberger?« Sie eilte dem Gast hinterher. Er hatte gerade jene Tür erreicht, die ins Servicetreppenhaus führte. »Haben Sie sich schon wieder verlaufen?«

»Jaja, tatsächlich. Verirrt habe ich mich.« Mit einem Taschentuch wischte er sich über die schweißglänzende Stirn. »Ich suche seit zehn Minuten den Weg zum Direktionsbüro.«

Luise glaubte ihm nicht. Sie war überzeugt, dass er im Keller herumlungerte, um herauszufinden, was die Unruhe im Haus zu bedeuten hatte. Vielleicht hatte er das Fuhrwerk auf der Straße mit den vielen Holzkisten darauf gesehen.

»Darf ich Sie hinaufbringen?«

»Oh, das wird nicht nötig sein. Zeige mir einfach die Richtung, Kind.«

Sie öffnete die Treppenhaustür. »Die Treppe hinauf. Sie können es nicht verfehlen.«

Mit einem Nicken verabschiedete er sich. Luise sah ihn

hastig Stufe für Stufe nach oben nehmen und überlegte, ob sie den Vorfall Herrn Marthaler melden sollte. Die Neugier des Gastes schien ihr mehr als eigenartig.

Es war bereits später Abend. Oben im Restaurant räumten die Kellner auf, wechselten die gestärkten Tischtücher und deckten für den nächsten Tag ein, während Luise in der Küche die letzten Handgriffe tat, damit alle Flächen blitzsauber glänzten. Sie rieb die Spülen trocken, wischte mit dem Lappen über die Ablagen, prüfte, ob genügend Trockentücher vorrätig waren.

Der neuen elektrischen Spülmaschine, die der Patron vor Kriegsbeginn aus Amerika hatte herbeischaffen lassen, warf sie einen skeptischen Blick zu. Sie traute sich nicht, Geschirr in dieses eckige Monster mit den Metallkörben zu stellen, über die heißes Wasser lief, das auf der anderen Seite schmutzig in Eimern abgelassen wurde. Die Töpfe hatten darin keinen Platz, und das edle Porzellan drohte im Strahl der Seifenlauge ruiniert zu werden. Einzig das Gebrauchsgeschirr wurde damit leidlich sauber, wenn man es vorher abspülte. Interessant hingegen fand sie, dass diese Maschine von einer Amerikanerin erfunden worden war. Einer Hausfrau. Josephine Cochran. Das hatte ihr einer der Köche erzählt, der bis vor Kurzem noch im *Savoy*, einem sehr feinen Grandhotel in London, gearbeitet hatte. Doch weil er Deutscher war, hatte er das Land verlassen müssen. In diesen Zeiten waren die Untertanen Kaiser Wilhelms nirgends gerne gesehen. Schon gar nicht, seit man die Gegner mit Unterwasserbooten angriff.

Mit dem Wischlappen in der Hand fuhr Luise über die glatte Oberfläche der Erfindung. Sie überlegte, dass auch deutsche Hausfrauen kluge Dinge ersinnen konnten, nicht nur Amerikanerinnen. So hatte eine gewisse Melitta Bentz vor einigen Jahren einen Papierfilter für Kaffee erdacht, der heute sogar im Hotel *Vier Jahreszeiten* verwendet wurde. Eine sehr nützliche Angelegenheit, wie ihr Carl Braun einmal versichert hatte. Jedoch war eine Maschine, die Töpfe spülen konnte, spektakulärer als ein Kaffeefilter, obwohl Letzterer in Luises Augen eindeutig praktischer war.

Der Patron stand Neuheiten offen gegenüber. Hauptsache, sie erleichterten die Arbeit seiner Angestellten und sorgten für einen reibungslosen Hotelbetrieb. Alles müsse laufen wie ein Uhrwerk, pflegte er zu sagen.

Als Luise fertig war, hängte sie ihren Kittel an den Haken, drückte das schmerzende Kreuz durch und begab sich auf den Weg in ihre Kammer unterm Dach. Gerade als sie zum Treppenhaus ging, kam ihr Fräulein Richter entgegen. Grußlos schritt sie an Luise vorbei. Sie war fassungslos. Hatte die Person nicht begriffen, dass sie ihre Drohung ernst meinte?

Wütend wollte sie der Hausdame folgen, als Herr Marthaler durch eine Seitentür in ihren Weg trat.

»Nanu, noch fleißig?«

»Was will Fräulein Richter hier?«, zischte sie.

Überrascht sah der Concierge sie an. »Nun, sie arbeitet hier. Ist etwas vorgefallen?«

»Wissen Sie, ob der Patron noch im Direktionszimmer anzutreffen ist?«, sprudelte es aus ihr heraus.

Seine Stirnfalten wurden tiefer. »In dem Aufzug willst du nach oben? Ein Notfall?«

Sie schüttelte den Kopf.

»Gut. Zudem hättest du den Patron eh nicht angetroffen. Er hat sich mit seinem Freund Albert Ballin und einer guten Flasche Wein zurückgezogen. Kann dein Anliegen bis morgen warten?«

»Er muss Fräulein Richter entlassen«, platzte es aus ihr heraus. Sie war wirklich sehr wütend.

Herr Marthaler sog die Kellerluft tief ein. »War sie zu streng zu dir? Ich hörte da so einiges.«

»Nein. Sie hat gelogen.«

»Ich weiß nicht, was vorgefallen ist, doch glaube mir, solange Fräulein Richter ihre Arbeit gründlich erledigt, sie nicht als Spionin für den Feind arbeitet oder der Familie Haerlin ein Leid zufügt, wird er sie nicht entlassen.«

»Er muss erfahren, was sie mir angetan hat ...«

Der Concierge legte eine Hand auf ihre Schulter. »Luise, was immer es ist, zeige Stärke und Größe. Der Patron wird Fräulein Richter nicht kündigen, denn es gibt niemanden, der ihre Arbeit übernehmen kann.«

»Was ist mit der Patronin?«

»Es ist besser, ihn nicht mit Nebensächlichkeiten zu beunruhigen. Nicht in diesen schweren Zeiten. Verstehst du das? Geh in dein Zimmer und ruh dich aus.«

Mit einem Knicks verabschiedete sie sich. Sie war enttäuscht. Als sie in ihrer Kammer war, fiel ihr ein, dass sie Herrn Marthaler eigentlich von dem verirrten Gast im Weinkeller hatte erzählen wollen.

32

Die Dinge waren, wie sie waren. Dennoch tat sich Luise schwer damit, dass Fräulein Richter offenbar im Hotel zu bleiben gedachte. Noch schwerer aber fiel es ihr zu schweigen. Am Abend, wenn Stille im Haus einkehrte, ging sie oft unruhig umher. Sie nahm ein Buch zur Hand und versuchte zu lesen, doch die Gedanken in ihrem Kopf kreisten um diese schreckliche Person. Hatte die denn keinen Anstand? Wollte sie tatsächlich riskieren, dass der Patron von ihren Taten erfuhr? Andererseits hatte der Concierge wohl recht. Friedrich Haerlin konnte nicht auf seine Hausdame verzichten, denn er hatte alle anderen entlassen.

Luise spürte, wie sich der Stachel der Rache tiefer in ihr Herz bohrte. Wie sehr vermisste sie in diesen Tagen Hans. Mit ihm hätte sie darüber reden können, was zu tun sei oder ob schweigen die bessere Alternative war. Viel Zeit zum Nachdenken hatte sie nicht, denn die Herren Offiziere hatten in Nummer 14 ihr Hauptquartier eingerichtet und bewohnten mehrere Fremdenzimmer im rückwärtigen Teil des Hauses. Sie erwiesen sich als höchst anspruchsvoll.

Ständig klingelten sie nach dem Personal oder schickten ihre Burschen in die Küche, um etwas zu holen. Das beste Essen war den Herren gerade gut genug. Die vorzüglichsten Weine mundeten so lala. Die Bettwäsche sei zu steif, und einige monierten, es zöge in ihren Räumen von den Fenstern her. Außerdem gedenke man nicht für die Zigarren zu bezahlen, die selbstredend in der Aufwandsentschädigung der Obersten Heeresleitung von zehntausend Mark per anno für das Haus inkludiert seien. Et cetera, et cetera.

Dem Patron wuchsen täglich mehr weiße Haare. Es hieß, er ließe sich bereits vor den Offizieren verleugnen, wenn sie mal wieder dieses oder jenes beschafft haben wollten. Zu gerne überließ Friedrich Haerlin unleidliche Angelegenheiten dieser Art Concierge Marthaler, der die Wünsche am liebsten an Fräulein Richter weiterleitete. Sie hatte im Umgang mit den Herren Offizieren genau den richtigen Ton, den diese offenbar gut verstanden. Erleichtert stellte so mancher im Haus fest, dass sogar die Ordonnanzen aufgehört hatten, bei jedem Befehl ihrer Vorgesetzten mit den Stiefeln zu knallen oder aufs Parkett zu stampfen. Auch das Zuschlagen der Türen war weniger oft zu hören. Dennoch empfanden viele die Einquartierung als Zumutung, die es jedoch stillschweigend zu ertragen galt.

»Luise!«

Einer der Hilfsköche war zu ihr in die Abwaschküche gekommen, wo sie heute Dienst tat. Sie schreckte zusammen. Gerade hatte sie die Töpfe ins heiße Wasser getaucht, um sie mit Scheuerpulver und einem Schwamm zu reinigen. Die Hände rot vom Schrubben, drehte sie sich um.

»Du sollst beim Broteschmieren helfen!«, rief er durch die offene Tür. Schon war sein Kopf wieder verschwunden.

Schnell trocknete sie ihre Finger ab und eilte ihm nach. In der Küche waren bereits mehrere Personen damit beschäftigt, Brotscheiben mit Schmalz zu beschmieren, in Wachspapier einzuwickeln und in Körbe zu legen.

»Hier.« Jemand schob ihr einen tönernen Topf zu und

reichte ihr ein Messer. »Einige von uns werden ins Gängeviertel gehen, um bei den Notleidenden Essen zu verteilen.«

Luise erschrak. Lange schon hatte sie nicht mehr an die stinkenden Höfe und finsteren Gassen gedacht, wo sie einmal gelebt hatte. Ein anderes Leben.

Sie begann, die weiße, mit Grieben durchsetzte Masse auf den Graubrotscheiben zu verteilen. Kriegsküchen waren seit einigen Wochen für viele in der Stadt die einzige Möglichkeit, an Essen zu gelangen. Die Versorgung der Menschen wurde immer schwieriger.

Während Luise strich, hörte sie die anderen laut sinnieren, ob man auch Kriegsdienstverweigerern etwas geben solle oder nur den Kindern. Überdies seien die Preise für Lebensmittel in nur einer Woche um hundert Prozent gestiegen, und an der Front bei Ypern ginge es weder vor noch zurück. Luise kam all das vor, als redeten sie von einer fremden Welt, denn im Haus nahmen die Dinge ihren üblichen Lauf. Hungern musste hier keiner. Die Gerichte im Restaurant gerieten derzeit vielleicht ein wenig einfacher als sonst, und die Portionen waren kleiner, aber darben? Nein, bestimmt nicht. Nicht einmal das Personal, dem jeden Tag eine warme Mahlzeit gewährt wurde.

Die Patronin trat zu ihnen. »Wir werden zum Brot auch noch Obst und Suppe verteilen. Ich werde mit acht von Ihnen in einer halben Stunde aufbrechen. Wir treffen uns beim Controllbüro und verlassen das Hotel über den Lieferantenausgang.«

Erfreut wollte jemand wissen, ob man mit den Automobilen zum Einsatzort fahren würde. Die Patronin, bekannt für ihre Sparsamkeit, würdigte den Fragesteller keiner Antwort. Luise grinste. Das hätte sie ihm gleich sagen können, denn die Gassen im Gängeviertel waren für Motorwagen zu eng. Außerdem hatte man mittlerweile das Benzin rationiert. Sie würden laufen müssen, so wie sie selbst es vor noch gar nicht allzu langer Zeit getan hatte.

»Luise.« Frau Haerlin beugte sich zu ihr. »Du bist doch von dort …«

Neugierig drehten sich die anderen zu ihr um.

»Ja, Patronin.« Es war ihr unangenehm, dass jeder erfuhr, wo sie herkam.

»Wunderbar! Du wirst uns begleiten, damit wir uns nicht in den Gassen verlaufen.«

Exakt eine halbe Stunde später fanden sich Luise und die anderen beim Controllbüro ein, wo seit einigen Wochen ein Kriegsversehrter mit nur einem Arm als Pförtner seinen Dienst versah.

Energischen Schritts führte Thekla Haerlin ihr kleines Fußvolk an der Alster vorbei Richtung Hauptbahnhof. Einige tuschelten hinter Luise über die verwahrlosten Menschen im Gängeviertel, die verlausten Gören und verkommenen Mütter, die trinkenden Väter und Ratten dort. Luise spürte ihre scheelen Blicke im Rücken.

»Alles stinkendes Geschmeiß, wenn ihr mich fragt«, zickte eines der Küchenmädchen. »Ich weiß gar nicht, warum wir das gute Essen nicht denen geben, die es wert sind.«

Luise fuhr herum. »Das sind Menschen, kein Geschmeiß. Die Kinder würden nichts lieber als einmal in der Woche in einer Badewanne mit heißem Wasser sitzen. Badezimmer gibt es im Gängeviertel nämlich nicht. Und weißt du, warum? Weil die reichen Herren Hausbesitzer, die so gerne bei uns im Hotel dinieren, ihren Mietern nicht einmal ein ordentliches Waschbecken gönnen, geschweige denn ein Wasserklosett! Anständig bezahlen lassen es sich die Herrn Vermieter dennoch.«

Das Mädchen grinste sie an. »Du musst es ja wissen, Luise Krüger.«

»Erhart. Mein Name ist Luise Charlotte Elisabeth Erhart!« Wütend marschierte sie weiter. Sie vermisste Hans so sehr.

In der Springeltwiete angekommen, machten sie sich daran, ihre Schätze zu verteilen. Ein improvisierter Tisch, gebaut aus vier mitgebrachten Stühlen und zwei Brettern, diente als Tresen, worauf die Körbe und Töpfe abgestellt wurden.

Schon hatte es sich in den Höfen und Gassen herumgesprochen, dass in der Nähe Essen ausgegeben würde. Von überall her strömten die Menschen herbei, einige in löchrige Wolldecken gewickelt. Viele waren krank und entsetzlich dünn, mit eingefallenen Wangen und stumpfen Augen. In einer ordentlichen Reihe warteten sie, dass ihnen ein rosiges Gesicht mit klarem Blick eines der Brotpäckchen und einen Apfel reichte. Die Kinder erhielten zudem ein Stückchen Schokolade. Artig bedankten sich die Kleinen mit einem Diener oder einem Knicks.

Luise zog den Kopf zwischen die Schultern. Hätte das Schicksal es mit ihr nicht so gut gemeint, würde auch sie, dünn wie eine Bohnenstange, verzweifelt und frierend, auf der anderen Seite des Tisches stehen. Sie reichte einer Frau mit einem blassen Mädchen auf dem Arm ein Schmalzbrot. Gerade wollte sie ein paar freundliche Worte sagen, als sie den Jungen erkannte, der sich an den Rock seiner Mutter klammerte und sie anstarrte. Klein Herrmann!

Mudder Benningmeier war dünn geworden. Ein schäbiger Wollschal lag über ihren Schultern. Das viel zu große Kleid hing an ihrem Körper wie ein Sack. Mit müden Augen nahm ihre ehemalige Nachbarin das Brot, ohne sie zu erkennen.

»Ich habe sechs Kinder«, murmelte sie.

»Ich weiß.«

Überrascht hob die Frau den Kopf. »Mein Gott, du lebst? Wir dachten alle, du wärst tot!« Im Moment des Begreifens kam Leben in ihre Züge. Sie griff nach Luises Arm, als könnte sie es nicht glauben. »Ach, Kindchen, wie gut du aussiehst. So sauber und adrett.«

Herrmann hüpfte am Rock seiner Mutter aufgeregt auf und ab. »Wohnst du jetzt im Himmel?«

»Es ist eher ein Schloss.«

Ihre Worte versetzten den Kleinen neben dem Stück Schokolade in seiner Hand in noch größere Begeisterung. Er werde es seinen Geschwistern erzählen, wenn sie vom Kohlblättersammeln zurück seien, versprach er. In diesen Herbsttagen gingen viele Arme auf die abgeernteten Felder der Bauern, wo sie die Reste der Ernte aufklaubten. Strunken und Blätter von Kohlköpfen, Halme, alles, was in Wasser zu einer faden Suppe verkocht werden konnte, wurde mitgenommen.

Hinter Mudder Benningmeier wurden die Leute unruhig.

Einer der Hilfsköche stieß Luise an. »Mach weiter.«

Schnell schob Luise der Frau noch ein paar Päckchen über den Tisch. »Nehmen Sie die. Wo ist Ihr Mann?«

»Auf einem U-Boot. Ich glaube, er ist tot.« Sie sagte das ohne Trauer, obwohl Luise wusste, wie sehr sie ihn geliebt hatte. Mudder Benningmeier nahm die Kleine auf den anderen Arm. Das Kind hatte zweifelsohne Fieber, so glasig, wie es dreinschaute. »Sie zahlen keinen Sold mehr. Seit vier Monaten. Witwenrente auch nicht, weil sie ihn bislang nicht gefunden haben. Sie sagen, er könnte ja noch leben. Ich solle die Hoffnung nicht aufgeben.«

Jemand schob sie grob weiter.

»Tschüss, Kindchen!«, rief die Nachbarin zurück.

Warum muss das Schicksal zu einigen Menschen nur so hart sein?, dachte Luise traurig.

33

Ein Vorfall einige Wochen später drohte Luises Leben erneut aus den Fugen geraten zu lassen. Es begann damit, dass sie eines Nachmittags Dienst im Wintergarten tat. Wie immer schenkte sie Tee aus und reichte Gebäck in einer Etagere dazu. Dabei blieb sie stumm, denn es war verboten, die Besucher von sich aus anzusprechen, hatte Luise gelernt. Wenn den Gästen nach einer Konversation mit den Bediensteten sei, würden sie es kundtun.

Niemand beachtete Luise. Auch nicht die drei eleganten Damen, die in den Korbsesseln unter der Palme Platz genommen hatten. Das Bunt ihrer ausladenden Hüte wirkte wie Farbsprenkel eines übereifrigen Malers an diesem grauen Tag. Der Regen prasselte einem monotonen Orchester gleich gegen die hohen Fenster des Wintergartens, er konnte die durchdringenden Stimmen der Frauen jedoch nicht übertönen. Sie trafen sich einmal in der Woche hier, um ein wenig zu plaudern und über ihresgleichen zu klatschen.

Obwohl es nicht Luises Art war, spitzte sie die Ohren, als sie den Namen von Friedrich Haerlin vernahm.

»Der Tod seiner Söhne im letzten Jahr soll ihn derart trübselig gemacht haben, dass man ihn nur selten zu Gesicht bekommt«, erklärte die eine, woraufhin sich ihre Freundin leicht schnaufend vorbeugte und behauptete, gehört zu haben, dass er kaum noch etwas essen würde. Kopfschüttelnd nahm sie das letzte Stückchen Gebäck von der Etagere.

Gerne hätte Luise die Frauen davon in Kenntnis gesetzt, dass sich der Patron an die Rationierungsvorgaben des Senats halte und deshalb an Gewicht verloren habe, so wie alle im Haus. Doch sie schwieg und goss den Darjeeling in die chinesischen Porzellantassen. Als sie gerade den Tisch verlassen hatte, sagte die eine Dame hinter ihr, sie habe gehört, Friedrich Haerlin wolle sein Hotel verkaufen. Luise drehte sich zu den Frauen. Die anderen beiden nickten eifrig. Jeder in den Salons der Stadt spreche davon.

Für einen Schlag setzte Luises Herz aus.

Verkaufen? In ihrem Kopf drehten sich wilde Gedanken. Sie wusste, dass die Zeiten für den Patron schwer waren. Der Tod der beiden Jungen betrübte ihn sichtlich. Und die Sorge um ihren jüngsten Sohn nagte außerdem an ihm. Hinzu kam die Einquartierung des Küstenschutzes, die nicht einmal annähernd die Kosten deckte, die die Herren Offiziere verursachten. Die zweite Etage stand seit Monaten leer. Auch die anderen Stockwerke konnten nur spärlich belegt werden, sodass der Patron das Personal hatte weiter reduzieren müssen. Mittlerweile musste sogar Fräulein Richter beim Bettenmachen helfen, was die Person mehr als einmal mit den Worten moniert hatte, dass das unter ihrer Würde sei. Und als wäre das nicht ärgerlich genug, weigerten sich viele Gäste, ihre Restaurantrechnung mit Lebensmittelkarten zu bezahlen. Sie bevorzugten Geld. Das aber verlor immer mehr an Wert. Ja, die Lage war äußerst schwierig. Nur musste man darum gleich das Hotel verkaufen? Was sollte aus ihr werden, wenn man sie auf die Straße setzte?

Während Luise heißes Wasser für Tee aufsetzte, hielt sie Ausschau nach jemandem, der ihr weiterhelfen konnte. Leider war Herr Marthaler nirgends zu entdecken. So ging sie ohne eine Antwort und voller Sorgen am Abend zu Bett.

Einige Tage später geschah etwas, das sie und alle Angestellten im Hotel in Aufruhr versetzte. Es war am frühen Morgen des 7. Dezember 1915. Luise saß im Keller zu Tisch und aß eine Scheibe Kriegsbrot, wie sie es nannte. Heute war Dienstag, demnach durften weder Fleisch noch Wurst ausgegeben werden. Dabei hätte sie gerne ein wenig Mettwurst auf dem trockenen Brot gehabt. So wie sie dachten auch die anderen, niemand wagte jedoch, sich zu beklagen, denn jeder wusste, dass der Patron heute ebenfalls auf seine Wurst verzichtete.

Gerade hatte Luise ihren Muckefuck ausgetrunken, ein kaffeeähnliches Getränk aus allem, nur nicht aus Kaffeebohnen, da rauschte der Wagenmeister herein.

»Habt ihr schon gelesen?« Empört knallte er die Morgenausgabe der *Hamburger Nachrichten* auf den Tisch. Er nahm seinen Zylinder vom Kopf und zog ein Taschentuch aus der Hosentasche, mit dem er sich die Stirn abwischte.

Die Zeitung lag auf dem Tisch wie eine tote Ratte. Niemand griff danach. Alle starrten nur die aufgeschlagene Seite an, auf der groß eine Anzeige prangte, die behauptete, Friedrich Haerlin suche einen Käufer für das *Vier Jahreszeiten*. Einer der Hausdiener am Tisch zog das Blatt vorsichtig zu sich, als könnte es jeden Moment Feuer fangen.

Besorgt beobachtete Luise ihn. »Ist es wahr?«

»Steht hier schwarz auf weiß.«

»Zeig mal.« Herr Priebe, der Haushandwerker, schnappte sich die Zeitung, setzte seine Brille auf die Nase und begann zu lesen. Dabei schüttelte er immer wieder den Kopf.

In diesem Moment trat der Concierge in den Raum. »Darf ich fragen, was Sie alle in Aufregung versetzt?«

Einer der Köche sprang von seinem Stuhl, riss dem Mann im grauen Kittel die Zeitung aus der Hand und reichte das Blatt Herrn Marthaler. Der würdigte die Anzeige keines Blickes.

»Glauben Sie eigentlich alles, was die Leute den lieben langen Tag sagen?« Stattdessen musterte er die Anwesenden der Reihe nach. »Haben Sie denn gar kein Vertrauen in unseren Patron?«

Er wusste also Bescheid.

Als niemand antwortete, entriss er dem Jungen die Gazette. »Wer immer sich diesen Scherz erlaubt hat, wird dafür zur Rechenschaft gezogen werden. Und jetzt an die Arbeit!«

Die Zeitung unter den Arm geklemmt, verließ er den Raum. Noch nie hatte Luise den sonst so grundgütigen Mann derart verärgert gesehen.

Mit mulmigen Gefühlen erhoben sich alle vom Tisch. Der pickelige Page ging in die Lobby, Herr Priebe mit seinem Werkzeugkasten rüber in die Geschirrküche, wo der Dienst des amerikanischen Spülautomaten wieder einmal seinen Dienst versagte, der Aushilfskellner latschte betont lässig nach oben ins Restaurant, um die Tische für die Mittagsgäste einzudecken. Und der Wagenmeister setzte seinen Zylinder auf, um zurück zum Haupteingang zu marschieren.

Luises Aufgabe war es heute, die Rahmen der Gemälde an den Wänden im Parterre abzustauben, bevor sie am Nachmittag das Parkett im großen Festsaal wienerte. Als sie mit dem Staubwedel in die Halle trat, um mit der Arbeit zu beginnen, bemerkte sie, dass etwas im Foyer vor sich ging. Erst eilte der Sekretär des Patrons aus dem Direktionszimmer, um Herrn Marthaler flüsternd Anweisungen zu erteilen, was ungewöhnlich war, denn diese erhielt der Empfangschef und Concierge stets vom Hausherrn persönlich.

Herr Marthaler nickte und verließ seinen Posten hinterm Tresen, was ebenfalls nicht alltäglich war. Der Wagenmeister und zwei Pagen begleiteten ihn, als er das Haupttreppenhaus zu den Etagen mit den Gästezimmern hinaufstieg.

Länger als nötig staubte Luise das Bild von Prinz Heinrich ab, in der Hoffnung, mehr zu erfahren. Als ihr Staubwedel gerade über die Nase der Prinzessin huschte, die auf der anderen Kaminseite ebenfalls einer Reinigung bedurfte, bemerkte sie, dass die Tür des Direktionszimmers geöffnet wurde.

Gemeinsam mit seinem Sekretär nahm der Patron Aufstellung vor dem Fahrstuhl. Mit auf den Rücken gelegten Händen wartete er. Kurz darauf entstieg dem Lift der Concierge in Begleitung eines Gastes, den Luise kannte. Herr Gansberger. Sichtlich verärgert marschierte dieser auf den Hausherrn zu.

»Was fällt Ihnen ein, mich herunterzukomplimentieren?«, brüllte er. »So etwas habe ich in meinem ganzen Leben noch nicht erlebt! Selbst eine Bahnhofspension weiß ihre zahlenden Gäste mehr zu würdigen als dieses verlotterte Haus. Ich verlange eine Erklärung!«

Schon drehten sich die anderen Besucher um. Luise kletterte von ihrem Tritt und eilte hinüber zu einem Gemälde, das näher am Geschehen hing.

»Folgen Sie mir in mein Büro!«, befahl Friedrich Haerlin.

Luise hielt die Luft an. Derart direkt sprach der Hausherr niemals mit Publikum, schon gar nicht in einem solchen Ton. Nicht einmal »Bitte« hatte er gesagt. Der Patron war sichtlich erbost.

»Einen Teufel werde ich tun!«

Herr Marthaler trat vor. »Während wir hier stehen, werden in Ihrer Suite die Koffer gepackt. Wünschen Sie einen Wagen zum Bahnhof?«

Dem Mann klappte der Unterkiefer herunter. »Sie setzen mich vor die Tür?«

Friedrich Haerlin hielt eine Ausgabe der Morgenzeitung hoch. »Sie lassen uns leider keine andere Wahl. Wie ich soeben von der Expedition der *Hamburger Nachrichten* erfuhr, haben Sie vor drei Tagen diese Anzeige aufgegeben.«

Gansberger schwieg eisern, sein Gesicht war vor Empörung verzerrt.

»Verstehe.« Friedrich Haerlin wandte sich an die unfreiwilligen Zuhörer. »Meine Herrschaften, sollten Sie von etwaigen Verkaufsplänen für dieses Hotel gehört haben, versichere ich Ihnen, dass das *Vier Jahreszeiten* nie und nimmer in andere Hände gehen wird.«

Luise fiel ein zentnerschwerer Stein vom Herzen.

Irgendjemand hinter ihr klatschte. »Richtig so, Herr Haerlin! Ergeben ist keine Option.«

Der kurze Tumult im Foyer löste sich schnell auf, als der Wagenmeister und ein Page mit Koffern aus dem Gepäcklift stiegen, der unauffällig bei den Telefonzellen lag. Man stellte das Hab und Gut des Mannes vor seine Füße.

Wutschnaubend griff er danach. »Das wird ein Nachspiel haben.« Ohne ein weiteres Wort verließ er das Hotel.

Bevor Friedrich Haerlin in seinem Direktionszimmer verschwand, sagte er laut und vernehmlich zum Empfangschef, man möge dem Herrn die Rechnung zusenden.

Zufrieden lächelnd nahm Luise ihre Leiter und den Staubwedel, um ein kleines Gemälde abzustauben, das zwischen den Fenstern zur Straße hing. Draußen sah sie den Gast mit seinen beiden Koffern auf der anderen Straßenseite Richtung Jungfernstieg laufen. Ein zufriedenes Grinsen lag auf seinem Gesicht. Luise fröstelte.

34

Im Hotel ging bald schon wieder alles seinen gewohnten Gang, zumindest so gut, wie die Umstände es zuließen. Die Lebensmittellieferungen hatte Friedrich Haerlin auf die Nachtstunden verlegt, um kein Aufsehen zu erregen, wenn Kartoffelsäcke und Möhren, Tafelspitz und Querrippen, frische Forellen und Lachse ankamen. Die Diebe in der Stadt wurden immer dreister.

Das zweite Weihnachtsfest in Kriegszeiten stand vor der Tür. Die Patronin bat Luise und zwei andere, die Kisten mit dem Baumschmuck vom Dachboden zu holen, damit die soeben gelieferte Tanne im Foyer aufgestellt und geschmückt werden konnte. Sie war ein Geschenk des jungen Grafen von Bismarck, dem Enkel des Reichskanzlers, für das Hotel.

Der Weihnachtsbaum war mindestens dreieinhalb Meter hoch und erst am Morgen im Sachsenwald bei Friedrichsruh geschlagen worden. Ein stolzes Gewächs, das so manches Ah und Oh im Foyer auslöste, während sich der harzige Nadelgeruch im Haus verbreitete. Fräulein Richter und Thekla Haerlin schmückten gerade gemeinsam den Baum, als eine Angestellte aus der Telefonzentrale herbeieilte.

»Patronin! Ein Telegramm von Ihrem Sohn!« Die Gattin des Patrons riss der Frau das Papier aus der Hand, die nicht mehr an sich halten konnte. »Er wird nach Cannstatt zur Rekrutenausbildung versetzt!«

Luise wusste nicht, wo Cannstatt lag, aber das glückliche Gesicht der Mutter sagte ihr, dass es weit genug von der Front entfernt war. Die Erleichterung, die nach all den Monaten der Angst jeden im Haus ergriff, vom Pagen bis zu Herrn Marthaler und natürlich den Eltern, war unbeschreiblich. Luise schien dies das schönste Weihnachtsgeschenk für die Haerlins und das Haus. Spontan beschloss das Ehepaar Haerlin, so bald wie möglich Fritz zusammen mit Tochter Frieda zu besuchen. Ein fröhliches Weihnachtsfest würde es in dieser dunklen Zeit werden.

Um die Mittagszeit lief Luise in den Keller, wo für die wenigen Angestellten die tägliche Post auf den Tisch im Speiseraum gelegt wurde. Doch wie all die Tage und Wochen zuvor wurde sie enttäuscht. Für sie war kein Brief dabei.

»Gräme dich nicht, Kind«, sagte Herr Marthaler und füllte sich noch ein wenig Steckrübenmus aus dem Topf auf. »Wäre Hans etwas passiert, hätten wir davon erfahren.«

In den Zeitungen der Stadt waren die unzähligen Todesanzeigen, die am Ende mehrere Seiten einer jeden Ausgabe ausmachten, mittlerweile von der Obersten Heeresleitung untersagt worden. Zu oft wurde darin verbittert gefragt, ob das Sterben wirklich sein müsse. Jetzt wurden nur noch die Namen der Gefallenen in seitenlangen Listen aufgeführt, ganz ohne persönliche Worte des Abschieds und der Trauer.

Die Aufgabe des Concierges war es, täglich zu prüfen, ob Stammgäste des Hauses einen Verlust zu beklagen hatten. Wenn dem so war, wurden im Direktionszimmer die schwarzumrandeten Trauerkarten aus der Schublade gezogen. Friedrich Haerlin persönlich formulierte einige Zeilen tiefsten Bedauerns für die Hinterbliebenen und unterschrieb voller

Ingrimm. Sofern die betroffene Familie in Hamburg lebte, brachte ein Page mit schwarzer Armbinde im Namen des Hotels den Kondolenzbrief den trauernden Angehörigen.

35

Das neue Jahr begann mit einem martialisch anmutenden Feuerwerk über der Alster. Die Angestellten standen auf der Straße, um zuzuschauen, wie sich Tausende bunte Raketen in den wolkenverhangenen Himmel erhoben. Böllerschüsse dröhnten durch die Nacht, als ginge die Front mitten durch die Stadt. Die Leute feierten auf dem Jungfernstieg, tanzten und waren außer Rand und Band, als müssten sie die Sorgen mit Musik und Sekt fortjagen. Singende Horden zogen am Hotel vorbei, wo die Angestellten ihnen zuwinkten und ein gutes neues Jahr wünschten. Jemand küsste Luise übermütig auf die Wange und eilte weiter. Sie dachte an Hans.

Der Krieg indes wollte nicht enden. Davon gänzlich unbeeindruckt kündigte sich der Frühling 1917 in der Stadt mit aller Macht und Schönheit an. Narzissen säumten die Ufer der Alster, wo die weißen Schwäne stolz umhertrieben. Die Luft war erfüllt von tausend Blütendüften, was Luise ganz wirr machte und zugleich federleicht.

Im Hotel gingen die Dinge ihren ruhigen Gang. Vornehme Hamburger Kaufmannsfamilien feierten ihre Jubeltage im *Vier Jahreszeiten,* führten auf den Bällen ihre hübsch hergerichteten Töchter in die Gesellschaft ein, woraufhin einige Zeit später die ersten Verlobungen und Hochzeiten bekannt gegeben wurden. Der Kaffeehändler Lassally, ein reizender Herr, der stets großzügig dem Personal mithilfe von Geldscheinen seine Zufriedenheit zeigte, feierte mit Familie und Freunden den sechzigsten Geburtstag. Und Bürgermeister Werner von Melle ließ es sich nicht nehmen, seiner Gattin zum Hochzeitstag einen Ball im Großen Festsaal zu schenken. Sein Trinkgeld fiel allerdings bescheiden aus, wie der Oberkellner am nächsten Morgen ein wenig verbiestert erklärte.

Luise war gerade dabei, die Holzstufen im Treppenhaus zu wischen, als sie von einem Aushilfskoch erlöst wurde.

»Los, Kartoffeln schälen, ein halber Sack. Wir erwarten eine Gesellschaft um eins. Walter Kirchhoff kommt mit Gefolge.«

»Wer ist das?«

»Du kennst nicht den Opernsänger?«, rief der Koch. »Er hat ein Gastspiel in Leipzig und lässt sich hier von seinen Verehrern huldigen. Bin gespannt, wer von denen dieses Mal seine Rechnung bezahlt.«

Eilig sammelte sie die Putzsachen zusammen und folgte ihm. »Was meinst du damit?«

»Er schafft es immer wieder, dass einer seiner Getreuen die Zeche übernimmt. Ich habe noch nicht herausgefunden, wie er das macht«, meinte er mit anerkennender Miene. »Seine Bewunderer schlagen sich darum, die profane Unannehmlichkeit des Bezahlens für ihn zu übernehmen.« Er lachte. »Ja, wir können viel von unseren Gästen lernen.«

Damit verschwand er in der Küche, wo es in den Töpfen brodelte und in den Pfannen zischte. Einer der anderen Köche hob gerade einen Löffel an den Mund, um etwas zu probieren. Angewidert verzog er das Gesicht, schimpfte ein wenig auf Französisch, was in diesen Zeiten höchst ungehörig war, und gab dem Aushilfskoch eine Kopfnuss. Anschließend griff er zum Salz, ließ drei Prisen in den Topf fallen und nickte zufrieden. Danach stolzierte er weiter.

Luise lief in die Schälküche, wo bereits zwei Helferinnen saßen. Die Beine breit, den Oberkörper vorgebeugt, in der einen Hand ein Messer, in der anderen die Kartoffel, die sich zwischen den Fingern drehte, während die Schale in einer Spirale in den Eimer vor ihnen plumpste.

»Guten Tag.« Luise nahm sich eine Schürze, die hinter der Tür am Haken hing, und setzte sich auf den letzten freien Stuhl. »Wir müssen zwei Eimer bis halb zwölf schaffen«, erklärte sie den Helferinnen und griff nach dem Messer, als ein Page in den Raum stürzte.

»Luise, sie brauchen dich oben im Wintergarten. Die dumme Martha hat sich beim Teekochen am heißen Wasser verbrüht.«

»Aber ich soll …«

»Kein Aber. Kartoffeln schälen kann jeder, bedienen nicht.« Schon war sein Kopf verschwunden.

Ohne aufzusehen, meinte die eine Kartoffelschälerin, dass man es auch so schaffe.

Luise erhob sich und band die Schürze wieder ab. »Sobald Sie fertig sind, stellen Sie bitte den Eimer in die Tür der Küche und sagen einem der Hilfsköche Bescheid.«

»Wenn Sie das unbedingt so haben wollen, Fräuleinchen General«, maulte die Ältere von beiden.

Luise wunderte sich über den Ton. »Die Kartoffeln sind übrigens für die Gesellschaft des berühmten Opernsängers Walter Kirchhoff. Sie haben bestimmt von ihm gehört, oder?«

Zufrieden bemerkte sie, dass die Frauen wussten, von wem sie sprach. Danach drehten sich die Kartoffeln zwischen den Fingern der Tagelöhnerinnen noch schneller, und die Schalen schlängelten sich wie Locken sehr viel flinker dem Eimer entgegen.

Luise konnte ja verstehen, warum sich erwachsene Frauen

von einem halben Kind nicht gerne etwas sagen ließen. Trotzdem war es so, dass sie sich im Haus besser auskannte als all die namenlosen Frauen, die kurz vor Sonnenaufgang vor der Tür standen und auf ein paar Stunden bezahlte Arbeit hofften.

Der Patron musste immer mehr Frauen einstellen, denn mittlerweile wurden selbst die älteren Männer von der Obersten Heeresleitung eingezogen. Auch Hausmeister Priebe hatten sie geholt, obwohl der es im Bein hatte. Und so kam es, dass Luise öfter als sonst Arbeiten im Hotel erledigte, für die sie nicht ausgebildet war. Letztens hatte sie sogar im Restaurant aushelfen dürfen, was für sie eine große Ehre gewesen war.

Sie lernte schnell und hatte mit ihrer freundlichen Art schon bald die größten Zweifler unter den Angestellten überzeugt, dass mehr in ihr steckte, als so mancher vermutete. Einzig Fräulein Richter fragte niemals nach ihr an. Zwischen ihnen herrschte eine Art erzwungener Waffenstillstand. Die Hausdame ignorierte Luise, als wäre sie Luft. Sie machte sich nicht einmal mehr die Mühe, sie zu schikanieren. Luise hingegen wusste, dass Herr Marthaler recht hatte. Der Patron konnte nicht auf die Frau verzichten. So schrecklich die Person auch sein mochte, ihre Arbeit war tadellos.

Luise nahm eine frisch gestärkte Rüschenschürze aus dem Schrank, als sie einen Schatten über den Flur huschen sah. Erst meinte sie, es könnte eine Katze gewesen sein. Der nackte Schwanz aber ließ sie erstarren. Eine so große Ratte hatte sie noch nie gesehen, schon gar nicht hier!

Natürlich gab es in den Häusern an der Alster ständig Probleme mit diesen lästigen Nagetieren. Im *Vier Jahreszeiten* kümmerte sich ein Kammerjäger mehrmals die Woche darum. Dieses Vieh eben schien ihr jedoch ein besonders kapitales Exemplar seiner Gattung gewesen zu sein.

Luise rannte in die Küche, um über den ungebetenen Gast zu berichten, als drei Männer mit Schaufeln und Eimern in der Hand den Flur entlangrannten. An ihren Gürteln hingen Giftsäckchen.

»Dahinten!«, rief der Erste.

Schnell drückte sich Luise an die Wand, um die Leute passieren zu lassen.

»Das ist heute schon die Vierte!«, beklagte einer.

Der Letzte tippte im Vorbeigehen an seine Mütze, als er Luise bemerkte. »Keine Angst, Fräulein. Die schnappen wir uns auch noch.«

Vier Ratten an einem Tag? Das war mehr als ungewöhnlich. Der Patron achtete penibel darauf, dass Ungeziefer niemals das Haus heimsuchte.

Während Luise oben bediente, fragte sie sich, wo all die Tiere plötzlich hergekommen sein mochten. Die Antwort fand sie am Abend, als sie die nassen Teereste vom Darjeeling und das Kaffeemehl, das sich im Laufe des Tages angehäuft hatte, in die Mülltonnen im Hof werfen wollte. Sie trat ins Halbdunkel, als ihr Fuß gegen einen verbeulten Eimer stieß, der zwischen zwei Tonnen stand. Gerade überlegte sie, wer das Ding dort wohl so nachlässig hingestellt haben mochte, als sie ein Fiepen vernahm. Neugierig hob sie den Deckel an. Im nächsten Moment schrie sie auf.

Polternd fiel der Eimer um, und mehrere Ratten sprangen heraus. Schon waren sie durch die offene Tür im Hotel verschwunden. Luise ließ den Müll in ihrer Hand fallen und folgte den Viechern. Wenn eines der Biester einem Gast über die Schuhe lief, würde es einen Skandal geben!

»Franz!«, rief sie nach dem Pagen, der ihr eben noch im Flur begegnet war.

Sie blieb stehen. Ihr Blick suchte den Boden ab. Sie bückte

sich hinunter, ob eines der Tiere unter die Garderobe gehuscht war.

»Hast du etwas verloren?«, wollte jemand wissen.

Sie sprang auf. »Herr Marthaler! Wie gut, dass Sie da sind! Irgendwer hat einen Eimer mit Ratten zwischen die Mülltonnen gestellt. Jetzt sind sie im Haus.«

Der Concierge starrte sie an. Weiß wie die Wand war sein Gesicht. Schon befürchtete Luise, er würde ohnmächtig werden.

»Sie müssen den Patron informieren!«, rief sie und fügte noch schnell ein »Bitte« hintenan.

Wie in Trance nickte der Mann und eilte durch die Tür, die den hinteren vom vorderen Teil des Hauses trennte. Luise rannte zu den Saaltüren, um sie zu schließen. Ebenso jene, die ins Foyer führte, wo soeben eine Gesellschaft eintraf.

Page Franz und einige andere versuchten kurz darauf, die Tiere zu fangen.

»Macht keine Flecke auf den teuren Teppichen. Niemand erschlägt sie!«, rief Luise den anderen zu, die auf dem Boden krabbelten, um die Viecher mit Besen und Kochlöffel hervorzuscheuchen.

Es dauerte fast eine Stunde, bis sie alle Tiere eingefangen hatten. Da wurde die Tür zum Foyer geöffnet, und Fräulein Richter erschien. Sie würdigte Luise keines Blickes. Ihre Lippen waren aufeinandergepresst, als sie den geschlossenen Eimer in der Hand des Pagen bemerkte. »Wie viele habt ihr?«, wollte sie wissen.

»Sechs.« Er hatte sich bei der Suche als besonders geschickt erwiesen und wollte von ihr wissen, was mit den Tieren geschehen solle. Dabei glänzten seine Augen vor Jagdlust.

»Bringt sie in die Garage. Erschlagt sie!«, befahl die Hausdame und kehrte zurück ins Foyer.

Schon wollte der eifrige Junge loslaufen, um ihren Befehl voller Freude auszuführen, als Luise ihm den Weg versperrte. »Du wirst deine Uniform ruinieren. Blut und Hirn gehen nie wieder aus dem Stoff, glaube es mir. Ich weiß, wovon ich rede. Ich habe in der Wäscherei gearbeitet.«

Enttäuscht guckte er an seiner schmucken Pagenuniform hinunter.

Sie hielt ihm die Hand hin. »Gib sie mir. Ich kümmere mich darum.«

Nur zögerlich reichte der kleine Jäger ihr seine Beute.

»Geh wieder auf deinen Posten. Ich werde dem Patron berichten, dass du bei der Suche nach den Ratten ganz ausgezeichnete Arbeit geleistet hast. Das wird Herrn Haerlin freuen.«

Die Gesichtszüge des Pagen entspannten sich. Schnell nahm er seine Kappe vom Kopf und versicherte, dass er ihr sehr gerne geholfen habe. Er trollte sich zusammen mit den anderen, während Vermutungen angestellt wurden, wie der Eimer wohl in den Hof gelangt sein mochte.

Die Antwort auf diese Frage interessierte Luise auch. Wer immer es gewesen war, musste jemand sein, der im Haus ein und aus ging. Eine Person, deren Auftauchen nicht verdächtig war. Der Gedanke gefiel ihr ganz und gar nicht. Vor allem, weil sie das Gefühl nicht losließ, dass diese Lieferung nicht die erste gewesen sein könnte.

Luise knickste, als der Patron und Herr Marthaler zu ihr traten.

Voller Abscheu blickte der Hausherr auf den Eimer in ihrer Hand. »Habt ihr alle fangen können?«

»Es scheint so, Herr Haerlin.«

»Hast du jemanden gesehen, der uns … dieses großzügige Geschenk hinterließ?«

Sie verneinte. »Es war nicht das erste Mal, oder? Die Ratten vorhin im Keller …?«

Friedrich Haerlin verzog angewidert das Gesicht und wandte sich an seinen Concierge. »Herr Marthaler, wenn Sie so nett sein würden, einige der Pagen abzustellen, um Patrouille im Haus zu gehen. Sie sollen auf verdächtige Personen mit unerwünschten Geschenken achten. Geben Sie auch dem Wagenmeister am Vordereingang und dem Garagenmeister Bescheid. Wir müssen die Augen offen halten.«

Mit einem angedeuteten Diener verschwand der Concierge durch die Tür. Im Eimer fiepte es.

Zutiefst angeekelt starrte Friedrich Haerlin das Gefäß an. »Wer will mich zugrunde richten?«

»Ich weiß es nicht«, antwortete sie ebenso leise, obwohl sie sich nicht sicher war, ob er sie überhaupt gefragt hatte.

»Bring sie fort. Tu mit ihnen, was du für richtig hältst, Luise.«

Im Schutz der Dunkelheit setzte Luise die Tiere am anderen Ufer der Alster aus. Mit etwas Glück würden sie zur Außenalster laufen. Dort gab es auch ein hübsches Hotel. Über den nächtlichen Jungfernstieg machte sie sich auf den Weg zurück ins *Vier Jahreszeiten*. Dabei war sie tief in Gedanken versunken. Sie passierte Schümanns *Austernkeller*, wo sie vor fast drei Jahren dem Anwalt begegnet war. Sie dachte an ihre Mutter und Hans, erinnerte sich an den blechernen Verlobungsring, der in ihrem Zimmer in der Nachttischschublade lag. War es eine dumme Idee gewesen, Hans ein solches Heiratsversprechen zu geben? Sie wusste ja nicht einmal, ob sie ihn wirklich wollte. Von derartigen Dingen verstand sie nichts. War das, was sie für ihn empfand, überhaupt Liebe? Zum Glück hatte er sich seit Wochen nicht mehr gemeldet. Vielleicht hatte er ja eine andere gefunden. Der Gedanke aber gefiel Luise auch nicht.

Sie schlenderte am *Alsterpavillon* vorbei. Die Lichter in den Fenstern waren erloschen, die Türen mit einer Kette verschlossen. Immer weniger Menschen war in diesen Zeiten nach Ausgehen zumute oder gar nach Tanzen.

Das Hotel *Vier Jahreszeiten* dagegen glänzte in all seiner Pracht. Die Fenster in den ersten Etagen waren hell erleuchtet, denn heute wurde die Sopranistin Lotte Lehmann von der feinen Gesellschaft verabschiedet. Das Publikum bedauere ihren Fortgang nach Wien sehr, wie es in den *Hamburger Nachrichten* hieß. Und so versuchte man, die wunderbare Lehmann mit allerlei Verwöhnungen doch noch in der Stadt zu halten. Dazu gehörte ein Ball, der an diesem Abend im *Vier Jahreszeiten* ihr zu Ehren gegeben wurde.

Luise hatte die Sängerin einmal in *Così fan tutte* gesehen. Wie auf Engelsflügeln war sie mit ihr über die Melodien geschwebt. Dabei hatte sie sich immer wieder vorgestellt, ihre Mutter stünde dort unten als Dorabella auf der Bühne, die nichts ahnend von ihrem Liebsten hinters Licht geführt wurde. Wie viel Wahrheit selbst in einem solch amüsanten Bühnenstück steckt, dachte Luise gerade, als vor ihr eine große Gestalt auftauchte.

Sie erschrak.

»Einen wunderschönen guten Abend, Gnädigste.« Der Schatten hob seinen Zylinder und verbeugte sich. Erleichtert erkannte Luise den neuen Wagenmeister, der Dienst am Eingang des Hotels hatte. »Wie man mir glaubhaft versicherte, sind Gnädigste unter die Großwildjäger gegangen. Fiep, fiep.«

Im ersten Moment wusste sie nicht, was er meinte. Dann lachte sie.

»Ja, für ein paar Minuten war es aufregend im Hof.« Sie hielt einen Zeigefinger vor den Mund. »Pst, wir sollten darüber nicht allzu laut reden.«

»Wie recht Sie haben.« Er hakte sich bei ihr ein und führte sie über die Straße hinüber zum Portal des Hotels. »Ich denke«, sinnierte er dabei laut, »dass es erlaubt ist, wenn eine berühmte Jägerin wie Sie heute ausnahmsweise durch die Drehtür schreitet statt durch den Liefereingang. Mut muss mit Respekt belohnt werden. Und Herr Marthaler war voll des Lobes für Sie.«

Ängstlich zog sie ihren Arm fort. »Nein, danke, bitte nicht.«

Ihr Blick fiel auf die goldenen Buchstaben über dem Eingang und die Messinglampen, die ihren Schein auf den roten Teppich warfen. Er führte die Gäste des Hauses die acht Stufen zur Drehtür hinauf.

Sie schüttelte den Kopf. Niemals würde sie mit ihren einfachen Schuhen jenen Weg betreten, den zuvor Könige und Prinzessinnen entlanggeschritten waren. Sie stolperte zurück. »Das schickt sich nicht.«

Er lachte. »Ich bin mir sicher, dass der Patron nichts dagegen haben wird.«

Durch die geschliffenen Scheiben erspähte sie die Silhouetten einiger Ballgäste, die durch das Foyer flanierten. Herren im Smoking. Damen in seidenen Roben. Wie eine Maus würde sie durch die Gästeschar huschen, in der Hoffnung, nicht bemerkt zu werden. Bei dem Gedanken blieb ihr die Luft im Hals stecken. Nein, sie konnte wirklich nicht.

Eilig bedankte sie sich und rannte unterhalb der beleuchteten Fenster dicht an der Hauswand entlang. Erst als sie die Stufen des Lieferanteneingangs hinuntersprang, traute sie sich, wieder zu atmen. Wie hatte er sie nur fragen können? Sie wusste, wo ihr Platz war. Der Gedanke, wie ein Gast in das *Vier Jahreszeiten* zu treten, schien ihr ungehörig und falsch. Sie war die Unscheinbare, die Töpfe schrubbte, Goldrahmen abstaubte und manchmal, ja, wenn sie Glück hatte, auch in der Wohnhalle oder dem Wintergarten servieren durfte. Eine andere Sache war es, in aller Öffentlichkeit durch das Foyer zu gehen. Nein, das war eindeutig zu nassforsch.

Der Nachtpförtner im Controllbüro nickte ihr zu. »Na, noch einen Spaziergang gemacht, Fräulein Luise?«

»Jaja«, hauchte sie und lief schnell an ihm vorbei. »Gute Nacht.«

Sie meinte in ihrem Rücken spüren zu können, wie er ihr überrascht nachschaute. Normalerweise plauderte sie ein wenig mit ihm. Heute aber war ihr nicht danach.

36

Weitere Vorfälle mit Ratten gab es im Hotel nicht mehr. Dennoch schien es Luise, dass ein Malheur das nächste jagte. Mal war es eine Lieferung Kartoffeln, die von Käfern befallen war und zurückgeschickt werden musste. Mal ein Krakeele und Geschreie vor dem Hotel, weil sich zwei Kutscher mitsamt ihren Pferdegespannen nicht einigen konnten, wer direkt vor dem Portal des *Vier Jahreszeiten* halten durfte, um den Passagieren die zumeist erfundenen Tratschgeschichten zu erzählen. Nicht umsonst riefen die Hamburger den Männern gerne ein »He lücht!« nach, er lügt. Der Streit endete in einer handfesten Keilerei, die von der Polizei auseinandergetrieben werden musste. Und das alles vor den Augen der wenigen Hotelgäste, die an den Fenstern neugierig den unwürdigen Auftritt beobachteten.

Als Nächstes ging die Heizung kaputt, was dafür sorgte, dass kein Tropfen heißes Wasser für die Herrschaften in ihren Badezimmern zur Verfügung stand. Ein Luxus, der mittlerweile für jeden Gast zu einer Selbstverständlichkeit geworden war. Kurz darauf mussten alle Blumen im Haus ausgewechselt werden, weil jemand die Vasen mit Laugenwasser gefüllt hatte. Bis heute war unklar, wie das hatte passieren können. Selbstredend wurde die Blumenbinderin sofort entlassen. Etwas aber sagte Luise, dass die weinende Frau keine Schuld traf.

Heute war Luises freier Tag, den sie allerdings nicht mit Müßiggang zu verbringen gedachte. Ein Zeitvertreib, der ihr eh nicht lag. Früh war sie mit einem Korb voller Lebensmittel in der Hand jenen Weg gegangen, den sie längst hätte gehen müssen, wäre sie nur ein wenig mutiger gewesen. Er führte sie über die Lombardsbrücke an der Kunsthalle und dem Hauptbahnhof vorbei bis ins Gängeviertel hin zur Springeltwiete.

Luise schämte sich. Sie hätte Mudder Benningmeier und ihre Kinder längst besuchen müssen, nur war immer etwas dazwischengekommen. Eine Ausrede war das, ja, sie wusste es, denn der Gang in ihre eigene Vergangenheit fiel ihr schwer. Es war ihr unangenehm, vor die arme Frau zu treten, weil sie selbst es so viel besser hatte als all die Nachbarn von damals. Gerne hätte sie geholfen, nur wusste sie nicht, wie. Weder besaß sie Reichtümer, noch hatte sie eine Idee, was sie tun könnte, um die Not der Armen zu lindern.

Nachdem Luise gestern gesehen hatte, wie der Besitzer eines Gasthofs beim Gänsemarkt ein paar hungernde Kinder weggescheucht hatte, die im Müll etwas Essbares hatten finden wollen, wollte sie nicht länger warten. Die Kleinen hätten Mudder Benningmeiers Lütte sein können.

Darum hatte Luise vorhin den Koch um Essensreste gebeten, egal was, egal wie viel. Dabei hatte sie ihm ihren Korb hingehalten. Der Mann hatte nur mit der Hand vor ihrem Gesicht gewedelt und gefragt, warum sie Hunger habe. Er hatte sie fortgescheucht und einem der Hilfsköche zugerufen, er solle Luise irgendetwas von gestern geben.

Nun lagen in ihrem Korb eine gebratene Gänsekeule, die dem Gast nicht gemundet hatte, Mettwurstenden, ein Stück Pastete, Käsereste und ein Viertel Pfund Schmalz sowie eine Flasche Milch und Brotabschnitte, etwas Obst und zwei Stückchen Nusskuchen von vorgestern. Luise hatte noch ein paar

Kaffeebohnen dazugetan, obwohl sie nicht wusste, ob Mudder Benningmeier überhaupt einen Filter samt Tüten im Haus hatte.

Der Korb wog schwer, fast so schwer wie ihre Scham.

Heute trug sie ein hübsches Kleid und darüber einen Mantel mit acht Perlmuttknöpfen. Auf ihrem Kopf thronte der Strohhut. Sie schmückte ihn je nach Jahreszeit mit passenden Seidenblumen, die sie in einer Schublade in ihrem Zimmer aufbewahrte. Sie hatte ganze drei Paar Schuhe im Schrank stehen, mehrere Kämme, um ihr Haar aufzustecken, und einen eigenen Schirm, einen Wintermantel und ein Halstuch. Sie war verlobt, obwohl das niemand wissen sollte, und sie konnte lesen. In ihrem Zimmer standen acht Bücher, darunter Klassiker, die Herr Schröder ihr empfohlen hatte, sowie ein Roman von Clara Viebig und ein recht spannendes Werk von einem Amerikaner namens Jack London. Ihr waren die Großen und Reichen dieser Stadt begegnet, und manchmal erhielt sie Trinkgeld von einem Gast. Sie erledigte ihre Arbeit leise und stets zur Zufriedenheit der Direktion. Vor allem wusste sie endlich, wer sie war und woher sie kam. Sie war Luise Charlotte Elisabeth Erhart, Tochter einer gefeierten Opernsängerin, die leider viel zu früh von dieser Welt hatte gehen müssen.

Ihr Leben hatte eine drei Jahre umfassende Wendung genommen, die einem Wunder gleichkam.

Wer ihr Erzeuger war, interessierte sie hingegen nicht. Er hatte sie und ihre Mutter verraten. Mehr musste sie nicht wissen. Ja, sie gedachte sogar, diesen schändlichen Fleck ihrer Existenz zu leugnen, sollte man sie danach fragen. Ein gefallener Vater irgendwo an der Ostfront würde neugierige Geister sicherlich beruhigen. Ihre Mutter hingegen erschien ihr zunehmend wie die tragische Figur der Violetta aus Verdis *La Traviata*. Die Romanvorlage von Dumas mit dem Titel *Die*

Kameliendame hatte sie gelesen und ebenso geweint wie in der Staatsoper auf ihrem harten Stuhl im Rang.

Luise erreichte die Springeltwiete. Noch immer dünsteten die Wände der Häuser Armut aus. Der Boden war glitschig. Müll in den Ecken. Hier, genau hier war es gewesen, dass die Bestatter die falsche Tante an ihr vorbeigetragen hatten. Bilder voller Angst zogen an ihr vorbei.

Schnell schüttelte Luise diese von sich. Mit hoch erhobenem Kopf trat sie in den Hof. Es roch noch fauliger als früher. Sie schluckte, als sie vor der schiefen Behausung stand, wo sie ihre Kindheit im ersten Stock verbracht hatte. Sie fragte sich, wer wohl jetzt oben in der Wohnung leben mochte. Die Tür war geschlossen. Vor dem schlierigen Fenster hing ein Stofffetzen.

Luise fasste sich ein Herz und klopfte bei Mudder Benningmeier an der Tür. Sie musste lange warten, bis jemand öffnete. Der Mann vor ihr hatte nur noch ein Bein und stützte sich auf zwei Krücken.

»Jo?« Sein Atem roch nach billigem Fusel.

»Guten Tag. Ich suche Frau Benningmeier. Wohnt sie nicht mehr hier?«

»Kenn ick nich.« Die Tür fiel zu, die schwere Schnapsfahne blieb.

Luise drehte sich um. Ob der alte Sievers noch lebte? Vielleicht wusste er, wo die Nachbarin zu finden war. Sie lief zu seiner Tür und klopfte. Als niemand reagierte, wollte sie gerade gehen, da schob sich ein Kopf aus der Tür von gegenüber.

»De Ole is dod«, kam die Frau Luises Frage zuvor.

»Eigentlich suche ich Mudder Benningmeier und nicht Herrn Sievers.«

Die Frau lachte. »*Herrn Sievers*? Bis wohl wat ganz Vorneems, wat?«

Luise musste lächeln. Stimmt, dachte sie. Früher hatte sie ihn Opa Schnibbel genannt, weil er stets seinen Tabak mit einem alten Messer klein schnitt, bevor er ihn in die Pfeife stopfte.

»Vornehm?«, fragte Luise. »Jo, kunn all sien. Ober ick heff een Geschenk för de Benningmeiers dorbi. Sün dei ock nich mehr heer?« Es war lange her, dass sie Plattdeutsch gesprochen hatte. Sehr lange.

Im faltigen Gesicht der Frau zeigte sich ein Grinsen. »Eern Mann is dod. Un as Kriegswitwe, hett se secht, kunn se nich mehr heer bleven.«

Luise runzelte die Stirn. Mudder Benningmeiers Mann war also tatsächlich tot. »Warum wollte sie nicht bleiben?«

»De Mietzinsintreber hett sche un de Kinners verjogt, weil se nich mehr hett betohlen kunn.«

Luise ging hinüber zu der Frau. »Er hat sie fortgejagt, weil sie die Miete nicht mehr zahlen konnte?«

»Jo.«

»Mein Gott, wo sind sie denn hin?«

»Se hett mit de Lütten aufs Land rut moked. De beden olen Kinners un de Muddern kunnt jo arbeiten dor. De beden Lütten, tscha, da mutt man den leven God um Hölp bitten, denk ick man so.«

»Das sind ja nur vier Kinder! Wo sind die anderen beiden?«

»Dod.«

»Tot?«

Die Frau nickte. »Krank un hungrig sünn se wen. Arme Dinger. Ober veer Mäuler mut de Benningmeier trotzdem no' füttern.«

Luise wusste nicht, was sie sagen sollte. Ihr Hals war wie zugeschnürt.

Neugierig reckte die Frau das Kinn. »Un, watt is in de Korv?«

Luise schreckte aus ihren Gedanken. Der Korb an ihrem Arm erschien ihr plötzlich nutzlos. Von irgendwoher meinte sie ein hämisches Lachen zu hören. Sie war zu spät gekommen.

»Haben Sie Kinder?«, wollte sie wissen.

»Jo. Warum?«

Luise reichte ihr die Leckereien. Es machte keinen Sinn, alles wieder nach Hause zu schleppen. »Das schenke ich Ihnen. Es ist nicht viel ...«

Die Frau wischte sich die Hände an ihrer schmutzigen Schürze ab und nahm eine Ecke des Tuchs hoch. Sie lugte hinein. »Sün Se 'n Engel, Fräuleinchen?«

Luise lachte. »Nein. Ich wohnte vor vielen Jahren hier im Hof, bevor ich ...«

Die Frau griff nach dem Korb. »Ach! Un wo tun Se nu leben, Frollein?«

»Im Himmel. Auch wenn ich kein Engel bin.« Mit einem Nicken verabschiedete Luise sich und verließ die Springeltwiete. Für immer.

Tief in Gedanken versunken, lief sie durch die Straßen der Stadt. Irgendwann begannen ihre Füße in den neuen Schuhen zu schmerzen. Und als wäre das nicht unangenehm genug, setzte auch noch ein kräftiger Regen ein, gerade als sie die Mönckebergstraße erreichte. Luise ärgerte sich, dass sie nicht daran gedacht hatte, ihren Schirm mitzunehmen.

Die Leute flüchteten in die Ladeneingänge der noblen Einkaufsstraße, die mindestens so vornehm war wie der Berliner Ku'damm. Ein Stück von Luise entfernt lag der Eingang zum Kaufhaus Karstadt. Sie wollte schon hinüberlaufen, als sie erkannte, dass dort bereits zu viele Passanten Schutz suchten. Darum beschloss sie, zu dem säulenumwundenen Tempelchen mit dem Brunnen zu rennen, das mitten auf dem Platz stand.

Sie sprintete über die Straße und sprang die beiden Stufen hinauf, die zum Eingang führten. Dort schlug sie den Regen von ihrem Mantel ab. Erstaunt stellte sie fest, dass das griechisch anmutende Gebäude alles andere als ein antiker Ort war, sondern eine kleine Volkslesehalle, wie das Messingschild an der Tür verriet. Es war eine Außenstelle jener Bücherei, wo Luise mit Hans' grüner Karte einmal im Monat Bücher auslieh.

Neugierig geworden, schob sie die Tür auf und ging hinein. Hier gab es nicht so viele Bücher wie bei Herrn Schröder, aber genug, um eine Weile zu bleiben.

Sie öffnete ihren Mantel und schlenderte an einer älteren Dame vorbei, die hinter einem Tisch saß und Karteikarten ausfüllte. Luises Gruß wurde mit einem freundlichen Lächeln erwidert. Interessiert, fast wie eine Jägerin auf der Pirsch, wanderte sie an den Regalen vorbei, auf der Suche nach Neuem. Leider kannte sie die meisten Werke. Es waren vornehmlich erbauliche Bände. Goethes *Faust*, Schillers *Maria Stuart*, Heinrich Heines *Wintermärchen* und Manns *Buddenbrooks*. Luise hatte sie alle gelesen. Ärgerlicherweise gab es seit Kriegsbeginn weder Jane Austen noch Dostojewski oder diesen lustigen Oscar Wilde, was sie besonders bedauerte.

Mit schräg geneigtem Kopf schlenderte sie an den Bänden vorbei und las Titel für Titel. Sie fragte sich, ob man hier auch die Belletristik nur auf Bestellung erhielt, weil sie angeblich bei zarten Gemütern Schäden hinterlassen könnte, wie Herr Schröder ihr erklärt hatte. Sie fand diese Begründung albern. Man lebte in modernen Zeiten. Frauen waren längst keine zerbrechlichen Wesen mehr. Sie dachte an die Patronin, die über Monate das *Vier Jahreszeiten* allein hatte regieren müssen, als ihr Mann vor einigen Jahren schwer erkrankt war. Selbst ein Fräulein Richter schien ihr alles andere als zartbesaitet.

Luise zog ab und an ein Buch von einem der Regale, blätterte ein wenig darin und stellte es zurück. Als sie einen Band über die Geschichte Hamburgs aus einem Gestell nahm, fiel ihr Blick durch die Lücke auf die andere Seite. Erst glaubte sie, unfreiwillige Zeugin eines Tête-à-Tête zu sein, bis sie die zwei erkannte, die dort auf einer Holzbank in der Fensternische beieinanderhockten. Mit zusammengeneigten Köpfen saßen sie da und tuschelten.

Der Gansberger traf sich mit Fräulein Richter! Wie konnte das sein? Es war jedem Angestellten verboten, sich privat mit Hotelgästen zu verabreden, vor allem, wenn diese mit Schimpf und Schande aus dem *Vier Jahreszeiten* geworfen worden waren.

Schnell schob Luise das Buch zurück an seinen Platz. Ihr Herz schlug schneller. Etwas sagte ihr, dass sich die Unterhaltung nicht um Literatur drehte und auch keine Herzensangelegenheit war. Vorsichtig zog sie noch einmal den Wälzer vor und lugte durch die Lücke, gerade in jenem Moment, als Herr Gansberger der Richter einen Umschlag zuschob.

Luise verbat sich zu atmen. Sie sah, wie die Hausdame einige Geldscheine hervorholte und nachzuzählen begann. Schließlich nickte die Frau und steckte das Kuvert in ihre Handtasche.

Jetzt ahnte Luise, wem das Hotel die vierbeinigen Besucher zu verdanken hatte und all die anderen Malheure. Schon wollte sie aus ihrem Versteck springen, um die Verräter in flagranti zu stellen – doch sie hielt inne. Dieses Mal würde sie die Person nicht entkommen lassen. Unauffällig schlich sich Luise aus der Volkslesehalle und machte sich durch den Regen eilig auf den Weg nach Hause.

37

Es war früher Morgen. Im Restaurant klapperte jemand mit Geschirr. Das Frühstück wurde vorbereitet. Der Nachtportier hatte seinen Mantel bereits angezogen, um nach Hause zu gehen. Dennoch blieb er nahe dem Büro des Concierges stehen und wartete. Luise war bei ihm. Gemeinsam beobachteten sie Herrn Marthaler, der sich über eine Liste beugte und diese mit akribischer Konzentration zum dritten Mal las. Luise knabberte an ihrem Daumennagel, was sie sonst nicht zu tun pflegte. Keiner sagte, sie solle damit aufhören.

»Sie ist schon recht lange bei ihm«, gab der Nachtportier neben ihr zu bedenken.

»Siebenundzwanzig Minuten«, erklärte Herr Marthaler, ohne von der Liste aufzusehen. Der Tee neben ihm war inzwischen kalt. Um seine Nervosität zu bändigen, hatte er sich die Auflistung zur Hand genommen. Luise wusste nicht, ob er die Zahlen darauf überhaupt zur Kenntnis nahm. Sie knabberte weiter.

Der Patron hatte Fräulein Richter ins Direktionszimmer zitiert, gleich nachdem die ahnungslose Hausdame das Hotel betreten hatte, um ihren heutigen Dienst anzutreten.

Wie gerne hätte Luise vor der Tür gelauscht, ob es der Frau ein weiteres Mal gelingen mochte, sich aus den Vorwürfen herauszuwinden. Würde sie den Patron von der Harmlosigkeit ihres Treffens in der Lesehalle überzeugen können?

Luise hatte gleich nach ihrer Rückkehr im Direktionszimmer Bericht erstattet. Reglos hörten Friedrich Haerlin und einer seiner Direktoren zu, als sie vom konspirativen Treffen der Hausdame mit dem ehemaligen Gast erzählte. Der Direktor wies darauf hin, dass es sich derzeit nur um Vermutungen handle, woraufhin der Patron einige der Köche und den Garagenmeister befragen ließ. Tatsächlich waren die Aktivitäten der Frau nicht unbemerkt geblieben. Nur hatte niemand sie mit den Vorgängen im Hotel in Verbindung gebracht. Das geschah erst, als Luise von der Begegnung in der Volkslesehalle berichtet hatte.

Einer der Pagen lugte um die Ecke. »Ich glaube, er ist wütend.«

»Du sollst nicht lauschen!«, fuhr der Concierge ihn an.

»Tue ich ja auch gar nicht«, maulte der Junge und zog die Mundwinkel nach unten. »Ich habe einfach nur gute Ohren.« Er trollte sich.

Luise eilte ihm nach. »Was hat er gesagt?«, wollte sie flüsternd wissen.

»Er will ihre Wohnung von der Polizei durchsuchen lassen.«

»Was für ein unerquicklicher Skandal«, murmelte Herr Marthaler, der ebenfalls gute Ohren hatte.

»Hat sie gestanden?«, hakte Luise nach.

Der Page schüttelte den Kopf. »Ich muss zurück, falls ein Gast kommt.« Er zwinkerte ihr zu und stellte sich neben die Drehtür, die erfreulicherweise direkt beim Direktionszimmer lag.

Die Unruhe in Luise stieg von Minute zu Minute. Sie ging zurück zu Herrn Marthaler und dem Nachtportier. »Denken Sie, der Patron will, dass ich eine Aussage mache?«

Der Gedanke, zur Polizei zitiert zu werden oder gar vor Gericht zu erscheinen, ängstigte sie, denn sie bezweifelte, dass man ihr, der Göre aus der Gosse, Glauben schenken würde, wenn eine ehrenwerte Dame das Gegenteil behauptete.

Vielleicht gab es für all das ja eine plausible Erklärung. Sollte dem so sein, würde die Hausdame alles Recht der Welt haben, Luises Entlassung zu fordern. Hatte sie sich von ihrer Verachtung für die Frau falsch leiten lassen? Wollte sie nur billige Rache nehmen, weil die Person für all die erbärmlichen Jahre bei der Tante verantwortlich war? Vielleicht hatte die Richter ja wirklich in bester Absicht gehandelt und war nicht annähernd so berechnend gewesen, wie Luise ihr unterstellte.

Der Kopf des Pagen tauchte wieder auf. »Sie kommt.«

Alle schlichen ins Foyer, wo Herr Marthaler hinter seinem Empfangstresen Stellung bezog und einige Rechnungen zur Hand nahm, deren Empfängeradressen er eingehend studierte, was wenig Sinn ergab, da auf jedem Umschlag stets dieselbe Anschrift stand, nämlich jene des Hotels. Luise indes wischte mit einem Tuch die staubfreien Lampenschirme beim Eingang ab, während der Nachtportier tat, als suche er hinter dem Tresen etwas.

Da öffnete sich die Tür des Direktionszimmers. Der Patron trat heraus. Bei ihm war ein streng dreinblickender Herr, von dem Luise wusste, dass es sich um den Anwalt des Hauses handelte. Zwischen ihnen ging, mit durchgedrücktem Kreuz und hochgerecktem Kinn, die Hausdame. Als die Frau Luise bemerkte, schnaufte sie nur verächtlich und warf den Kopf zur anderen Seite, als könnte sie Luises Erscheinung nicht ertragen.

»Herr Marthaler«, rief der Patron, »bitte begleiten Sie Fräulein Richter hinunter! Sie wird ihre Sachen aus dem Schrank nehmen und uns verlassen!« Friedrich Haerlin winkte Luise zu sich. »Auf ein Wort.«

In ihren Ohren rauschte ein wilder Sturm, als sie ins Direktionszimmer trat, wo der Patron wieder hinter seinem Schreibtisch saß, die Hände auf der ledernen Schreibunterlage abgelegt, als müsste er sich daran festhalten. Ein Stück entfernt stand der Anwalt und musterte sie streng.

Sie knickste. Ihre Finger waren schweißnass.

Friedrich Haerlin holte tief Luft. »Begreifst du, welche Folgen deine Anschuldigungen haben?«

Sie wusste nicht, was sie darauf erwidern sollte. »Hat sie gestanden?«

Er schwieg. Luise zwang sich, nicht näher an den Tisch zu treten. Sie musste sich zusammenreißen, damit sie erwachsener wirkte. »Ich weiß, dass es mich nichts angeht, aber ich muss wissen, ob ich recht hatte«, sagte sie schließlich. »Sollte dem nicht so sein, werde ich mir das niemals verzeihen können.«

Friedrich Haerlin schob ein eng beschriebenes Blatt Papier zu ihr hinüber. »Sie hat in meiner Gegenwart zugegeben, dass sie im Auftrag des Mannes gewisse Vorkehrungen traf, die zum Nachteil des Hauses waren.«

Erleichtert schloss Luise die Augen.

»Allerdings erst, als ich drohte, sie bei der Polizei anzuzeigen, war sie zu diesem Geständnis bereit.« Er räusperte sich und zog ein Fünfmarkstück aus seiner Börse, das er auf den Tisch legte. Das Geldstück mit dem Konterfei des Kaisers darauf glitzerte in den Sonnenstrahlen, die durch das Fenster fielen. »Ich möchte mich bei dir bedanken, Luise.«

Sie lächelte den alten Mann an, der ihr ein Zuhause gegeben hatte, und rührte sich nicht. »Es war mir eine Freude, dass ich helfen konnte.«

Er neigte den Kopf ein wenig zur Seite. »Du möchtest das Geld nicht?«

»Es ist sicherlich sehr großzügig gemeint, Patron, nur habe ich es nicht wegen des Geldes getan.«

»Ich weiß. Und hatte auch nichts anderes von dir erwartet.« Er steckte die fünf Mark wieder ein. »Du wirst nicht mehr in der Abwaschküche Töpfe schrubben oder die Kleider der Hotelgäste flicken oder gar waschen.«

Sie erschrak. »Wollen Sie mich entlassen?«

»Entlassen? Nein, ich will, dass du ab sofort als Zimmermädchen für unser Haus tätig bist. Solltest du dich als flink und klug erweisen, wovon ich ausgehe, wirst du meiner Gattin eine große Hilfe sein.«

Freudig klatschte Luise in die Hände. »Die Patronin wird unsere neue Hausdame?«

»Eine bessere konnte ich auf die Schnelle nicht finden.«

Am liebsten wäre sie ihm um den Hals gefallen, was sie selbstverständlich nicht tat. Frau Haerlin wieder im Haus zu wissen, war für sie Geschenk genug. Eilig knickste sie.

»Ich werde mich anstrengen, Patron, versprochen. Danke, vielen Dank!« Sie lief um den Tisch und griff nach seiner Hand, die sie so sehr schüttelte, dass der Mann sie hastig zurückzog.

»Es ist mir eine Freude, Fräulein Erhart«, entgegnete der Patron und legte die Hände auf den Rücken, während er eine Verbeugung andeutete.

Sie stockte. Erhart? »Woher wissen Sie …?«

Der Anwalt trat vor. »Herr Haerlin erhielt die Nachricht, dass im Nachlass des verstorbenen Notars von Milbach-Gründler ein Brief gefunden wurde.«

»Er ist tot?« Vor Luises innerem Auge erschien die freundliche Person des Mannes, den die Erinnerung nicht hatte loslassen wollen, obwohl sich das Schicksal alle erdenkliche Mühe gegeben hatte.

»Der Brief erreichte mich vor drei Tagen«, erklärte der Patron. »Er war ein wenig wirr. Dennoch glaube ich, einigermaßen verstanden zu haben, was damals in meinem Haus passierte.« Er seufzte. »Ach, Kind, warum hast du nicht früher etwas gesagt?«

»Es wäre falsch gewesen«, antwortete sie leise. »Ist die Milch erst verschüttet, sollte man nicht mehr darüber lamentieren.« Kaum hatte sie die Worte ausgesprochen, spürte sie, dass ein großer Stein von ihrem Herzen fiel. Rache, so begriff sie, war ein schlechter Berater.

»Kind, wir sind eine Familie. Wenn du Sorgen hast, kannst du zu mir oder einem meiner Direktoren kommen. Oder zu meiner Gattin. Jederzeit.«

Stumm nickte sie, weil Tränen in ihre Augen schossen und ihre Stimme versagte.

Milde lächelte er. »Hängen Sie bitte die Arbeitsschürze in den Schrank, Fräulein Erhart. Melden Sie sich in der dritten Etage bei unserer neuen ersten Hausdame zum Dienst.«

Luise musste dem dringenden Wunsch widerstehen, den Patron doch noch zu umarmen. »Keiner hat mich je bei meinem richtigen Namen genannt, Herr Haerlin. Ich danke Ihnen dafür, nur sagen Sie bitte weiterhin Luise zu mir.«

Er nickte.

Als sie das Direktionszimmer verließ, meinte sie, in ihrem Inneren prickelnden Champagner zu spüren, der in lustigen Bläschen jeden Winkel ihres Körpers kitzelte. Fast schien es ihr, als wäre sie betrunken von alldem, was sie eben gehört hatte. Schnell lief sie in den Keller, um die Schürze in den Schrank zu hängen und sich umzuziehen. Sie hatte nicht gewusst, wie glücklich sie sein konnte. Zimmermädchen!

Jetzt würde sie eines jener Mädchen sein, die mit adretter Frisur und hübscher Schürze wie Geister über die tiefen Teppiche der Etagen schwebten, um alles für die Gäste herzurichten, damit sich diese wohlfühlten.

Im ehemaligen Büro der ersten Wäscherin, das mittlerweile als Lagerraum diente, hängte sie gerade ihre Arbeitsschürze in den Schrank, als sie jemanden an der offenen Tür vorbeigehen sah. Es war die Richter.

Kerzengerade und trotzig, den Hut auf ihrem streng zurückgekämmten Haar, einen Koffer in der Hand, verließ die Person jenen Ort, an dem sie so viele Jahre ihre Intrigen hatte schmieden können. Niemand war da, um sie zu verabschieden oder auch nur ein letztes Wort des Respekts an sie zu richten.

Da entdeckte die Frau Luise. »Das wirst du mir büßen«, zischte sie und trat durch die Tür hinaus.

Da stellte sich Herr Marthaler neben Luise. Gemeinsam blickten sie zu der jetzt verschlossenen Tür.

»Ich hoffe, wir sehen dieses Weibsbild unter keinen Umständen wieder«, sagte er voller Abscheu.

38

In den nächsten Tagen und Wochen unterrichtete die Patronin Luise in der Pflege wertvoller Möbelstücke, zeigte ihr, wie der Faltenwurf der samtenen Vorhänge in den Suiten perfekt gelang, welcher sorgfältigen Behandlung die marmornen Waschtische in den Badezimmern bedurften und wie ein Betttuch so stramm auf der Matratze lag, dass darauf gehüpft werden konnte, wenn man es denn unbedingt wollte.

Wo immer Thekla Haerlin ging, war Luise nicht weit. Gekleidet in ein schlichtes dunkelblaues Kleid mit weißem Kragen, eilte sie geräuschlos durch die Gänge, huschte treppauf und treppab, brachte frische Bettwäsche in die Zimmer und bediente den Hoover, ein lautstarkes Gerät, mit dem Staub aus den Polstern und von den seidenbespannten Wänden gesaugt wurde.

Luise stellte sich derart geschickt an, dass die Hausherrin sie eines Tages bat, sich in ihrer Abwesenheit der anderen beiden Zimmermädchen anzunehmen, die mit ihr auf der Etage arbeiteten, da sie selbst verreisen werde.

»Sie verlassen uns?«

»Keine Angst. Ich komme zurück. Mein Mann und ich werden in die Heimat fahren, um dort unsere silberne Hochzeit zu feiern«, erklärte sie lächelnd. »Am meisten freut es uns, dass wir Fritz endlich wiedersehen können.« Sie prüfte mit einem weißen Flanelltuch, ob Staub auf der Lehne einer Récamiere lag. Zufrieden stellte sie fest, dass dem nicht so war. »Er wurde zum Leutnant befördert«, fuhr sie fort. »Das Eiserne Kreuz und das Hamburger Verdienstkreuz haben sie ihm auch verliehen. Dabei ist er erst einundzwanzig.« Stolz schwang in der Stimme der Mutter mit.

Schon am nächsten Tag reiste das Ehepaar mit Tochter Frieda ab, und Luise übernahm das Regiment in der dritten Etage, obwohl sie noch keine achtzehn Jahre alt war.

Ihre neuen Aufgaben waren weitaus schwieriger, als sie gedacht hatte, denn sie musste die Zimmermädchen befehligen, die sehr viel älter waren als sie. Das brachte schon bald Probleme mit sich, die Herr Marthaler mit wenigen Worten zu Luises Gunsten löste. Dennoch gab er ihr den Rat, schnellstmöglich zu lernen, wie man sich durchsetzte.

Der morgendliche Blick in den Spiegel zeigte Luise, dass das Kindliche in ihrem Gesicht, sollte es je dort gewesen sein, endgültig verschwunden war. Zudem steckte sie ihre braunen Locken auf, um erwachsener zu wirken. Nur reichte das nicht. Sie musste unbedingt üben, sodass ihr eine strenge Miene gelang. Also tat sie das eingehend in ihrer Kammer oder wenn sie an einem der goldgerahmten Spiegel in den Badezimmern die Armaturen polierte.

Sie gewöhnte sich an, statt eines Knicks den Kopf leicht zu neigen, sobald ein Gast sie ansprach, so wie sie es bei Fräulein Richter gesehen hatte. Den anderen Zimmermädchen gegenüber hob sie die Nase ein wenig höher als nötig und achtete darauf, mit geradem Rücken aus einem Disput herauszugehen, den sie stets mit einem Befehl beendete. Sie wusste, dass all das nur Fassade war. Aber solange die anderen es ihr abkauften, war sie zufrieden. Dennoch zählte sie die Tage, bis die Patronin sie von dieser Stellung befreite, denn irgendwie wurde sie das Gefühl nicht los, dass die Mädchen hinter ihrem Rücken über sie lästerten.

Immer wenn Luise das Zimmer mit der Nummer 312 betrat, musste sie an Lady Braxton denken, die in ihrem Gepäck den Landsitz des Gatten verstaut zu haben schien, wie ihr Stiefsohn George behauptet hatte. Er war sehr nett gewesen. Hatte ihr beim Tragen der Koffer geholfen. Braune Augen und Locken. Äußerst ungewöhnliche Farbe für einen Briten, meinte jemand. Damals hatte sie keinen Blick dafür gehabt. Heute würde sie ihm vielleicht sogar ein Lächeln schenken.

Luise stellte die Blumenvase auf die Nussbaumkommode im Barockstil, deren Marmorplatte einen hässlichen Kaffeefleck aufwies. Sie hatte es mit einer Wasser-Essig-Mischung im Verhältnis 3:1 versucht, leider ohne Erfolg. Kurzerhand legte sie ein Deckchen darüber. Sobald die Patronin zurück war, würde man den Marmor auswechseln müssen. Außerdem würde sie vorschlagen, alle Marmorflächen mit Bienenwachs einzureiben, um die Oberflächen haltbarer zu machen. Nicht jeder Gast ging so pfleglich mit den Möbeln in seinem Zimmer um, wie es sich gehörte.

Luise trat einen Schritt zurück und betrachtete die Lilien in der Vase. Sie nahmen sich ganz prächtig vor der dunkelroten Wand aus. Am Nachmittag würde eine junge Schauspielerin im Hotel eintreffen. Ossi Oswalda. Luise hatte sie kürzlich in einem Film gesehen. *Ich möchte kein Mann sein.* Köstlich! Ernst Lubitsch, der Regisseur, hatte bereits gestern das Zimmer nebenan bezogen. Beide Räume waren mit einer Durchgangstür verbunden.

Diese schloss Luise jetzt auf und verbat sich ein pikantes Grinsen. Dass sich niemand vom Personal öffentlich über die privaten Dinge der Gäste äußern durfte, verstand sich von selbst. Wer sich nicht an dieses eherne Gesetz hielt, wurde ohne Vorwarnung entlassen.

Endlich war die Woche vorüber und Luise konnte der Patronin die Verantwortung über die Fremdenzimmer und Mädchen wieder überlassen. Erschöpft ließ Luise den strengen Blick verschwinden, der ihr mindestens eine Falte auf ihrer Stirn eingebracht hatte.

Während der Krieg in Europa weiter wütete, aßen die Gäste im Restaurant Hummer und Gans. So mancher träumte noch immer vom Siegfrieden.

Das Volk hingegen lenkte sich von der Kriegsmisere mit anderen Vergnügungen ab. Auf der Reeperbahn hatte kürzlich die *Hamburger Volksoper* eröffnet. Die Leute strömten in Scharen dorthin. Da Briefe von Hans nur sehr selten ihren Weg zu Luise fanden, hatte sie nichts dagegen einzuwenden gehabt, als Minna sie fragte, ob sie sich mit ihr ins Abenteuer stürzen wolle. Die energische junge Frau aus Berlin war neu im Hotel, wo sie als Aushilfsköchin im Souterrain die zwei Männer ersetzen musste, die die Oberste Heeresleitung eingezogen hatte.

»Gegen einen Schwof kann keiner etwas haben«, ermutigte sie Luise.

Arm in Arm schlenderten sie nach ihrem Dienst Richtung Reeperbahn. Sie hatten kaum den Rathausmarkt erreicht, als Luise glaubte, dass ihnen jemand folgte. Der Herr in langem Mantel und mit Gehstock war ihr schon vor dem Hotel aufgefallen. Da entdeckte sie ihn wieder.

Minna, eine dralle Schönheit mit strohblondem Haar, lachte sie aus und schalt Luise ein Dummerchen. »Das ist bestimmt nur Zufall. Du gehst eindeutig zu wenig aus.«

Als Luise bald darauf besagten Mann auf Höhe der Großen Wallanlagen erneut hinter sich bemerkte, schien es Minna nicht im Geringsten eigenartig. »Er wird sich, genau wie wir, auf der Reeperbahn amüsieren wollen.«

Sie kicherte wie ein Backfisch, weil sich Luise immer wieder umdrehte.

Dass Luise der Spaß an diesem Abend zu vergehen drohte, war nicht nur dem Verfolger geschuldet. Überall fiel ihr Blick auf das verstümmelte Grauen, das auf den Bürgersteigen der Stadt hockte. Kriegsheimkehrer kauerten an Ecken und hielten den Vorbeigehenden ihre speckigen Uniformmützen entgegen, während sie zu Boden starrten, als genierten sie sich. Behängt mit Orden saßen sie da wie verkrüppelte Weihnachtsbäume als grausige Mahnung kaiserlicher Überheblichkeit. Nichts erinnerte mehr an die stolzen jungen Männer, die einst mit Hurra und Rumtata über den Jungfernstieg gezogen waren, um an der Front zu Helden zu werden. Oder zu sterben. Letzteres sei christlicher, flüsterte Minna im Vorbeigehen. Luise sehnte sich zurück ins Hotel, wo von alldem nichts zu sehen war. Schweigend bogen sie auf die Reeperbahn ab, wo sie zuerst das Café *Minerva* besuchten. Dort bestellte Minna zwei Aperitifs, damit die gute Laune endlich zurückkehrte.

»So sauertöpfisch, wie du dreinschaust, wird das nix mit einem lustigen Abend«, beschwerte sie sich.

Luise nippte an dem klaren Getränk in ihrem Glas und japste auf, woraufhin Minna den Kopf in den Nacken warf und herzlich lachte.

»Nanu, noch nie einen Schnabus genossen?«

Luise schüttelte sich. »Das Zeug kann man nicht genießen.«

»Da ist wohl jemand zu sehr verwöhnt worden«, neckte Minna sie.

Als Luise gestand, dass sie bisher nur einmal Alkohol in ihrem Leben getrunken habe, wieherte ihre neue Freundin los.

»Darauf noch einen!«, rief sie und orderte beim Kellner gleich nach.

In diesem Moment kündigte die kleine Glocke über der Tür einen weiteren Gast an. Luise erschrak. »Da ist er schon wieder«, raunte sie über den Tisch. Sie hatte den Mann gleich erkannt.

Neugierig begutachtete Minna den Gast. »Der ist mindestens fünfzig Jahre alt. Nichts für mich, so viel steht fest. Den kannst du haben.«

»Wie redest du?«, entfuhr es Luise.

»Wenigstens wissen wir jetzt, dass er uns tatsächlich folgt.« Grinsend trank sie ihr Glas aus.

Unschlüssig blieb der Mann im Gastraum stehen. Sein Blick huschte über die Köpfe der Gäste, bis er an ihrem Tisch kleben blieb.

»Ich glaube, der schaut zu uns herüber«, flüsterte Luise.

Nun wurde auch Minna unruhig. Sie griff nach ihrem zweiten Glas, das der Kellner eben vor sie gestellt hatte, und stürzte den Inhalt herunter.

»Komm, wir gehen.« Sie erhob sich.

»Wohin denn?«

»Na, in die *Volksoper*. Im Gewühl sind wir ihn in null Komma nix los. Dann muss er sich ein neues Opfer suchen.«

In diesem Moment trat der Fremde zu ihnen an den Tisch. Aus schmalen Augen starrte er Luise an, Minna gänzlich ignorierend. Luise lief ein Schauder über den Rücken. Der Herr musste verrückt sein, obwohl sie aus den Augenwinkeln bemerkte, dass sein Mantel von bester Qualität war wie auch die Schuhe.

»Es ist besser, wenn Sie zurückgehen, Fräulein Erhart. Haben wir uns verstanden?«

»Wie bitte?«, rief Minna etwas zu laut, sodass der Kellner auf die Szene aufmerksam wurde. »Sie können doch nicht …!«

Der Mann hob eine Hand. Sofort verstummte Minna.

»Haben wir uns verstanden, Fräulein Erhart?« Er wartete, bis Luise nickte. Zum Abschied tippte er an seinen Hut. Schweigend sahen sie ihm nach, wie er das Café verließ.

Minna beugte sich über den Tisch. »Du kennst ihn?«

Luise schüttelte den Kopf und starrte auf ihre zitternden Hände.

»Wer war das?«

»Ich habe ihn noch nie gesehen«, sagte sie ängstlich.

»Er ist kein Gast des Hotels?«

»Nein. Woher weiß er meinen Namen, Minna?« Sie sprang auf, riss ihren Mantel vom Garderobenhaken. »Ich will nach Hause!«

»Aber du wolltest mit mir in die *Volksoper*!«, protestierte Minna.

Die Lust auf Zerstreuung war Luise vergangen. Kurz überlegte sie draußen, in welche Richtung sie laufen müsse, als sie auf der anderen Straßenseite den Mann gewahrte, der dastand und sie beobachtete. Wie von Furien gejagt, rannte sie zurück zum Neuen Jungfernstieg. Immer wieder drehte sie sich in der beginnenden Dunkelheit um. Der Fremde war verschwunden wie ein Geist.

Am nächsten Morgen, es war ein Donnerstag, reisten die meisten Gäste vorzeitig ab. Sie hatten die Zeitungen gelesen, und die Nachrichten darin gefielen ihnen nicht. Der Lubitsch und die Oswalda waren die Ersten, die ihre Schlüssel zurückgaben. Nach ihnen verlangte Kommerzienrat Röder ein Automobil, das ihn sofort zum Bahnhof bringen sollte.

Der Empfangschef hatten alle Hände voll zu tun, Rechnungen zu schreiben oder Kofferträger herbeizurufen.

»Was ist passiert?«, wollte Luise von einem der Hausdiener wissen.

»Sie sagen, es sei bald vorbei.« Der Mann nahm zwei Koffer und schleppte sie zum Gepäcklift. »An den Fronten sieht es immer schlechter aus. Und auf See gehen unsere Helden mit den Ratten unter.«

Tatsächlich hatte Luise in Gesprächen einiger Gäste aufgeschnappt, dass sich Soldaten an der Front weigerten weiterzukämpfen, woraufhin man sie kurzerhand erschossen hatte. An die Litfaßsäulen der Stadt klebten Unbekannte des Nachts Plakate, die zu Demonstrationen gegen den Krieg aufriefen. Die Forderungen nach Friedensverhandlungen wurden immer lauter. Die Menschen waren des Kämpfens müde. Bald schon konnte selbst der letzte Patriot nicht ignorieren, dass das Volk völlig erschöpft war. Darum packten die Vons und Zus der Stadt eilig ihr Hab und Gut, um aufs Land zu ziehen, wo man Krieg und Tod besser ignorieren konnte. Leider blieben somit auch die Gäste im Restaurant *Haerlin* aus, das mittlerweile die einzige relevante Einnahmequelle der Familie war.

Wieder musste der Patron seine Angestellten in den Konferenzsaal bitten, wo Buchhalter Meierling erneut Kuverts mit einer gemurmelten Entschuldigung verteilte. Als der alte Mann Luise einen Umschlag hinhielt, rührte sie sich nicht. Stattdessen starrte sie zum Patron hinüber, der wie eine morsche Trauerweide dastand. Schlaff hingen seine Arme an den Seiten herab. Sein Rücken schien krumm zu werden. Seine Augen waren müde. Ihre Blicke trafen sich. Lange.

»Herr Meierling, Fräulein Erhart bleibt.« Obwohl die Stimme des Patrons brüchig klang, duldete sie keinen Widerspruch. Mit einem steten Nicken, als wäre er eine uralte Schildkröte, ging der Buchhalter zur Nächsten.

Nun hatten Luise und der Patron also wieder eine Abmachung, so wie damals. Sie würde ohne Lohn im Haus bleiben, bis sich die Lage besserte. Sie waren ja eine Familie.

Wie gut, dachte sie, dass ich ein wenig Geld beiseitegelegt habe. Denn die große Krise, die Friedrich Haerlin vorausgesagt hatte, war offenbar jetzt da. Sie war gewappnet. In ihrem Zimmer lagen zweihundertdreiundsiebzig Mark und zehn Pfennige unter ihrer Matratze. Das war eine unglaubliche Menge an Geld. Fast so viel, wie Tante in ihrem ganzen Leben hatte anhäufen können. Luise lächelte. Ja, sie konnte es sich leisten, dem Haus treu zu bleiben.

39

Im November überschlugen sich die Ereignisse. Ein Aufstand in Kiel ließ das Reich erbeben. Eine Mischung aus Hoffnung und Verzweiflung, Empörung und Ratlosigkeit machte sich in Windeseile breit. Verrat!

Es hatte vierunddreißigtausend Hamburger Soldaten das Leben kosten müssen, bis der Matrosenaufstand endlich das Ende dieses sinnlosen Kriegs einläutete. Es war Dienstag, der 5. November, als die Träume der letzten Kaisertreuen zerbrachen. Noch am selben Tag griff die Revolte von Kiel auf Hamburg über, denn die Werftarbeiter im Hafen solidarisierten sich mit den Matrosen an der Ostsee und legten sogleich ihre Arbeit nieder. Sie forderten den Rücktritt des Kaisers, Waffenstillstand, freie und gleiche Wahlen und etwas, das sie Demokratie nannten.

Es war bereits tiefe Nacht. Luise saß in ihrer Kammer und schrieb gerade einen Brief an Hans, von dem sie wusste, er würde ihn eh nicht beantworten. Da hörte sie Schüsse. Ängstlich sprang sie auf, griff nach ihrem Schultertuch und lief hinunter ins Foyer. Sie war nicht die Einzige, die der Lärm angelockt hatte. Am Fenster standen ein Page und der Nachtportier.

»Sie haben Barrikaden in den Straßen aufgebaut und den Hauptbahnhof eingenommen«, erklärte der Portier.

»Wo sind unsere Herren Offiziere?«, wollte Luise wissen.

»Wer?«

»Die Männer des Oberkommandos der Küstenverteidigung, die uns seit drei Jahren den letzten Nerv rauben.«

»Ach, die.« Der Portier machte eine wegwerfende Handbewegung. »Als es brenzlig wurde, haben sie sich flink verabschiedet.«

»Haben sie wenigstens bezahlt?«

Er zuckte mit den Schultern. »Nicht dass ich wüsste.«

Sie lauschten eine Weile den Schüssen, die in einiger Entfernung durch die Straßen hallten.

»Ich nehme an, dass morgen ein aufregender Tag für die Stadt sein wird. Wir sollten ausgeruht sein, wenn es losgeht«, sagte sie und begab sich wieder nach oben.

Der kommende Tag wurde allerdings weitaus aufregender, als Luise es für möglich gehalten hatte. Er begann mit Schüssen. Dieses Mal war das Ziel das Hotel selbst.

Gerade noch war sie dabei, nach der überstürzten Abreise der Herren Offiziere in deren Zimmer die Betten abzuziehen, als sie ein eigenartiges Knattern vernahm. Im nächsten Moment splitterte die Fensterscheibe hinter ihr. Mit einem Schrei warf sie sich zu Boden. Glasscherben regneten auf sie herab. In der Wand gegenüber dem Fenster schlugen Kugeln ein und hinterließen hässliche Löcher in einer schrägen Linie. Angsterfüllt presste sie die Hände auf ihre Ohren.

Eine weitere Salve, kurz, knapp – dann Ruhe.

Vorsichtig kroch sie zur Tür, um sich im Flur in Sicherheit zu bringen, da übertrumpfte ihre Neugier, nein, ihre Wut die Angst. Sie hielt inne, horchte. Weil nach einigen Momenten der Stille noch immer nichts passierte, sprang sie auf und eilte zum kaputten Fenster.

»Was, zum Teufel, soll das?«, schrie sie den Schrecken hinaus. Sie konnte deutlich auf dem Dach des *Alsterpavillons* eine Gruppe Männer neben einem Gestell erkennen, auf dem ein Gewehr montiert war. Die Kerle luden nach! Sie fuhr herum. Kaum war sie im Flur, ging das Schießen weiter.

In wilder Angst lief sie das Treppenhaus hinunter ins Foyer, wo sich Herr Marthaler hinter dem Tresen des Empfangschefs versteckte. Kreidebleich hockte er da.

»Was machen Sie hier unten, Fräulein Erhart? Verschwinden Sie. Laufen Sie in den Keller, und fliehen Sie über die alte Wäscherei.«

Sie bewegte sich nicht. »Warum tun sie das?«

Er seufzte. »Ich weiß es nicht. Vielleicht sind sie betrunken.«

Luise überlegte. »Das glaube ich nicht. Wahrscheinlich denken sie, die Offiziere wären noch hier.«

Wie zur Antwort wurde erneut geschossen.

»Verdammt!«, fluchte sie. »Warum kommt ihr nicht einfach rein und fragt nach? Die Feiglinge sind längst auf und davon.«

Herr Marthaler lachte trocken. »Und bezahlt haben unsere Schön-Wetter-Helden mit Portepee und Heimatorden vor lauter Aufregung auch nicht.«

So plötzlich, wie der Spuk begonnen hatte, endete er. Ängstlich horchte Luise in die Stille hinein, ob weitere Salven auf das Hotel folgen würden. Doch nichts geschah.

»Denken Sie, die haben aufgegeben, Herr Marthaler?«

Die Antwort kam stante pede, als eine Gruppe von rund vierzig Männern von der Straße her die Treppen heraufstürmten. Alle wollten sie zur selben Zeit durch die Drehtür, was die elegante Dame ihnen in hanseatisch stoischer Weise verwehrte. Immer nur einer konnte ins Haus gelangen, was Luise und Herrn Marthaler Gelegenheit gab, sich zu sammeln.

Er richtete sich zu seiner vollen Größe hinter dem Tresen auf.

Die meisten Soldaten trugen Gewehre im Arm. Ihr fiebriger Blick, schwimmend im Wahn der Macht, huschte im Foyer umher. Die abgerissene Kleidung hob sie boshaft skurril von der hanseatischen Eleganz der Empfangshalle ab. Zwei Welten trafen ungebremst aufeinander. Sie starrten sich ungläubig an.

»Wo sind die Offiziere?«, brüllte der Wortführer, ein hagerer Kerl mit Schnauzbart.

»Die Herrschaften sind abgereist«, sagte Herr Marthaler mit erhobenen Händen, während er die Gewehrläufe fixierte, die sich auf ihn und Luise richteten.

»Haus durchsuchen!«

Der Anführer war genauso schäbig gekleidet wie seine Leute. Obwohl er keinen höheren Dienstgrad zu haben schien, gehorchten die anderen. Mit ihren dreckigen Stiefeln polterten sie das Treppenhaus hinauf oder rannten brüllend durch Säle und Wohnhalle.

Wütend trat Luise hinter dem Tresen hervor.

»Wer, in Teufels Namen, sind Sie?«, blaffte sie den Anführer an. »Und was gibt Ihnen das Recht, hier hereinzustürmen, als hätten wir noch immer Krieg?«

Der Soldat fuhr zu ihr herum.

»Außerdem würde ich gerne wissen, wen genau Sie zu sprechen wünschen«, fügte sie etwas weniger energisch hinzu, reckte dennoch das Kinn, so hoch es ging, und drückte den Rücken durch. Sie hatte die Haltung lange genug geübt. »Ich höre.«

Der Mann ließ den Blick an ihrem Körper auf- und abgleiten. Er grinste. »Zeller, Friedrich. Maat. Wir werden die Offiziere der Küstenverteidigung, diese verdammten Verräter, in Gewahrsam nehmen.«

»Die Herren haben das Hotel bereits verlassen«, hörte Luise hinter sich die Stimme des Patrons.

Sie drehte sich um. Friedrich Haerlin stand auf der dritten Stufe der Treppe. Gekleidet in einen schwarzen Anzug, mit gestärktem Hemd und akkurat sitzender Krawatte, wirkte die imposante Erscheinung des Hausherrn offensichtlich auch auf die wilden Kerle in seinem Foyer. Sie schwiegen. Ernst taxierte er den Anführer, der sich Zeller nannte.

»Hier versteckt sich niemand. Ich gebe Ihnen darauf mein Ehrenwort. Aber warten Sie bitte einen Moment.« Er trat herunter, bahnte sich einen Weg mitten durch die Soldaten, um zu jener unauffälligen Tür zu gelangen, die hinunter ins Souterrain führte.

Der Kerl mit dem Gewehr in der Hand, das er noch immer auf den Concierge richtete, flüsterte Zeller etwas zu, woraufhin der nickte und die Waffe sinken ließ.

Schweigend warteten alle auf die Rückkehr des Patrons. Währenddessen sahen sich die Soldaten im Foyer um. Staunend hoben sie die Augen zur Stuckdecke hinauf. Einer musterte die Schnitzarbeiten der Direktionstür mit Kennermiene. Ein anderer zeigte ein auffallendes Interesse an einer silbernen Schale mit fein ziselierten Füßen, in der seit Monaten kein frisches Obst mehr gelegen hatte. Sein Interesse für das elegante Dekorationsstück war dabei wohl eher pekuniären Ursprungs als künstlerischem, denn als Luise kurz darauf wieder zur Anrichte schaute, war die Schale verschwunden. Schon wollte sie sich den Dieb schnappen, als die Tür zum Souterrain geöffnet wurde und der Hausherr mit mehreren Mettwürsten heraustrat, die in seiner Hand baumelten.

»Wie ich bereits versicherte, die Herren Offiziere haben unser Haus verlassen. Bitte nehmen Sie für Ihre Mühe das hier.« Er reichte die Würste dem Anführer. »Es ist nicht viel, das Mindeste, was wir für Sie und Ihre Männer tun können. Sie haben für uns lange genug gekämpft. Wir schulden Ihnen dafür Dankbarkeit.«

Der würzig-salzige Geruch der Mettwürste verteilte sich im Foyer wie ein Versprechen.

Zeller überlegte. Dann griff er nach dem Geschenk. »Abrücken! Die Delinquenten sind flüchtig. Suchen wir weiter.«

So schnell, wie sie gekommen waren, verschwanden die Soldaten auch wieder.

Kaum war der Spuk vorbei, merkte Luise, dass ihre Beine sie nicht länger tragen wollten. Langsam sackte sie zu Boden.

Der Patron starrte die Drehtür an, als befürchtete er, die Männer könnten zurückkehren. Er holte tief Luft. »Was für Zeiten!«, murmelte er. »Was für »Zeiten!«

Von dem Tumult im Haus alarmiert, eilte seine Frau die Treppe herunter. Sie lief zu ihrem Mann, dem sie als Erstes weinend gegen den Oberarm schlug, um ihn anschließend zu umarmen, so fest diese kleine Person es nur konnte.

»Tu das nie wieder, hörst du? Nie wieder!«, schluchzte sie.

»Ach, meine Liebe, so schlimm waren die Herren gar nicht«, murmelte er mit trockener Stimme. »Sie hatten nur Hunger.«

»Patron, einer von ihnen hat die silberne Schale mitgenommen.« Luise wies zu der verwaisten Anrichte.

Friedrich Haerlin lächelte. »Das werden wir verkraften. Da haben wir schon ganz anderes überstanden.«

»Wie recht du hast!« Fassungslos betrachtete seine Gattin die Matschbrocken, die sich auf dem Teppich verteilten. »Luise, sei so gut und hole den Hoover. Die Herren Soldaten hatten vergessen, ihre Stiefel abzustreifen.«

»Sofort, Frau Haerlin.«

Schon wollte sie das Höllengerät holen, als die Telefonistin des Hotels aschfahl und zitternd ins Foyer trat. Luise vermutete, dass sich die arme Person während der Invasion der Soldateska unter ihrem Schaltpult versteckt hatte. Noch immer verschreckt, tippelte sie zum Hausherrn und teilte ihm mit, dass soeben ein dringendes Privatgespräch eingegangen sei, das sie wegen des Überfalls nicht hatte durchstellen können.

»Wer war es?«, verlangte der Patron zu wissen.

»Ihr Sohn Fritz.«

Die Patronin warf die Hände vor den Mund. Eine weitere schreckliche Nachricht konnte das Ehepaar nicht ertragen.

»Er lässt bestellen, dass er auf dem Weg nach Hause sei«, erklärte die Telefonistin schnell. »Sein Zug wird in Hamburg gegen sieben Uhr am Abend eintreffen.«

Nun fanden die Tränen der Mutter kein Halten mehr. Nur waren es Freudentränen, die ihr über die Wangen rollten. Auch ihr Mann wirkte äußerst erleichtert, was Luise am Lächeln unter dem großen weißen Bart zu erkennen meinte. Sie ahnte, was er dachte: Mit Fritz war die Zukunft des Hotels gesichert.

Die gute Nachricht verbreitete sich im Haus und in der Stadt wie ein Lauffeuer. Sichtlich bester Stimmung ließ der Hausherr eilig alles für die Rückkehr des letzten Sohns vorbereiten. Freunde wurden eingeladen, ein Empfang im Kleinen Saal vorbereitet, der Champagner aus der Villa im Mittelweg herbeigeschafft, sogar Blumen konnten besorgt werden.

Als Leutnant Fritz Haerlin endlich eintraf, war die Freude der Eltern unermesslich. Vor allem der Patron wurde nicht müde zu betonen, dass der künftige Herr im Haus ab heute und sofort die beste Ausbildung erhalten werde, die unter Gottes Sonne zu bekommen sei, damit der Junge in seine Fußstapfen treten könne.

Unauffällig musterte Luise den schmucken Mann, um den sich alles drehte. Er trug keine Offiziersuniform, was sich derzeit selbstredend verbot. Dennoch war er ein schneidiger Bursche geworden, dem nicht nur eine hervorragende Erziehung vom Schicksal gereicht worden war, sondern dem eines Tages auch ein Hotel von Weltklasse gehören sollte. Wichtiger als all das war, dass Fritz Haerlin Eltern hatte, die ihn über alles liebten und förderten.

So hatte der Vater bereits einen genauen Plan, wie er den Sohn auf seine großen Aufgaben vorzubereiten gedachte. Dazu gehörten Anstellungen in den besten Häusern der Welt, wo er das Geschäft von der Pike auf lernen sollte. Auch eine Reise auf einem Luxusschiff stand zur Diskussion, was den jungen Mann sichtlich freute, denn er wollte nach den vertanen Kriegsjahren endlich die Welt sehen und sein Leben genießen. Der künftige Erbe wurde herumgereicht wie eine Kuchenplatte, die es zu bestaunen galt. Geduldig ließ Fritz die Aufmerksamkeit über sich ergehen.

Als Luise später mit mehreren Volants im Servicetreppenhaus nach oben lief, kam er ihr entgegen.

»Übrigens, die Mädchen in Flandern waren wirklich sehr schmuck«, meinte er schmunzelnd im Vorbeigehen.

»Und die Museen?«

»Ich kann es nicht bezeugen, aber so hübsch wie die Damen bestimmt nicht.« Er lächelte. »Danke für die Briefe.«

»Das habe ich gerne getan, Herr Haerlin.«

Sie wollte gerade weiter, als er sich ihr in den Weg stellte. »Wenn keiner in der Nähe ist, nenne mich bitte Fritz. Herr Haerlin ist mein Vater.«

»Gerne, Herr … Fritz.«

»Noch etwas, Luise.« Er trat ein wenig dichter an sie heran. »Mein Vater erzählte mir von dem Vorfall mit Fräulein Richter. Unsere Familie verdankt dir viel.«

»Ich danke dir … Fritz.« Sie war sich nicht sicher, ob er bemerkte, wie sehr sie sich über das Lob freute.

Zwei Tage lang leuchtete der Glücksstern wieder über dem *Vier Jahreszeiten*. Diese Fortune währte jedoch nur kurz, denn Zeller und seine Leute übernahmen als Arbeiter- und Soldatenrat nicht nur die Macht in der Stadt, nein, man beschloss auch, das Hauptquartier des Obersten Marinerats der Unterelbe im Neuen Jungfernstieg aufzuschlagen.

Ein weiteres Mal trat Maat Zeller durch die Drehtür ins Foyer. Dieses Mal, um mit seinen Leuten Quartier zu beziehen und seine Zentrale in Nummer 14 einzurichten, dort, wo drei Jahre lang die Herren Offiziere ihre Kommandozentrale aufgeschlagen hatten. Man machte sich sogleich an die Arbeit. Ihre Kleider schienen die Herren noch nicht gewechselt zu haben.

»Wie eine Horde Hottentotten ...«, kommentierte Herr Marthaler missmutig die Soldaten, die in schweren Armeestiefeln und zerschlissenen Wintermänteln von nun an das Haus bevölkerten.

Unbemerkt und über den Lieferanteneingang, betrat am selben Tag ein weiterer Mann das Hotel. Als er ins Foyer kam, hätte Luise ihn fast nicht erkannt. Herr Marthaler dagegen lief dem ehemaligen Kellner entgegen und schüttelte ihm voller Freude die Hand.

»Unser Carl Braun ist zurück!«, rief er.

Sogleich trat der Patron aus dem Direktionszimmer. Prüfend musterte er den ehemaligen Kellner. »Dünn bist du geworden, Junge«, sagte er dem Heimkehrer, der seine Schiebermütze in den Händen knüllte und sich sichtlich freute, derart herzlich begrüßt zu werden. Der Patron lächelte ihn an. »Wenn Sie keine anderen Verpflichtungen haben, Herr Braun, wäre es mir eine große Freude ...«

»Sehr gerne, Herr Haerlin!«, rief der und verneigte sich zackig. »Darf ich davon ausgehen, dass meine Dienste im Restaurant benötigt werden?«

»So ist es.« Noch einmal schüttelte der Hausherr Carls Hand, als müsste er sich versichern, dass der junge Mann tatsächlich zurückgekommen war. »Jetzt wird alles wieder gut.«

Carl Braun nickte und machte sich eilig an die Arbeit, obwohl es weder heute noch in den nächsten Tagen viel im Restaurant zu tun gab, denn kaum einer traute sich noch vor die Tür. Dennoch putzte er täglich das Silberbesteck, legte Servietten, bügelte Tafeltücher auf den Tischen glatt und prüfte die Makellosigkeit der Kristallgläser. Es war, als hätte er niemals das Haus verlassen. Mit ihm versprach die gute alte Zeit zurückzukehren, in der das Hotel vor Leben nur so summte, Bälle gefeiert wurden, die vornehmen Damen ihren Fünfuhrtee im Wintergarten einnahmen und Zigarre rauchende Herren zum Cognac profunde Gespräche über Wirtschaft und Politik führten.

Einzig, dass sich Hans nicht meldete, obwohl der Krieg schon drei Wochen hinter ihnen lag, beunruhigte Luise. Vielleicht hatte er sie und das *Vier Jahreszeiten* irgendwo in den Gräben von Flandern vergessen.

Darüber aber konnte sie sich vor lauter Arbeit keine Gedanken machen, denn es gehörte zu ihren Aufgaben, dafür zu sorgen, dass die Männer vom Soldatenrat das Haus nicht vollends ruinierten. Sie gab acht, dass die wertvollen Vasen weder verschwanden noch zu Bruch gingen, niemand seine dreckigen Stiefel auf die mit chinesischer Seide bezogenen Sessel legte oder auf die Perserteppiche spuckte. Einen ungehobelten Kerl konnte sie nur knapp davon abhalten, in den Vorhang im Festsaal zu schnäuzen. Sie reichte ihm eine Stoffserviette, die er nach Gebrauch einsteckte.

Der Patron und sein Sohn ließen eilig die letzten Flaschen Wein sowie einige wertvolle Gemälde und Antiquitäten unauffällig in den Mittelweg schaffen. Luise indes blieb im Hotel und tat ihr Bestes, dass die unwillkommenen Gäste nicht in allen Ecken des Hauses herumschnüffelten, denn sie hatte Silberbestecke und Kristallgläser in Kisten versteckt und aus ägyptischer Seide gewobene Tischläufer aufgerollt im hintersten Regal der Wäschekammer verborgen. Gerade betrat sie mit einer zwischen einem Stapel Handtücher unterm Arm versteckten italienischen Kristallvase jenen Lagerraum, in dem sie damals ihre erste Nacht im Hotel verbracht hatte. Sogleich überfielen sie alte Erinnerungen.

Schmerzhaft und grell waren diese Gefühle, denn sie öffneten die Tür in eine Zeit, die sie noch immer zu vergessen suchte. Sie lebte seit über vier Jahren hier, und das Hotel war zu ihrem Zuhause geworden.

Dennoch träumte sie davon, wie ihr Leben wohl ausgesehen hätte, wenn das Schicksal nicht so hart zu ihr und ihrer Mutter gewesen wäre. Vielleicht würde sie in einem Haus am Stadtrand wohnen, mit Eltern und Geschwistern und einem Hund. Sie nähme Klavierunterricht und trüge samtene Bänder im Haar. Man würde mit ihr auf den Debütantinnenball ins Hotel *Vier Jahreszeiten* gehen, wo schmucke junge Männer sie um den nächsten Tanz bitten würden.

»Träume, nichts als Träume«, murmelte Luise und schob die geschliffene Vase vorsichtig in die hinterste Ecke eines Regalfachs, wo sie bereits zwei Karaffen versteckt hatte.

Das Schicksal hatte für sie weder Samtbänder noch Musikunterricht vorgesehen. Und stattliche Herren würden sie auch nicht zum Walzer bitten. Sie konnte ja nicht einmal tanzen. Stattdessen war es ihre Aufgabe zu verhindern, dass diese ungehobelten Rabauken vom Soldatenrat im Haus Schaden anrichteten. Die Speisekammern jedenfalls hatten sie binnen weniger Tage leer geräumt.

Als Luise wieder aus der Kammer trat, stand dort Maat Zeller.

»Fräulein, darf ich wissen, was Sie hier unten tun?«

»Ich arbeite.« Die Antwort, so knapp, dass es unhöflich war, sollte nur verhindern, dass er merkte, wie erschrocken sie war, denn im Lagerraum hinter ihr befanden sich nicht nur die wertvolle Vase und die Karaffen, sondern auch Elsässer Schinken und eine Kiste bester Zigarren.

»Warum sind Sie nicht bei Ihren Herrschaften im Mittelweg? Erwartet man nicht, dass Sie sich Tag und Nacht um deren Belange kümmern?«

Sie räusperte sich. »Jemand muss auf das Hotel achten. Außerdem bin ich keine Sklavin.«

Er hob eine Braue, wodurch sein Oberlippenbart ein wenig schief stand. »Sie erhalten also einen angemessenen Lohn für Ihre Arbeit?«

»Nun, ich lebe im Haus und bekomme eine Mark pro Woche zur freien Verfügung.«

Er kratzte sich am Kinn, als würde er denken. »Das ist Ausbeutung, Fräulein.«

»Es ist mir egal, wie Sie es nennen. Ich bin ein Mädchen, das sein Glück zu schätzen weiß, in diesem Haus Dienst tun zu dürfen. Sobald der Patron wieder Gäste empfangen kann, wird er mich entlohnen.« Wütend schloss sie die Tür und schob sich an ihm vorbei. »Er hat es versprochen.«

Maat Zeller stellte sich ihr in den Weg. »Sind Sie nicht das freche Mädchen, das uns die Leviten lesen wollte, als wir zum ersten Mal hier waren?«

Sie schluckte. »Ja, und ich würde es wieder tun. Ich musste nämlich nach Ihrem Abzug eine Stunde lang die Halle und das Treppenhaus putzen. Solchen Schmutz habe ich noch nie gesehen.«

»Das ist Dreck der Gräben, in denen wir für die da oben vier lange Winter bis zum Hals gesteckt haben, um uns töten zu lassen, während hier im Hotel getanzt und gespeist wurde.« Seine Stimme war ganz leise.

»Verzeihung. Das war dumm von mir.« Sie bemerkte, wie sich sein Brustkorb hob und senkte. Die Anspannung des Mannes konnte sie fast spüren. Sie wollte einen Schritt zurücktreten, nur war hinter ihr die geschlossene Tür. Eine Flucht war unmöglich.

»Wie heißen Sie?«

»Luise Erhart.« Ihre Worte klangen in ihren Ohren fast wie eine Frage.

»Angenehm. Ich bin Friedrich Zeller.« Er reichte ihr seine grobe Hand, in der ihre Finger zierlich wirkten. Dabei grinste er sie breit an. Seine Wut schien verflogen zu sein, so schnell sie ihn eben noch überfallen hatte. »Sie sind ein außerordentlich mutiges Exemplar einer jungen Frau. Nicht jede hätte sich das getraut.«

»Ich … ich weiß«, haspelte sie und drängte sich an ihm vorbei den Gang entlang, bis sie die Wäscherei erreicht hatte, deren Räume heute als Lager für Möbel und Kisten diente.

Sie starrte die Wand an. Warum pochte ihr Herz so sehr? Hatte er sich über sie lustig gemacht? Sie strich ihre Schürze glatt. Bestimmt hatte er das.

Am nächsten Tag begegnete Zeller ihr im zweiten Stock nahe dem Fahrstuhl. Als er sie bemerkte, hielt er ihr die Tür auf, wohl in der Annahme, sie wollte ebenfalls nach unten fahren. Sie erklärte ihm, dass das Personal niemals den Lift benutze, sondern die Treppenhäuser im hinteren Teil des Hotels.

»Wir haben jetzt andere Zeiten, Fräulein Erhart«, bestand er darauf und verneigte sich sogar, als wäre sie ein Gast des

Hauses und er der Page. »Die Demokratie sorgt dafür, dass auch wir einfachen Leute elegante Fahrstühle benutzen dürfen. Vor allem aber werden wir wählen.«

»Wen denn? Der Kaiser hat abgedankt.«

»Kommen Sie, ich erkläre es Ihnen.« Lachend wies er in die Kabine.

Zögerlich trat sie ein, er drückte den Knopf. Mit einem Ruck setzte sich der Fahrstuhl in Bewegung.

»Zum ersten Mal wird es Wahlen geben, an der jeder Mann und jede Frau teilnehmen kann. Dieses Mal entscheiden in Hamburg nicht die Reichen, wer gewählt wird, sondern das Volk. Auch Sie, Fräulein Erhart.«

»Ich bin viel zu jung«, widersprach sie.

»Das Wahlalter wird von fünfundzwanzig auf zwanzig Jahre gesenkt werden.«

Überrascht musterte sie ihn. Er hielt sie offenbar für älter, als sie war.

»Wann genau soll gewählt werden?«, hakte sie vorsichtig nach.

Sein Gesicht verfinsterte sich. »Sobald Heise und Laufenberg zur Vernunft gekommen sind.«

Sie wusste nicht, wer die Herren waren. Als sie kurz darauf aus dem Lift stiegen, warteten in der Halle zwei Männer auf Zeller.

»Das sind sie«, erklärte er leise, trat den beiden entgegen und reichte ihnen die Hand.

In diesem Moment schob sich ein weiterer Gast durch die Drehtür. Ihn kannte Luise von seinen früheren Besuchen im Hotel.

»Herr Bürgermeister, wie schön, Sie zu sehen.« Herr Marthaler eilte hinter seinem Tresen herbei und nahm von Melle den Wintermantel ab. »Wie ist das werte Befinden?«

Dem kleinen Mann mit Rauschebart und sonst so lustigen Augen schien nicht nach Reden zumute zu sein.

»Danke. Wie Sie sicherlich aus den Zeitungen erfahren haben, wurden der Senat und ich unseren Ämtern enthoben. Ich bin also kein Bürgermeister mehr.« Er warf den drei Vertretern des Soldatenrats einen bitteren Blick zu.

Zeller legte von Melle eine Hand auf den Oberarm und führte ihn Richtung Konferenzsaal. »Darüber gilt es zu verhandeln.«

Die Männer verschwanden durch die hohe Doppeltür.

Herr Marthaler brachte den Mantel des ehemaligen Bürgermeisters zur Garderobe.

»Ich denke, Fräulein Luise«, richtete er sein Wort an sie, »dass es auch in diesen wirren Tagen unangebracht ist, mit einem … *Gast* im Lift zu fahren. Wir sollten unseren Standards treu bleiben.« Dabei hob er eine Braue, um seiner Ansicht Nachdruck zu verleihen.

Gerne hätte sie erwidert, dass der Herr kein Gast sei, da er und seine Leute ja nicht bezahlten. Außerdem dürfe sie bald wählen – nun, jedenfalls irgendwann, sollte sich diese Demokratie durchsetzen und der Kaiser nicht doch zurückkehren. Die Dinge waren teuflisch verwirrend und verzwickt.

»Ja, Herr Marthaler. Verzeihen Sie.« Damit eilte sie davon.

Später erfuhr sie, dass der erst letzte Woche vom Soldatenrat abgesetzte Senat wieder im Amt sei. Das wertete Luise als eine gute Nachricht. Ebenso durften die Abgeordneten der Bürgerschaft erneut ihre Arbeit aufnehmen, um die so dringend notwendigen administrativen Dinge in der Stadt anzugehen, denn noch immer litt das Volk Hunger und fror. Der Rat traute den feinen Herren dennoch nicht. Darum gedachte man, jede einzelne Entscheidung aus dem Rathaus aufs Genaueste zu prüfen und gegebenenfalls rückgängig zu machen.

Dieser weise Kompromiss war eine Idee Albert Ballins gewesen, des guten Freunds des Patrons, der hoffte, die ausländischen Kredite mögen so schneller ihren Weg in die Stadt finden, damit endlich das Leid gelindert werden konnte.

Es war das Letzte, das Albert Ballin für Hamburg hatte tun können, denn am nächsten Tag starb der große Mann unerwartet. Es gab Leute, die behaupteten, er habe sich aus Verzweiflung über das Chaos im Reich selbst getötet. Andere versicherten, es sei eine Magenblutung gewesen, ausgelöst durch eine versehentliche Einnahme von zu viel Beruhigungstabletten. Niemand wusste Genaues. Nur eines begriff jeder: Ohne Ballin würde alles schwerer werden. Ein unbeugsamer Hamburger hatte diese verrückte Welt verlassen, die er bis zum letzten Atemzug zu einem besseren Ort hatte machen wollen.

Friedrich Haerlin wurde über den Tod seines Freundes sichtlich trübsinnig. Fast drei Wochen lang trug er eine schwarze Armbinde.

40

Mittlerweile waren Luise und Carl Braun die einzigen Angestellten im Haus. Herr Marthaler hatte sich auf einen längst überfälligen Verwandtenbesuch begeben, und in der Küche stand statt Herrn Kretschmer ein Smutje, der auf einem Kreuzer gedient hatte und einen starken bayerischen Akzent besaß. Er hatte dreißig Mann zu bekochen, mehr nicht. Zwar wusste er nicht recht, was er mit dem Safran oder der gezuckerten Ananas anfangen sollte, aber den Cognac für die Soßen setzte er so großzügig ein, dass die vier Vorratsflaschen *Caveau Réserve* 1906 bald leer waren. Ständig sang er Lieder aus seiner Heimat, die Luise nicht verstand. Warum er sich ab und zu dabei auf die Oberschenkel klopfte, wusste sie nicht.

Er war ein gutmütiger Kerl, der vor dem Krieg in seinem Dorf einen Gasthof betrieben hatte. Jetzt plante er, baldigst nach Hause zurückzukehren, um wieder Rehgulasch und Knödel zubereiten zu können. Vorher müsse er zu Ende revolutionieren, wie er sagte, und schwang leidenschaftliche Reden über Freiheit und Gleichheit.

Der Patron erschien jeden Tag im Hotel, um nach dem Rechten zu sehen. Sein Sohn Fritz begleitete ihn, obwohl er sich eigentlich im Haus am Mittelweg auf Anraten des Arztes hin von den Strapazen des Kriegs erholen sollte. Sobald die beiden das Foyer betraten, schlossen sie sich bis zum Abend im Direktionszimmer ein. Dort planten sie, das Hotel für eine Zeit herzurichten, wenn diese Rabauken endlich den Neuen Jungfernstieg verlassen hatten und die Welt wieder zur Besinnung kam.

Es wunderte Luise, wie gelassen der Patron mit der ungewollten und recht lauten Gästeschar umging, die aus den Zimmern im ersten Stock Lagerräume machte und ihre Zentrale von Haus Nummer 14 ins Erdgeschoss des Hotels verlegte. Das Hauptquartier schlugen sie im Festsaal auf, wo immerzu hitzige Debatten abgehalten wurden, die auch mal in eine Handgreiflichkeit ausarten konnten.

Als Luise den Haerlins eines Nachmittags einen Tee servierte, fragte sie den Hausherrn, wie es ihm nur möglich sei, so ruhig zu bleiben. Vor der Tür zum Direktionszimmer wurde gerade veritabel gestritten.

Der Patron antwortete, dass diese Gelassenheit wohl seinen Lebensjahren zu zollen sei. »Es ist im Leben oft so, dass man Dinge nicht ändern kann. Sich dagegen zu sträuben, ist, als würde man versuchen, Wellen zu stapeln. Das wäre ein höchst dummes Unterfangen. Also nehme ich die Situation hin, wie sie ist, und mache das Beste daraus.«

»Schau her, Luise.« Er saß am Schreibtisch und griff nach einem großen Plan, der vor ihm und seinem Sohn ausgebreitet lag. »Bis die Dinge wieder in ruhigem Wasser dahinfließen und unsere Gäste zurückkehren können, werden Fritz und ich die Umgestaltung des Hauses in Angriff nehmen. Wie gefällt dir die neue Fassade?«

Er drehte den Plan so, dass sie ihn sehen konnte. Luise setzte das Tablett mit den Porzellantassen ab und betrachtete die Zeichnung. Bekümmert stellte sie fest, dass all die hübschen Rosetten, Giebel und elegant geschwungenen Balkone von geraden Linien abgelöst werden sollten. Schnurgerade, wie mit dem Lineal gezogen. Eckig wie Buchdeckel reihte sich Fenster an Fenster. Sogar die Lampen neben dem Eingang wollte der Patron durch etwas Pfeilgerades ersetzen.

Lange überlegte sie, was sie sagen solle.

»Gefällt es dir nicht?«, hakte Fritz nach.

»Nun …« Sie zögerte. »Es ist sicherlich auf eine gewisse Weise recht hübsch.«

Die beiden Haerlins runzelten die Stirn.

»Papa, ich habe den Eindruck, sie mag es nicht.«

»Es soll ja auch unseren Gästen gefallen und nicht dem Personal«, entgegnete der Patron ein wenig verschnupft.

»Bitte verzeihen Sie, ich verstehe wenig von Architektur«, entschuldigte sich Luise sogleich und wollte schon das Tablett nehmen, um schnellstmöglich das Direktionszimmer zu verlassen.

Fritz kratzte an seinem frisch rasierten Kinn. »Woran hast du als Erstes gedacht, als mein Vater dir den Plan zeigte?«

»An ein Schulheft«, kam es wie aus der Pistole geschossen. »Hier, die Linien.« Sie ging mit dem Finger von der einen Seite der Fassade bis zur gegenüberliegenden. »Schreibübungen haben wir auf solchen Strichen gemacht.«

»Mochtest du die Schule denn nicht?«, erkundigte Fritz sich.

»O doch. Nur war ich zu selten dort. Die anderen Kinder jedenfalls gingen äußerst ungern hin. Der Lehrer war sehr streng und die Schläge mit dem Rohrstock schmerzhaft. Ich aber wurde nie geschlagen. Die wenigen Male, die man mich hingehen ließ, habe ich genossen.«

Der Patron hatte wohl nicht zugehört und spitzte stattdessen einen Bleistift an. Hatte sie etwas Falsches gesagt? Schnell knickste sie und verließ den Raum.

Im Hinausgehen hörte sie Fritz seinen Vater fragen, ob die Hotelgäste wohl auch ihren Schulbesuch gehasst haben mochten. Er selbst könne der eigenen Schulzeit nur wenig abgewinnen.

An diesem Abend passierte etwas, das Luise noch lange beschäftigen sollte. Es war bereits dunkel. Sie hatte sich angewöhnt, vor dem Zubettgehen ein letztes Mal durch das Haus zu geistern, die elektrischen Lichter zu löschen, die Heizkörper zu prüfen, offene Fenster zu schließen und überfüllte Aschenbecher zu leeren oder Gläser einzusammeln, die die Männer irgendwo hatten stehen lassen.

Als ihr Weg sie in die Wohnhalle führte, erhaschte sie einen Blick auf die beiden Männer, die den Eingang bewachten. Die Gewehre geschultert, gab der eine dem anderen gerade Feuer für eine Zigarette. Ihr Atem bildete weiße Wölkchen vor den Gesichtern, während sie sich unterhielten. Früher hatte da der Wagenmeister in seiner eleganten Uniform gestanden. Jetzt froren dort Männer in abgewetzten Wintermänteln und vertrieben sich die Zeit mit Rauchen. Luise zwang sich, nicht allzu streng mit den neuen Bewohnern des Hauses ins Gericht zu gehen. Es waren einfache Soldaten, die in einem Grandhotel wirkten wie Holzfäller beim Ballett. Oder Erbsensuppe zum Hummersoufflé.

Luise hob eine liegen gelassene Zeitung von einem Sessel auf. Es war eine Ausgabe des neuen *Hamburger Echos*. Interessiert blätterte sie darin. Schnell stellte sie fest, dass es in dieser Gazette weder um Aktienkurse noch um Rohstoffpreise ging, nicht um berühmte Sänger, die ein Gastspiel in der Stadt geben wollten, noch um das aktuelle Programm in der Musikhalle. Auch die erbauliche Kolumne des Hauptpastors von St. Petri fehlte. Auf diesen Seiten wurden die Forderungen der Arbeiter nach freien Wahlen laut. Es ging um die horrenden Lebensmittelpreise, die Armut und den Hunger in der Stadt, aber auch um die Folgen des Friedensvertrags, der im Versailler Schloss unterzeichnet worden war.

Sie ließ sich auf dem Sessel nieder, über dem früher das Gemälde von Prinz Heinrich gehangen hatte. Seit Kriegsende fristete er ein staubiges Dasein auf dem Dachboden. Gerade wollte Luise die Artikel lesen, als sie Stimmen vernahm. Sie wunderte sich, denn um diese Zeit hatten die Mitglieder des Rats entweder das Haus verlassen oder schliefen in ihren Zimmern. Immerhin war es bereits ein Uhr nachts.

Im nächsten Moment trat eine Gruppe Männer in die Wohnhalle. Unter ihnen war Friedrich Zeller. Schnell suchte Luise eine Möglichkeit, sich unauffällig zurückzuziehen, nur fand sie keinen Fluchtweg, weder durch das Foyer noch durch die Bibliothek. Also blieb sie sitzen und verhielt sich mucksmäuschenstill, denn ihr Gefühl sagte ihr, dass man ihre Anwesenheit um diese Zeit missverstehen könnte. Sie hielt die Luft an. Mit etwas Glück war sie für die Leute unsichtbar, so wie damals, als Hans mit ihr durchs Haus geschlichen war.

»Ihr müsst den anderen Bescheid geben«, erklärte Zeller gedämpft und reichte jedem der Besucher die Hand. Eindringlich blickte er ihnen in die Augen. »Wir haben nur diese eine Gelegenheit. Wenn es misslingt, ist es Verrat. Und ihr wisst, was das bedeutet.«

»Ich lasse dich wissen, wo sie zu finden sind, Friedrich«, meinte ein kleiner Dicker, während er seinen Mantel zuknöpfte und die Mütze tief ins Gesicht zog.

»Wir müssen warten, bis beide gemeinsam bei der Sitzung auftauchen. Erst dann schlagen wir zu«, ergänzte ein anderer halb flüsternd. »Es wird höchste Zeit, dass Heise und Laufenberg hinter Gitter kommen.«

»Wir müssen sie nicht exekutieren, oder? Ich meine, auch wenn sie Fanatiker sind, sind sie dennoch welche von uns.«

Luise hielt die Luft an und drückte sich tiefer in das Polster des Sessels.

»Was macht die denn hier?« Einer der Männer hatte sie entdeckt.

Überrascht drehten sich die anderen um.

Luise sprang auf. »Ich habe nur gelesen.«

Zeller trat vor und nahm ihr die Zeitung aus der Hand.

»Sie ist eine von uns.« Er hielt das Blatt hoch. »Sie liest das *Hamburger Echo*.« Er sah ihr in die Augen. »Du bist doch eine von uns, oder?«

Eifrig nickte sie, ohne zu wissen, was er meinte. Mit einem zufriedenen Grinsen geleitete er seine Leute zur Drehtür.

»Wenn sie redet, Friedrich …«, hörte Luise einen von ihnen sagen.

»Was willst du, dass ich tue? Sie erschießen?« Zeller lachte und schlug ihm kräftig auf die Schulter. »Ich spreche mit ihr.«

Leise fluchend verließen die Männer das Haus. Luise stand wie angewurzelt da, traute sich kaum zu atmen. Langsam kehrte Zeller in die Halle zurück. Er ging zum Kamin und nahm auf einer Récamiere Platz.

»Setz dich«, verlangte er und zündete sich eine Zigarette an.

Luise schüttelte den Kopf.

»Nun mach schon. Niemand wird dich dafür hängen, dass du Ohren hast. Und erschießen auch nicht.«

Vorsichtig trat sie näher und setzte sich auf den äußersten Rand des Sofas, auf dem bereits Prinzessin Auguste Viktoria von Schleswig-Holstein-Sonderburg-Augustenburg gesessen hatte.

»Hast du gelauscht?« Mit einem Streichholz zündete er die Zigarette an, deren Ende im Halbdunkel rot aufglühte.

»Ich lausche nicht«, entgegnete sie entrüstet.

»Hat dich jemand geschickt?« Er paffte den Rauch in einer mächtigen Wolke in die Luft.

»Wer sollte mich schicken?«

»Laufenberg? Heise?« Durch den Qualm musterte er sie scharf.

Sie schüttelte erneut den Kopf.

Zeller tippte die Zigarette in seinen Fingern gegen den Rand des marmornen Aschenbechers auf dem Beistelltisch. »In diesen Tagen werden die Karten im Reich neu gemischt. Auch im Rat. Verstehst du, wovon ich rede?«

In ihrem Kopf drehten sich die Gedanken wie in einem Karussell, denn sie hatte Angst, dass er sich die Sache mit dem Erschießen doch noch anders überlegen könnte.

»Es gibt im Arbeiter- und Soldatenrat unterschiedliche Ideen, wie die Probleme der Stadt zu lösen sind. Ich bin für Essen und Beschäftigung. Wenn es nach mir ginge, würden die Kriegskrüppel umgeschult werden, statt sie wie wertloses Fleisch betteln gehen zu lassen. Sie sollen Schreibmaschine lernen oder in andere Berufe gebracht werden. Wir brauchen dringend Arbeitsplätze, Prothesen, Erholungsheime, Unterricht. Ganz praktische Dinge. Einige im Rat dagegen wollen eine Revolution mit Ideen, die weder satt machen noch Arbeit schaffen. Sie planen, allen Wohlstand der Reichen den Armen zu geben. So mancher würde für seine Ideologie Menschen töten, die anderer Ansicht sind …«

»Wie in Russland, wo sie den Kaiser … ähm … Zaren und seine Familie im Sommer ermordet haben?« Ihre Hände wurden ganz feucht, ihr Herz schlug schneller. In Berlin hatte ein gewisser Herr Scheidemann vom Balkon des Reichstags herunter die Republik ausgerufen. Gehörte er auch zu den Leuten, die den Kaiser erschießen wollten?

»Ideologien sind mir suspekt. Ich will, dass die Menschen

wählen dürfen, wer die Geschicke ihrer Heimat bestimmt.« Zeller drückte den Rest der Zigarette im Aschenbecher aus. »Sie sollen endlich im Warmen sitzen können und etwas zu essen auf ihrem Teller haben. Und ich hasse Krieg!« Die Arme auf die Knie gelegt, beugte er sich vor. »Weil einige leider nicht auf Vernunft bauen, sondern revolutionären Weltanschauungen hinterherlaufen und dabei ganz eigene Ziele verfolgen, die … Ach, egal.« Er machte eine wegwerfende Geste. »Mit etwas Glück ist morgen auch das geklärt.« Er verfiel in tiefes Schweigen.

Es schien Luise, als drückte ihn eine schwere Last zu Boden. Stumm starrte sie ihn an. Seine Worte klangen vernünftig. Und erschießen wollte er ja niemanden. Was hier geschah, war Politik. Aus der hielt sie sich heraus, ganz so, wie der Patron es immer getan hatte, selbst als zwei seiner Söhne für das Vaterland sinnlos hatten sterben müssen. Vielleicht würde sie den Hausherrn morgen um Rat fragen, wenn er und Fritz ins Direktionszimmer gingen, um die Zukunft des Hotels zu planen.

Leise erhob sie sich. Sie reichte dem Soldaten die Hand, die er überrascht nahm. »Ich wünsche Ihnen viel Glück, Herr Zeller.«

Er stand auf. »Danke, Fräulein Erhart.«

»Gute Nacht.«

Er deutete eine Verbeugung an.

Als sie die Halle verließ, hörte sie noch einmal seine Stimme hinter sich. »Ihr Patron kann sich glücklich schätzen, dass Sie hier sind, Luise.«

Natürlich tat sie, als hätte sie es nicht gehört. Dennoch musste sie über das Kompliment lächeln.

Als sie am nächsten Morgen ins Restaurant kam, zupfte der neue Tag an den letzten Zipfeln der Nacht. Schwere Wolken hingen über dem Hapag-Gebäude auf der anderen Seite der Alster. Sie wollte sich gerade ihrer Arbeit widmen, als ihr Blick für einen Moment auf die Straße vor dem Hotel fiel. Auf der gegenüberliegenden Seite standen mehrere Soldaten. Unter ihnen war der kleine Dicke von gestern Nacht. Er zeigte auf die Fassade des *Vier Jahreszeiten*, hinauf zur zweiten Etage.

Dort lag das Zimmer von Zeller.

Luise eilte in die Wohnhalle hinüber, wo sie sich an eines der Fenster stellte und vorsichtig hinauslugte. Drüben, beim *Alsterpavillon*, entdeckte sie rund fünfzig Bewaffnete, die offenbar auf einen Befehl von jenem Mann warteten, dem der kleine Dicke eifrig etwas erklärte.

»Judas!«, zischte Luise und rannte das Treppenhaus für die Gäste hinauf. Ohne zu klopfen, stürzte sie in Zimmer 228.

Friedrich Zeller fuhr herum. Er stand am Fenster und blickte durch den Vorhang auf die Straße hinunter. Zu ihrer Erleichterung war der Mann bekleidet.

»Er hat Sie verraten«, keuchte sie.

»Sieht ganz so aus.« Zeller griff nach seinem Wintermantel und der Matrosenmütze, die auf dem unbenutzten Bett lagen. Er hatte die Nacht über offenbar nicht darin geschlafen.

»Ich kann Ihnen einen unauffälligen Weg hinten hinaus zeigen.«

Er nickte.

Gemeinsam rannten sie den Flur entlang, an dessen Ende eine Tür ohne Nummer lag. Sie führte ins Servicetreppenhaus. Luise wusste, wer sich in den Gängen und Treppenhäusern des Hotels nicht auskannte, verlief sich in kürzester Zeit. Das war ihr Vorteil.

»Folgen Sie mir.«

Sie eilten durch Gänge und Türen, durchquerten die menschenleere Küche, passierten Lagerräume und die verwaiste

Buchhalterei. Über die Tür, die das Hotel mit Nummer 14 verband, gelangten sie in die alte Wäscherei. Der Schlüssel für den Ausgang hing noch immer an seinem Haken. Durch diese Tür war sie das erste Mal ins *Vier Jahreszeiten* gekommen. Durch diese Tür war Fritz Haerlin geschlüpft, um ein Held zu werden. Durch diese Tür hatte Fräulein Richter voll Bitterkeit den Ort ihrer Schande verlassen. Und jetzt würde ein Revolutionär durch sie vor seinen Verrätern flüchten.

Luise schob den Schlüssel ins Türschloss, als sie in der Ferne Brüllen und schwere Stiefelschritte hörte. Offenbar waren die Soldaten bereits im Haus. Sie hielt dem Maat die Tür auf.

Friedrich Zeller schaute sie an. »Danke.«

»Es ist mir eine Freude, wenn ich helfen konnte.«

Er lachte. »Reden hier alle so steif?«

Im ersten Moment wollte sie widersprechen, als ihr auffiel, dass ihre Worte wirklich ein klitzekleines bisschen geschwollen klangen. Sie kicherte. »Ja, ich glaube schon.«

»Würdest du Friedrich zu mir sagen, falls wir uns irgendwann wiedersehen?«

»Ich weiß nicht …« Ihre Wangen fühlten sich plötzlich ganz heiß an. Sie nickte.

»Gut.«

Statt zu gehen, rührte er sich nicht.

»Sie sind gleich hier«, mahnte sie.

»Der Mann, der dich einmal bekommt, wird sehr glücklich werden.« In seiner Stimme schwang etwas Trauriges mit. Im nächsten Moment nahm er sie in seine Arme und küsste sie auf den Mund.

Es war nicht die Art von Kuss, die sie Hans damals zum Abschied gegeben hatte. Dieses Mal war es ganz anders. Die Berührung ihrer Lippen war schüchtern, bis ein unerwartetes Gefühl Luise überfiel. Sie wollte mehr von dem Kuss, der schmeckte wie Vanilleeis mit Sahne. Als er sich zurückzog, umschlangen ihre Arme seinen Hals, und sie zog ihn erneut zu sich heran. Leidenschaftlicher als alles, was sie bisher kannte, begegneten sich ihre Lippen.

Das Poltern der Stiefel näherte sich. Rufe wurden laut. Türen knallten. Sie riss sich von ihm los, ohne es zu wollen.

»Du musst gehen.«

Er strich über ihr Haar. Ein letzter Blick. Dann lief er mit wehendem Mantel die Straße hinunter.

41

Zellers Kameraden hatte man noch am selben Tag verhaftet, während von ihrem Anführer jede Spur fehlte. Luise hoffte sehr, er würde zurückkommen. Zugleich betete sie, er würde es nicht tun. In den Nächten spürte sie seine Lippen auf ihren und träumte von ihm, obwohl sie ihn eigentlich gar nicht kannte.

Carl Braun, der wie jeden Tag im Restaurant auf Gäste wartete, vermutete, sie müsse verliebt sein. Anders könne er sich nicht erklären, warum sie heute eine Flasche Schmieröl in der Hand halte, obwohl sie eigentlich die Möbel polieren wolle.

Entgeistert blickte Luise das Gefäß in ihren Fingern an. »Oh.«

Sie ging, um die falsche Flasche gegen Möbelpolitur auszutauschen. Dabei versuchte sie, nicht mehr an Zeller zu denken.

Diskret erkundigte sich der Kellner in den nächsten Tagen, wer der Glückliche sei und ob die Verlobung mit Hans beendet sei, zumal er noch immer nicht aus dem Krieg zurück sei wie die anderen. Beharrlich schwieg Luise.

Bald schon kehrten die ersten Gäste ins Restaurant zurück. In der Küche wurde wieder gekocht, und Carl Braun lief umher, glücklich in seinem Element.

Friedrich Haerlin konnte den Männern vom Rat eine ganze

Etage abringen sowie die Wohnhalle und den Wintergarten. Da die Arbeit des Rats weniger wurde, zog man sich komplett in Haus Nummer 14 zurück. Langsam kehrte wieder Leben ins *Vier Jahreszeiten* ein, und Luise hatte alle Hände voll zu tun, mit der Patronin die Zimmer herzurichten.

Was allerdings am Tag nach den ersten freien Wahlen zur Hamburger Bürgerschaft vor ihren Augen geschah, verschlug nicht nur Luise die Sprache. Auch Carl Braun und Herrn Marthaler fehlten die Worte. Der Arbeiter- und Soldatenrat hatte sich aufgelöst und somit war das Hauptquartier im Neuen Jungfernstieg überflüssig. Das war eine sehr gute Nachricht.

Der Begeisterung darüber aber folgte eine herbe Ernüchterung, als die Männer an diesem Morgen das elegante Treppenhaus herunterpolterten. Ganz offensichtlich gedachten sie das Hotel nicht mit leeren Händen zu verlassen. Und so schleppten sie seit einer Stunde alles Mögliche auf die Straße hinaus. Dort warteten mehrere Fuhrwerke, auf denen schon die Sessel aus Suite 112 und drei Bettgestelle standen. Gerade trug einer der Männer einen Stapel Bettwäschegarnituren herunter, andere körbeweise Geschirr und Töpfe, ja, sogar zwei Matratzen zerrten sie ins Foyer und einen der Sekretäre aus der Fürstensuite.

Schweigend beobachteten der Patron und sein Sohn den Raubzug. Friedrich Haerlin hatte Luise und Carl mit stoischer Miene verboten, die Plünderung seines Hauses zu unterbinden.

»All das können wir neu kaufen. Einen guten Ruf nicht, sollte man euch ins Gefängnis stecken oder Schlimmeres. Wir stellen der neuen Regierung die Dinge in Rechnung.« Und so notierte Herr Meierling mit zitternden Fingern, was immer an ihm vorbeigetragen wurde.

Als die Männer anfingen, die Kupferrohre in den Etagen

und im Keller herauszureißen und abzutransportieren und selbst einen der großen Warmwasserboiler ins Foyer zu bugsieren, rang der Patron sichtlich um seine Fassung.

»Sie demolieren das ganze Haus«, flüsterte Luise Herrn Marthaler zu, der mit ausdruckslosem Gesicht den Dieben seine vornehme Verachtung entgegenwarf.

»Haltung. Immer Haltung wahren«, raunte er. »Hauptsache, sie sind endlich weg.«

Als die Soldaten begriffen, dass der mit vier Mann getragene Boiler nicht durch die Drehtür passen würde, schmunzelte Luise schadenfroh, während Herr Marthaler nur eine Braue hob. Statt das voluminöse Gerät stehen zu lassen und sich handlicheren Dingen zu widmen, transportierte man den Wasserspeicher in die Wohnhalle, wo man ihn einfach aus dem Fenster warf.

In diesem Moment drängte sich eine Gestalt durch das Chaos die Stufen von der Straße herauf.

»Hans!«, rief Fritz Haerlin und war mit zwei großen Schritten bei dem Fremden, der sich ob der räuberischen Geschäftigkeit im Foyer verwundert umsah. Herzlich schüttelte der Sohn des Patrons seine Hand. »Wir lassen grundlegend umbauen«, erklärte er das Chaos.

Nun trat auch der Patron vor und begrüßte seinen heimgekehrten Pagen. Unterdessen wurden um sie herum weiter Möbel und Gerätschaften fortgeschleppt. Hans verbeugte sich, ganz wie in alten Zeiten. Noch hatte er Luise nicht entdeckt.

»Willst du ihn nicht begrüßen?«, fragte Herr Marthaler, als sie keine Anstalten machte, ihrem Verlobten entgegenzustürmen.

Sie konnte sich nicht bewegen. Der Mann, mit dem der Patron sprach, war ein anderer als jener von damals. Er hatte sich verändert. Entfernt meinte sie, in ihm Hans zu erkennen. Sie fragte sich, ob es die verschlissene Uniform sein könnte, die ihn so anders wirken ließ, oder der Bart. Nein, es waren seine Augen. Sie hatten Schlimmes gesehen.

»Geh schon hin. Er wird sich freuen.« Herr Marthaler schob sie einen Schritt vor.

Da bemerkte Hans sie. Schnell setzte sie ein Lächeln auf und ging auf ihn zu.

»Hallo, Luise.« Sogar seine Stimme klang fremd.

Sie reichte ihm die Hand. »Guten Tag, Hans.«

Hinter ihr lachten Carl Braun und der Concierge.

»Ihr seid verlobt«, gab Friedrich Haerlin zu bedenken. »Da begrüßt man sich mit einem Kuss.«

»Nicht so schüchtern, ihr Turteltäubchen!«, rief jemand.

Mit einem verlegenen Grinsen beugte sich Hans vor und küsste sie auf den Mund. Luise spürte, wie ihre Wangen rot wurden.

»Ich freue mich, dass du wohlbehalten zurückgekehrt bist.« Sie meinte es so, nur klang es in ihren Ohren falsch. Hinter ihr balancierte der Smutje pfeifend mehrere Töpfe und einen Satz scharfer Küchenmesser durchs Foyer.

Sie spürte deutlich die Blicke der anderen. Da nahm Hans sie in den Arm.

»Luise«, flüsterte er in ihr Ohr. »Es tut mir leid, ich habe den Verlobungsring im Feld verloren.« Er schaute sie traurig an. »Bist du böse auf mich?«

»Nein, bestimmt nicht. Ich habe meinen ja auch verlegt. Ich kann ihn einfach nicht wiederfinden.«

Erleichtert lächelte er.

»Es war nur eine kindliche Idee gewesen«, entschuldigte sie sich. »Richtige Eheversprechen müssen anders sein, oder?«

»Selbstverständlich!«, rief Fritz Haerlin hinter ihnen und

klatschte in die Hände. »Ihr müsst euch noch einmal verloben, und zwar hier im Haus. Nicht wahr, Vater?« Er drehte sich zum Patron um, der zögerlich nickte.

»Gutes Personal ist in diesen Zeiten nur schwer zu kriegen«, überlegte der Hausherr laut und schien in Gedanken nachzurechnen, was so eine Feier wohl kosten mochte. »Ich darf hoffen, dass du zu uns zurückkommen wirst, Hans? Oder gibt es andere Pläne in deinem Leben?«

»Nein, absolut nicht!« Hans strahlte den Patron an.

Friedrich Haerlin schlug ihm auf die Schulter. »Also ist es abgemacht. Du wirst vorerst oben im Dienstbotenflur ein Zimmer beziehen. Sobald das Chaos hier vorbei ist, sehen wir weiter.«

»Der Junge braucht eine Uniform«, sagte der Concierge. »Seine alte dürfte ihm nicht mehr passen. Immerhin ist er jetzt ein Mann geworden.«

Der Patron nickte. »Kümmern Sie sich bitte darum, Herr Marthaler, dass unser junger Freund baldigst einen anständigen Eindruck erweckt. Wenn demnächst das Haus wieder ausgebucht ist, erwarte ich einen perfekt ausgestatteten Wagenmeister.«

»Wagenmeister?« Hans glaubte offenbar, er hätte sich verhört.

Der Patron nickte traurig. »Ja, unser Herr Niefers fiel an der Ostfront. Und da ich hörte, dass du als Fahrer in einer Train-Abteilung gedient hast, solltest du der richtige Mann für diesen Posten sein. Es sei denn, du möchtest wieder als Page arbeiten.«

Alle lachten.

An diesem Abend saß Luise auf ihrem Bett und dachte nach. In ihrer Hand hielt sie den lächerlichen Verlobungsring, der seit

Jahren in ihrem Nachtschrank lag. Sie hatte ihn nicht verlegt. Hans war zurück. Der verbogene Öffner war überflüssig.

Verloben. Alle wollten, dass sie sich richtig verlobten.

Sie horchte in sich hinein, ob sie für Hans etwas Ähnliches empfand wie für Zeller. Sicherlich, aus dem Pagen war ein ansehnliches Mannsbild geworden. Hübscher als Zeller. Und als Wagenmeister würde er bestimmt nicht nur eine gute Figur abgeben, sondern auch ein gutes Einkommen haben. Vor allem die Trinkgelder seien eine Pracht, hatte ihr jemand gesagt. Luise versuchte sich vorzustellen, wie sie mit ihm vor dem Traualtar stand, wie sie das Bett teilten, wie sie seine Kinder aufzog.

Ihr wurde schwindelig.

42

Der erste Sommer nach dem unsäglichen Krieg legte sich warm und weich über die Stadt. Aus dem *Vier Jahreszeiten* allerdings hörte man es hämmern und schlagen. Drinnen wurden Wände eingerissen, neue Leitungen für Wasser und Strom gelegt, Nummer 14 aufgestockt und das Dachgeschoss abgetragen, um auf der gesamten Länge ein einheitliches Kupferdach aufzusetzen. Jeder sollte sehen, dass aus dem schmalen Hotel in etwas mehr als zwanzig Jahren ein Grandhotel von Weltrang entstanden war. Die Beharrlichkeit von Friedrich Haerlin beim Ankauf der Nachbarhäuser im Neuen Jungfernstieg hatte sich ausgezahlt. Ihm gehörte mittlerweile fast die gesamte Front der Straße zwischen Colonnaden und Großer Theaterstraße, einzig die Besitzer von Nummer 9 waren für die großzügigen Angebote des Patrons noch immer unzugänglich. Hartnäckig weigerte sich Herr Vorwerk, dem Schwaben sein Haus zu verkaufen.

Indes ging die Sanierung in den anderen Gebäuden weiter. Schmuckstück sollte das neue Restaurant *Haerlin* werden. Dazu wurden die Wände zu Nummer 14 eingerissen, um einen großen, lichten Raum zu schaffen. Carl Braun war außer sich vor Freude, als man ihn bat, seine Ideen zur Einrichtung beizutragen. Endgültig überwältigt war er, als er vom Patron erfuhr, dass die Direktion plane, ihn zum Herrscher dieser

Lokalität zu befördern. Er würde der neue Oberkellner werden.

Zum Glück liefen endlich wieder Schiffe in den Hamburger Hafen ein. An Bord hatten sie Luxusmöbel und Teppiche von ungeahnter Schönheit für das neue Hotel. Jeden Tag stand Fuhrwerk an Fuhrwerk vor dem Portal, um Kisten abzuladen. Edelste Parkettböden und filigrane Wandverkleidungen wurden eingebaut, Handwerker wuselten umher, während auf der anderen Straßenseite neugierige Passanten die Fortschritte aufmerksam verfolgten. Ja, das Hotel *Vier Jahreszeiten* war wieder Stadtgespräch.

Zum Glück hatten der Patron und sein Sohn ein Einsehen gehabt und auf eine Generalsanierung der Fassade im Schulheftstil verzichtet. Ein äußerst eleganter Kompromiss zwischen Moderne und Tradition wurde gefunden. Jedoch wusste Luise nicht, ob es ihr unbedachter Kommentar gewesen war, der dies bewerkstelligt hatte, oder eher ein Blick der Herren auf die exorbitanten Kosten.

Was immer Friedrich Haerlin in die Hand nahm, machte er äußerst gründlich. Er sei nun mal ein Schwabe, hatte Carl Braun ihr erklärt, als er die neuen Sessel im Restaurant vor die Mahagonitische stellte. Mit roter Seide bezogen und geschwungenen weiß-goldenen Lehnen wirkte jedes einzelne dieser Sitzmöbel wie ein kleiner Thron.

Im Konferenzsaal blieb das Tonnengewölbe erhalten, auch der Festsaal behielt seinen königlichen Charme mit der Stuckdecke. Das Schreib- und Lesezimmer musste einer Konditorei mit der dahinterliegenden Backstube weichen, aus der es bald schon allmorgendlich verführerisch duftete.

Zimmer und Suiten hatte der Hausherr einer Generalsanierung unterzogen, die eine generalstabsmäßige Planung erforderte, was alle im Haus auf Trab hielt. Hundertzwanzig Fremdenzimmer, jedes exquisit eingerichtet. Die Faltenwürfe kritisch von der Patronin und Luise beäugt, die Matratzen geprüft und bezogen, Gemälde aufgehängt, wieder abgehängt, ausgetauscht oder auf den Dachboden verbannt, wo noch immer Prinz Heinrich darauf wartete, zurück in die Wohnhalle zu dürfen. Bei der Umdekorierung erhielt Luise von der Patronin auch gleich Unterricht in Fragen der Kunst und hörte von berühmten Malern und Schriftstellern, die das Haus schon einmal besucht hatten. Es waren nicht viele, denn eine Nacht im *Vier Jahreszeiten* hatte ihren Preis.

Mit nur neunzehn Jahren war Luise jetzt offiziell stellvertretende Hausdame und der Patronin unterstellt. Sie trug weder Schürze noch ein Häubchen auf dem Haar, wenn sie ihren Dienst tat, sondern ein schlichtes dunkelblaues Kleid, das bis zum Hals geschlossen war und dessen Saum nur bis zu den Knöcheln reichte. Zu ihrer Ausstattung gehörte ein Paar bequeme Schnürschuhe, die sie nur und ausschließlich im Hotel tragen durfte.

»Es sind keine Straßenschuhe, auch wenn sie so aussehen«, hatte die Patronin gemahnt. »Wir wollen unsere schönen Teppiche doch nicht ruinieren.«

Thekla Haerlin übergab Luise die Verantwortung über sieben neue Zimmermädchen. Jetzt war sie für die Etagen drei und vier zuständig. Täglich trug sie die frisch gelieferten Blumen in einen der hinteren Räume im Erdgeschoss, wo sie unter Anleitung der Hausherrin lernte, wie man ansprechende Bouquets herstellte, die sie anschließend auf die Zimmer brachte. Die Sträuße im Foyer und den Suiten kreierte eine Floristin, die ein vornehmes Geschäft nahe dem Jungfernstieg unterhielt.

Die Stunden mit Frau Haerlin waren für Luise die schönsten des Tages. Mütterlich kümmerte sich die Patronin darum, dass sie nicht nur den Unterschied zwischen Ritterstern, Belladonnalilie und Amaryllis kennenlernte, nein, sie erzählte auch, aus welchen Ländern die Blumen ursprünglich kamen. Selbstredend hatte keine der Pflanzen je in tropischer Erde gestanden, sondern stammte von Züchtern bei Hamburg oder wurde vom Botanischen Garten geliefert, aber Luise verband viele Träume mit diesen exotischen Gewächsen. Manchmal bedauerte sie aber, dass ihr kaum Zeit blieb, um ein Buch bei Herrn Schröder auszuleihen.

Die Wiedereröffnung des Hotels wurde zu einem Ereignis in der Stadt, das sich niemand entgehen lassen wollte. Endlich war das Haus wieder ausgebucht, und im Foyer hörte man nach all den dunklen Jahren von Neuem fremde Sprachen. Der Krieg, diese abscheuliche Maskerade eitler imperialer Fantasien und Machtträume, war vorbei. Die Zukunft lag vor den Menschen, egal, was sie bringen mochte, schlimmer als zuvor konnte es nicht werden. Ausgelassen feierte man im *Vier Jahreszeiten* und plante, das Beste aus dem politischen Neuanfang zu machen.

Bei Hummer und Herzoginkartoffel speiste man vorzüglich, trank ein Glas Champagner und plauderte in der Wohnhalle über die zugegebenermaßen irritierende neue Zeit, die nicht einfach werden würde, aus der Hamburg dennoch gestärkt hervorgehen würde. So wie immer.

In seiner schmucken Uniform stand Hans vor dem Portal und hatte alle Hände voll zu tun, die Gäste zu begrüßen, ihr Gepäck hereinbringen zu lassen, die Cadillacs und Pierce-Arrow Coupes in der neuen Garage zu parken, die in der Großen Theaterstraße eingerichtet worden war. Elegant ließ er die üppigen Trinkgelder in seine rechte Manteltasche gleiten, nicht ohne dies mit einer tiefen Verbeugung und dem Zylinder in der Hand zu goutieren.

Luise durfte heute stolz im Foyer den Gästen Champagner

zur Begrüßung anbieten. Sie schnappte hier und da englische Worte auf oder auch mal ein verschämt geäußertes französisches. Dazwischen parlierten Friedrich Haerlin und sein Sohn Fritz, der schon bald die Stadt verlassen würde, wie der Vater jedem geneigten Ohr mit stolzgeschwellter Brust erzählte. Er würde seine exquisite Ausbildung beginnen.

Als Luise gerade mit einem neuen Tablett ins Foyer kam, um den perlenden Champagner weiteren Neuankömmlingen zu reichen, trat ein Schatten durch die Drehtür. Sie erkannte den Mann sofort. Es war jener, der ihr und Minna damals auf die Reeperbahn gefolgt war. Schnell drehte sie ihm den Rücken zu.

Im Wandspiegel bemerkte sie, wie sein Blick suchend umherglitt. Schon hatte er sie entdeckt. Sie wusste, er war ihretwegen hier. Mit klopfendem Herzen bot sie einem Herrn ein Glas von ihrem Tablett an, obwohl dieser noch eines in der Hand hielt. Aus dem Augenwinkel beobachtete sie, wie ihr Verfolger einem der Pagen Hut und Mantel reichte.

Wut stieg in ihr auf. Wie konnte er nur so ungehörig sein, einen Schritt über die Schwelle des Hotels zu setzen? Hatte er keinen Anstand?

Da trat er auf sie zu. »Darf ich?« Er nahm eines der Kristallgläser und trank einen Schluck, ohne sie aus den Augen zu lassen.

»Warum verfolgen Sie mich?«, fragte sie mit heiserer Stimme. Wenigstens konnte er ihr im Foyer nicht zu nahe treten. Innig hoffte sie, er möge kein Hotelgast sein, sondern nach dem Empfang das Haus schnellstmöglich verlassen.

»Ich freue mich, dich wiederzusehen, Luise.« Wieder schaute er sie durchdringend an, so wie er es damals im Café *Minerva* getan hatte.

»Ich muss weiter, der Herr.« Sie machte einen Schritt zur

Seite, hinüber zu einer Gruppe schwatzender Gäste, die den Patron umringten. Schweiß sammelte sich auf ihrem Rücken.

Den ganzen Vormittag blickte Luise immer wieder über ihre Schulter, musste sie doch befürchten, dem Fremden noch einmal zu begegnen. Schon war sie erleichtert, ihn nirgends entdeckt zu haben, als man sie in den Wintergarten rief, wo sie bedienen sollte. Nach der Festrede Bürgermeisters von Melle beorderte man sie in den Festsaal, damit die Stühle in Windeseile fortgeschafft werden konnten. Danach hieß es, in Windeseile alles für den abendlichen Ball vorzubereiten. Sie hatte den Mann vor lauter Arbeit bald schon vergessen.

Es war fast Mitternacht, und das Hotel leerte sich. Die letzten Gäste ließen ihre Wagen vorfahren. Luise schmerzten die Füße. Sie gönnte sich gerade im Souterrain ein paar Minuten Pause, bevor es oben ans Aufräumen ging, da trat Herr Marthaler zu ihr.

»Man bittet dich ins Direktionszimmer, Luise.«

»Jetzt?« Die Müdigkeit drückte sie nieder. »Ich habe noch so viel zu tun.«

»Du wirst es gleich erfahren. Komm.«

Mit einem mulmigen Gefühl im Bauch folgte sie dem Concierge.

»Hast du etwas angestellt?«, wollte er leise von ihr wissen, als sie die Stufen zum Foyer hinaufgingen.

»Ich glaube nicht.«

Er geleitete sie zum Direktionszimmer und klopfte, während die letzten Gäste lachend das Haus verließen. Was immer hinter der Tür auf sie wartete, würde sicherlich nur ein Missverständnis sein, versuchte sie sich zu beruhigen.

Friedrich Haerlin persönlich ließ sie eintreten. Er lächelte.

Ein gutes Zeichen, dachte Luise. Da bemerkte sie den Fremden von heute Morgen. Ihr Herz setzte für einen Schlag aus.

»Ich habe nichts falsch gemacht«, japste sie dem Patron entgegen. »Egal, was der Herr sagt. Bestimmt nicht.«

»Das behauptet auch niemand, Kind.« Friedrich Haerlin schob sie zum Schreibtisch, vor dem der Mann mit übergeschlagenem Bein auf dem Besucherstuhl saß.

Ängstlich stand sie da, die zitternden Hände vor dem Schoß gefaltet.

»Darf ich dir Graf von Ehrenberg vorstellen?«

»Wir kennen uns bereits«, erwiderte sie kühl.

»Der Graf ist deinetwegen hier.«

Ihre Knie wurden weich. Die Angst vernebelte ihr die Sinne.

»Ich denke, es ist angebracht, wenn ich Sie beide nun allein lasse, damit der Herr Graf sein Anliegen vorbringen kann.«

»Nein!«, entfuhr es Luise. »Bitte bleiben Sie.«

Aufmunternd lächelte Friedrich Haerlin sie an. »Ihr habt euch viel zu erzählen. Außerdem bin ich in der Nähe. Keine Angst, alles wird gut.« Mit diesen Worten verließ der Patron das Direktionszimmer.

Der Mann musterte Luise. »Mein Auftauchen muss dich verwirrt haben.«

Sie unterdrückte den Wunsch, ihm zu sagen, dass sie nicht geduzt werden wollte. »Sie haben mich verfolgt.«

»Ich musste mir sicher sein.«

»Sicher?«

»Du siehst ihr sehr ähnlich.« Ein trauriger Schleier umflorte plötzlich seine Augen, obwohl er seinen Mund zu einem Lächeln zwang. »Ich wollte kein Risiko eingehen.« Er erhob sich, legte eine Hand auf ihren Oberarm.

Sie zuckte zusammen.

»Ich bin dein Vater, Luise Elisabeth.«

Der Boden unter ihren Füßen wankte.

»Ich glaube Ihnen kein Wort«, brachte sie schließlich hervor.

Von ihrer Mutter hatte sie einen Brief und die Fotografie. Sobald sie dieses Bild betrachtete oder auch nur auf ihrem Stuhl in der Oper saß, für den sie mittlerweile sogar ein Abonnement hatte, spürte Luise eine tröstliche Verbindung zu ihr, weit über deren Tod hinaus. Ihre Mutter war in ihrem Herzen real. Aber dieser Fremde? Nein, er sagte ihr nichts. Für sie war er nur ein Feigling.

»Wie haben Sie von mir erfahren?«

»Ein Notar in der Stadt …«

»Herr von Milbach-Gründler.«

»Ja, das war wohl sein Name.« Der Graf nahm wieder auf dem Sessel Platz und schlug erneut ein Bein über das andere. »Ich habe ihn nie persönlich kennengelernt. In seinem Nachlass befand sich ein Brief an mich. Erst so erfuhr ich, dass ich eine weitere Tochter habe.«

»Und meine Mutter?«

»Sie war die Frau, die ich liebte.«

»Wohl nicht genug, um sie zu heiraten«, presste sie hervor.

Das Lächeln des Grafen verschwand. »Leider muss ein Mann meines Standes tun, was die Geburt vorgibt. Wir sind alle nur Sandkörnchen in den Händen des Herrn.«

»Hätte ich so gehandelt, wäre ich niemals aus dem Gängeviertel herausgekommen«, murmelte Luise mehr zu sich selbst.

»Auch wenn es spät ist, so bin ich dennoch bereit, meine Pflicht als Vater zu erfüllen. Du wirst mit mir fahren, Luise Elisabeth. Man erwartet uns in drei Tagen auf Gut Baringholm.«

Stumm starrte sie ihn an.

»Natürlich werde ich dich nicht als mein uneheliches Kind vorstellen. Das verbietet sich. Hingegen verpflichte ich mich als Ehrenmann, dir eine ausgezeichnete Ausbildung angedeihen zu lassen. Du wirst als Gesellschafterin meiner Frau, der Gräfin, all das lernen, was aus einer jungen Frau in deiner Position so etwas Ähnliches wie eine Dame werden lässt.« Er zog ein Paar wildlederne Handschuhe hervor und erhob sich. »Sicherlich wird sich für dich zu gegebener Zeit auch ein geeigneter Ehemann finden lassen. Ansehnlich genug bist du ja. Unser Chauffeur scheint in der örtlichen Damenwelt dank seines Charmes einen gewissen Ruf zu haben. Er wäre noch frei. Packe deine Sachen.«

»Ich fahre nicht mit.« Ihre Stimme war kaum mehr als ein heiseres Flüstern. »Sie können mich nicht zwingen.«

Eine steile Falte erschien auf der Stirn des Grafen. »Da du noch nicht volljährig bist, entscheide ich als dein Vater für dich.«

Der Blick des Grafen verlangte Gehorsam. Den gedachte sie ihm zu verweigern.

Da kehrte Friedrich Haerlin zurück. »Sind sich die Herrschaften einig?«, wollte er wissen, als Luise ihm entgegenstürmte.

»Ich will nicht mitgehen!«, rief sie. Tränen liefen über ihre Wangen.

»Kind, überlege es dir gut«, entgegnete der Patron überrascht. In blumigen Worten stellte er ihr ein eigenes Zimmer auf Gut Baringholm in Aussicht, durch das sicherlich die Sonne jeden Morgen scheinen würde. Sie würde ein Musikinstrument lernen und schöne Kleider tragen. Bestimmt würde der Graf ihr den Zugang zu seiner Bibliothek gestatten, und sie dürfe mit der Familie am Tisch dinieren. »Bedenke, Luise, dies könnte deine einzige Chance sein, etwas aus deinem Leben zu machen.«

»Ich will nicht!«

Offenbar entrüstet, wandte sich der Graf dem Patron zu. »Sie versicherten mir, das Kind sei ein vernünftiges Ding. Dem kann ich nicht zustimmen, Herr Haerlin. Mir scheint eher, dass meiner Tochter in diesem Haus keine angemessene Erziehung zuteilgeworden ist, da sie es vorzieht, dem eigenen Vater zu widersprechen.«

»Sie sind nicht mein Vater!« Luise stürzte aus dem Raum, mitten in eine Gruppe Gäste hinein. Weinend drängte sie sich zwischen ihnen durch die Drehtür und floh die Stufen hinunter, auf der Suche nach Hans. Doch er war fort!

Ihr Blick hastete die nächtliche Straße entlang. Nirgends war seine Uniform zu entdecken. Neugierig steckte einer der Kofferträger die Nase aus einer unauffälligen Seitentür neben dem Eingang.

»Wo ist der Wagenmeister?«

Der Mann kratzte seinen kahlen Kopf mit der einen Hand, während er in der anderen die Mütze hielt. »Der bringt das Automobil von Herrn Siemens in die Garage. Wieder einer, der keinen Chauffeur mehr braucht, weil er selber fahren will.« Er schnaufte. »Demnächst tragen diese Demokraten auch noch ihr Gepäck allein.«

In diesem Moment bog Hans um die Ecke. Sie rannte los. Keuchend blieb sie vor ihm stehen. »Ich soll weg!«

Verständnislos schaute er sie an.

»Der Mann. Er sagt, er sei mein Vater. Er will mich mitnehmen.«

Hans zog Luise am Oberarm dicht an die Hauswand, sodass kein Gast, der zufällig am Fenster des Hotels stand, sie sehen konnte.

»Wovon redest du?«

Statt einer Antwort warf sie sich in seine Arme. »Ich will nicht fort«, schluchzte sie. Hans brauchte viele beruhigende Worte, damit sie in der Lage war, ihm alles der Reihe nach zu erklären.

»Ein Graf? Er will deine Erziehung bezahlen?« Hans holte tief Luft. »Um so ein Glück würden dich andere beneiden.«

»Er ist schrecklich.« Sie wischte sich die Tränen aus dem Gesicht. »Er sagt, ich muss, weil ich nicht volljährig bin. Ich will aber nicht! Hörst du? Ich will nicht. Lieber gehe ich in die Elbe als mit ihm. Bitte, hilf mir, Hans. Du weißt auch sonst immer eine Lösung.«

Er überlegte. Dabei warf er immer wieder einen Blick zum Eingang. »Heirate.«

»Was?«

»Heirate. Egal wen. Heirate. Das Recht des Vaters ginge sofort auf deinen Ehemann über.«

In ihrem Kopf schwirrten Gedanken herum wie Bienen um den Korb. »Muss ich den Grafen nicht um Erlaubnis bitten?«

»Behaupte einfach, du seist in anderen Umständen. So wie der sich aufführt, wird er nichts lieber tun, als dich ebenso schnell fallen zu lassen, wie er dich vorher noch hat mitnehmen wollen.«

»Hans! So etwas kann ich nicht sagen. Was denkt der Patron von mir, wenn er das hört? Oder seine Frau? Sie werden glauben, ich wäre eine …« Sie würde das Wort nicht aussprechen. »Das kann ich nicht.«

In diesem Moment trat eine Schar Gäste aus dem Haus. Hans wurde unruhig. »Überlege es dir, Luise. Es ist die Wahl zwischen Pest und Cholera, trotzdem ist es deine Wahl. Nicht die eines anderen.«

Sein Vorschlag war vernünftig und klug, gewitzt und verwegen. Langsam nickte sie. Gerade wollte er gehen, als sie sich ihm in den Weg stellte.

»Heirate mich, Hans!«

Lassen Sie mich noch ein letztes Wort verlieren …

Wie in all meinen Romanen legte ich auch in *Grandhotel Vier Jahreszeiten* Wert darauf, meine Fiktion so eng wie möglich mit den historischen Realitäten zu verweben. Dafür waren umfangreiche Recherchen nötig. In diesem Fall hatte ich von mehreren Seiten große Unterstützung.

So ermöglichte mir Herr Ingo Peters, der Hoteldirektor des *Vier Jahreszeiten*, eine private Führung hinter die Kulissen des Hauses. Ich hatte nicht nur Gelegenheit, den berühmten Weinkeller zu begutachten, sondern auch eines der edlen Gästezimmer, wo sich noch immer der – damals hochmoderne – begehbare Schrank und die vornehme Badezimmereinrichtung früherer Tage befinden. Es war interessant zu sehen, wie selbstverständlich im *Vier Jahreszeiten* Tradition und Mode eine harmonische Symbiose eingehen. Zudem durfte ich einen Blick in die heutige Wäscherei werfen, die so ganz anders ist als zu Luises Zeiten. Der Gang auf den Dachboden des Hauses aber war eines der Highlights für mich. Eine Schatzkammer, wie Sie sich sicher vorstellen können! Dass ich mich im verwinkelten Servicetrakt fast verlaufen hätte, erwähne ich hier lieber nicht.

Ein besonderer Dank geht an Frau Bianca Tuppat, technische Projektmanagerin des Hauses, und Concierge Linus Eckmann, die mich vom Keller bis zum Dach durchs Haus führten und all meine Fragen mit unglaublicher Geduld beantworteten.

Während meiner Recherchen kam ich mit vielen (teils ehemaligen) Angestellten ins Gespräch. Darunter befand sich auch Herr Rudolf Nährig, der frühere Oberkellner des *Grills*. Mit ihm trank ich so manche Tasse Tee in der berühmten Wohnhalle des Hotels, um mehr über den Arbeitsalltag in einem Grandhotel zu erfahren. Sein Buch *Gern hab ich Sie bedient* (2013, Osburg Verlag) ist übrigens ein besonderes Schmankerl. Gespickt mit einer Menge Wiener Charme und verschmitzter Weisheit, berichtet er darin von seinen über dreißig Jahren im *Vier Jahreszeiten*.

An dieser Stelle muss ich unbedingt das außerordentlich informative und zugleich unterhaltende Sachbuch der beiden Journalisten Michael Seufert und Sepp Ebelseder (†) erwähnen. *Vier Jahreszeiten. Hinter den Kulissen eines Luxushotels* (2002, Hanse Verlag) ist hervorragend recherchiert und bietet einen fast minutiösen Abriss der Geschichte des Hotels mit privaten Einblicken in das Leben der Familie Haerlin. Neben meinen eigenen Recherchen im Hamburger Staatsarchiv, in der Commerzbibliothek, der Universitäts- und Staatsbibliothek und all den Interviews war es dieses Sachbuch von Ebelseder/Seufert, das mir eine unglaubliche Fülle an Faktenwissen zur Verfügung stellte. Ohne dieses Buch wäre mein Roman nur halb so fundiert ausgefallen, das kann ich Ihnen versichern. Ich bin Herrn Seufert daher umso dankbarer, dass er mir erlaubte, aus seinen 460 Seiten aus dem Vollen schöpfen zu dürfen. Sollten Ihnen dennoch Fehler im Text begegnen, gehen diese zu einhundert Prozent auf mich.

Einen besonders hübschen Bildband zum Hotel und seiner Geschichte veröffentlichte Jens Meier-Odewald in Zusammenarbeit mit dem *Hamburger Abendblatt*. Es zeigt rare historische Fotografien des *Vier Jahreszeiten* und ist einen Blick wert.

Mit Herrn Gert Prantner hatte ich einen ausgewiesenen Experten an meiner Seite. Er war viele Jahre selbst Hoteldirektor des *Vier Jahreszeiten* und führte das Haus nach dem Zweiten Weltkrieg durch turbulente Zeiten. Heute berät er mit seiner Consultingfirma Hotels auf der ganzen Welt. Er stand mir für ein langes Gespräch zur Verfügung, in dem ich viel über die komplexen Leitungsaufgaben eines Grandhotels lernte. Ich hätte ihm noch stundenlang zuhören können.

In die Feinheiten von Bankettorganisation und Festivitäten wies mich die ehemalige stellvertretende Managerin für diesen Bereich, Frau Inga Prüß, ein. Sie und ihr Mann Frank – bis vor einigen Jahren war er noch Koch im *Vier Jahreszeiten* – führen heute das sterneverdächtige Restaurant *Dükerstieg* in Schleswig-Holstein. Frau Prüß erklärte sich außerdem bereit, als Testleserin zu fungieren, um zu prüfen, ob ich spezielle Fachlichkeiten auch korrekt wiedergegeben habe. Diesen streng fachlichen Blick warf auch Rudolf Nährig auf meine Zeilen und ließ Nachlässigkeit oder gar Fehler nicht zu.

Ich danke ihnen allen für ihre Unterstützung und Geduld.

Ebenfalls danken möchte ich meinem Mann Jürgen, der sich wie immer auf die Jagd nach Ungereimtheiten im Manuskript machte, sowie Susanne Gwiasda, die mit Leidenschaft und Genauigkeit vorab Luises Geschichte las. Ein letzter Dank geht an meine Kollegin Beate Böker, die mir für die Überarbeitung der Manuskripte ihre wunderschöne Ferienwohnung in der Toskana zur Verfügung stellte.

PS: Liebe Freunde! Ich hoffe, dass Luises Geschichte und jene des Hotels Ihnen gefallen hat und wir uns im Band zwei wiedersehen. Wenn Sie mehr über mich und meine Arbeit erfahren möchten, schauen Sie gerne auf meiner Website www.anja-marschall.de vorbei. Ich freue mich auf Ihren Besuch.